ELLE KENNEDY

A l'heure du danger

éditions Harlequin

Titre original : HER PRIVATE AVENGER

Traduction française de CAROLE PAUWELS

HARLEQUIN®
est une marque déposée par le Groupe Harlequin

BLACK ROSE®
est une marque déposée par Harlequin S.A.

Photos de couverture

Ciel : © ROYALTY FREE/UNLIMITED 2009/JUPITER IMAGES
Femme : © JUPITER IMAGES/STOCK IMAGE/GETTY IMAGES
Paysage : © STEPHEN ST. JOHN/NATIONAL GEOGRAPHIC/GETTY IMAGES

83-85, boulevard Vincent-Auriol 75646 PARIS CEDEX 13.

Service Lectrices — Tél. : 01 45 82 47 47
www.harlequin.fr

ISBN 978-2-2802-2318-8 — ISSN 1950-2753

1

— J'ai horreur d'être convoqué.

Appuyé contre le chambranle de la porte, les bras croisés, Adam Quinn toisa durement l'homme aux cheveux blancs assis derrière le bureau.

— Ne croyez pas que cela me plaise de vous faire venir ici, rétorqua Edward Kerr. Et encore moins d'admettre que j'ai besoin de vous.

Une expression douloureuse déformait ses traits, comme si cet aveu lui imposait une torture physique.

Intrigué, Adam s'avança dans le vaste bureau, les talons de ses lourdes bottes noires faisant vibrer le parquet lustré à la perfection.

Une chaise faisait face à l'imposant bureau d'acajou, mais Adam décida de rester debout.

Il n'avait pas l'intention de s'attarder.

A vrai dire, il ne savait même pas pourquoi il était venu.

Deux ans plus tôt, il s'était juré de ne plus jamais croiser le chemin de cet homme, ou celui de sa fille. La raison pour laquelle il venait de rompre cette promesse demeurait un véritable mystère.

Examinant le visage du vieil homme, il fut surprit de lire dans son regard d'un bleu très pâle une inquiétude non dissimulée.

Révéler ses faiblesses ne ressemblait pas à Edward Kerr. Toute sa carrière reposait sur la rudesse de son caractère et sur sa capacité à garder son sang-froid en toute situation.

Ce qui incitait tout naturellement à s'interroger sur les raisons de cette étrange anxiété.

Ou sur la personne qui en était à l'origine.

— Morgan a des ennuis, dit Kerr en allant droit au but.

Une vague appréhension pinça l'estomac d'Adam, mais il parvint à garder un masque d'indifférence.

— Et alors ?

— C'est ça, votre réponse ? *Et alors ?*

L'incrédulité s'était peinte sur le visage du vieil homme.

— Cela ne vous inquiète pas ?

— Pour que cela m'inquiète, il faudrait que je me soucie de ce qui peut arriver à Morgan. Or, ce n'est pas le cas, répliqua Adam avec détachement.

— Vous mentez.

— C'est pour ça que vous m'avez appelé ? Pour m'informer que votre fille est en danger ? Eh bien, laissez-moi vous dire que vous avez perdu votre temps.

Une note de supplication modula la voix rocailleuse d'Edward Kerr.

— J'ai besoin que vous lui veniez en aide.

Adam secoua la tête et fit deux pas vers la porte.

— Bonsoir, Edward.

— Mais enfin, bon sang, Quinn ! Elle est en danger.

Il fit un pas de plus.

« Ne te retourne pas, lui souffla une petite voix dans sa tête. Il te fait marcher. Ils se moquent tous les deux de toi. »

— Elle a disparu, poursuivit Kerr.

Un vague sentiment d'inquiétude le fit hésiter l'espace d'une seconde.

« Ne l'écoute pas. Continue à avancer. »

Il était presque arrivé à la porte.

Encore un pas, et il serait dehors. Libéré d'Edward Kerr. Libéré de Morgan et de la tornade de souvenirs qui l'avait assailli dès qu'il avait entendu son nom.

— Elle a voulu mourir la semaine dernière.

Cette incroyable révélation tétanisa Adam sur place, tandis que l'image du magnifique visage de Morgan s'imposait à son esprit. Ses boucles blondes cascadant sur ses épaules, ses yeux bleus étonnamment bridés, la mimique boudeuse de son menton, les délicats lobes d'oreille qu'elle se refusait à faire percer…

Il se souvenait des moindres détails comme s'ils s'étaient quittés le matin même.

Même le son de sa voix était resté gravé dans sa mémoire : son intonation rauque, comme si elle était perpétuellement enrhumée, et ses inflexions aristocratiques, caractéristiques de la prestigieuse université où elle avait fait ses études.

Il se rappelait aussi son enthousiasme, sa détermination… sa passion de la vie.

Lentement, il se tourna pour faire face au père de celle qu'il avait autrefois follement aimée.

— Impossible. Jamais elle ne mettrait fin à ses jours.

— C'est la vérité.

Le regard de Kerr était indéchiffrable, mais la conviction dans sa voix semblait sincère.

Toutefois, Adam ne devait pas oublier que le sénateur était un manipulateur de premier plan. Depuis des années, il menait la presse en bateau et jouait sur la corde sensible de ses électeurs en évoquant l'instabilité psychologique de sa fille.

Et pourtant, Morgan n'était pas folle.

Elle ne l'avait jamais été.

En fait, c'était la femme la plus solide moralement qu'il ait jamais rencontrée, songea Adam. Elle avait foi en elle-même, en la vie. Jamais il ne lui serait venu à l'idée d'en finir.

— Elle a jeté sa voiture du haut d'un pont, expliqua le sénateur.

Adam releva brusquement la tête.

— Pardon ?

— Oui, je comprends votre surprise. Moi-même, j'ai eu de la peine à y croire quand les policiers m'ont appelé après avoir sorti la voiture de la rivière. Apparemment, elle était ivre. Cinq témoins ont confirmé qu'elle avait bu plusieurs verres avant de quitter le bar et de prendre sa voiture. Son frère était également présent. Selon lui, Morgan était très perturbée.

— A propos de quoi ?

— Le corps de Layla Simms a été découvert la semaine dernière.

Ce nom était familier à Adam. Il s'agissait d'une amie d'enfance de Morgan, mystérieusement disparue dix ans plus tôt.

— Où l'a-t-on retrouvée ?

— A Autumn.

Le vieil homme soupira.

— Cette pauvre famille ! On m'a dit que Wendy et Mort Simms n'avaient jamais perdu l'espoir de retrouver leur fille vivante. Le choc a dû être terrible pour eux.

Adam assimila l'information.

Fondée par les illustres ancêtres des Kerr, Autumn était la ville natale de Morgan. Peu de temps après la disparition de Layla, Edward avait été élu au Sénat et les Kerr s'étaient installés à Washington. Mais Morgan avait toujours été convaincue que Layla avait été assassinée et que son corps se trouvait quelque part dans la bourgade idyllique où elle avait grandi. Elle y retournait deux fois par an pour essayer de trouver des réponses. En vain.

Lorsqu'il lui avait demandé pourquoi elle s'acharnait ainsi, elle lui avait simplement répondu : « Elle est là, Adam. Je le sais. »

Apparemment, l'intuition de Morgan ne l'avait pas trompée.

Un curieux sentiment de fierté envahit Adam à la pensée que Morgan avait pressenti la vérité dès le début, mais il s'empressa de l'étouffer pour mieux se concentrer sur les aspects les plus surprenants de cette conversation.

— Morgan est retournée là-bas lorsqu'elle a appris qu'on avait trouvé le corps ? demanda-t-il, en devinant déjà la réponse.

Kerr poussa un soupir exaspéré.

— Vous savez à quel point ma fille peut se montrer obstinée. Elle s'est rendue au service funèbre et a décidé de rester sur place pour *enquêter.*

La condescendance dans la voix du sénateur fit tiquer Adam.

— C'est une excellente journaliste d'investigation, vous le savez aussi bien que moi. Elle est tout à fait capable de résoudre cette enquête.

Pourquoi la défendait-il, bon sang ?

Adam ne s'attarda pas à chercher la réponse, et plaqua une expression distante sur son visage.

— A-t-elle découvert une piste ?

— Nous sortons du sujet. Il ne s'agit pas de la fille Simms, mais de la tentative de suicide de Morgan.

Adam avait beau l'analyser sous tous les angles, l'hypothèse lui semblait toujours aussi improbable.

A moins que Morgan n'ait considérablement changé depuis deux ans…

— Elle était en observation dans une maison de repos privée, continua Kerr. Et, la nuit dernière…

— Vous l'avez fait interner ?

— Elle s'est enfuie, termina le sénateur, sans prêter attention à l'interruption incrédule d'Adam.

— Enfuie ? Pour l'amour du ciel, ne me dites pas que vous la gardiez prisonnière.

— C'était pour son bien, protesta Kerr. Elle représente un danger pour elle-même. Je ne m'en remettrais pas s'il arrivait quelque chose à ma fille unique.

Adam ricana.

— Bien sûr ! Tout le monde sait que l'intérêt de Morgan a toujours été votre priorité.

— J'ai toujours essayé de la protéger, riposta le sénateur. Surtout contre elle-même. Vous savez comment elle est, toujours à chercher les ennuis. Les photos dans la presse à scandale, son arrestation… Mon équipe de communication s'est donné beaucoup de mal pour essayer de restaurer son image.

— Elle n'était qu'une adolescente qui venait de perdre sa mère. Bien sûr, elle a fait des bêtises. Mais à quoi vous attendiez-vous ? Elle n'allait pas rester gentiment assise à la maison en faisant de la broderie.

Les yeux bleus du sénateur lancèrent des éclairs.

— Elle aurait pu faire l'effort de se montrer responsable !

Seigneur, mais que faisait-il encore ici ?

En voyant le visage coléreux de Kerr, en l'écoutant traiter sa fille de fauteuse de troubles, comme à son habitude, Adam n'avait d'autre envie que de quitter les lieux.

Mais il lui restait encore un détail à connaître.

— Où est-elle, à présent ?

— Je n'en sais rien. Mais j'ai besoin que vous la retrouviez. Je n'ai confiance en personne d'autre.

Les lèvres d'Adam se retroussèrent en une moue ironique.

— C'est drôle, vous étiez plutôt méfiant à mon égard, autrefois.

D'un geste qui ne lui ressemblait pas, Kerr frappa le plateau de son bureau du plat de la main.

— Cela n'a rien à voir avec le passé, bon sang ! Vous devez la retrouver.

— Je vais y réfléchir.

Adam avait conscience de se comporter en parfait salaud, et pourtant il ne pouvait ignorer la colère et l'amertume qui lui nouaient le ventre. S'il avait perdu la femme qu'il aimait, c'était bel et bien à cause de cet homme.

Edward afficha une expression débordante de compassion. Un peu trop appuyée sans doute pour être sincère.

— Je comprends votre réticence, Adam, dit-il d'une voix doucereuse. Mais il faut absolument la retrouver.

Adam, rien que ça ! Pas une seule fois le sénateur ne l'avait appelé autrement que par son nom de famille lorsqu'il vivait avec sa fille. Pour jouer ainsi sur la corde sensible, son désarroi était peut-être réel, après tout.

— Même si vous prétendez le contraire, vous tenez encore à elle, insista le vieil homme. Et, malgré tous vos défauts, vous ne l'abandonneriez jamais en la sachant en danger.

Malgré son visage impassible, Adam bouillait de colère.

Il détestait cet homme, son art consommé de la manipulation, son arrogance, et sa façon de jouer la carte de la culpabilité quand ça l'arrangeait.

Mais ce vieux bougre de politicien avait raison.

Peu importaient son amertume, sa colère, ses désillusions…

Si Morgan était en danger, il ne pouvait pas lui tourner le dos.

La clé de secours était toujours dans sa cachette. Parfait, songea Morgan. Jusqu'ici la chance était avec elle.

L'obscurité n'était pas un problème non plus. L'endroit lui était suffisamment familier pour qu'elle puisse s'y déplacer dans le noir.

Sur le chemin forestier menant à la clairière enneigée où se nichait le modeste chalet de rondins, elle s'était demandé si tout serait comme avant.

A première vue, c'était le cas, découvrit-elle en allumant le vieux lampadaire en fer forgé du salon.

Le canapé démodé recouvert de flanelle à carreaux, le tapis élimé et sa tache de café indélébile, la lourde table en pin et ses chaises à barreaux tournés étaient toujours là.

Mais l'atmosphère avait changé.

Assaillie par l'odeur d'antimite et de poussière, elle déposa son sac sur la table.

Visiblement, Adam n'était pas revenu ici depuis leur séparation et il régnait dans le chalet une ambiance de désolation.

Comme dans son cœur.

Elle espérait vaguement le trouver là, étendu sur le canapé, ses cheveux noirs comme toujours en désordre, son regard vert pétillant d'amour et de désir.

Seigneur, comme il lui manquait ! Même après tout ce temps.

Mais ce n'était pas le moment de penser à lui. Elle avait bien d'autres soucis en tête.

Tandis qu'elle se laissait tomber sur le canapé, un rire quasi hystérique jaillit de sa gorge, résonnant étrangement dans le silence.

Oh oui, elle avait des choses autrement plus préoccupantes à régler.

A commencer par ce comportement de folle suicidaire que tout le monde sembler lui prêter.

Remontant les genoux sous son menton, elle enroula les bras autour de ses jambes et soupira.

Ils se trompaient tous. Les médecins, son père, Tony… Aucun d'entre eux ne savait de quoi il parlait.

Elle n'avait pas jeté sa voiture du pont.

Quelqu'un l'avait forcée à quitter la route.

Son cœur se serra tandis qu'elle songeait à la réaction de son père quand elle avait voulu lui expliquer comment les choses s'étaient déroulées.

« Ton imagination te joue des tours. Tu avais trop bu. Tu étais bouleversée et tes pensées n'étaient pas claires. Personne n'a essayé de te tuer, Morgan. »

La douleur se transforma en colère à l'évocation de la clinique psychiatrique où on l'avait séquestrée sur ordre de son père : le discours moralisateur des médecins, l'attitude infantilisante du personnel… Et la voix de son père dans le couloir tandis qu'il s'entretenait avec le directeur. « Ma fille est malade. Elle souffre de troubles du comportement depuis l'enfance. »

Des troubles du comportement ! Et puis quoi, encore ?

Bien sûr, elle avait traversé une phase de rébellion durant son adolescence, mais cela n'en faisait ni une délinquante ni une aliénée. Etait-ce sa faute si la presse avait décidé de la dépeindre sous les traits d'une dévergondée alcoolique et droguée ?

Le souvenir de tous ces gros titres vulgaires et mensongers, des surnoms pour le moins inélégants dont on l'avait affublée lui fit serrer les poings de rage.

Elle n'avait pas mérité cette réputation qu'on lui avait faite, et qui la poursuivait encore dix ans après.

Elle avait pourtant redoublé d'efforts pour se faire oublier des tabloïds, décrochant sans passe-droit un emploi dans un magazine respectable, et acquérant, sous un nom d'emprunt, une certaine notoriété dans le métier.

Et maintenant… eh bien, elle était revenue à la case départ.

Une vague de frustration s'abattit sur elle, la poussant à se lever d'un bond.

Un plan. Il lui fallait un plan.

Elle ne pouvait pas se cacher indéfiniment dans le chalet, même si elle s'y sentait en sécurité et, d'une certaine façon, plus proche d'Adam.

Si elle voulait trouver des réponses, elle devait absolument retourner sur les lieux du crime.

Autumn. C'était là que tout avait commencé. Et c'était là qu'elle devait être.

La frustration s'apaisa, laissant place à une bouffée de détermination qui accéléra la course du sang dans ses veines.

Elle n'était ni suicidaire ni folle.

Il y avait bien une autre voiture sur le pont cette nuit-là. Elle avait *vu* les phares dans son rétroviseur, *senti* l'impact sur son pare-chocs.

Donc quelqu'un avait essayé de la tuer.

Et il n'y avait qu'une seule explication possible : c'était lié à la mort de Layla.

Cela faisait dix ans qu'elle enquêtait sur l'étrange disparition de sa meilleure amie et, comme par hasard, on essayait de l'éliminer le jour où le cadavre de Layla était découvert.

Des bruits de pas à l'extérieur l'arrachèrent soudain à ses pensées.

Le cœur battant à tout rompre, elle tendit l'oreille et essaya de se raisonner. C'était probablement un coyote en quête d'un en-cas nocturne.

Le son se fit plus proche et plus précis, et elle identifia un claquement de talons sur les marches du perron.

Affolée, elle regarda autour d'elle.

Il lui fallait quelque chose pour se défendre.

Elle repéra le tisonnier au moment où la poignée de porte tournait.

Le souffle court, elle se rua vers la cheminée, mais il était déjà trop tard.

La porte s'ouvrit, les pas résonnèrent dans son dos, et deux bras puissants l'encerclèrent.

— Lâchez-moi, dit-elle d'une voix étranglée, tout en essayant de se libérer.

Un coup de coude porté à l'estomac arracha un grommellement à son assaillant.

— Bon sang, Morgan ! C'est moi.

Non. Ça ne pouvait pas être lui. Peut-être avait-elle réellement perdu l'esprit, après tout.

Elle se tourna lentement pour faire face à l'intrus, persuadée d'être victime d'une hallucination.

Mais non, il était bien là, avec son mètre quatre vingt-cinq, ses larges épaules, ses muscles saillants sous un pull kaki.

Elle cilla et détailla son visage à la beauté classique, et ses yeux verts pailletés d'or.

Seigneur, c'était vraiment lui.

Il était là.

Avec un soupir, Adam croisa les bras sur son torse.

— Je savais que je te trouverais ici.

Elle ouvrit la bouche pour répondre, mais aucun son n'en sortit.

Le choc de le revoir était tel que toute pensée cohérente lui échappait.

Après quelques secondes de silence, elle renonça à s'exprimer par des mots et se blottit dans les bras de celui qui avait été et resterait toujours le grand amour de sa vie.

2

Comme c'était bon de la tenir de nouveau contre lui !

Et dangereux, aussi.

L'expression de douceur qui s'était peinte sur le visage de Morgan avant qu'elle ne se jette dans ses bras lui serrait la gorge, et Adam sentait s'évanouir la fragile sensation de sérénité qu'il avait réussi à reconstruire depuis leur séparation.

Mais ce n'était rien comparé aux troublantes sensations que lui procurait le contact de son corps souple et chaud contre le sien. Et, malgré ses efforts pour reprendre ses esprits, l'odeur capiteuse de son parfum, dont les notes d'ambre, de vanille et de musc lui étaient si familières, provoquait en lui un émoi incontrôlable, lui rappelant leurs étreintes enfiévrées.

— Dieu merci, tu es là, murmura-t-elle, son souffle lui caressant le cou.

Ce fut le son de sa voix qui le ramena à la réalité.

Tout son corps se crispa, ses mains retombèrent le long de son corps, et il fit un pas en arrière.

Mais il ne put rien pour endiguer les vagues de chaleur qui continuaient à déferler dans son sang, tandis qu'il détaillait son visage dépourvu de maquillage, ses cheveux blonds tirés en queue-de-cheval et ses vêtements informes.

Même ainsi, il ne pouvait s'empêcher de la trouver séduisante, et en éprouvait un curieux dépit.

Mais qu'espérait-il ? Qu'à vingt-huit ans, sa beauté se soit déjà fanée ?

Et il préférait ne pas songer aux courbes délicieuses qui se cachaient sous le pantalon baggy et le sweat-shirt avachi qu'elle portait.

— Tout va bien ? demanda-t-il avec brusquerie.

— Non.

Apparemment, elle était toujours aussi directe, et sa réponse fit naître un sourire réticent sur les lèvres d'Adam.

— J'ai entendu parler de l'accident.

Une lueur de colère s'alluma dans les yeux de Morgan.

— Par mon père ?

Adam hocha la tête.

— Laisse-moi deviner. Il attend dehors dans la voiture, pour me ramener à la clinique.

— Je suis venu seul.

— Mais c'est lui qui te l'a demandé.

— Oui.

Levant les yeux au ciel, elle se laissa tomber sur le canapé.

— J'aurais bien aimé être là pour le voir te supplier de l'aider.

Adam ne put retenir un petit rire.

— Il est vrai que cela valait son pesant d'or.

Morgan rit à son tour.

— Je n'en doute pas.

Bien, songea Adam.

Cela se passait mieux qu'il ne l'aurait cru. Ils se parlaient normalement, sans silences gênés, sans agressivité…

Oh, pour l'amour du ciel, pourquoi essayait-il de donner le change ?

Revoir Morgan après ces deux années de séparation était un enfer.

Avec un soupir, il la rejoignit sur le canapé, en prenant soin de s'asseoir dans le coin opposé.

— Parle-moi de cet accident.

— Il y a peut-être d'autres sujets à évoquer avant, non ?

— Je ne vois pas ce que tu veux dire.

Elle soupira, prenant visiblement sur elle pour ne pas laisser paraître son agacement.

— De la raison pour laquelle tu m'as demandé de sortir définitivement de ta vie.

Adam fit un effort pour garder son calme.

Il aurait sans doute pu se montrer plus diplomate à l'époque, mais il souffrait terriblement quand il avait prononcé ces mots.

— Tu sais très bien pourquoi, répliqua-t-il. Et je n'ai aucune envie d'en reparler.

Comme chaque fois qu'elle était nerveuse ou contrariée, Morgan se mordilla la lèvre inférieure. La dernière fois qu'Adam l'avait vue le faire, elle lui disait qu'elle voulait repousser la date de leur mariage.

Elle s'éclaircit la gorge, et regarda autour d'elle, cherchant comment relancer la conversation.

— Tu négliges cet endroit, on dirait.

— J'étais à l'étranger, répondit-il en haussant les épaules.

Mais se retrouver dans ce lieu qui avait été leur sanctuaire était loin de le laisser indifférent.

C'était dans ce chalet qu'ils se retrouvaient pour vivre leur histoire d'amour à l'abri de la presse à scandale.

C'était ici, sur ce canapé, que Morgan lui avait dit pour la première fois qu'elle l'aimait.

Le souvenir lui noua l'estomac, et il essaya de penser à autre chose.

A quoi bon se rappeler la douceur de ses baisers, ou son sourire ensommeillé quand elle se réveillait dans ses bras ? Ou sa façon de ne jamais faire machine arrière quand elle croyait à quelque chose ?

Il déglutit pour chasser la boule d'amertume qui lui obstruait la gorge.

Mais elle avait fait machine arrière, non ?

A ses yeux, il aurait dû s'agir du sujet le plus important au monde, et pourtant elle s'était laissé convaincre par son père de ne pas l'épouser.

— Les affaires vont bien ? demanda-t-elle posément.

— Mouais. On dirait que tout le monde se fait enlever ces derniers temps. Rien que le mois dernier, mon équipe et moi avons procédé à trois extractions.

— Ah, la glorieuse vie des agents secrets ! ironisa Morgan.

Tandis que le silence retombait sur la pièce, Adam en profita pour rassembler son courage.

Il savait ce qu'il avait à faire, et il savait aussi comment réagirait Morgan. Malheureusement, il ne se sentait guère à même de l'affronter ce soir.

— Quelque chose ne va pas ? demanda Morgan, en le voyant soupirer.

Il se passa une main dans les cheveux, et se prépara à la dispute qui ne manquerait pas de suivre.

— J'essaie seulement de décider si nous devons partir tout de suite ou attendre demain matin.

L'expression de Morgan se durcit.

— Et où voudrais-tu aller, exactement ?

— Je ne sais pas. Chez toi, je suppose. Tu ne vas pas te cacher éternellement, comme un fugitif en cavale.

L'horreur se lut sur les traits de Morgan.

— Non ! Ne me ramène pas en ville, je t'en prie. Mon père me renverra dans cette clinique psychiatrique, en demandant un renforcement de la surveillance.

Adam réprima un grommellement agacé.

Elle avait raison, naturellement.

A la seconde où Edward aurait récupéré sa fille, il la ferait de nouveau interner. Et dans des conditions sans doute plus dures.

Mais que pouvait-il y faire ?

Il avait promis à Edward qu'il retrouverait Morgan, et il mettait un point d'honneur à toujours tenir ses promesses.

— Adam, je t'en prie, n'appelle pas mon père. Laisse-moi le temps de découvrir ce qui se trame.

— Tu crois vraiment que le sénateur te permettra d'aller fouiner partout ?

Les yeux bleus de Morgan lancèrent des éclairs.

— Je sais, je risquerais d'écorner sa précieuse image. Mais je suis journaliste, Adam, et j'ai bien l'intention d'enquêter, quoi qu'en pense mon père.

Il n'aimait pas le mouvement opiniâtre de son menton. Une fois que Morgan avait pris une décision… eh bien, il valait mieux ne pas se mettre en travers de son chemin.

Il ouvrit la bouche pour protester, mais elle le surprit en frappant du poing le coussin du canapé.

— Quelqu'un a essayé de me tuer, bon sang !

— De quoi parles-tu ?

— La nuit de l'accident. On m'a poussée hors de la route.

Une rage sourde s'empara d'Adam, mêlée à l'envie surprenante de la protéger.

— Tu en es sûre ?

— Evidemment ! J'ai vu des phares qui se rapprochaient dans mon rétroviseur puis, avant que j'aie eu le temps de comprendre ce qui se passait, une voiture a percuté mon pare-chocs. Le conducteur était déchaîné. Il n'arrêtait pas de me pousser. A un moment, il m'a dépassée et envoyée cogner contre la rambarde de sécurité. A la hauteur du pont, j'ai perdu le contrôle et la voiture a plongé.

— Tu l'as dit à ton père ?

Une expression douloureuse se peignit sur le visage de Morgan.

— Il ne m'a pas crue. Il a dit que c'étaient des hallucinations.

Adam jura entre ses dents.

— Quel sale égoïste ! Il préfère te faire passer pour folle plutôt que d'affronter le scandale d'une tentative d'assassinat.

Il prit une profonde inspiration pour se calmer.

— Tu pourrais décrire l'autre voiture ?

Elle écarquilla les yeux.

— Tu me crois ?

— Evidemment, répondit-il avec plus de tendresse qu'il ne l'aurait voulu. On peut dire beaucoup de choses de toi, Morgan, mais pas que tu es suicidaire.

Un immense soulagement envahit Morgan.

Il la croyait !

Après avoir affronté pendant des jours les regards apitoyés de son père et de son frère, elle trouvait enfin quelqu'un qui ne la considérait pas comme totalement aliénée.

Cela n'aurait pas dû la surprendre. Adam avait toujours eu une immense confiance en elle. La première fois qu'ils s'étaient rencontrés, il avait ri de toutes ces histoires étalées dans la presse à scandale, en affirmant qu'il n'en croyait pas un mot.

En tout cas, c'était rassurant de savoir qu'il lui gardait sa confiance après ce qui s'était passé entre eux, et la façon dont ils s'étaient séparés.

Depuis qu'il avait pris place à côté d'elle sur le canapé,

son beau regard vert avait été traversé de tant d'émotions qu'elle ne savait ce qu'il fallait en déduire.

L'amertume prédominait, avec une pointe de tendresse, et quelque chose qui ressemblait à des regrets. Et si on y ajoutait le mélange de colère et de désir qu'elle avait également discerné, on obtenait un cocktail émotionnel des plus confus.

Elle avait envie de lui demander s'il la haïssait, mais elle ne parvenait pas à trouver le courage de le faire. Et puis, avait-elle réellement envie de connaître la réponse ?

— Tu crois sincèrement que je n'ai pas voulu me tuer ?

— Evidemment !

— Alors, ne dis pas à mon père que tu m'as trouvée.

— Je ne peux pas faire ça, et tu le sais.

Un mélange de désespoir et de colère lui noua le ventre.

Elle en avait assez que tout le monde prenne les décisions à sa place. Depuis l'accident de voiture — et même avant cela, si elle y réfléchissait bien — son père régentait sa vie.

La seule fois où elle s'était sentie libre, c'était quand elle vivait avec Adam. Mais son père avait réussi à détruire cela aussi.

— Pourquoi pas ? insista-t-elle. Remonte dans ta voiture, et oublie que tu m'as vue. Ou, mieux encore, aide-moi à découvrir ce qui s'est passé à Autumn.

Elle ne savait pas d'où avait jailli cette demande d'aide spontanée. Elle était une journaliste aguerrie, parfaitement capable d'enquêter seule. Mais, comme un animal tapi au fond de son terrier, une sensation permanente de danger la taraudait. Adam était un agent des forces spéciales, habitué à mener les missions les plus périlleuses. Il pourrait la protéger…

A la dérobée, elle jeta un coup d'œil à ses larges épaules, à son torse puissant dont les reliefs se dessinaient sous son pull. Elle se rappelait encore la perfection de son corps, la fermeté de sa peau…

Non, il valait mieux éviter de penser à cela, même si le simple fait de se trouver dans la même pièce qu'Adam suffisait à enflammer ses sens.

Ignorant tout du trouble dont elle était la proie, Adam l'observait avec une mimique dubitative.

— Tu as l'intention de te rendre à Autumn.

C'était un constat, pas une question.

— Oui.

— C'est une mauvaise idée.

Elle feignit l'innocence.

— Pourquoi cela ?

— En allant poser tes questions, tu pourrais frapper à la mauvaise porte, tomber sur la mauvaise personne.

— Eh bien, viens avec moi.

Elle esquissa un sourire ironique, pour ne pas qu'il se rende compte combien elle avait besoin de lui.

— Tu pourras me protéger contre les méchants.

Le visage d'Adam se ferma.

— Laisse tomber, Morgan. Il est hors de question que je t'accompagne.

— Eh bien, dans ce cas, j'irai seule.

Il secoua fermement la tête.

— C'est trop dangereux. Je te ramène chez toi. Et nous partons immédiatement.

Comprenant qu'elle n'aurait pas gain de cause, Morgan décida de ne pas perdre de temps en vaines argumentations.

— Très bien.

Il la dévisagea avec suspicion.

— Très bien ?

Elle soutint sans flancher son regard inquisiteur.

— Oui. Ce n'est pas ce que tu veux ?

— Si, mais pas toi. Pourquoi cèdes-tu aussi facilement ?

Elle haussa les épaules.

— Nous savons tous les deux que j'irai à Autumn d'une façon ou d'une autre. Ce n'est qu'un petit incident de parcours. Je me suis déjà évadée une fois de la clinique. Je peux le refaire.

— C'est donc ton plan ? Tu vas rentrer sagement avec moi et t'enfuir ?

— Oui.

Adam laissa échapper un soupir de frustration.

— Tu es vraiment la personne la plus entêtée…

Il s'interrompit et balaya ces mots d'un geste de la main.

— Laisse tomber. Ta docilité me facilite le travail, après tout. Quand tu seras rentrée, tu cesseras d'être mon problème pour devenir celui du sénateur.

L'hostilité qui s'exprimait dans les paroles et dans l'intonation d'Adam la blessait, mais elle ne pouvait raisonnablement l'en blâmer.

Elle l'avait fait souffrir en annulant leur mariage…

Ou plutôt, c'était lui qui l'avait annulé. Elle avait simplement suggéré de le reporter afin de se laisser le temps de réfléchir.

Mais, avec Adam, la demi-mesure n'existait pas. Les choses ne pouvaient être que blanches ou noires. Soit ils se mariaient, soit ils ne se mariaient pas.

Il avait choisi la seconde option.

Adam se dirigea vers la porte.

— Prends ton manteau. Il fait froid dehors.

— Je n'en ai pas.

— Tu es montée jusqu'ici à pied, sans manteau ?

— Figure-toi que je n'ai pas vraiment eu le temps de m'inquiéter de la météo.

Il marmonna quelque chose entre ses dents, puis il ouvrit la porte et s'effaça pour la laisser sortir la première.

Adam lui tournait le dos tandis qu'il verrouillait la porte, et elle en profita pour regarder autour d'elle.

La vue d'un cache-pot en céramique bleue lui donna soudain une idée.

Elle n'avait aucune intention de retourner à Washington ce soir, et elle savait qu'elle avait peu de chances de parvenir à semer Adam avant d'arriver à la voiture, garée en contrebas sur la route.

— N'oublie pas de remettre ça en place, dit-elle quand il se tourna vers elle.

Elle lui présenta sa paume, et la clé argentée scintilla sous le rayon de lune qui éclairait le perron presque comme en plein jour.

Sans un mot, Adam prit la clé et dévala les marches.

Morgan le suivit, en récupérant discrètement au passage le pot de fleur, qu'elle dissimula dans son dos.

Elle attendit qu'Adam soit agenouillé au pied de l'escalier, et légèrement penché sous le limon pour remettre la clé dans le boîtier fixé à une contremarche.

C'était maintenant ou jamais.

Luttant contre le sentiment de culpabilité qui l'envahissait, elle leva le bras.

Comme s'il avait deviné ses intentions, Adam tourna brusquement la tête, écarquilla les yeux de surprise, mais il n'eut pas le temps de parer le coup.

3

Morgan courait à perdre haleine.

Elle n'osait pas se retourner pour vérifier si Adam la suivait, mais elle savait qu'elle ne l'avait pas assommé comme elle l'escomptait.

Rien d'étonnant à cela. Il avait toujours eu la tête dure.

Il n'avait pu retenir un gémissement de douleur quand le pot en céramique s'était fracassé sur son crâne, mais il n'avait pas perdu connaissance.

Elle essaya d'ignorer l'image d'Adam vacillant sous le choc. Elle n'avait pas eu le choix, mais elle espérait quand même ne pas lui avoir fait trop mal.

Elle n'était pas quelqu'un de violent, en général.

Mais elle n'était pas folle, non plus, et elle ne se laisserait pas enfermer de nouveau.

Des brindilles se brisaient sous ses semelles. Les branches des arbres frôlaient dangereusement son visage.

A plusieurs reprises, elle dérapa sur des plaques de neige compacte, mais continua courageusement à avancer.

Les joues et les poumons en feu, elle essaya de prêter attention à son environnement, mais elle n'avait pas la moindre idée de la distance qui lui restait à parcourir jusqu'à la route.

Tandis qu'elle s'encourageait à continuer, elle fut soudain tirée brutalement en arrière par une main puissante accrochée à son sweat-shirt.

— Maudite sois-tu ! s'exclama Adam d'un ton rageur.

Il la prit par les épaules et la fit se retourner.

La fureur dans ses yeux lui fit peur. Elle ne l'avait jamais vu comme ça, le regard menaçant, les lèvres serrées en une ligne hargneuse.

Elle déglutit en découvrant l'estafilade sur sa tempe gauche, le filet de sang qui coulait sur sa joue, et se mit à trembler.

La colère d'Adam sembla monter d'un cran quand il prit conscience de son expression apeurée.

— Je t'interdis d'avoir peur de moi, clama-t-il.

— Je…

— Beaucoup de choses ont changé depuis deux ans, mais pas ça. Je ne te ferai jamais de mal.

— Je suis désolée, murmura-t-elle.

— De m'avoir frappé, ou de croire que j'étais capable de te brutaliser ?

— Les deux.

Adam secoua la tête avec l'air de quelqu'un qui faisait des efforts considérables pour se contenir.

— Franchement, Morgan, tu crois que cette situation me plaît ? Tu crois que ça m'amuse de te poursuivre dans les bois en pleine nuit ?

— Dans ce cas, laisse-moi partir.

— Je ne peux pas.

— S'il te plaît, Adam, j'ai besoin de connaître la vérité. Cela fait dix ans que j'essaie de comprendre ce qui est arrivé à Layla. Je ne peux pas m'arrêter maintenant !

— Layla est morte, répliqua-t-il d'un ton fataliste.

— Oui, et quelqu'un a essayé de me tuer juste après que son cadavre a été découvert.

Les larmes lui montèrent aux yeux.

— Quand elle a disparu, j'ai tout de suite compris

qu'elle avait été assassinée. J'étais la seule à le penser, et j'avais raison.

— Je sais. Mais il est peut-être temps de tourner la page.

— Non.

Il soupira, mais elle revint à la charge :

— Ecoute, je sais que tu ne me dois rien. D'ailleurs, c'est plutôt moi qui devrais faire amende honorable…

Sa voix vacilla, mais elle réussit à terminer.

— Je t'en prie, Adam, rends-moi ce service, viens à Autumn avec moi.

— J'ai déjà dit non.

— J'ai besoin de toi. Tu es un expert en matière de protection et de sécurité, et il est maintenant établi que je suis en danger.

Il garda le silence.

Une bourrasque de vent glacé souleva ses cheveux noirs, et elle vit que le sang sur sa tempe avait séché. Elle fut tentée de tendre la main et de toucher sa blessure, mais garda les bras le long de son corps.

Elle pourrait nettoyer la plaie plus tard.

Quand il aurait accepté de l'accompagner.

Ce qu'il finirait par faire. Elle voyait dans son regard que sa détermination commençait à vaciller.

Elle décida de jouer sa dernière carte.

— Un jour, tu m'as dis que tu serais toujours là pour me protéger.

Elle inclina la tête, charmeuse.

— Si je vais là-bas toute seule et qu'il m'arrive quelque chose… Tu ne te sentirais pas coupable, en sachant que je t'ai demandé de l'aide et que tu as refusé ?

Il eut un bref éclat de rire.

— Ça, ma belle, c'est vraiment mesquin. Même pour toi.

Elle haussa les épaules.

— Mais ça a marché, non ?

Il laissa échapper un lourd soupir.

— A ton avis ?

De toutes les choses stupides qu'il avait pu faire en trente-deux années d'existence, celle-ci détenait la palme, songea Adam.

Mais pourquoi diable avait-il accepté d'accompagner Morgan à Autumn ?

Il s'était posé la question durant la difficile descente jusqu'à la route, où il avait laissé sa voiture, et n'avait toujours pas trouvé la réponse. Peut-être le coup qu'il avait pris sur la tête l'avait-il affecté plus qu'il ne le pensait…

— Merci d'avoir changé d'avis, dit Morgan, en prenant place sur le siège passager.

Il tourna la clé de contact, et régla le chauffage au maximum.

C'était de la folie. Le simple fait de se trouver à côté d'elle dans l'habitacle étroit de la voiture était une torture.

Il la désirait et la détestait tout à la fois, partagé entre l'envie de la prendre dans ses bras et de la repousser le plus loin possible de lui.

Serrant les mâchoires, il lui lança un regard en coin.

— Attache ta ceinture.

Il allait enclencher le levier de vitesse quand elle posa la main sur la sienne. Sa paume était froide, mais le contact de ses doigts délicats fit courir une vague de chaleur dans tout son corps.

— Laisse-moi d'abord nettoyer ta blessure, souffla-t-elle.

— Je vais bien.

— Tu plaisantes ?

Prenant sur lui, il la regarda fouiller dans son sac et en sortir un paquet de mouchoirs et un flacon de gel désinfectant hydro-alcoolique.

— Cela devrait faire l'affaire, dit-elle. Penche-toi vers moi.

Il ne bougea pas. Il n'était pas question qu'il se rapproche d'elle.

Morgan eut une mimique exaspérée.

— Je me demande pourquoi les hommes, quand ils sont malades ou blessés, se comportent comme de gros bébés ou jouent les durs.

Sans plus attendre, elle versa un peu de produit sur un mouchoir et l'appliqua sur sa tempe.

Il se crispa, essayant d'ignorer le picotement de l'alcool, et attendit patiemment qu'elle ait fini d'essuyer le sang séché sur sa joue.

L'odorat saturé par son parfum, il finit par retenir sa respiration.

Elle était trop près, beaucoup trop près. Et pourquoi avait-elle plongé les doigts dans ses cheveux ?

Il relâcha bruyamment son souffle, et elle s'interrompit.

— Tu as… des débris de céramique dans les cheveux, dit-elle d'une voix hésitante.

Refermant les doigts autour de son poignet, il repoussa son bras.

— Je peux le faire moi-même, marmonna-t-il.

Evitant son regard, il épousseta les minuscules éclats fichés dans ses cheveux, puis il démarra précipitamment, en faisant crisser les pneus sur les gravillons de l'accotement.

— Je suppose que je devrais appeler mon père, remarqua Morgan en attachant sa ceinture. Tu peux me prêter ton portable ? On m'a confisqué le mien lors de mon admission à la clinique.

— Il n'y a pas de réseau ici. Nous l'appellerons quand nous serons plus proches de la civilisation.

C'était un appel qu'il n'était pas pressé de passer. Le

sénateur serait furieux quand il découvrirait qu'il avait changé de camp.

— Tony doit s'inquiéter aussi, remarqua Morgan d'un air absent. Il faudra que je l'appelle aussi.

— Comment va ton frère ?

Adam avait toujours apprécié le frère aîné de Morgan. Avec son incroyable appétit de vivre, sa bonne humeur contagieuse et son insouciance, Anthony Kerr était comme une bouffée d'air frais dans la vie de ceux qu'il croisait.

— Il va très bien. Il adore son nouveau travail dans la publicité, et il a enfin une petite amie. Il a finalement réussi à surmonter sa phobie de l'engagement.

Ah, l'engagement ! Adam en savait quelque chose.

En fait, lorsqu'il avait rencontré Morgan, il n'avait aucune envie d'une relation à long terme. Pour un orphelin comme lui, qui avait navigué de foyers en familles d'accueil, ne connaissant que les situations provisoires et les ruptures, le couple et la famille restaient des notions abstraites.

Pourtant, Morgan avait réussi à briser le mur de défense qu'il avait bâti, à s'insinuer jusqu'à son cœur et à lui faire croire aux contes de fées.

Il aurait mieux fait de s'en tenir à sa première impression.

La voix de Morgan l'arracha à ses pensées.

— Je crois que la première chose à faire est de rencontrer le médecin légiste, dit-elle. Je devais le voir, mais il y a eu l'accident, et ça ne s'est pas fait.

— Le corps de Layla a été enterré ?

— Non. Le légiste devait procéder à des examens complémentaires, et sa famille a organisé une simple messe commémorative.

— Il faudra faire attention à qui tu parles. Il est probable que ton agresseur réside à Autumn.

Morgan avala péniblement sa salive.

— Et s'il recommence ?

Il sentait son regard sur lui, et finit par tourner la tête.

Son expression anxieuse était presque identique à celle qui s'affichait sur son visage quand, à une semaine de leur mariage, elle lui avait demandé si ça l'ennuyait de le reporter après les élections.

Oui, cela l'ennuyait. Au point qu'il lui avait fixé un ultimatum, qu'elle s'était empressée de lui retourner.

— Adam ? le pressa-t-elle.

Il savait qu'elle attendait du réconfort, une promesse, la garantie qu'il resterait à ses côtés jusqu'à ce que tout danger soit écarté.

La tentation était grande pour lui de l'envoyer promener.

Mais son sens du devoir reprit le dessus.

— Tant que tu seras avec moi, il ne t'arrivera rien, Morgan.

« Dommage que la réciproque ne soit pas vraie », ajouta-t-il en pensée.

4

Ils étaient à quarante minutes à peine d'Autumn quand Adam décida de s'arrêter sur le parking d'une station-service ouverte vingt-quatre heures sur vingt-quatre.

Il n'avait pas besoin d'essence, mais la précédente demi-heure, faite de longs silences entrecoupés des vaines tentatives de Morgan pour relancer la conversation, avait mis ses nerfs à rude épreuve.

Il se gara devant le bâtiment de brique rouge bien éclairé, coupa le moteur et prit son téléphone portable dans le porte-gobelet où il l'avait déposé.

— On appelle mon père ? demanda Morgan, avec une réticence évidente.

Eh bien, il était temps qu'elle ouvre enfin les yeux sur le sénateur.

L'hostilité entre Edward et lui avait été immédiate, mais il avait fait des efforts considérables pour cacher à Morgan ce qu'il pensait du diabolique politicien. Dans le même temps, il ne manquait pas de se demander comment elle faisait pour ne pas voir ses machinations, et pour toujours lui trouver des excuses.

Les interférences constantes du sénateur dans leurs vies étaient intolérables. S'il réservait une table pour tous les trois, Edward appelait pour annuler et les obligeait à dîner dans un restaurant de son choix. Pour l'anniversaire de Morgan, ils avaient prévu d'aller aux Fidji, mais son père avait insisté pour qu'elle assiste à une ennuyeuse réception destinée à lever des fonds pour son parti. Evidemment, Adam n'était pas sur la liste des invités. Apparemment, le sénateur ne le trouvait pas assez bien pour sa fille, même si par ailleurs il se désintéressait complètement de cette dernière.

Adam avait stoïquement encaissé les rebuffades et les humiliations, jusqu'à ce que le sénateur dépasse les bornes en exigeant le report du mariage. Cette dernière sommation avait provoqué une terrible dispute entre Morgan et lui, durant laquelle il avait enfin exprimé tout le mal qu'il pensait — à juste titre — du sénateur.

— C'est moi qui vais appeler, corrigea-t-il.

Elle ouvrit la bouche pour protester, mais il leva une main.

— Pas de discussion ! Nous savons tous les deux que tu es incapable de lui tenir tête. Si tu veux vraiment aller à Autumn, laisse-moi lui parler.

Sur ces mots, il ouvrit la portière et sortit de la voiture.

L'air froid le fit immédiatement frissonner, mais cette sensation était la bienvenue. Chaque fois qu'il se trouvait à proximité de Morgan, sa température montait en flèche. De façon terriblement inconfortable.

— Vous l'avez trouvée ? s'exclama le sénateur.

Il avait décroché à la première sonnerie, et ne s'était pas embarrassé d'une quelconque formule de politesse.

Comme toujours, Adam eut envie de lui répondre avec grossièreté.

— Oui, se contenta-t-il d'articuler.

— Parfait ! Je savais que vous le feriez. Vous êtes en route pour Washington ?

Plus que du soulagement, sa voix exprimait une certaine

satisfaction. Il devait considérer cela comme un succès de plus à son palmarès.

Adam aurait aimé voir la tête du sénateur au moment de lui faire l'annonce suivante qui, il le savait, ferait l'effet d'une bombe.

— En fait…

Il sourit. Il ne pouvait s'en empêcher. Cela faisait tellement longtemps qu'il avait envie de river son clou au sénateur !

— Je ne la ramène pas.

Il y eut un silence lourd de colère, suivi d'un juron. Puis :

— Quoi ? Que diable me chantez-vous là ?

— Elle n'a pas envie de rentrer.

Le sourire d'Adam s'élargit, tandis qu'il contrefaisait le vocabulaire volontiers ampoulé du sénateur.

— Et je ne suis guère enclin à la forcer.

Le vernis de courtoisie du sénateur vola en éclats.

— Espèce de moins que rien ! Ce n'était pas notre accord.

— Nous n'avions pas d'accord. Je vous ai dit que je la retrouverai, et c'est ce que j'ai fait. Je n'ai jamais promis de vous la ramener.

C'était toutefois ce qu'il avait en tête. Quand il avait découvert Morgan dans le chalet, il avait l'intention de la conduire à Washington et de la déposer sur le seuil d'Edward, comme on se débarrasse d'un paquet encombrant.

Mais c'était avant qu'elle lui explique ce qui s'était réellement passé sur le pont.

Peu importait son désir — ou plutôt son besoin vital — de se tenir le plus loin possible d'elle, il ne pouvait l'abandonner si elle était en danger.

S'il partait, qui la protégerait ?

— Soyez sûr d'une chose, Quinn, éructa le sénateur,

si vous ne la ramenez immédiatement à la clinique, je lance tous les flics de la ville à vos trousses.

Cette menace n'émut pas Adam.

— Laissez-moi deviner. Vous allez m'accuser d'enlèvement ? Je ne peux pas dire que ça me surprenne. Mais, à votre place, je ne ferais pas ça.

— Je ne vois pas ce qui m'en empêcherait.

— La crainte d'une tempête médiatique, peut-être. Si vous le faites, je raconterai à la presse comment vous avez fait passer Morgan pour folle afin de la garder sous votre coupe. Et, si l'envie m'en prend, je pourrais même vous accuser… je ne sais pas… de corruption, de financement illégal de vos campagnes.

— Je n'ai jamais rien fait de tel. J'ai sans doute mes défauts, mais j'ai toujours été intègre.

— Oui, mais les médias ne le savent pas. De toute façon, ils s'en moquent. Ce qui les intéresse, c'est un bon petit scandale.

Il y eut un long silence à l'autre bout de la ligne.

— Pourquoi faites-vous ça ? demanda Kerr, d'un ton désabusé.

— Parce que quelqu'un a essayé de tuer votre fille la semaine dernière.

— Sottises ! Personne n'a essayé de la tuer. C'était une hallucination. Elle a toujours été fragile psychologiquement.

— Gardez votre baratin pour d'autres. Je me fiche que vous la croyiez ou non. Je voulais juste que vous sachiez pourquoi j'ai accepté de l'aider. Et je vous rappelle amicalement que ce serait une très mauvaise idée de me faire arrêter.

— Vous êtes une ordure sans foi ni loi, Quinn.

— Je vous retourne le compliment, mon cher Edward.

Le sénateur raccrocha sans ajouter un mot de plus.

Adam rabattit le clapet du téléphone et revint vers la

voiture en sifflotant, pas mécontent d'avoir enfin traité le sénateur comme il le méritait.

Cela faisait tellement longtemps qu'il attendait ça !

Mais son euphorie fit place à une certaine gêne lorsqu'il découvrit Morgan appuyée contre l'aile de la voiture.

— Tu as entendu ? demanda-t-il.

Elle répondit par un hochement de tête.

— Alors vas-y, défoule-toi. J'ai provoqué ton pauvre père. J'ai dépassé les bornes…

Comme elle ne saisissait pas la perche, il leva un sourcil d'un air sarcastique.

— Et alors, où est passé le fameux tempérament Kerr ?

— Je n'ai rien à te reprocher. Tu as eu raison.

Adam resta sans voix, ce qui ne lui arrivait que rarement.

— J'imagine très bien ce qu'il t'a dit, reprit Morgan en secouant la tête avec irritation. Il veut que je retourne à la clinique, n'est-ce pas ? Eh bien, il n'en est pas question ! Et si, pour m'éviter cela, tu as dû le menacer, je ne vais pas t'en blâmer.

Adam brûlait d'envie de régler une bonne fois pour toutes ses comptes avec Morgan, de lui demander pourquoi elle acceptait de voir son père comme il était seulement maintenant, et pas deux ans plus tôt, quand ça aurait pu tout changer entre eux.

Mais il parvint à tenir sa langue.

— Qu'est-ce qui te prend ? demanda-t-il simplement.

Morgan soutint son regard inquisiteur, et il vit passer dans ses yeux une profonde amertume.

— Il a refusé de me croire.

Adam avait pris sa défense.

Cela ne signifiait pas pour autant qu'il lui avait pardonné, ni qu'il était prêt à l'accueillir à bras ouverts dans sa vie, se dit Morgan, mais elle ne pouvait lutter contre le sentiment d’allégresse qui gonflait son cœur.

Son père avait la désagréable habitude de terroriser les hommes qui s’intéressaient à elle, mais Adam ne s’était pas laissé faire. Il avait menacé un sénateur. Son père. Pour elle.

Elle attacha sa ceinture et observa Adam du coin de l’œil tandis qu’il démarrait.

Elle avait terriblement envie de le prendre dans ses bras pour le remercier pour cette confiance qu’il lui conservait malgré la façon dont les choses s’étaient terminées entre eux.

— Tu te souviens du jour où nous nous sommes rencontrés ? ne put-elle s’empêcher de demander.

Adam tourna la tête vers elle, surpris.

— Evidemment ! Ce genre de chose ne s’oublie pas.

Le ton était bourru, comme le jour où il l’avait vertement repoussée. En pantalon de treillis et T-shirt kaki moulant, son torse couvert de sueur, il arpentait le camp de réfugiés, aboyant des ordres à ses hommes… et à elle.

— Tu m’avais agacée avec ton comportement de macho, admit-elle avec un sourire attendri. Et puis cette façon de m’ordonner de monter dans « ce fichu hélico »… manquait plutôt de savoir-vivre.

— Je n’avais pas le temps de faire des mondanités. Et tu ne m’aidais pas en t’obstinant à vouloir rester sur place.

Morgan haussa les épaules et prit appui contre le dossier de son siège.

— Mon reportage n’était pas terminé, et je ne me sentais pas menacée.

Et pourtant, la menace était réelle.

Adam et son équipe avaient été envoyés pour exfiltrer le personnel humanitaire et les journalistes, après que les services secrets eurent pris connaissance de l'attaque imminente d'un groupe de rebelles.

Morgan avait toutefois tenu à rester jusqu'au bout, quittant le camp dans le dernier hélicoptère, quelques minutes avant le raid des insurgés.

Et, au milieu de ce chaos, elle était tombée amoureuse d'Adam, le grand, solide et rude militaire. Mais le plus étonnant était peut-être que la réciproque soit vraie.

— Je ne sais pas ce que tu m'as trouvé, dit-elle. J'avais l'air d'un épouvantail avec mes vêtements sales et mes cheveux emmêlés. Pourtant, quand nous avons atterri à Washington, tu m'as dit que j'étais belle.

Il tourna vers elle un regard attendri, en esquissant un sourire.

— Tu l'étais, et tu l'es toujours, mais j'aurais dû ajouter « entêtée », « irritante », « exigeante »… Tu voulais absolument que je t'accorde une interview.

— Que je n'ai d'ailleurs pas obtenue.

En effet, l'interview n'avait jamais eu lieu.

Le rendez-vous au bar de l'hôtel d'Adam avait débouché sur un dîner, qui s'était poursuivi par un dernier verre, et s'était terminé par une nuit torride. Une aventure d'un soir pour l'un comme pour l'autre mais, deux ans plus tard, ils étaient toujours ensemble et avaient décidé de se marier.

— Cette première nuit, reprit-elle, je ne sais pas si je te l'ai dit, mais c'était la meilleure de toute ma vie.

Elle vit un muscle jouer dans la mâchoire d'Adam, tandis que ses mains se crispaient sur le volant.

— Ne t'engage pas sur cette voie, répliqua-t-il d'un ton réfrigérant. Nous ne sommes pas là pour évoquer le passé, mais pour découvrir qui a essayé de te tuer.

— Je sais. Je n'avais pas l'intention…

Il la toisa durement.

— Oh, si, tu savais très bien ce que tu faisais ! Mais me

rappeler notre rencontre n'est pas ce qui me fera oublier la façon dont nous nous sommes quittés.

— Je sais.

— Ne joue pas avec moi, Morgan. Je n'ai pas l'intention de reprendre notre liaison.

Submergée par une vague de tristesse, elle sentit ses yeux s'embuer.

— Une liaison ? Je pensais qu'après deux ans de vie commune, nous avions dépassé ce stade.

— Moi aussi. Mais tu t'es montrée très claire sur tes priorités, et notre *relation* n'en faisait à l'évidence pas partie.

— Ce n'est pas vrai, protesta Morgan. Je n'ai jamais voulu y mettre un terme.

— Ça suffit ! dit-il, en la faisant taire d'un regard glacial. Ce qui est fait est fait, et je ne veux plus jamais en reparler.

Chaque mot était comme un coup de poignard dans son cœur.

De simples paroles pouvaient-elles provoquer une douleur physique ? Il semblait que c'était le cas.

Autrefois, Adam ne se serait jamais montré aussi cruel. Mais n'était-elle pas en partie responsable de ce changement d'attitude ?

Pourquoi, grands dieux, avait-elle pris le parti de son père contre celui d'Adam ?

« Il faudra que tu soutiennes ton père quoi qu'il arrive, que tu l'aides sans qu'il ait besoin de te le demander. Ton père n'aime pas montrer qu'il peut être vulnérable, comme tout le monde. »

L'explication était là, dans les paroles que sa mère avait prononcées avant de mourir. Cette promesse dictait tous ses choix.

Mais cela n'excusait pas le mal qu'elle avait fait à Adam.

— Bien, lança-t-elle d'une voix raffermie. Je ne parlerai plus du passé, si ça t'ennuie à ce point.

Un silence tendu planait dans la voiture.

Le visage collé à la vitre, Morgan regardait défiler le paysage, dont les contours baignés de lune étaient presque aussi nets qu'en plein jour. Tout semblait cependant différent, mystérieux, fantomatique.

Les silhouettes massives des pins noirs qui bordaient la route, telles des sentinelles menaçantes, alternaient avec les squelettes dénudés des chênes, dont les branches tortueuses se tendaient comme des bras, et elle ne put réprimer un frisson d'angoisse.

Pourtant, elle avait de bons souvenirs à Autumn. Enfant, elle considérait la région comme un vrai paradis, tout au moins du vivant de sa mère.

La propriété de ses parents était située en pleins bois et, durant l'été, elle adorait les explorer avec Tony. Ils étaient libres d'aller et venir, et se prenaient pour des explorateurs perdus dans la jungle, s'inventant mille et une aventures héroïques.

Layla les accompagnait parfois, mais Tony avait la détestable habitude de la taquiner sans merci et, en grandissant, Layla avait fait en sorte de l'éviter le plus possible.

Le simple fait d'évoquer son amie d'enfance suffit à raviver la peine de Morgan.

Le cadavre de Layla avait été retrouvé dans les bois, non loin de leur maison. Sans le savoir, elle était passée plusieurs fois près de l'endroit où elle avait été enterrée.

Les larmes lui montèrent aux yeux en songeant au sort cruel qu'avait connu son amie. Personne ne méritait de mourir de cette façon.

— Nous y sommes, annonça Adam.

Levant les yeux vers le grand panneau vert annonçant « Bienvenue à Autumn », Morgan ressentit un frisson d'appréhension.

Depuis dix ans, c'était une sensation qu'elle éprouvait à chaque visite. Et, après ce qui s'était passé lors de son dernier séjour, elle n'en menait pas large.

Adam ralentit pour traverser la rue principale. Il était 1 heure du matin, et la ville n'était pas éclairée. Mais, même à la lumière des phares, le charme qui s'en dégageait était indéniable.

Quintessence de l'Amérique provinciale, Autumn était un rêve de touriste, avec ses boutiques typiques aux enseignes parfois insolites, ses vieux réverbères, ses bâtiments administratifs en brique rouge flanqués de leur drapeau, sa banque à l'impressionnante façade de granit, dont le fronton à pilastres évoquait l'entrée d'un château, et son église en planches de bois blanchies.

— Tu tourneras à gauche au prochain stop, annonça Morgan.

Adam suivit ses instructions, et s'engagea bientôt sur une route secondaire qui serpentait à travers bois.

Il ne connaissait pas la maison, et Morgan se demanda comment il réagirait en découvrant la propriété.

Quand ils étaient ensemble, elle évitait soigneusement d'évoquer la fortune familiale. Connaissant les origines très modestes d'Adam, et son difficile parcours jusqu'à l'âge adulte, elle se sentait coupable de n'avoir jamais manqué de rien.

Après un dernier tournant, Adam s'engagea dans une allée simplement signalée par deux piliers de pierre, et remonta un chemin de terre battue bordé d'acacias débouchant sur une immense grille en fer forgée.

D'ordinaire, la grille était fermée, et il fallait saisir sur le boîtier de commande un code qui était modifié régulièrement. Aussi Morgan s'alarma-t-elle en la voyant ouverte.

— Qu'est-ce que…

Plissant les paupières, elle essaya d'identifier la voiture garée devant le perron.

— Ne me dis pas que tu es surprise, commenta Adam en franchissant les grilles. Ton père est loin d'être stupide. Il savait que tu viendrais ici.

— Il a même prévu un comité d'accueil !

5

Jake Wilkinson affichait un air belliqueux lorsqu'il sortit de son 4x4 et s'approcha de leur voiture.

L'observant à travers le pare-brise tandis qu'elle défaisait sa ceinture, Morgan fut comme toujours étonnée de constater qu'il n'avait absolument pas changé depuis le lycée.

Avec sa haute stature et sa carrure de lutteur, il était l'un des joueurs phares de l'équipe de football, et son côté bagarreur l'avait suivi jusqu'à l'âge adulte. Autrefois, il aimait chercher des noises à tout le monde, provoquant les gens jusqu'à ce que la bagarre éclate.

D'après ce qui se disait en ville, il n'avait pas changé. Si ce n'était qu'il avait maintenant un insigne derrière lequel se retrancher, et qu'il valait mieux ne pas se le mettre à dos.

Morgan n'avait jamais été fan de Jake. Elle le fuyait comme la peste quand elle était jeune, et ne l'appréciait pas plus aujourd'hui.

— Le shérif, je suppose, murmura Adam.

— Mouais. Mon père a dû l'appeler immédiatement après t'avoir parlé.

— Si j'ai bonne mémoire, notre estimé shérif est sorti avec Layla, non ?

— Tout à fait.

— Ne dit-on pas que la personne la plus proche de la victime a toutes les chances d'être le coupable ?

— Il paraît, répondit Morgan avec un soupir. Allez, viens. Finissons-en.

Ils sortirent de la voiture, et elle remarqua qu'Adam avait redressé les épaules, se tenant prêt à une éventuelle altercation.

Si cela devait se produire, elle était certaine qu'il prendrait facilement le dessus sur Jake.

Les lèvres épaisses de ce dernier étaient retroussées en une moue narquoise tandis qu'elle s'avançait vers lui.

Ses yeux noirs se posèrent un instant sur son visage, avant de détailler attentivement Adam, en qui il voyait visiblement un concurrent.

— Salut, Jake, dit-elle avec une nonchalance feinte.

— Morgan.

Il lui adressa un bref signe de tête avant de s'adresser à Adam.

— Adam Quinn, je suppose ?

Adam hocha à son tour la tête, avec un sourire dépourvu de sympathie.

— Que puis-je faire pour vous, shérif, à cette heure tardive ?

D'un geste apparemment involontaire, Jake posa la main sur la crosse de son arme, fixée à sa ceinture, mais Morgan ne fut pas dupe.

Son intention était bel et bien de les intimider.

— Ton père m'a informé de ta visite, lui annonça-t-il. Je suis donc venu voir si tout allait bien. Etant donné que la dernière fois, j'ai dû faire sortir ta voiture de la rivière…

Morgan tiqua. La nuit où elle avait basculé par-dessus le pont, elle avait parlé à Jake de l'autre voiture mais, comme son père, il n'avait pas voulu la croire.

— Comme tu le vois, je suis parfaitement remise, répondit-elle sèchement.

— Mais oui, dit-il d'un ton peu convaincu.

— Et toi ? Je suppose que tu as consacré toute ton énergie à essayer de retrouver la voiture qui m'a poussée ?

Les yeux noirs de Jake lancèrent des éclairs.

— J'ai passé les lieux au peigne fin, mais je n'ai rien trouvé qui indique la présence d'une autre voiture sur le pont.

— Bien sûr…

Jake l'ignora et s'adressa à Adam.

— Combien de temps comptez-vous rester ?

— C'est important ? demanda Adam d'un ton faussement amical. Morgan a grandi ici.

Il désigna d'un geste l'imposante demeure derrière eux.

— Sa famille possède cette maison. Elle a le droit d'y séjourner aussi longtemps qu'elle le souhaite, n'est-ce pas ?

— Bien sûr. A condition qu'elle ne gêne pas mon enquête.

Morgan se raidit de colère.

— Je suppose que tu veux parler de l'enquête sur la mort de Layla ? Celle qui doit te poser un sérieux conflit d'intérêts, étant donné que tu sortais avec elle.

Les doigts de Jake se crispèrent autour de la crosse de son arme.

— Layla et moi avions rompu quelques semaines avant sa disparition, tu le sais.

— Ça ne veut pas dire que tu ne l'as pas tuée.

Une lueur courroucée traversa le regard de Jake.

— Comment oses-tu ?

Sans se laisser intimider, Morgan lui tint tête.

— Je suis journaliste, et Layla était ma meilleure amie. J'ai toutes les raisons de vouloir découvrir ce qui s'est passé.

— C'est le travail de la police, protesta Jake. Le mien.

— Tu as des pistes ?

Un muscle joua dans sa mâchoire.

— Non.

— Des suspects ?

— Non, mais…

— Dans ce cas, tu ne devrais pas refuser mon aide.

Le shérif contenait sa colère à grand-peine, Morgan en était consciente mais, quand elle avait une idée en tête, il lui était extrêmement difficile de renoncer.

— Je te préviens gentiment, Morgan. Ne fourre pas ton nez dans mon enquête.

— Sinon quoi ? demanda-t-elle d'un ton de défi.

Comme il ne répondait pas, elle revint à la charge :

— Je veux avoir accès à la scène de crime et au rapport d'autopsie.

— Pas question.

Il soupira et hocha la tête avec une commisération feinte.

— Ton père m'avait prévenu, mais je ne me doutais pas que tu pouvais être aussi agaçante. Tu es sans doute habituée à ce qu'on te passe beaucoup de choses, sous prétexte que tu es fragile et que tu risques de craquer si on te contrarie. Seulement, tu tombes mal avec moi. Je ne suis pas du genre à me laisser marcher sur les pieds. Si tu interfères dans mon enquête, je te coffre pour obstruction.

Morgan ravala sa colère et sa fierté.

Elle se rendait bien compte qu'elle allait trop loin, et que la réaction de Jake était de plus en plus hostile.

— Je suis une bonne journaliste, contra-t-elle d'un ton posé. Je peux t'être utile.

— Tu es instable mentalement. Nous lisons les journaux ici aussi, et tout le monde est au courant de tes frasques.

La colère qu'elle avait réussi à contenir revint tel un

cheval fou lancé au grand galop, empourprant violemment ses joues.

— Je ne suis pas…

Adam, qui n'était pas intervenu jusque-là, lui coupa la parole.

— Tout va bien, shérif. Nous avons compris le message.

Le regard suspicieux de Jake se posa sur lui.

— Ni Morgan ni moi ne nous mêlerons de votre enquête, précisa Adam.

Son ton était retenu et courtois, mais sa posture rigide indiquait la contrariété que lui inspirait la tournure des événements.

— J'ai amené Morgan ici pour qu'elle puisse se remettre de l'accident loin de la curiosité des médias. Nous avons l'intention de rester discrets.

L'expression du shérif se rasséréna.

— Bien, dit-il avec un bref hochement de tête. Restez en dehors de ma route et vous n'aurez pas de problèmes.

Portant la main à son Stetson, il conclut :

— Passez une bonne nuit.

Serrant les dents, Morgan regarda le shérif retourner à sa voiture, ouvrir la portière et se glisser au volant.

Quand le 4x4 de patrouille eut franchit les grilles, elle se tourna vers Adam, l'air déterminé.

— Je n'ai pas l'intention de renoncer à enquêter sur le meurtre de ma meilleure amie.

— Qui a dit que tu devais le faire ?

— Toi. Tu viens de dire à Jake…

— J'ai menti. Tu crois vraiment que je t'ai conduite ici pour que tu restes enfermée dans la maison à te tourner les pouces ?

Le soulagement de Morgan fut de courte durée.

— Mais il ne nous laissera pas accéder à la scène de

crime. Et je suis sûre qu'il interdira à tout le monde de me parler.

Une lueur d'humour scintilla dans les yeux verts d'Adam.

— Tu as oublié comment je gagne ma vie ? Même si je travaille pour le gouvernement, j'utilise souvent les mêmes méthodes que les mercenaires. Ne t'inquiète pas. Tu auras accès à tout ce que tu veux.

La conversation avec cet idiot de shérif avait empêché Adam de se faire une idée exacte de son environnement, mais ce qu'il découvrait à présent le laissait sans voix.

Il savait que la famille de Morgan ne vivait pas dans la misère, mais cette maison…

Encore que le terme de maison n'était peut-être pas approprié pour désigner cette immense bâtisse de trois étages, de style colonial.

Avec ses énormes colonnes soutenant un fronton sculpté, son large perron de marbre blanc et les balcons cernés de rambardes en fer forgé courant sur les façades du deuxième et du troisième étage, elle semblait tout droit sortie d'une plantation du Sud, et paraissait quelque peu anachronique dans ces bois.

On était loin, très loin, de l'idée qu'on pouvait se faire d'une maison de campagne.

Morgan ouvrit la majestueuse porte de bois, recouverte d'une peinture laquée noire, et l'invita à la suivre dans le hall.

Elle actionna un interrupteur, et un lustre de cristal, qui n'aurait pas déparé à Buckingham Palace, illumina le sol de marbre à cabochons et l'escalier à double révolution pourvu en son centre d'une niche abritant une statue.

Impressionné malgré lui, Adam jeta un coup d'œil sur

sa droite, vers une pièce qui semblait n'abriter que deux pianos de concert.

— La salle de musique, expliqua Morgan, en suivant son regard.

— Je ne savais pas qu'il y avait des musiciens dans ta famille.

— Il n'y en a pas. Mais mon père pense que toute maison doit posséder une salle de musique.

Adam résista à l'envie de faire remarquer que la pièce en question faisait la taille de son appartement.

Il n'était pas surpris que Morgan ne l'ait jamais invité ici. La connaissant, elle devait être embarrassée par un tel étalage de luxe. Et le fait que son père y passait la plupart des week-ends n'y était sans doute pas étranger non plus.

De toute façon, il s'en moquait. Il aurait préféré se faire arracher une dent plutôt de passer son temps libre en compagnie du sénateur.

— Je te fais visiter, ou tu préfères aller au lit tout de suite ?

Adam sentit sa bouche s'assécher. Il aurait fallu interdire à Morgan de prononcer le mot *lit*.

Malgré une évasion d'une clinique psychiatrique, une course folle à travers bois et deux heures de voiture, elle était toujours aussi belle. Deux mèches blondes s'étaient échappées de sa queue-de-cheval, encadrant son visage à l'ovale délicat tels deux rubans d'or. Et la roseur de ses joues, due au froid ou à sa conversation avec le shérif, la rendait incroyablement sexy.

Luttant contre la chaleur qui l'envahissait, il se força à se rappeler ce qu'il lui avait dit dans la voiture.

Il n'était pas là pour revivre leur romance.

— Je ne suis pas contre une visite rapide, dit-il, en décidant qu'il valait mieux repousser le plus longtemps possible le moment de rentrer dans une chambre avec Morgan.

— Rapide, ça ne va pas être faisable, répondit-elle avec un sourire moqueur. Tu as vu la taille de la maison ? Enfin, je vais voir ce que je peux faire.

Adam ne fit pas de commentaires tandis qu'ils faisaient le tour du rez-de-chaussée quasiment au pas de course.

Il y eut d'abord la fameuse salle de musique, deux salons, une salle à manger, une cuisine si bardée d'Inox qu'il en eut mal aux yeux, deux bureaux équipés de matériel informatique dernier cri et, pour finir, une bibliothèque contenant plus de cinq mille livres.

— Tu te sens d'attaque pour les étages ? demanda Morgan.

Elle fit mine de consulter une montre qu'elle ne portait pas, et indiqua avec un petit sourire :

— Ça devrait nous prendre une heure ou deux.

En revenant dans le hall, le regard d'Adam fut attiré par le portrait d'une superbe blonde aux yeux bleus, aux traits délicats et au port de tête royal.

— Ma mère, murmura Morgan.

Il savait qui était cette femme avant même que Morgan n'ait parlé. Il avait déjà vu des photos de sa mère et, de plus, la ressemblance ne trompait pas. Toutefois, Patricia Kerr semblait beaucoup plus fragile que sa fille. Ses yeux étaient trop doux, la courbe de ses lèvres trop tendre. Il manquait dans son regard une étincelle d'humour, d'enthousiasme, d'obstination.

— Elle était très… fragile, remarqua Morgan, en employant l'adjectif qui lui était précisément venu à l'esprit.

Adam jeta un bref regard à Morgan, et vit la tristesse assombrir son visage.

— Elle détestait les conflits. Les disputes la rendaient malade physiquement. Si quelqu'un en ville lui disait quelque chose de désagréable, elle restait enfermée dans sa chambre pendant des jours, inconsolable.

— Elle semblait…

Il avait envie de dire « faible », mais ne voulait pas vexer Morgan.

Mais elle le connaissait suffisamment bien pour deviner ses pensées.

— Faible ? suggéra-t-elle. Je le pense aussi. Mais elle était très douce, très charitable. Elle m'aimait et elle adorait Tony. Contrairement à mon père, elle passait beaucoup de temps avec nous quand nous étions petits. C'était une bonne mère.

— J'en suis certain.

Il s'éclaircit la gorge, plus ému qu'il ne l'aurait voulu.

— Viens, allons voir le reste de la maison.

Le tour du second étage fut vite expédié. Chaque membre de la famille avait sa propre suite, décoré dans un style qui révélait immédiatement la personnalité de son occupant.

Les appartements du sénateur étaient décorés dans des teintes sourdes, gris, brun, noir, avec un lourd mobilier d'acajou. La suite de Patricia était une véritable bonbonnière bleu pâle et or, encombrée de bibelots, de coussins, de tableaux et de petits meubles en marqueterie.

Les chambres de Morgan et Tony n'avaient pas été refaites depuis leur enfance, et Adam découvrit avec amusement l'univers rose et blanc où avait grandi son ex-fiancée.

— Ce sont mes parents qui ont choisi la décoration, dit-elle, comme si elle ressentait le besoin de s'excuser. Ils ont dû penser qu'ils pourraient dompter mon côté rebelle en m'asphyxiant sous les fanfreluches. Moi, j'aurais choisi du rouge.

— Je l'aurais parié.

Elle referma la porte, et le conduisit au dernier étage, où se trouvaient une salle de jeux et six chambres d'amis.

— Tu peux prendre celle-ci, proposa-t-elle.

Elle actionna l'interrupteur, révélant une pièce lambrissée de panneaux de chêne, décorée dans des teintes très masculines de vert sombre et de bordeaux, et dotée d'une imposante cheminée de marbre.

— La chambre te convient ? demanda-t-elle.

— C'est très bien.

— Merci encore d'avoir pris la situation en main avec Jake. J'étais sur le point de perdre mon sang-froid.

Il esquissa un sourire.

— Je m'en suis rendu compte. Malgré tout, tu aurais dû éviter de l'accuser du meurtre de Layla.

Elle soupira.

— Je sais. Je n'ai pas pu m'en empêcher. Jake a toujours eu le don de m'énerver.

— Je n'ai aucun mal à comprendre pourquoi. Ce type est un imbécile de première classe.

Il se laissa tomber sur le lit et se pencha pour délacer ses chaussures.

— Tu crois qu'il l'a fait ? demanda-t-il, en jetant un coup d'œil à Morgan.

— Je n'en sais rien, dit-elle, en prenant appui dans l'embrasure de la porte. Je l'en crois capable, en tout cas.

— C'est elle qui a rompu, ou lui ?

— C'est Layla. Elle ne supportait plus son caractère bagarreur. Et je sais qu'il l'a mal vécu. C'est pour ça que…

Elle s'interrompit au beau milieu de sa phrase, et rougit.

Il fallut à Adam une seconde pour comprendre la raison d'une telle réaction.

Tout en parlant, il avait soulevé son pull et s'apprêtait à le faire passer au-dessus de sa tête.

Embarrassé, il s'empressa de le rabattre jusqu'à la taille.

Sans le vouloir, il était retombé dans son ancienne routine. Quand ils vivaient ensemble, il avait en effet l'habitude de se déshabiller devant Morgan pendant qu'elle lui racontait sa journée, ou les nouveaux développements d'une histoire sur laquelle elle travaillait.

Mais elle l'avait trahi.

Il n'avait besoin que de ce rappel pour recouvrer immédiatement ses esprits.

— Il est tard, dit-il en se levant. Nous reprendrons cette conversation demain.

Il aurait aussi bien pu dire « fiche le camp », mais Morgan s'attardait sur le seuil de la chambre, une lueur d'hésitation dans le regard.

Elle se mordilla la lèvre, eut l'air de vouloir dire quelque chose, puis ses épaules s'affaissèrent en signe de résignation.

— Tu as raison. Bonne nuit, Adam.

— C'est ça. Bonne nuit.

6

Le jour était déjà levé lorsqu'il ouvrit un œil.

Il avait froid.

Apercevant les couvertures rejetées au pied du lit, il se pencha pour les remonter jusqu'à ses épaules, et s'accorda le luxe de paresser quelques instants.

La pendulette sur la table de chevet indiquait 8 heures, ce qui signifiait qu'il avait dormi à peine cinq heures.

Ce n'était pas un drame. Il était capable de fonctionner avec beaucoup moins d'heures de sommeil.

Avec un soupir, il bascula les jambes par-dessus le rebord du matelas, et grimaça en sentant le contact froid du parquet sous ses pieds.

Rassemblant les vêtements qu'il avait portés la veille, il les enfila rapidement. Heureusement, il gardait un sac de voyage dans le coffre de sa voiture avec quelques effets de rechange et articles de toilette.

La devise des scouts n'était-elle pas « toujours prêt » ?

Il grimaça un sourire.

Comme s'il en savait quelque chose.

Il avait passé son enfance à se défendre contre des parents d'accueil violents, à se demander quand il aurait son prochain repas, pas à faire des jeux de piste et à manger de la guimauve grillée autour d'un feu de camp.

Quittant la chambre, il s'aventura au rez-de-chaussée.

La maison était sombre et silencieuse et, bien que

son métier l'ait habitué à des missions autrement plus périlleuses, il ne se sentait guère rassuré en traversant les couloirs déserts et en empruntant les escaliers où régnait un froid insidieux.

Lorsqu'il mit le pied dehors, l'air glacé le frappa de plein fouet, gelant ses oreilles et brûlant ses poumons à chaque inspiration.

D'un pas pressé, il se dirigea vers sa voiture, prit son sac de voyage dans le coffre, et se hâta de rentrer.

De retour à l'étage, il prit une longue douche dans une vaste cabine équipée de buses d'hydromassage. Le reste de la salle de bains, carrelée de marbre noir au sol et sur les murs, jouait la carte ancienne, avec des rééditions de lavabos années trente et une baignoire à pattes de lion.

Lorsqu'il eut fini, il enfila un jean, un T-shirt à manches longues sous une chemise en flanelle grise, et laça ses chaussures.

Au loin lui parvenait le bruit assourdi de l'eau dans les tuyauteries, et ses efforts pour ne pas imaginer Morgan sous la douche échouèrent misérablement.

Comment ne pas se représenter la salle de bains carrelée emplie de vapeur, l'eau chaude qui s'infiltrait dans les cheveux blonds de Morgan et ruisselait sur son corps aux courbes affolantes…

Pour faire diversion à ces troublantes pensées, il s'empara de ton téléphone portable et vérifia ses messages.

Il y en avait deux de Darius Murphy, son coéquipier.

Il le rappela immédiatement.

— Hé, Murph, quoi de neuf ? demanda-t-il, en bloquant le téléphone entre l'oreille et l'épaule, tandis qu'il se penchait pour tirer les draps et rabattre le couvre-lit.

Une vieille habitude de militaire. Il ne pouvait pas quitter une pièce sans faire le lit.

Ils parlèrent travail quelques minutes, puis Murphy lui demanda des nouvelles de Morgan.

— Elle ne va pas trop mal, pour quelqu'un qui a failli se faire tuer.

— J'espère que tu as neutralisé son agresseur !

La véhémence de Murphy ne l'étonnait pas. L'ancien membre de la Navy, à la stature de colosse, appréciait tout spécialement Morgan.

Et, depuis deux ans, il exhortait Adam à lui pardonner, à ne pas se conduire comme un imbécile.

Mais ce n'était pas aussi simple, songea Adam. Il avait une bonne raison de ne plus vouloir revoir Morgan.

Une raison que Murphy ne pouvait pas comprendre.

Ce dernier avait une femme qui l'adorait, qui l'attendait patiemment à la maison pendant qu'il risquait sa vie au quatre coins de la planète.

Elena Murphy ne voyait que par son mari. Si on lui avait demandé de choisir entre lui et quelqu'un d'autre, elle ne se serait pas posé de questions.

Morgan, en revanche, avait fait le mauvais choix.

— Je n'ai pas encore mis la main dessus, répondit-il. Mais ça ne saurait tarder.

— Et ensuite ?

— Ensuite, je rejoins l'équipe et on repart en mission.

— Tu n'as pas envie de rester un peu plus pour essayer d'arranger les choses ?

— Il n'y a rien à arranger.

Un bruit de pas dans le couloir lui fit tendre l'oreille.

— Je dois te laisser.

— D'accord. Dis bonjour à Morgan de ma part.

Adam raccrocha juste au moment où un coup discret était frappé à la porte.

— Entre, cria-t-il.

La porte s'ouvrit et Morgan s'avança dans la pièce, vêtue

de ce qu'il appelait son « uniforme de fille de sénateur », et un élan d'irritation s'empara de lui.

Certes, elle était élégante dans son pantalon à pinces noir et son chemisier de satin ivoire rehaussé d'un collier de perles, mais il détestait la voir ainsi.

A ses yeux, elle était beaucoup plus belle en jean et T-shirt.

Elle le surprit en train d'étudier sa tenue et haussa les épaules.

— Je sais. Ça fait guindé. Mais c'est tout ce que j'ai trouvé dans la penderie. Alors, que fait-on aujourd'hui ? Une visite dans les bois, à l'endroit où a été trouvé le corps de Layla ?

— Il vaut mieux garder ça pour cette nuit.

Elle esquissa un sourire.

— C'est vrai, j'oubliais. Tu es un homme de l'ombre, et tu n'agis que la nuit, quand tous les chats sont gris.

Malgré lui, Adam s'amusa de sa réflexion.

— Eh oui, très chère. C'est ma façon d'opérer.

— Bon, alors, que proposes-tu ?

— Nous pourrions aller prendre le petit déjeuner en ville, et prêter l'oreille aux conversations.

Il glissa son téléphone dans sa poche, et ajouta d'un air détaché :

— Murphy te dit bonjour, au fait.

— Oh, c'est gentil. Comment va-t-il ?

— Bien.

— Tant mieux.

Il y eut un bref silence, et Morgan s'éclaircit la gorge.

— Bien… euh… une fois en ville, nous pourrions peut-être en profiter pour rendre visite au médecin légiste.

— Je suis sûr que notre bon shérif lui a déjà interdit de nous parler.

Elle haussa les épaules.

— Eh bien, nous nous arrêterons au bureau de Frank après notre balade nocturne dans les bois.

Une flamme malicieuse dansa dans ses yeux.

— Tu as toujours ton kit pour forcer les serrures ?

Adam lui lança un regard choqué.

— Tu sais que c'est totalement illégal.

Morgan éclata de rire.

— Et, bien sûr, tu ne fais jamais rien d'illégal !

Le restaurant Chez Jessie se trouvait en plein cœur d'Autumn, face au square municipal, et à deux pas du bureau du shérif.

On y servait le meilleur petit déjeuner de la ville, et Morgan ne fut pas surprise de trouver la salle presque pleine lorsqu'elle y entra avec Adam.

Elle ne fut pas non plus étonnée de voir toutes les têtes se retourner sur leur passage.

— Prépare-toi à être dévisagé comme une bête curieuse pendant l'heure qui suit, murmura-t-elle à Adam, qui semblait ne prêter aucune attention aux convives.

La salle était occupée d'un côté par un long bar chromé, de l'autre par une succession de banquettes à haut dossier formant des sortes d'alcôves. Au centre étaient regroupées quelques tables individuelles.

Toutes les tables étaient occupées, mais Morgan repéra une banquette libre au fond et s'y dirigea, en essayant vaillamment d'ignorer les chuchotements qui accompagnaient son déplacement.

Elle parvint à sourire à quelques personnes, dont Kelly Peter, une fille avec qui elle était allée au lycée, et Mark Hertz, le propriétaire du bowling. Ce dernier l'ignora ostensiblement, mais Kelly lui adressa un petit signe de la main.

— Regarde-les, dit-elle à Adam, tandis qu'ils s'asseyaient. Ils croient tous que j'ai volontairement jeté ma voiture du pont.

Adam n'en parut guère perturbé.

— Et alors ? Tu connais la vérité. Qu'est-ce que ça peut te faire, ce qu'ils pensent ?

— Ça m'ennuie, avoua-t-elle en prenant le menu. J'ai grandi avec ces personnes, je suis allée à l'école avec eux, j'ai été invitée chez eux…

Puis sa mère était morte, et tout avait changé.

Elle se sentait seule, perdue, et elle s'était mise à faire les quatre cents coups pour tromper son chagrin.

Son père s'était toujours montré exigeant, mais après la mort de sa mère il était devenu tyrannique. Il avait décidé de se présenter au Sénat, et exigeait d'elle qu'elle ait un comportement exemplaire en public.

En privé, il passait son temps à la critiquer, à la railler, à l'humilier, mais, dès qu'il avait des spectateurs, il se faisait passer pour un père aimant, affirmant qu'ils étaient les meilleurs amis du monde.

Elle avait donc fini par se rebeller.

Elle s'était teint les cheveux en noir, avait commencé à traîner avec les garçons du lycée qui avaient une réputation de voyous, s'était mise à fumer…

Et, quand son père avait oublié son dix-septième anniversaire parce qu'il était trop pris par sa stupide campagne, elle avait fugué deux jours avec Cooper Hamm, dans une voiture volée.

Son père était entré dans une rage folle et l'avait envoyée chez un psy. Quelques jours après, il donnait une interview pour expliquer que sa fille souffrait de troubles mentaux.

Il s'était tenu à cette histoire pendant dix ans, et elle avait presque fini par se convaincre qu'il avait raison.

Puis elle avait rencontré Adam, et avait recouvré l'estime de soi qui lui faisait tant défaut.

Seulement, elle avait promis à sa mère de toujours soutenir son père, et n'avait pas osé s'opposer à son souhait de voir le mariage repoussé.

Alors, elle avait perdu Adam.

Déglutissant pour chasser la boule d'amertume qui obstruait sa gorge, elle fit mine de se concentrer sur le menu.

« Respire, s'exhorta-t-elle. Ignore les regards. Oublie le passé. »

Elle se répétait la phrase comme une formule magique quand la serveuse se présenta à leur hauteur.

Elle la reconnut aussitôt. Il s'agissait de Beth Greenwood, une autre camarade de classe.

Grande et rousse, avec une silhouette parfaite, Beth était la responsable des *pom-pom girls*, et une garce de première ordre. Elle avait épousé son amour d'adolescente — le capitaine de l'équipe de football, évidemment — avait eu trois enfants, en réussissant à conserver sa ligne, et trompait outrageusement son mari avec les touristes qui déferlaient tous les étés sur la ville.

— Hello, Morgan, lança Beth d'une voix faussement enfantine.

Morgan retint un soupir. Beth et elle s'étaient toujours cordialement détestées.

— Bonjour, Beth. Comment vont les enfants ?

La serveuse crispa légèrement les doigts sur son bloc-notes. Ce n'était un secret pour personne qu'elle ne faisait pas grand cas de sa progéniture.

— Bien. Et toi ? Tu t'es remise de ton… *accident* ?

Le ton employé par Beth ne plaisait pas à Morgan, mais elle fit bonne figure.

— Je suis en pleine forme, répondit-elle avec un sourire de façade.

Le regard félin de Beth se posa sur Adam, qu'elle détailla avec un intérêt non déguisé.

Morgan en éprouva un mélange d'agacement et de jalousie. Quand Beth voulait un homme, elle parvenait toujours à ses fins. Comment son mari faisait-il pour ne se rendre compte de rien ?

— Je vois ça, ronronna Beth. Je suppose que c'est le fameux Adam Quinn ?

Adam lui accorda à peine un regard et se replongea dans l'étude de son menu.

— Il faut croire, marmonna-t-il.

Il en fallait plus pour déstabiliser Beth, qui insista d'un ton doucereux :

— Je comprends que tu ne l'aies jamais amené ici. Tu voulais le garder pour toi toute seule, n'est-ce pas, Morgan ?

— Nous pouvons commander ? demanda-t-elle sèchement.

Beth ne broncha pas et continua à sourire et à battre des cils en direction d'Adam.

— Bien sûr. Qu'est-ce qui vous ferait plaisir ?

— Des pancakes pour moi, dit Morgan. Et un café au lait avec deux sucres.

— Je vais prendre la formule spéciale, déclara Adam. Et un café noir, sans sucre.

Beth griffonna la commande sur son carnet, et se trémoussa jusqu'au comptoir, où elle se mit immédiatement à chuchoter avec les autres serveuses, qui couvaient Adam des yeux.

— On dirait que tu t'es trouvé un fan-club, remarqua Morgan d'un ton pincé.

— Grand bien leur fasse. Aucune d'entre elles ne m'intéresse.

— Ah bon ? Mais, depuis deux ans, certaines personnes ont bien dû retenir ton attention.

Elle avait posé la question d'un ton détaché, mais redoutait la réponse.

— Si tu te demandes s'il y a quelqu'un dans ma vie, c'est non. Je n'ai plus envie de m'impliquer dans une relation.

Sans lui laisser le temps de réagir, il changea brusquement de sujet.

— Comment va le travail ?

— Bien.

Elle grimaça.

— Enfin, c'était le cas la semaine dernière. Patrick va sûrement me renvoyer en apprenant que je me la coule douce.

Patrick Garrison, le rédacteur en chef de *World*, lui avait fait une immense faveur en l'engageant.

Il l'avait choisie pour ses compétences, en ignorant l'image négative que renvoyaient d'elle les tabloïds. En échange, il exigeait un travail de tous les instants, et une discrétion exemplaire.

Heureusement, son internement en psychiatrie n'avait pas été relayé par les journaux, mais Patrick lui en voudrait de ne pas s'être manifestée pendant plusieurs jours.

— En parlant de Patrick, je peux utiliser ton portable ? demanda-t-elle.

Adam plongea la main dans sa poche et lui tendit le téléphone.

— Il est tout à toi.

Morgan composa le code pour accéder à distance à sa messagerie, écouta les six messages que lui avait laissés son rédacteur en chef, et raccrocha en soupirant.

— Il n'est pas ravi, commenta-t-elle. Je l'appellerai plus tard.

— Bien. Et si on essayait maintenant de faire ce pour quoi nous sommes venus ?

Ils n'échangèrent pas un mot durant les dix minutes qui suivirent, essayant de capter des bribes de conversation.

Après que Beth eut apporté leur commande, ils continuèrent à espionner leurs voisins, mais n'apprirent rien d'utile.

Mme Hertz, la fleuriste, s'était cassé la jambe. Le mari de Beth avait trop bu vendredi soir, et il s'était battu avec le shérif. Margaret Hanson était de nouveau enceinte…

Voilà le genre d'information qui circulait. Mais rien sur Layla. C'était comme si toute le monde se moquait de ce qui lui était arrivé.

— Allons-nous-en, dit Adam à la seconde où Morgan posa sa fourchette dans son assiette vide. Nous n'apprendrons rien d'intéressant ici.

Il déposa quelques billets sur la table, se leva, et aida Morgan à enfiler son manteau en lainage pied-de-poule noir et blanc.

Ils atteignirent la porte au moment où entrait un homme de haute taille, aux cheveux poivre et sel. Il s'agissait de Jackson Hamm, le grand-père du garçon avec qui Morgan avait fugué, et son visage ridé et couperosé se ferma dès qu'il l'aperçut.

— Bonjour, monsieur Hamm, dit-elle avec un sourire engageant.

Le vieil homme la toisa avec mépris.

— Vous n'avez pas honte de vous montrer par ici, jeune fille ?

La remarque lui fit mal, mais elle s'obligea à rester courtoise.

— Je ne vois pas ce que vous voulez dire.

— Vous n'avez causé que des ennuis à cette ville. Vous bafouez la loi, vous cherchez à attirez l'attention sur vous, vous embarrassez non seulement votre père, mais tous les gens d'ici. Rendez-nous un grand service, mademoiselle Kerr. Partez avant d'avoir provoqué une autre catastrophe.

Du coin de l'œil, elle vit Adam se crisper. Elle-même était passablement agacée, mais elle continua à sourire poliment.

— Je suis désolée que vous pensiez cela, monsieur Hamm. Mais je peux vous assurer que je ne suis pas venue ici pour causer des problèmes. J'avais simplement besoin d'un endroit tranquille pour me remettre de mon accident.

Hamm ricana.

— Un accident ? Vous appelez ça comme ça ?

Otant son lourd manteau de laine, il le jeta en travers de son bras.

— Vous ne trompez personne, déclara-t-il. Tout le monde sait que vous avez voulu vous suicider. Et je ne parle pas du reste. Pauvre sénateur ! Il a bien du mérite de vous supporter.

Morgan sentit des larmes lui picoter les paupières, et il lui fallut un immense effort de volonté pour les refouler.

Pour rien au monde elle n'aurait voulu pleurer devant ce vieil homme aigri et donneur de leçons.

— Je suis désolée que vous pensiez cela, répéta-t-elle, d'une voix un peu moins assurée qu'auparavant.

— Allons-y, dit Adam, en ignorant totalement la présence de l'autre homme.

— Et restez à l'écart de mon petit-fils, aboya Jackson Hamm dans leur dos, tandis qu'ils passaient la porte.

A la seconde où Morgan mit le pied sur le trottoir, deux grosses larmes roulèrent sur ses joues.

Elle les essuya discrètement d'un revers de main,

tournant le dos à Adam pour qu'il ne soit pas témoin de sa faiblesse.

Quelle bande d'imbéciles !

Elle les détestait tous.

La seule raison pour laquelle elle avait continué à revenir ici depuis dix ans, c'était pour découvrir la vérité sur la disparition de Layla.

— Ça va ? lui demanda gentiment Adam.

— Oui. Il m'en veut parce que son petit-fils, Cooper, a volé sa voiture il y a dix ans pour m'emmener faire un tour.

Elle grimaça un sourire triste.

— Je devrais peut-être y retourner pour lui dire que l'idée venait de Cooper.

— Ne gaspille pas ton énergie avec ce vieil idiot.

Il secoua la tête.

— Tu sais, dans des situations comme celle-ci, je suis content d'avoir grandi à New York, malgré les circonstances. C'est un enfer de vivre dans une petite ville où tout le monde te connaît.

— Et te juge en permanence, ajouta Morgan avec un soupir.

Elle marqua une courte pause.

— Que voulait-il dire, à ton avis, en affirmant que tout le monde était au courant ? Mon père m'a promis qu'on ne parlerait pas de l'accident dans les journaux.

Le regard d'Adam se porta au-dessus de son épaule, et il grimaça.

— On dirait qu'il a menti.

Perplexe, Morgan suivit son regard et se figea en découvrant la rangée de présentoirs à journaux sur le trottoir.

Un titre en particulier attira son attention, et elle sentit alors la colère la submerger.

LE SUICIDE RATÉ DE LA FILLE DU SÉNATEUR.

7

Le temps qu'ils regagnent le domaine, Morgan avait le moral au plus bas.

L'article dans le *Washington Post* lui avait fait un choc, et la visite au bureau du légiste avait été un fiasco.

Frank Davidson avait formellement refusé de leur donner accès au rapport d'autopsie. Sous la pression, il avait fini par admettre que le shérif lui avait fait la leçon, mais il n'avait pas cédé pour autant.

Adam et elle avait regagné la maison sans aucune piste, et quelque peu dépités, mais tout changerait peut-être ce soir. Ils avaient en effet prévu de parcourir le bois proche de la maison où le corps de Layla avait été trouvé, puis la morgue et le bureau de Jake, dont elle était convaincue qu'il leur cachait quelque chose.

La nuit allait être très occupée.

Mais, en attendant, il fallait que la journée s'écoule, ce qui impliquait de passer de longues heures avec Adam, songea Morgan, à éviter de parler du passé, et à résister à l'envie de l'embrasser.

Une fois la porte franchie, elle demanda à Adam de l'attendre dans le petit salon, tandis qu'elle se rendait dans le bureau qu'elle utilisait lors de ses visites à Autumn, et où elle gardait un double du dossier qu'elle avait constitué sur la disparition de Layla.

La sonnerie du téléphone s'éleva au moment où elle

passait le seuil, et la journée qui avait mal commencé ne fit qu'empirer.

— Bonjour, Tony, dit-elle, après avoir identifié le numéro de portable de son frère à l'écran.

— Qu'est-ce que tu fiches à Autumn ? lui demanda-t-il avec hargne.

Elle soupira et se laissa tomber dans le profond fauteuil de cuir fauve, derrière le bureau de chêne clair aux lignes contemporaines.

— Je suis sûre que papa t'a déjà mis au courant. Je veux découvrir ce qui est arrivé à Layla, et savoir qui a poussé ma voiture du pont.

Il y eut un court silence, et Morgan put s'imaginer son frère en train de lever les yeux au ciel.

— Ecoute, je sais que tu crois dur comme fer qu'il y avait une autre voiture sur le pont, dit-il d'un ton faussement patient, mais aucune preuve ne vient corroborer ce scénario.

— Ce n'est pas un scénario ! protesta Morgan avec force. Ça s'est réellement passé. Il y avait une voiture derrière moi.

— Je sais que tu en es persuadée, répéta-t-il, mais ton imagination t'a joué des tours.

— Pas du tout.

— Tu étais perturbée, tu n'étais pas concentrée sur ta conduite. J'étais là, tu te souviens. Après la commémoration funèbre, tu étais si bouleversée que tu as voulu prendre un remontant. Sans t'en rendre compte, tu as trop bu.

— Je n'étais pas ivre !

— Je t'assure que tu as bu plusieurs verres. Tu n'étais plus dans ton état normal.

— Et dans quel état j'étais, hein, Tony ? Suicidaire, c'est ça ? Bon sang, mais tu crois vraiment que j'ai voulu en finir ?

— Je crois que tu étais perturbée, répéta-t-il.

Il se tut de nouveau, et elle devina qu'il passait la main dans ses cheveux blonds cendrés. Epais et bouclés, ils faisaient sa fierté et, n'ayant pu se résoudre à les couper, Anthony les portait aux épaules ce qui, associé à un bronzage soigneusement entretenu, lui donnait un petit air de surfeur californien.

— Tu sais, reprit-il d'un ton prudent, je pense qu'il est temps que tu envisages de suivre un traitement.

— Un traitement ? Tu te moques de moi ?

— Ton comportement n'est pas normal, tu dois te rendre à l'évidence.

Il parlait d'un ton exagérément calme et condescendant, généralement employé avec les jeunes enfants, les personnes âgées et les déficients mentaux.

Apparemment, il la rangeait dans la dernière catégorie.

— Ecoute, je sais que papa n'est pas toujours facile à vivre, mais cette fois je ne peux que lui donner raison. Cela fait des années que tu joues les têtes brûlées, et ensuite tu accuses les autres de ton comportement destructeur. Le summum, c'est quand même cette histoire de drogue…

— Je ne me suis jamais droguée ! J'étais dans un club avec des amis, et le propriétaire a inventé cette histoire pour se faire de la publicité.

Tout en se le reprochant, elle prit un ton suppliant.

— Je t'ai expliqué comment ça s'est passé. Tu as dit que tu me croyais.

— Oui, je sais.

Il soupira longuement.

— Mais je ne sais plus ce que je dois croire. Tout ce que je sais, c'est que ma petite sœur a failli se noyer, et qu'elle veut se mêler d'une enquête qui n'est pas de son ressort. Laisse cette affaire à la police, Morgan.

— C'est facile pour toi de dire ça. Tu n'as jamais aimé Layla, et tu te moques de savoir qui l'a tuée.

— Tu vois ? C'est de ce genre de comportement que je parle. Tu deviens hystérique dès qu'on essaie de t'ouvrir les yeux.

Elle prit une profonde inspiration pour garder son calme.

— Je ne suis pas hystérique. Mais j'en ai assez d'être traitée de folle.

Il y eut un nouveau soupir à l'autre bout de la ligne.

— Tu veux que je vienne ?

— Ne prends pas cette peine. Adam est avec moi.

D'un ton amer, elle ajouta :

— Il pourra me surveiller et me faire la morale.

— Je ne suis pas sûr d'approuver cette situation. Vous vous êtes remis ensemble ?

— Non. Il m'aide, c'est tout.

Elle ne put s'empêcher de commenter avec aigreur :

— Contrairement à papa et toi, il croit que je suis véritablement en danger.

— Oh, pour l'amour du ciel ! Tu n'es pas en danger. Je crois que tu as besoin…

Il s'interrompit au beau milieu de sa phrase et grommela.

— Oh, zut ! Il faut que j'y aille. Je dois retrouver Caroline pour le déjeuner, et je suis déjà en retard.

Malgré son ressentiment à l'égard de son frère, Morgan fut intéressée par l'allusion à sa petite amie. Tony collectionnait les aventures sans lendemain, et la nouvelle était assez extraordinaire.

— Tu es toujours avec Caroline ?

— Oui, et elle va me reprocher mon manque de ponctualité.

— Ne t'en fais pas, tu n'auras qu'à dire que tu étais au téléphone avec ta psychopathe de sœur.

— Ce n'est pas drôle, Morgan ! Ecoute, je te rappelle

demain, et nous reprendrons cette conversation. En attendant, promets-moi de ne pas harceler Jake Wilkinson pour qu'il te fasse participer à son enquête.

Elle soupira.

— D'accord. C'est promis. Ça te va, comme ça ?

— Mouais.

Ils se dirent au revoir, et Morgan replaça le combiné sans fil sur son socle.

Elle ne se sentait pas le moins du monde coupable de mentir à son frère. D'autant que ce n'était pas réellement un mensonge. Elle n'avait pas l'intention de demander quoi que ce soit à Jake.

« Je ne sais plus ce que je dois croire. »

Les paroles de son frère aîné se mirent à bourdonner dans sa tête comme un essaim furieux d'abeilles, et elle sentit les larmes lui monter aux yeux.

Et s'il avait raison, finalement ?

Elle était peut-être réellement perturbée et ne s'en rendait pas compte.

Non, ce n'était pas possible.

Elle n'avait pas imaginé les phares dans son rétroviseur, les poussées répétées dans son pare-chocs…

Il lui suffisait de fermer les yeux pour revoir la rambarde se briser comme une allumette sous le poids de la voiture, pour éprouver de nouveau l'horrible sensation de vertige tandis qu'elle plongeait vers la rivière en contrebas.

A cet endroit, la Grace River était relativement peu profonde, mais la masse d'eau glacée qui s'était engouffrée par sa fenêtre ouverte avait suffi à la faire suffoquer, et grelotter de froid dans la robe noire qu'elle portait pour la messe à la mémoire de Layla.

Elle se rappelait encore la terreur pénétrant son corps telles des lames acérées, ses tentatives désespérées pour respirer et tenter d'ouvrir sa portière bloquée par le poids de l'eau.

Elle aurait pu mourir.

Elle serait morte, d'ailleurs, si le shérif adjoint, Colin Kincaid, n'était pas passé par là.

Le policier avait plongé dans l'eau glacée, l'avait sortie de la voiture et l'avait tirée jusqu'à la rive boueuse, où il l'avait couverte de sa veste imperméabilisée et chaudement doublée.

Comment son propre père pouvait-il croire qu'elle s'était délibérément jetée à l'eau ?

Enfouissant la tête au creux de ses bras posés sur le bureau, elle laissa échapper un sanglot.

— Morgan ?

Elle releva la tête, aperçut la silhouette musculeuse d'Adam dans l'embrasure de la porte, et détourna aussitôt les yeux.

— Va-t'en !

Pour un militaire, il semblait avoir un peu de mal à comprendre ce qu'était un ordre.

Au lieu de tourner les talons, il entra dans la pièce, foulant de ses lourdes bottes l'épaisse moquette de laine ivoire, et s'accroupit à la hauteur du fauteuil.

— Hé, murmura-t-il en tendant la main pour lui prendre le menton. Que se passe-t-il ?

— Rien.

Elle essaya de se libérer d'un mouvement d'épaule.

— Allons, je vois bien qu'il y a quelque chose. Dis-moi ce que c'est.

Elle renonça à chasser sa main, car il avait commencé à lui caresser la joue du bout des doigts, et la sensation était trop agréable pour la faire cesser.

Accroupi ainsi à sa hauteur, il était assez proche pour

qu'elle puisse respirer son odeur, et elle se laissa gagner par les sensations qui l'envahissaient.

Il lui manquait tellement !

Après quelques secondes de flottement entre rêve et réalité, là où tout était possible, elle redescendit sur Terre.

— Tony vient de m'appeler, expliqua-t-elle. Comme tout le monde, il croit que j'étais seule sur le pont, tellement ivre et perturbée que j'ai décidé de me jeter à l'eau.

Elle déglutit avec peine, et tenta un ricanement ironique qui s'apparentait davantage à un coassement.

— Oh, et puis, tu sais quoi ? Il pense que je devrais suivre un traitement.

— C'est ridicule !

Adam plongea son regard dans le sien.

— Tu n'es pas folle, Morgan.

— Peut-être que si. Peut-être que j'ai tout imaginé.

— Tu crois sincèrement que tu as été victime d'une hallucination ?

— Non. Enfin, je n'en sais rien.

— Voyons, Morgan, tu es la personne la plus saine d'esprit que je connaisse. Et la plus courageuse aussi. Cela fait des années que tu affrontes la presse, les rumeurs, les accusations, sans jamais flancher. Tu ne vas pas craquer maintenant.

Elle soupira.

— Ignorer les autres, c'est relativement facile. Mais mon propre frère pense que je dois me faire soigner.

— Tony s'inquiète pour toi. Il t'aime. Et je crois aussi qu'il se laisse influencer par le sénateur.

— Comme tout le monde.

Du bout des doigts, Adam suivit la ligne de sa mâchoire, faisant courir un frisson le long de sa colonne vertébrale.

Leurs regards restèrent un instant prisonniers l'un de l'autre, et une tension presque palpable envahit l'atmosphère.

Le cœur battant à tout rompre, Morgan retint son souffle, en voyant Adam incliner le visage vers le sien.

Allait-il l'embrasser ?

Soudain, elle eut désespérément envie de sentir la caresse de sa bouche sur la sienne, d'éprouver l'étincelle familière de plaisir qui envahissait son corps chaque fois qu'ils s'embrassaient.

Les paupières soudain alourdies, Adam fixa sa bouche. Ses lèvres se mirent à frémir.

« Rien qu'une fois », songea Morgan en fermant les yeux de jubilation anticipée.

Ces retrouvailles, elle en avait tellement rêvé, imaginant mille scénarios en prélude à ce baiser…

Qui ne vint jamais.

Brutalement ramenée à la réalité lorsque Adam s'éclaircit la gorge, elle rouvrit les yeux et le vit qui se levait comme si de rien n'était.

— Tu peux me rejoindre dans le salon avec ton dossier ? demanda-t-il. J'aimerais bien faire le point sur l'affaire avant notre escapade nocturne.

Elle suivit des yeux la haute silhouette qui franchissait le seuil sans se retourner, et ses larmes, un moment contenues, revinrent en force.

Pourquoi avait-il fallu qu'elle gâche tout ?

Comment avait-elle pu renoncer à l'homme qu'elle aimait pour la seule satisfaction d'un père qui n'avait que mépris pour elle ?

— Voilà tout ce que j'ai sur la disparition de Layla, dit Morgan en déposant sur la table basse du salon une chemise cartonnée contenant plusieurs sous-dossiers.

Adam fut soulagé de constater qu'elle évitait son regard.

Il n'avait aucune envie d'observer ses magnifiques

yeux bleus et d'y lire la déception et la tristesse qu'il était certain d'y trouver.

Il avait failli l'embrasser tout à l'heure.

Heureusement, il était parvenu à se ressaisir. Il ne pouvait pas céder à la tentation, même si la vulnérabilité de Morgan ne la rendait que plus attirante.

Il fallait absolument qu'il jugule cette folle attirance.

Rien de bon ne pouvait en résulter.

Ils avaient déjà connu un échec, et il n'avait aucune envie de renouveler l'expérience.

Il n'était plus l'enfant triste et révolté qui ne comprenait pas pourquoi tout le monde autour de lui l'abandonnait.

A trente-deux ans, il savait très bien pourquoi.

Dans la vie, on ne pouvait compter sur personne d'autre que soi. On ne pouvait s'appuyer sur rien d'autre que sur sa volonté et sa persévérance.

Même s'il était toujours amoureux de Morgan, il ne voulait pas retomber dans ses filets.

Il se pencha pour ouvrir la première chemise, et tomba sur la photographie d'une jolie brune.

Il n'avait jamais vu ce cliché, mais reconnut immédiatement Layla Simms.

C'était une jeune fille séduisante, avec de longs cheveux lisses et brillants, des yeux noisette pétillant de gentillesse, et un sourire lumineux.

Sous la photographie se trouvaient des documents provenant du lycée, ainsi qu'un dossier médical.

Morgan le rejoignit sur le canapé de cuir noir, en prenant soin de garder ses distances.

Elle prit une autre chemise dans la pile, et en tira un formulaire administratif.

— C'est la déposition de Jake, indiqua-t-elle. Quand j'ai commencé à mener ma propre enquête, le bureau du shérif s'est montré très coopératif. Colin Kincaid, l'adjoint qui m'a sortie de la rivière, et qui était déjà en poste au moment de la disparition de Layla, m'a fourni une copie du rapport d'enquête et des divers témoignages. Depuis que Jake est devenu shérif, c'est une autre histoire. Je n'ai plus accès à rien.

Adam lui prit le document et le lut rapidement.

— Jake est la dernière personne à l'avoir vue vivante ? demanda-t-il, avec une mimique interloquée.

Morgan hocha la tête.

— C'est pour cela qu'il est en tête de ma liste des suspects. D'après ses dires, il aurait vu Layla sur le terrain de sport derrière le lycée.

— « Elle était rouge et nerveuse, comme si quelque chose l'embêtait », récita Adam, en lisant la déposition.

D'après Jake, Layla était ensuite partie en courant vers le chemin qui menait dans les bois. Apparemment, le professeur d'éducation physique emmenait souvent ses élèves courir sur le chemin de randonnée, et Jake ne s'était pas inquiété. Comme tous les autres lycéens, Layla connaissait suffisamment le parcours pour ne pas se perdre.

— Tu crois qu'elle avait rendez-vous avec quelqu'un dans les bois ? demanda Adam.

Morgan eut une moue songeuse.

— C'est possible. Ou elle était tout simplement partie courir. Selon Jake, elle portait un survêtement.

— D'après toi, il pourrait l'avoir suivie dans les bois, dans l'espoir peut-être de se réconcilier avec elle. Ils se seraient disputés, et il l'aurait tuée ?

— Pourquoi pas ? C'est plausible.

Elle poussa un soupir de frustration.

— Il faut absolument que nous consultions le rapport d'autopsie. Je ne sais toujours pas comment elle a été tuée, et ça peut faire toute la différence.

— Comment cela ?

— Eh bien, si le tueur a utilisé un revolver ou un couteau, cela m'étonnerait que ce soit Jake. En revanche, si elle a été battue à mort, ce serait tout à fait dans son style.

— Nous serons fixés ce soir, lui rappela Adam.

Comme elle ne répondait pas, il jeta un coup d'œil dans sa direction et s'étonna de sa soudaine morosité.

— Qu'est-ce qui ne va pas ?

— Et si nous ne découvrions jamais la vérité ? J'ai passé dix ans sur cette affaire, et je n'en peux plus de vivre dans l'incertitude.

— Nous découvrirons la vérité, affirma-t-il avec une tranquille assurance.

— Tu le crois vraiment ?

L'espoir qui s'était soudain allumé dans les yeux clairs de Morgan fit naître en lui une détermination nouvelle.

Quand elle le regardait ainsi, son beau visage traversé par une myriade d'émotions, il était prêt à lui donner tout ce qu'elle désirait. Morgan détestait paraître vulnérable, mais, quand elle baissait sa garde et laisser filtrer ce qu'elle ressentait vraiment, il sentait fondre son cœur pourtant si endurci.

Agacé de constater l'effet qu'elle produisait encore sur lui, Adam serra les dents et tenta de se concentrer sur le dossier qu'il tenait à la main.

Mais il sentait le regard de Morgan posé sur lui, devinait son besoin d'être rassurée.

Il aurait voulu la prendre dans ses bras et la réconforter, mais il savait qu'il ne pourrait alors résister à l'envie de l'embrasser qui le taraudait depuis la minute où ils s'étaient revus.

Tournant la tête, il croisa son regard, et déclara solennellement :

— Nous découvrirons la vérité, Morgan. Je te le promets.

8

Par prudence, ils ne se garèrent pas devant le lycée, mais laissèrent la voiture sur le parking d'une cafétéria ouverte toute la nuit, à deux mètres de l'école.

Il était minuit passé, et Morgan frissonna dans l'air glacial, en regrettant de ne pas avoir pensé à prendre une écharpe.

Adam était évidemment équipé de pied en cap, arborant une tenue de commando noire, des gants de cuir et une cagoule.

Elle s'était également vêtue de noir, mais ce qui semblait naturel chez Adam ressemblait sur elle à un déguisement.

— Qu'est-ce qu'il fait froid ! marmonna-t-elle tandis qu'ils traversaient le terrain de sport. J'ai même la chair de poule sur les cuisses.

— Merci de partager cette information capitale, ironisa Adam.

Sa remarque dérida Morgan. Ce n'était pas le « je peux voir ? » qu'il aurait suggéré deux ans plus tôt. Mais ce n'était pas non plus le « arrête de jacasser » auquel elle aurait pu s'attendre.

Depuis le baiser qu'ils avaient failli échanger dans le bureau, elle n'avait pu penser à autre chose qu'à son envie de l'embrasser.

Toute la soirée elle avait fixé sa bouche, au point de ne plus pouvoir se concentrer sur quoi que ce soit d'autre.

Elle était sortie avec quelques hommes avant de rencontrer Adam, mais aucun ne pouvait lui être comparé. Son intensité, ses rares sourires, son sens de l'humour très particulier, sa force inaltérable… elle aimait tout chez lui.

Plus encore, elle le respectait. Il était difficile de rencontrer un homme à Washington qui ne soit pas obsédé par les apparences, l'ambition, la réussite. Adam, au contraire, se moquait éperdument de ce que les gens pouvaient penser de lui. Il était solide, rude, et incroyablement bien dans sa peau. Rien ne l'atteignait.

A part elle.

Oui, elle avait su le toucher sur bien des plans. Du propre aveu d'Adam, elle était son seul amour.

Et elle lui avait brisé le cœur.

— Voici le départ du chemin de randonnée, dit-elle, comme ils approchaient des limites du terrain de sport.

Un étroit chemin boueux serpentait à travers les arbres. Elle eut un frisson d'appréhension en fixant les ténèbres où semblait se tapir quelque monstre, et regretta de ne pas avoir pris de lampe torche.

Heureusement, Adam avait pensé à tout.

— Je suis surprise que Jake n'ait pas posté un garde ici, remarqua-t-elle, tandis qu'Adam pointait le puissant faisceau lumineux de sa lampe sur le départ du chemin.

— Tu n'en sais rien, dit-il. Il y a peut-être quelqu'un qui nous attend sur les lieux du crime.

Il se trompait.

Après qu'ils se furent enfoncés d'environ cinq cents mètres au cœur d'une sombre et odorante pinède, sans que personne ne jaillisse de derrière un arbre pour les surprendre, une zone délimitée par un ruban de plastique jaune leur apparut.

— Oh, mon Dieu, ma pauvre Layla, murmura Morgan

en s'approchant du trou béant qui, pendant toutes ces années, avait été la dernière demeure de sa meilleure amie.

Lentement, elle se tourna vers Adam.

— Elle ne méritait pas ça. Quand on pense que son crâne a été déterré par le chien d'un joggeur…

— Je sais, dit Adam, d'un ton compréhensif. C'est affreux.

Sans hésiter davantage, Morgan se glissa sous le ruban jaune et s'agenouilla près de la tombe de fortune pour examiner la terre.

— Cela m'étonnerait que nous trouvions quelque chose ici. Cela fait dix ans. S'il y avait des traces de sang, ou le moindre indice, tout a disparu depuis longtemps, lessivé par la pluie et la neige.

Morgan se releva, épousseta la terre sur ses genoux et le rejoignit.

— Je veux découvrir qui a fait ça. Je le dois à la mémoire de Layla et à sa famille.

— Tu découvriras la vérité.

— Je l'espère.

Elle jeta un dernier regard douloureux à la tombe de Layla.

— Viens. Allons voir si nous trouvons quelque chose dans le bureau de Davidson.

Tandis qu'ils revenaient sur leurs pas, toutes les pensées de Morgan étaient tournées vers son amie, dont elle essayait de se rappeler les yeux malicieux et le sourire éblouissant.

Layla avait été sa seule amie.

Les autres filles à l'école la détestaient, sans doute parce que son père possédait pratiquement toute la ville.

Elles avaient toujours quelque chose de cruel à dire

à son sujet. Si elle venait à l'école avec de nouveaux vêtements, elles la traitaient de sale riche. Si elle sortait avec un garçon, elle était aussitôt qualifiée de traînée. Si, dans un moment de distraction, elle omettait de saluer quelqu'un, elle était une snob…

Mais Layla n'était pas ainsi.

Elle se moquait de savoir combien d'argent possédait sa famille. Elle n'était ni jalouse ni envieuse et, contrairement aux autres filles, ne se souciait pas de savoir si elle était populaire.

— On y va en voiture, ou à pied ? demanda Adam.

— En voiture. Il y a une allée derrière le complexe médical où tu pourras te garer.

Le trajet leur prit à peine cinq minutes.

Autumn était une petite ville, et presque tous les déplacements pouvaient se faire à pied. Seule la propriété des Kerr se trouvait à une quinzaine de kilomètres du centre-ville.

Morgan avait toujours soupçonné que la famille de son père avait délibérément fait bâtir la maison loin de la ville, de façon à ce que le bas peuple ne puisse y accéder facilement.

N'était-ce pas ironique de la part d'une lignée de politiciens qui se disaient au service de leurs concitoyens, attentifs à leurs difficultés et à leurs besoins ?

Le cabinet du légiste était mitoyen du dispensaire, ce qui la terrorisait quand elle était petite. Lorsqu'elle passait son examen annuel chez le généraliste, elle ne pouvait s'empêcher de penser aux cadavres qui s'alignaient juste à côté.

Adam coupa le moteur et, pour la première fois de la soirée, lui adressa un sourire.

— Tu as emporté ton nécessaire du parfait cambrioleur ? demanda-t-il.

Morgan plongea la main dans la poche de son long manteau noir, et en sortit une petite pochette de cuir.

— Evidemment.

— Parfait. Voyons si tu te souviens de ce que je t'ai enseigné.

Ces paroles amenèrent un sourire sur les lèvres de Morgan.

Elle se rappelait cette soirée comme si elle s'était déroulée la veille. Adam lui avait patiemment enseigné les bases du crochetage de serrures, puis il l'avait laissée s'entraîner sur toutes les portes de l'appartement. Un jour, elle avait même forcé le bureau de son père, uniquement pour voir si elle en était capable.

— C'était quoi ? Notre troisième rendez-vous ? remarqua-t-elle en souriant. Tu avoueras que c'est un peu spécial comme technique de séduction.

Adam haussa les épaules.

— Déverrouiller une porte est quelque chose que tout le monde devrait savoir faire. Imagine que tu perdes les clés de ton appartement.

— Je demanderai au gardien de m'ouvrir.

— Et s'il n'est pas disponible ?

Elle soupira.

— Contrairement à toi, je ne pense pas aussi loin.

— Sans blague ? Ton impulsivité est ton plus grand défaut.

— Trop aimable.

Ils sortirent de la voiture et se dirigèrent vers la porte métallique au bout de la ruelle.

Morgan sentit son pouls s'accélérer légèrement tandis qu'elle sélectionnait un outil dans la pochette et se penchait vers la serrure.

Adam se tint derrière elle, la dissimulant à la vue d'un éventuel passant, tandis qu'elle insérait un fin crochet dans la serrure.

Le cliquètement révélateur du cylindre interne se produisit si rapidement qu'elle ne put s'empêcher de tourner la tête vers Adam, avec sourire triomphal.

— Je n'ai pas perdu la main.

Il eut une moue ironique.

— Bien joué, ma belle.

Elle se redressa et actionna la poignée de la porte.

A l'instant où ils entrèrent dans le couloir plongé dans l'obscurité, l'alarme fixée au mur commença à émettre une série de bips, les prévenant qu'ils avaient quarante-cinq secondes pour taper le code avant qu'une sirène ne se déclenche.

— A mon tour de briller, annonça Adam.

A l'aide d'un tournevis cruciforme, il dévissa les trois points d'ancrage du capot protégeant le boîtier de contrôle, puis il se servit d'une pince coupante d'électricien pour sectionner le câble d'alimentation.

Les bips sonores s'arrêtèrent instantanément.

— Comment as-tu su quel fil il fallait couper ? demanda Morgan, admirative.

Adam haussa les épaules, modeste.

— C'est le modèle le plus commun sur le marché, et le premier que j'ai appris à court-circuiter. Mais ne perdons pas de temps à bavarder.

— Tu as raison. La morgue est par là, dit-elle en désignant une porte. Le bureau de Davidson se trouve quant à lui à l'étage.

Ils choisirent de visiter la morgue en premier lieu, et Adam passa en revue le mur de compartiments métalliques réfrigérés, tandis que Morgan restait en retrait, impressionnée et mal à l'aise.

— Elle est ici, dit Adam, après avoir déchiffré une à une les étiquettes d'identification.

La gorge de Morgan se serra tandis qu'il tirait sur la poignée, faisant coulisser le long plateau contenant les restes de Layla.

Dans le cadre de son travail, elle avait déjà visité des morgues, et même assisté à des autopsies, mais elle ne se sentait pas la force d'approcher le squelette de sa meilleure amie.

— Ça va aller ? demanda Adam.

— Oui, mais je préfère que tu fasses seul les constatations.

— Je comprends.

Les secondes s'égrenèrent avec une lenteur insupportable, avant qu'Adam n'annonce qu'il croyait avoir découvert la cause de la mort.

— Je vois des fractures du visage et du crâne. Elle a dû recevoir de nombreux coups. Nous pouvons vérifier dans le dossier de Davidson pour avoir confirmation, mais je ne vois pas d'autres traumatismes ailleurs.

— Donc, elle a été battue, commenta Morgan, le visage décomposé. Ce qui fait de Jake un coupable tout désigné.

— Allons voir si nous avons raison, dit Adam, en refermant le compartiment métallique.

Morgan semblait tétanisée.

— On ne peut pas la laisser là.

Adam lui prit le bras et la guida fermement vers la porte.

— Il le faut. Mais dis-toi que ce n'est plus vraiment elle. Cela fait longtemps qu'elle est partie.

Refoulant ses larmes, Morgan se laissa entraîner vers l'étroit escalier menant au bureau de Davidson.

*
* *

Cette fois, ce fut Adam qui crocheta la serrure. Quelques instants après, il sortait le dossier de Layla d'une armoire de classement, et l'étalait sur le bureau.

— Fracture du maxillaire inférieur, de l'os malaire et de l'os pariétal, fracture en étoile de la voûte crânienne avec déplacement de fragment osseux, énonça Adam d'une voix impersonnelle.

Il se tut quelques instants, le temps de parcourir en diagonale le reste du compte rendu.

— Le légiste conclut qu'elle a été rouée de coups au visage, et frappée sur la tête avec un objet contondant, sans doute une pierre.

— Seigneur, mais comment peut-on faire une chose pareille ? murmura Morgan, la gorge si serrée qu'elle pouvait à peine parler.

Adam soupira et remit le dossier en place.

— Il y a des gens très perturbés dans ce monde. Tu es mieux placée que quiconque pour le savoir.

En tant que journaliste, elle avait en effet témoigné de faits divers particulièrement atroces, mais elle ne s'était pas pour autant endurcie, et chaque cas la bouleversait. Cette fois, c'était encore pire, dans la mesure où elle connaissait la victime.

— Nous devons fouiller le bureau de Jake, décida-t-elle.

Adam ne parut guère enthousiaste.

— Qu'espères-tu trouver là-bas ? Une confession signée, peut-être ? Je doute que le shérif conserve dans son bureau des éléments pouvant l'incriminer.

— Pourquoi pas ? Tu sais, ce n'est pas une lumière. Moi, je pense que ça vaut la peine d'aller voir.

*
* *

Dix minutes plus tard, Adam et Morgan se glissaient discrètement dans le poste de police, en entrant par la porte de derrière.

Les deux cellules dans la zone de détention étaient vides. Cela n'avait rien de surprenant, car le taux de criminalité à Autumn était quasi nul. Si on exceptait les quelques ivrognes locaux qu'on y plaçait en dégrisement.

Et l'assassin toujours en liberté d'une jeune fille de dix-sept ans.

Malgré l'heure tardive, le bâtiment était illuminé comme un sapin de Noël, et ils pouvaient entendre des bruits étouffés de conversation venant de l'accueil.

Le bureau de Jake était situé au premier étage, et ils se dirigèrent à pas de loup vers l'escalier.

A leur grande surprise, ils trouvèrent le bureau du shérif ouvert.

— S'il a quelque chose à cacher, ce n'est sûrement pas ici, remarqua Adam, en parlant si bas que Morgan le comprit à peine.

Sans prêter attention à cette remarque, elle entra dans la pièce, tandis qu'Adam faisait le guet à la porte, et fouilla rapidement les tiroirs du bureau de Jake, qui ne contenaient rien d'intéressant.

Elle s'attaqua ensuite à l'armoire de classement, faisant coulisser sur leurs tringles les dossiers suspendus classés par ordre alphabétique.

— Incroyable, dit-elle entre ses dents, après avoir consulté le maigre dossier de Layla. Ce sont exactement les mêmes documents que ceux que l'adjoint Kincaid m'a donnés il y a dix ans. Personne ne s'est occupé de l'enquête depuis. Le seul travail de Jake a consisté à ajouter le rapport d'autopsie.

— Ça t'étonne ? demanda Adam, tandis qu'elle remettait

le dossier en place. Wilkinson ne m'a pas fait l'impression d'être un bourreau de travail.

— De toute façon, c'est sûrement lui qui l'a tuée. A quoi bon enquêter quand on connaît le coupable ?

— Tu sautes peut-être un peu vite aux conclusions. Quoi qu'il en soit, je pense que nous devrions plutôt nous concentrer sur ton agresseur. Cette affaire est trop ancienne, et les indices trop maigres. Si nous…

Il s'interrompit subitement et tendit l'oreille.

Morgan entendit les bruits de pas dans l'escalier en même temps que lui.

— Zut ! murmura-t-elle. Nous devons nous cacher.

Avant qu'elle ait eu le temps de terminer sa phrase, Adam l'avait entraînée dans le minuscule cabinet de toilette jouxtant le bureau.

— Je récupère seulement un dossier que j'ai oublié, dit la voix de Jake.

Ils l'entendirent aller et venir d'un pas lourd dans le bureau et remuer des papiers. Il était apparemment au téléphone, et semblait irrité.

— Je t'ai dit que je t'appellerais dès que je serais à la maison. Ce n'était pas la peine de me laisser cinq messages, bon sang !

Il y eut une courte pause.

— Mais arrête avec ça. Je t'ai dit que tu n'avais pas à t'inquiéter au sujet de Morgan.

Morgan sursauta en entendant son nom, et lança un regard perplexe à Adam.

— Elle ne le découvrira pas, d'accord ? Elle n'est là que depuis quelques jours. Comment veux-tu qu'elle soit au courant ? De toute façon, le sénateur a promis qu'il trouverait un moyen de la faire partir si elle restait trop longtemps.

La voix du shérif se radoucit.

— Nous avons réussi à garder le secret pendant des années. Nous pouvons tenir encore quelques jours.

Il marqua une nouvelle pause.

— Non, ce n'est pas une bonne idée. Il est tard. Tu éveillerais les soupçons. D'accord, demain soir, c'est bien. 22 heures au chalet de Grady. On reprendra cette conversation. Ça te va ?

La personne à l'autre bout de la ligne avait dû se calmer car la dispute cessa.

Mais la dernière phrase prononcée par Jake fit courir un frisson le long de la colonne vertébrale de Morgan.

— Elle ne le découvrira jamais. J'y veillerai.

9

— Il faut aller à ce rendez-vous, annonça Morgan en entrant en trombe dans le salon, le lendemain après-midi.

Adam leva les yeux du livre dans lequel il était plongé, et soupira.

— Nous en avons déjà parlé. Ce n'est pas une bonne idée de suivre le shérif ce soir. Je n'ai aucune confiance en ce type.

— Moi non plus, mais c'est justement pour cela que nous devons le suivre. Tu as entendu ce qu'il a dit. Ce secret qu'il cache depuis des années… Il est évident qu'il a tué Layla.

Adam n'eut pas l'air convaincu.

— Et alors, quoi ? Il aurait un complice ? Il est évident qu'il s'agit d'un crime passionnel.

Morgan se mordilla la lèvre.

— Je ne sais pas. Il a peut-être confié son crime à quelqu'un, sous l'effet de l'alcool, par exemple. Le seul moyen de le savoir, c'est de le suivre.

— C'est peut-être un piège.

— Jake n'est pas assez intelligent pour élaborer un piège de ce genre.

Elle se laissa tomber sur le canapé à côté de lui, et jeta un coup d'œil à son livre.

— L'histoire du Panamá ? Tu n'as rien trouvé de plus ennuyeux ?

— Il se pourrait que mes hommes et moi partions en mission là-bas dans quelques semaines, et j'ai eu envie de me renseigner un peu.

Il lui adressa une petite grimace moqueuse.

— Et ce n'est pas la peine de dénigrer mes lectures. J'ai trouvé ce livre dans la bibliothèque, ce qui veut dire que quelqu'un dans cette maison l'a trouvé assez intéressant pour l'acheter.

Morgan essaya de ne pas s'inquiéter en apprenant cette nouvelle.

Durant les deux années où ils avaient vécu ensemble, Adam était parti plusieurs fois en mission dans des zones dangereuses et, du moment où il lui disait au revoir jusqu'à celui où il appelait pour dire qu'il rentrait, elle était chaque fois dévorée par l'inquiétude.

Et, pourtant, elle devait reconnaître qu'il se mêlait un peu d'envie à son anxiété.

Le magazine pour lequel elle travaillait confiait les histoires les plus dangereuses aux journalistes expérimentés, mais elle avait parfois été envoyée à l'étranger. Malheureusement, la mission en Afrique durant laquelle elle avait rencontré Adam avait été son dernier voyage, et elle souhaitait parfois que les choses soient un peu plus mouvementées, plus dangereuses.

Un petit rire nerveux lui échappa, qui lui valut un regard perplexe d'Adam.

— J'ai raté quelque chose ?

— Non, j'étais simplement en train de penser que j'aimerais aller plus souvent en reportage à l'étranger, histoire de pimenter un peu ma vie, et puis je me suis rappelé qu'un tueur était à mes trousses. Ça devrait suffire à me contenter, non ?

— Je n'en sais rien. Ce n'est pas si évident que ça de te contenter.

Morgan se crispa, consciente d'un subtil changement de ton.

— C'est-à-dire ?

— C'est pourtant clair, non ? Tu n'es pas une personne facile à contenter. Et Dieu sait que j'ai essayé.

Il plongea dans ses yeux un regard empli d'amertume.

— Tu avais envie de savoir pourquoi je t'ai quitté ? Eh bien, je vais te le dire. C'est parce que je ne te suffisais pas. Tu n'étais satisfaite ni de moi ni de notre vie.

— C'est faux ! J'adorais notre vie.

L'intonation d'Adam se fit véhémente.

— Pas suffisamment, il faut croire. Tu as choisi ton autre vie. Le rôle de fille de sénateur, plutôt que celui de ma fiancée.

La douleur dans sa voix serra le cœur de Morgan, mais elle ne pouvait s'empêcher d'en vouloir à Adam.

Pourquoi s'obstinait-il à ne pas comprendre les raisons qui l'avaient poussée à accéder à la requête de son père ?

Elle lui avait pourtant expliqué le soir où elle lui avait demandé de reporter le mariage après la réélection de son père, mais il n'avait rien voulu savoir.

— Je voulais t'épouser, dit-elle. Tout ce que je te demandais, c'était d'attendre quelques mois de plus.

Adam secoua la tête avec irritation.

— Tu sais que ce n'est pas pour ça que je suis parti. Je ne supportais plus la façon dont ton père se mêlait de nos affaires. Les restaurants où nous allions, nos vacances… même la marque de notre dentifrice, aucune de nos décisions ne lui convenait.

— Je lui ai demandé de nous laisser vivre comme nous l'entendions.

— Tu n'as pas dû insister beaucoup.

Elle soupira d'impuissance.

— Enfin, tu connais mon père Adam. Il a une telle détermination à tout prendre en charge…

Constatant que ses excuses n'intéressaient pas Adam, elle ne continua pas dans cette voie.

— J'ai fait une erreur, dit-elle. Et, depuis deux ans, il ne s'est pas passé un jour où je ne l'ai pas regretté.

Il ne répondit pas, mais l'animosité dans son regard s'amenuisa, donnant à Morgan le courage de continuer.

— Tu me manques, admit-elle. Je pense à toi tout le temps, Adam.

Son expression s'adoucit, et Morgan se sentit pousser des ailes.

Levant une main légèrement tremblante, elle osa lui caresser la joue. Il frémit mais n'eut pas de mouvement de recul. Sa respiration s'altéra, et elle devina dans ses yeux la bataille qui se livrait en lui : désir contre colère, douleur contre plaisir anticipé.

C'était tellement bon de le toucher enfin !

Ses doigts effleurèrent sa barbe naissante, dessinèrent les angles vifs de sa mâchoire, de ses pommettes, testèrent la plénitude de ses lèvres…

Son cœur battait si fort qu'elle n'aurait pas été étonnée qu'Adam puisse l'entendre dans le silence.

Lorsqu'elle laissa lentement glisser sa main vers son cou, et jusqu'à son torse, elle put constater que le cœur d'Adam battait lui aussi à tout rompre.

Sa large et forte main se posa soudain sur la sienne, lui interdisant de poursuivre sa troublante exploration.

— Je crois que tu devrais arrêter, grommela-t-il.

— Pourquoi ? Je sais que tu en as envie autant que moi. Ne me dis pas que je ne t'ai pas manqué.

Les yeux verts d'Adam lancèrent des éclairs.

— Bon sang, Morgan, je n'ai pas envie de jouer à ce petit jeu ! Ça suff…

Elle l'embrassa avant qu'il ait eu le temps de finir sa phrase. Et, malgré sa réticence affichée, il lui rendit son baiser avec une telle passion qu'elle en fut saisie de vertige.

Le goût et la sensation de ses lèvres lui étaient familiers, mais Adam avait quelque chose de différent, une sorte de brutalité qu'il la plongeait en pleine confusion et l'excitait tout à la fois.

Au contact de sa langue, aventureuse et insistante, elle gémit. L'air autour d'eux se chargea d'électricité.

— J'ai besoin de toi, murmura-t-elle. Tellement besoin de toi.

Il se figea instantanément et, lorsqu'elle ouvrit les yeux de surprise, elle découvrit une étrange dureté dans son regard.

Avait-elle dit ou fait quelque chose de mal ?

— Que veux-tu exactement de moi, Morgan ? demanda-t-il avec un calme surprenant.

Elle se troubla, comme si elle s'attendait à ce qu'il provoque une dispute, et ne sachant plus maintenant quoi dire.

— Je veux…

Sa voix avait déraillé dans les aigus, et elle toussota.

— Je te veux, toi.

— Morgan…

— Je veux ton pardon, ajouta-t-elle en cherchant son regard vert qui se dérobait soudain à elle.

Il relâcha son souffle.

— Il y a longtemps que je t'ai pardonné.

Elle cilla.

— Quoi ?

— Je t'ai pardonné, répéta-t-il.

— Alors pourquoi…

Sa gorge délicate frémit tandis qu'elle déglutissait.

— Pourquoi luttes-tu contre l'attirance entre nous ? Tu sais qu'elle est toujours là, Adam.

— Oui, mais cela ne veut pas dire pour autant qu'il faut y céder. Les relations à long terme ne m'intéressent plus. Je n'ai aucune envie de m'engager de nouveau. Avec toi, ou avec quiconque.

— C'est ridicule, voyons. Tu ne vas pas te mettre à l'écart du reste du monde toute ta vie.

Il haussa les épaules.

— J'ai mon travail, mes hommes… Ça me suffit.

Elle secoua la tête d'agacement.

— Je ne te croyais pas aussi lâche.

— Ça n'a rien à voir avec la lâcheté, grinça-t-il. J'ai décidé que je préférais être seul.

— A cause de moi, souffla-t-elle en s'effondrant contre les coussins du canapé. Je t'ai blessé, et tu es redevenu l'homme que tu étais avant notre rencontre, celui qui refusait d'ouvrir son cœur.

— Epargne-moi ta psychologie au rabais. La façon dont j'ai envie de vivre ma vie ne te regarde pas. Je suis venu t'aider à trouver qui a essayé de te tuer, et à comprendre ce qui est arrivé à ton amie. C'est tout ce que tu peux attendre de moi.

— D'accord, j'ai compris, tu ne veux pas d'une relation suivie. Mais ça n'empêche pas les aventures sans lendemain, non ?

L'irritation d'Adam devint perceptible.

— Tu es en train de me proposer de coucher avec toi ?

Elle soutint bravement son regard.

— Oui.

Sa réponse honnête laissa un instant Adam sans voix.

— Mais, enfin, pourquoi insistes-tu ? Je t'ai dit que je n'étais pas intéressé.

— Par l'engagement. Tu n'as rien dit des rencontres occasionnelles.

Il ne put s'empêcher de rire.

— Tu crois vraiment, après ce qui s'est passé entre nous, que tu pourras te contenter d'une aventure d'un soir ?

— Je peux, si je le décide.

Il hésita quelques secondes, choqué de constater qu'il était réellement en train de peser le pour et le contre.

Après plusieurs semaines de chasteté forcée durant sa dernière mission, il était assurément la proie de pulsions physiques bien naturelles.

Mais il n'avait pas envie de les assouvir avec elle.

Comment pourrait-il avoir avec Morgan une relation purement sexuelle, après avoir connu avec elle ce qu'était véritablement faire l'amour ?

— Laisse tomber, dit-il avec une brutalité voulue.

Mais Morgan n'était pas décidée à renoncer aussi facilement.

— Il n'y a rien de mal à céder à nos envies.

Il soupira.

— Bon, tu es toujours déterminée à filer le shérif ?

Son brusque changement de sujet la prit au dépourvu, mais elle se ressaisit immédiatement.

— Plus que jamais.

— Très bien. Réveille-moi à 21 h 30. Je vais dormir un peu avant de partir.

Il se leva pour quitter la pièce, mais elle se posta précipitamment devant lui.

— Et c'est tout ? Tu vas prétendre qu'il ne s'est rien passé entre nous, que cette conversation n'a pas eu lieu, et sortir jouer les espions ?

Avec un hochement de tête morose, il la repoussa avec un peu plus de force qu'il n'était nécessaire, et se dirigea vers la porte.

— C'est exactement ce que je vais faire, lança-t-il par-dessus son épaule.

Adam ne parvint jamais à faire cette sieste réparatrice, bien qu'il reste hors de vue jusqu'au moment du départ. Il passa quelques appels, feuilleta un roman qu'il reposa après avoir vainement essayé de lire trois pages, contempla le plafond de la chambre d'amis, et fit de son mieux pour ignorer les allées et venues de Morgan à travers la maison.

Elle avait complètement perdu l'esprit, mais pas de la façon dont son père l'entendait.

Une aventure d'un soir ? Et puis quoi encore !

Ni l'un ni l'autre ne pourrait s'en contenter.

C'était trop explosif entre eux, la passion était trop forte, les émotions trop puissantes.

Et la perspective de suivre le shérif à son mystérieux rendez-vous n'était pas pour améliorer son humeur.

Selon lui, c'était une très mauvaise idée, mais il n'avait pas le choix. Morgan le ferait, qu'il l'accompagne ou non.

Et, considérant le tempérament explosif de Morgan et l'animosité dont elle faisait preuve envers Jake Wilkinson, il n'avait aucune envie de payer une caution pour la faire sortir de prison.

Avec un soupir, il enfila un sweat-shirt bleu marine et se dirigea vers l'escalier.

Morgan était déjà dans le hall, et l'attendait en tapant impatiemment du pied.

Elle avait enfilé un jean, un blouson de ski et des chaussures de randonnée.

— Tu as l'intention de faire de l'escalade ? se moqua-t-il.

— Le chalet de Grady est perdu en plein bois. C'est

une ancienne cabane de chasse. Je ne vais quand même pas y aller en talons aiguilles.

— Attends, tu sais où ça se trouve ?

Elle afficha un petit sourire satisfait.

— Evidemment ! Il n'y a qu'un seul Grady dans le coin, et il se trouve que c'était le meilleur ami de Jake au lycée.

Ils quittèrent la maison et se dirigèrent vers la voiture, sans que ni l'un ni l'autre n'évoque ce qui s'était passé entre eux un peu plus tôt.

Connaissant Morgan, Adam savait qu'elle ménageait ses effets. Elle laissait sa proposition mûrir, faire son chemin, avant de remettre le sujet sur la table.

Non, elle ne manquerait pas de le faire, il n'avait aucun doute là-dessus.

Quand Morgan voulait quelque chose, elle ne s'arrêtait qu'après l'avoir obtenu.

Et cette fois-ci, apparemment, c'était lui qu'elle voulait.

Il balaya cette pensée de son esprit avant qu'elle n'éveille en lui un trouble malvenu.

Par habitude, il lui ouvrit la portière, attendit qu'elle se soit installée, et fit le tour pour se mettre au volant.

— Alors, qu'est-ce que c'est que l'histoire avec ce Grady ? demanda-t-il, tandis qu'ils franchissaient les grilles de la propriété. Pourquoi vit-il dans les bois ?

— Parce qu'il est bizarre.

Elle se cala contre le dossier de son siège et croisa les bras sur sa poitrine.

— Il s'appelle Grady Parker, et il était dans ma classe tout au long de nos années de lycée. Il n'avait pas beaucoup d'amis, et pourtant Jake et lui étaient inséparables. Ce qui était plutôt curieux car Grady était un rat de bibliothèque, tandis que Jake ne voyait que par le sport.

— Tu digresses.

— Oui, pardon.

Elle lui adressa un petit sourire contrit.

— Bref, Grady passait son temps à gribouiller dans un épais cahier noir. Nous étions persuadés qu'il complotait un meurtre, ou quelque chose. Il avait tout à fait la tête à déclencher une fusillade à l'école, comme dans les faits divers.

— Tu t'égares une fois de plus.

Elle lui fit les gros yeux.

— Quoi qu'il en soit, il n'est pas allé à l'université. Il s'est trouvé un travail à la déchetterie de Huntersville, la ville d'à côté. Il n'a pas d'amis, ne sort presque jamais… Ses parents sont morts il y a quelques années, et il a hérité de la maison qui, comme je l'ai dit, se trouve dans les bois. Il y a également un chalet sur la propriété, qui servait autrefois de point de ralliement pour les chasseurs. Je pense que c'est là que Jake va se rendre. Oh, tourne à droite, ici.

Adam suivit ses instructions, empruntant une route étroite et sinueuse en direction du nord.

Lorsqu'il s'engagea dans l'allée bordée d'arbres qui menait à la maison des Parker, Adam eut un mauvais pressentiment. Les panneaux interdisant l'entrée et annonçant la présence de pièges n'avaient rien de rassurant. Et ils laissaient en outre soupçonner quelque activité illégale. Isolé, en pleine nature, c'était l'endroit idéal pour toutes sortes de trafics.

Morgan lui fit signe de s'arrêter un peu en contrebas de la maison, à l'abri de la végétation.

— On va continuer à pied pour ne pas nous faire repérer, expliqua-t-elle.

Lorsque Adam coupa le moteur, la pendule du tableau de bord indiquait 22 h 12. Ils étaient volontairement arrivés après l'heure du rendez-vous, pour être sûrs que Jake soit déjà sur place.

— Allons-y, grommela-t-il.

Ils quittèrent la voiture, et Morgan ouvrit le chemin à travers bois.

Les bottes d'Adam ne faisaient pas un bruit sur l'épais tapis de brindilles et d'aiguilles de pin. Son métier lui avait appris à se fondre dans son environnement, et à dissimuler sa présence jusqu'à ce qu'il soit prêt à passer à l'action.

Son expérience lui permettait aussi de reconnaître le moindre signe de danger et, après quelques minutes de marche, il eut la certitude qu'ils étaient observés.

Morgan, en revanche, bavardait inconsidérément.

— Tony et moi aimions venir rôder par ici quand nous étions petits. Nous étions persuadés que le père de Grady était dans la mafia, ou alors que c'était un espion pour le compte…

— Silence, murmura Adam, en levant la main pour attirer son attention.

Morgan se tut immédiatement, l'air inquiet.

Balayant la zone du regard, il remarqua un faible rai de lumière en amont, et distingua la forme d'un chalet de rondins. Le lieu de rendez-vous du shérif Wilkinson.

Mais la menace qu'il percevait de provenait pas de cette direction.

Quelqu'un se dissimulait dans les buissons, quelque part derrière eux.

En dehors du souffle léger du vent et du frémissement des feuilles, on ne percevait aucun bruit. Et, pourtant, Adam ressentait au creux de la nuque un picotement familier lui annonçant la présence d'un ennemi.

Un ennemi dangereux.

Comme il ouvrait la bouche pour dire à Morgan de se baisser, un coup de feu déchira la nuit.

Instinctivement, il se rua sur la jeune femme et la plaqua au sol, évitant de justesse la balle qui siffla au-dessus de leurs têtes.

10

La peur, combinée à une brusque montée d'adrénaline, se diffusa dans tout le corps de Morgan au son du coup de feu.

Elle se pressa contre le sol boueux, à peine rassurée par le poids du corps d'Adam dans son dos.

Quelqu'un avait tiré sur eux !

En réalité, la fusillade continuait.

Une balle alla se ficher dans un arbre tout proche, faisant voler l'écorce en morceaux, et sectionnant une branche qui s'écrasa à côté d'eux.

Elle ferma les yeux, et se couvrit la tête de ses mains, priant pour que cela cesse.

Au terme de ce qui sembla une éternité, le silence revint.

Comme elle essayait de se libérer de l'étreinte d'Adam, il l'immobilisa.

— Ne bouge pas, murmura-t-il à son oreille.

— Je crois que c'est terminé.

— Ça m'étonnerait…, marmonna-t-il.

Il avait raison.

Bien que les balles aient cessé de pleuvoir autour d'eux, Morgan entendit bientôt le sol craquer sous des pas lourds.

Son rythme cardiaque s'affola.

Leur agresseur venait vers eux !

Son état de panique grimpa en flèche, et s'estompa quand elle reconnut la voix hargneuse qui s'adressait à eux.

— Fichez le camp de ma propriété !

— Qu'est-ce qui te prend de tirer sur moi, Grady ? demanda-t-elle, en se tortillant pour s'extirper de sous Adam.

Son ancien camarade de classe écarquilla les yeux.

— Morgan ? C'est toi ?

— Oui, dit-elle en se relevant souplement.

Adam se leva à son tour, et elle le regarda dévisager Grady avec circonspection.

Elle pouvait comprendre sa réaction.

Grady Parker n'était pas à première vue le genre d'homme qui inspirait confiance.

Grand et d'une maigreur maladive, le visage blafard sous une épaisse barbe noire, les yeux d'un gris délavé dans des orbites enfoncées, il avait l'air d'un fantôme hantant les bois.

— Je ne savais pas que c'était toi, dit-il, comme si cela suffisait à excuser le fait qu'il avait failli les tuer.

— Tu tires sur tous ceux qui entrent chez toi ?

— Je n'aime pas les intrus. Et puis, j'ai mis des panneaux. Les gens sont prévenus. Ils n'ont qu'à passer leur chemin.

Contrairement aux autres habitants de la ville, il semblait relativement content de la voir, compte tenu des circonstances.

Il est vrai que Morgan, sans être vraiment son amie, avait toujours été gentille avec le lycéen excentrique et solitaire dont tout le monde se moquait. Et, lors de ses visites annuelles en ville, elle acceptait volontiers de prendre un café avec lui.

— Tu devrais quand même faire attention, lui suggéra-t-elle. Tu as failli nous tuer.

La suspicion envahit le regard de Grady.

— Qu'est-ce que tu fiches par ici. Et lui, c'est qui ?

— C'est Adam, mon…

Elle se reprit à temps.

— Un ami. Et nous sommes venus voir Jake.

Les sourcils broussailleux de Grady se rejoignirent en une expression perplexe.

— Il sait que vous venez ?

— Bien sûr, dit Morgan, en évitant le regard d'Adam, dont elle devinait l'extrême désapprobation. Mais je me demande pourquoi il nous a donné rendez-vous au chalet. Il l'utilise souvent ?

Quelque chose qui ressemblait à de l'amusement traversa le regard de Grady.

— On peut dire ça, oui, répondit-il avec une petite moue narquoise. Mais tu es sûre qu'il t'a dit de le retrouver là-haut ?

— Oui, affirma-t-elle d'un ton innocent.

— Bon, eh bien je vais vous y conduire.

Tandis qu'il leur ouvrait le chemin, Adam saisit le bras de Morgan et la retint un instant en arrière.

— A quoi tu joues ? Jake ne se doute pas que nous sommes là, et il n'appréciera pas de voir que nous l'avons suivi.

— Je ne pouvais quand même pas lui dire que nous espionnons le shérif, répliqua-t-elle en se libérant.

— Au fait, comment ça va ? demanda Grady en jetant un coup d'œil à Morgan par-dessus son épaule. J'ai entendu parler de l'accident.

— Ça va.

Elle haussa les épaules.

— Tu me connais, rien ne peut m'abattre très longtemps. Même pas un petit tour au fond de l'eau.

— Ce n'était pas facile, la messe de commémoration, hein ?

— Non.

— Layla était une gentille fille. J'espère que son meurtrier sera arrêté.

— Moi aussi, souffla-t-elle, en plongeant sous la branche que Grady soulevait pour elle.

Il la relâcha juste au moment où Adam s'avançait, dans l'intention délibérée de le frapper au visage, mais il en aurait fallu plus pour prendre en défaut les réflexes de ce dernier, qui franchit l'obstacle sans rompre sa foulée.

Après une marche de quelques minutes, la forêt s'était clairsemée, et le trio entra dans une petite clairière abritant un chalet de rondins assez semblable à celui que possédait Adam.

La fenêtre en façade était éclairée, et le shérif se tenait sur le seuil, visiblement alerté par les coups de feu.

Lorsqu'il les aperçut, il dévala les marches de bois du perron et se rua vers eux, visiblement furieux.

— Qu'est-ce que vous venez faire ici ? aboya-t-il en dévisageant Morgan, puis Adam.

— Tu ne m'avais pas dit qu'il vous attendait ? s'étonna Grady.

Morgan afficha un sourire contrit.

— J'ai peut-être légèrement exagéré.

Grady ne sembla pas plus troublé que cela par l'aveu de son mensonge.

— Je vous laisse vous débrouiller. J'ai une soupe sur le feu.

Sur ces mots, il tourna les talons, et s'éloigna sans que personne n'y prête attention.

Le shérif était hors de lui, mais il y avait aussi dans ses yeux une surprenante lueur d'embarras.

Cela aurait pu éveiller la curiosité de Morgan, si elle

n'avait été distraite par sa tenue. Ou plutôt son absence de tenue.

Jake était torse nu.

Le mystère fut élucidé lorsqu'elle vit une silhouette s'encadrer dans l'embrasure de la porte. Elle comprit alors qu'elle avait mal interprété la conversation surprise au téléphone.

— Jake ? Que se passe-t-il ?

Vêtue d'une culotte noire et d'un court débardeur de coton rose vif qui jurait horriblement avec ses cheveux roux, Beth Greenwood s'avança sur le perron.

Son visage se décomposa lorsqu'elle aperçut Morgan.

— Qu'est-ce qu'elle fait là ?

— C'est ce que j'aimerais bien savoir, grommela Jake.

Il lança un regard mauvais à Morgan.

— Alors ?

— Nous t'avons suivi, admit-elle.

— Quoi ? Tu sais que je pourrais t'arrêter pour ça. C'est du harcèlement.

— Tu ne feras rien du tout, répliqua Morgan. Sinon, tout le monde saura ce que tu faisais ici ce soir. Et je doute que tu en aies envie.

Beth planta ses mains sur ses hanches et la toisa.

— Si tu dis quoi que ce soit à mon mari, je te tue.

Jake la fit taire d'un regard.

— Inutile de se menacer les uns les autres.

Sa voix se teinta soudain de lassitude.

— Sérieusement, Morgan, qu'est-ce que tu veux ?

— La vérité.

Elle prit une profonde inspiration.

— As-tu tué Layla ?

Il soutint longuement son regard.

— Non. Je ne l'ai pas tuée.

Il était sincère, pensa Morgan. Son sixième sens ne la trompait jamais.

Ce qui signifiait qu'Adam et elle avaient perdu leur temps ce soir.

— Tu me laisseras mener mon enquête de mon côté ? demanda-t-elle.

Il soupira.

— Morgan, je ne mentais pas en disant que j'ai enquêté, mais il n'y a rien à trouver. Il n'y a pas de suspects, pas de preuves, rien.

— C'est possible, mais je veux le vérifier par moi-même.

— Si je te donne mon accord, tu promets de ne rien dire à propos de Beth et moi ?

Elle l'aurait fait de toute façon, mais elle hocha la tête.

— Oui, c'est promis.

— Je sais que notre histoire peut sembler immorale, chercha à se justifier Jake, mais c'est plus compliqué que ça. Nous nous aimons vraiment. Seulement, Beth ne peut pas divorcer.

— Travis est malade depuis plusieurs années, expliqua cette dernière, les larmes aux yeux. S'il apprenait pour Jake et moi, ça le tuerait. Au début de notre liaison, il a eu quelques soupçons, et j'ai essayé de détourner son attention en faisant courir des rumeurs à propos de moi et d'autres hommes. C'était tellement grotesque que Travis n'a pas voulu y croire, et il a pensé que ce n'était qu'une rumeur aussi pour Jake.

Morgan écarquilla les yeux.

— C'est toi-même qui as fait courir les rumeurs de ton infidélité ?

— Travis et moi avons trois enfants ensemble, toute une histoire commune, mais cela fait longtemps que je ne l'aime plus. Cela ne m'empêche pas d'avoir de l'affection et du respect pour lui, et pour rien au monde je ne voudrais lui faire du mal, surtout avec sa maladie.

Morgan se sentit soudain terriblement embarrassée.

Comme beaucoup de ses concitoyens, elle avait été prompte à juger Beth, sans deviner les raisons plus profondes qui se cachaient derrière son comportement aguicheur.

Pourtant, n'aurait-elle pas dû être un peu plus compréhensive, elle qui avait tant souffert de la curiosité malsaine des habitants d'Autumn, de leurs jugements à l'emporte-pièce, des rumeurs les plus cruelles… ?

— Je suis désolée de vous avoir dérangés, dit-elle avec une mine contrite. Mais Layla était importante pour moi. J'ai besoin de savoir ce qui lui est arrivé.

A sa grande surprise, Beth lui sourit amicalement.

— Je suis sûre que tu y arriveras.

— Merci, Beth. Et ne t'en fais pas. Ton secret restera bien gardé.

Elle s'adressa de nouveau à Jake.

— Donc je peux compter sur toi pour me faciliter les choses ?

Il haussa les épaules.

— Enquête autant que tu veux, mais je te garantis que tu ne trouveras rien.

— Nous verrons bien. Et si mon père appelle…

— Je lui dirai que tu te tiens tranquille, et qu'il n'y a pas d'urgence à ce que tu retournes à Washington.

Un immense soulagement l'envahit.

— Merci.

— Tu crois qu'il a dit la vérité ? demanda Morgan à Adam, alors qu'ils roulaient depuis quelques minutes dans un silence de plus en plus pesant.

Adam hocha la tête.

— Je ne crois pas qu'il ait tué Layla.

— Moi non plus. Ce qui veut dire que nous devons trouver un nouveau suspect. Je propose que nous réétudiions le dossier dès notre retour.

— Pourquoi pas…

Les yeux rivés sur la route, il ajouta :

— Et nous pourrions aussi parler de la façon totalement inconsidérée dont tu te mets en danger.

La remarque se voulait détachée, mais, à la minute où il prononça les mots, le souvenir de ce qui s'était passé dans les bois l'assaillit.

Le sifflement de la balle passant au-dessus de la tête de Morgan, la sensation de son corps sous le sien, si frêle et vulnérable… Tout cela lui semblait encore tellement réel !

Elle aurait pu mourir.

Si la personne qui l'avait poussée du pont s'était trouvée à la place de Grady, elle serait morte.

— Et si Grady t'avait blessée ? demanda-t-il en élevant la voix. Je t'avais dit que ce n'était pas une bonne idée de suivre Jake, mais il n'y avait pas moyen de te raisonner.

Elle ne parut guère perturbée par l'agressivité de son intonation.

— Grady ne visait pas pour tuer. Il voulait simplement effrayer ce qu'il prenait pour des intrus. Et ne me dis pas que c'est la première fois que tu es pris dans une fusillade.

— Je ne vois pas le rapport. Je suis entraîné à ce genre de situation. Pas toi. Si je ne t'avais pas plaquée à terre, tu serais restée là à discuter, et tu aurais pris une balle en pleine tête.

Morgan le dévisagea avec surprise.

— Tu as eu peur pour moi ?

— Oui, et alors ? grommela-t-il.

Le rire harmonieux de Morgan envahit l'habitacle de la voiture.

— Alors, c'est bien. Tu t'es montré plutôt désagréable depuis ton retour surprise dans ma vie, et ça me fait plaisir de savoir que tu te soucies encore de moi, même un tout petit peu.

Un peu ? Il aurait aimé que ce soit le cas. Mais ses sentiments pour Morgan étaient bien plus profonds que cela.

Après deux ans de séparation, il n'avait fallu que deux jours pour qu'il soit de nouveau obsédé par elle.

— Je tiens à toi aussi, murmura-t-elle.

Actionnant son clignotant, il bifurqua sur la route menant à la propriété des Kerr.

Cet aveu le bouleversait bien plus qu'il n'était prêt à l'admettre.

En dehors de ses compagnons d'armes, peu de gens se souciaient de ce qui pouvait lui arriver et, d'ordinaire, cela lui convenait parfaitement. Mais, à cet instant, il prenait conscience que la solitude, même choisie, n'avait pas toujours que des bons côtés.

— J'ai beaucoup pensé à toi depuis deux ans, ajouta Morgan. Je me suis inquiétée de ce qui pouvait t'arriver.

Il garda les yeux rivés sur la route, incapable pour le moment d'affronter les émotions qu'il savait présentes dans le regard de la jeune femme.

— Tu n'aurais pas dû, répondit-il d'un ton bourru. Tu sais que je suis capable de prendre soin de moi.

— Comme à Johannesburg ?

Une expression médusée s'afficha sur son visage.

— Qui te l'a dit ?

— Murphy m'a prévenue.

Adam serra les doigts autour du volant.

— Quel casse-pieds celui-là ! Il ne pouvait pas s'occuper de ses affaires ?

— Il ne faut pas lui en vouloir. Il m'appelée de l'hôpital. Tu avais perdu beaucoup de sang, et il voulait que je prenne l'avion pour te rejoindre.

Il tourna lentement la tête vers elle.

— Mais tu ne l'as pas fait.

— Non. J'y ai réfléchi, mais je me suis dit que tu n'apprécierais pas. Tu m'avais dit de rester en dehors de ta vie, et c'est ce que j'ai fait.

— Murphy a probablement exagéré la gravité de ma blessure. Ce n'était qu'une balle dans la cuisse.

— Dangereusement proche de l'artère fémorale.

— Mais non, ce n'était rien, vraiment.

— J'aurais dû venir. Je me suis rongé les sangs pendant des heures. J'ai appelé pour réserver un billet, et puis j'ai manqué de courage à la dernière minute. Je ne supportais pas l'idée que tu me regardes de nouveau de cette façon.

— Quelle façon ?

— Comme si tu me détestais.

— Je ne t'ai jamais détestée. Je t'aimais. Même quand j'ai décidé de mettre un terme à notre histoire, je t'aimais encore.

Il grimaça.

— Il m'a fallu plus d'un an pour t'oublier.

Morgan chercha son regard.

— Tu n'éprouves vraiment plus rien pour moi ?

— Non.

C'était un mensonge. Ces deux derniers jours prouvaient qu'il n'en avait pas fini avec elle.

Mais l'admettre ne servirait à rien.

Quand il avait affirmé ne plus vouloir s'engager durablement, il disait vrai. Il était profondément solitaire. Même avec Morgan, il avait toujours pensé qu'il n'était pas fait pour la vie à deux. Mais elle l'avait ensorcelé par son esprit, sa spontanéité, sa gaieté, au point qu'il s'était cru capable de faire fonctionner leur mariage.

— Je crois que tu ne dis pas la vérité, murmura Morgan.

Il soupira.

— C'est toi qui n'a pas envie de me croire.

Quelques minutes plus tard, Adam se garait devant la maison, et Morgan se précipita hors de la voiture avant même qu'il ait coupé le moteur.

Le temps qu'elle fouille dans son sac pour y chercher son trousseau de clés, il l'avait rejointe, et il la vit se figer au moment d'engager la clé dans la serrure de l'imposante porte d'entrée.

— C'était là quand nous sommes partis ? demanda-t-elle, en désignant quelque chose sur le sol.

Adam baissa les yeux et découvrit une enveloppe blanche non timbrée.

— Non, ça n'y était pas.

Il se pencha et ramassa l'enveloppe par un coin, entre le pouce et l'index.

Il y avait peu de chances que des empreintes y figurent, mais on n'était jamais assez prudent.

— Elle ne comporte pas d'adresse d'expédition et n'est pas collée, constata-t-il, après l'avoir examinée avec soin.

— Que fait-on ? demanda Morgan. On l'ouvre, ou on l'apporte à la police ?

— La police ? Tu veux dire Jake, je suppose ? Je ne veux pas l'accabler, mais je ne crois pas qu'il puisse nous être d'une grande aide.

— Bon, eh bien, vas-y, ouvre-la.

— Bien, madame.

Il souleva avec précaution le rabat, et sortit de l'enveloppe un bout de papier quadrillé.

Il n'y avait que trois mots, découpés dans un journal.

Trois mots qui en disaient long et qui firent courir un frisson le long de la colonne vertébrale d'Adam.

« QUITTE LA VILLE. »

11

— Qu'est-ce que ça dit ? demanda Morgan.

Sans un mot, il lui tendit la note, et Morgan sentit son pouls s'accélérer en découvrant le message.

— Je ne comprends pas, murmura-t-elle. A ton avis, c'est une menace, du genre : « Quitte la ville ou je te tue », ou un avertissement amical : « Quitte la ville car tu cours un grand danger » ?

Adam grimaça.

— Je doute qu'une personne bien intentionnée perde son temps à découper des lettres dans le journal. Un coup de fil aurait été plus pratique.

— Donc c'est une menace ?

— Malheureusement, oui.

Morgan ouvrit la porte, désactiva l'alarme et se pencha pour délacer ses bottes.

— A ton avis, qui a pu envoyer ça ?

— La personne qui a tué Layla, j'imagine, répondit Adam, en se déchaussant à son tour.

Morgan sentit son sang se glacer dans ses veines.

— Tu crois que l'assassin va de nouveau s'en prendre à moi ?

— C'est peut-être une femme. Nous n'avons aucune idée de son identité.

— Mais… qu'en penses-tu ?

— Je pencherais pour un homme. Les fractures du

crâne indiquent une certaine force. Et, avant que tu dises que les femmes ont de la force aussi, je suis au courant, merci. Mais la nature du crime me conduit à croire qu'il s'agit d'un homme.

— Moi aussi.

Elle ouvrit le grand placard de l'entrée et y déposa ses bottes, ainsi que celles d'Adam.

— Il faut que je sois plus prudente. Tu te rends compte que la personne qui a déposé l'enveloppe a réussi à franchir les grilles ! Il y a pourtant un code d'accès.

— Je sais. Mais ce n'est pas très compliqué de nos jours de neutraliser un appareil électronique. Tu as vu avec quelle facilité j'ai désactivé l'alarme chez Davidson.

— J'ai toujours dit à mon père qu'il devrait faire installer des caméras de sécurité à l'extérieur. Mais il était persuadé que le système d'alarme à l'intérieur suffisait.

— C'est un très bon équipement, admit Adam. Détecteurs de mouvement, capteurs d'intrusion sur chaque porte et fenêtre… Il est quasiment impossible d'entrer par effraction dans la maison.

— Mais pas totalement impossible.

— Non.

Remarquant son inquiétude, il lui adressa un sourire rassurant.

— Ne panique pas. Même si quelqu'un parvient à entrer dans cette forteresse, il aura affaire à moi.

— Ah oui ?

Elle leva un sourcil.

— Tu t'es pourtant laissé surprendre par Grady, tout à l'heure.

Adam afficha une expression vexée.

— Je savais qu'il nous suivait.

— Vraiment ?

— Bien sûr.

— Dans ce cas, pourquoi nous sommes-nous retrouvés à plat ventre dans la boue ? Tu n'étais même pas armé.

Il esquissa un sourire narquois.

— Qui a dit ça ?

Il souleva le bas de son sweat-shirt et se tourna pour lui montrer le pistolet glissé dans sa ceinture.

Malgré la vision inquiétante de la crosse de métal noir, une vague de chaleur déferla en Morgan.

En soulevant son vêtement, Adam avait révélé une bande de peau hâlée, et l'envie de le toucher lui provoquait des picotements aux bouts de doigts.

Elle se rappelait encore la douceur de sa peau, la fermeté de son corps tout en muscles et en force virile…

La bouche sèche comme du carton, elle essaya de se concentrer sur la raison pour laquelle ils étaient réunis.

L'enquête. C'était la seule chose dont elle devait se préoccuper.

— Je vais trouver qui l'a tuée, Adam. Je me moque de ce qu'en pense Jake. Il y a forcément un élément qui nous a échappé.

D'un pas décidé, elle se dirigea vers son bureau.

— Nous allons éplucher les dossiers jusqu'à ce qu'il en ressorte quelque chose.

— Tu vas t'en occuper, déclara froidement Adam.

Elle s'arrêta au milieu du hall, et se tourna vers lui.

— Tu ne vas pas m'aider ?

— Pas ce soir. J'ai l'intention de prendre une douche et d'aller me coucher.

— Comme tu voudras, dit-elle, les traits durcis par la détermination. Moi, j'ai l'intention de veiller toute la nuit.

— Comme tu voudras, l'imita-t-il. Mais je ne vois pas ce qui presse. Layla sera toujours aussi morte demain matin.

— Merci pour ta délicatesse.

— Ça n'avait rien de méchant. Je voulais simplement

dire que cela ne sert à rien de t'épuiser à la tâche. Un peu plus tôt, un peu plus tard, nous finirons par trouver l'assassin.

— Pas grâce à toi, il me semble.

Il soupira.

— Bonne nuit, Morgan.

— Oui, c'est ça. Bonne nuit.

Elle le regarda gravir les marches en quelques foulées rapides, puis se dirigea vers le bureau.

Morgan avait laissé les dossiers sur sa table de travail. Une pile des plus maigres, qui depuis dix ans n'avait révélé aucun indice.

Tandis qu'elle prenait place dans le fauteuil de cuir, son mal de dos se réveilla, lui rappelant sa chute dans la forêt… Et le contact tout à fait involontaire avec Adam.

Elle aurait aimé se retrouver plaquée sous son corps puissant pour d'autres raisons.

Mais, apparemment, elle lui était devenue indifférente.

C'était ce qu'il aurait aimé lui faire croire, mais elle le connaissait suffisamment pour savoir déchiffrer chacune de ses expressions, et savoir quand il mentait.

Et il lui avait menti dans la voiture. Il la désirait toujours.

Avec un soupir, elle tendit le bras pour prendre le premier dossier. Celui-ci contenait les dépositions prises par l'ancien shérif lors de la disparition de Layla.

Avant qu'elle ait eu le temps de l'ouvrir, le téléphone sonna, affichant le numéro du luxueux appartement avec terrasse sur le toit qu'occupait son père à Washington.

Son soupir se transforma en grommellement agacé, bien que cet appel ne soit pas une surprise.

Cela faisait deux jours qu'elle avait quitté la clinique

et, à vrai dire, elle s'attendait même à ce que son père se manifeste plus tôt.

Se préparant à l'affrontement qui n'allait pas manquer de suivre, elle prit une profonde inspiration et souleva le combiné.

— Bonsoir, papa.

— Morgan.

La voix du sénateur était si glaciale qu'elle ne put s'empêcher de frissonner.

— Es-tu prête à mettre un terme à cette folie et à rentrer à la maison ?

— Qu'est-ce qui est une folie pour toi ? Mon besoin de savoir qui a essayé de me tuer ? Ma détermination à faire arrêter l'assassin de ma meilleure amie ?

Son père ignora sa réaction sarcastique.

— Ta tentative de suicide est dans tous les journaux. Mon équipe de communication est débordée.

— Ah bon ? Ils devraient pourtant avoir l'habitude de réparer mes bêtises, depuis le temps.

Décidément insensible à son humour, son père rétorqua avec grandiloquence :

— Tu n'en as pas assez d'humilier ta famille ?

Elle crispa les doigts autour du combiné.

— C'est toi qui es à l'origine de tout ça, papa. Si tu m'avais fait confiance au lieu de me faire interner, les médias n'en feraient pas des gorges chaudes.

— Le shérif a enquêté et n'a trouvé aucun élément permettant d'affirmer qu'une voiture t'a poussée du pont. En revanche, tu nous as fourni suffisamment de preuves de ton instabilité mentale tout au long de ces années. Je veux que tu rentres immédiatement.

— Non.

Au lieu de s'énerver davantage, le sénateur adopta un ton bienveillant.

— Cela ne te servira à rien d'aller ennuyer tout le monde avec tes questions à propos de ton amie. Layla est morte, c'est tragique, mais le temps a passé. Il faut tourner la page. Même ses parents ont renoncé.

Morgan ne fut pas dupe de son changement d'attitude. Son père avait toujours une idée derrière la tête, un but à atteindre, et elle l'avait suffisamment vu à l'œuvre pour savoir qu'il ne reculait devant rien pour parvenir à ses fins.

Seulement, pour la première fois depuis la mort de sa mère, elle refusait d'entrer dans son jeu.

— Je quitterai Autumn quand je l'aurai décidé, affirma-t-elle calmement.

La gentillesse de son père s'évanouit si vite qu'elle aurait pu en rire.

Et, comme d'habitude, il sortit son atout de sa manche : la carte de la culpabilité qu'il ne manquait jamais d'utiliser.

— Ta mère serait très déçue de ton attitude, Morgan.

Ignorant la tristesse que la mention de sa mère ne manquait jamais d'éveiller en elle, elle protesta.

— Non, je crois qu'elle serait déçue par toi. Elle m'aurait crue, à propos de ce qui s'est passé sur le pont.

— Ta mère a toujours été trop naïve, rétorqua sèchement le sénateur. Et, apparemment, c'est aussi le cas de ton ami Adam. Il devait te ramener à la maison, au lieu de quoi il te suit dans tes délires hallucinatoires.

— Adam sait que je suis saine d'esprit. Et je n'apprécie pas que tu aies pris contact avec lui dans mon dos.

Elle déglutit avec peine.

— Pourquoi es-tu incapable de me faire confiance ?

Son père garda le silence quelques instants, puis, sans répondre à sa question, lui lança un ultimatum.

— Si tu n'es pas à la maison à la fin de la semaine, je vais être obligé de prendre les choses en main.

— Bravo, papa. Les menaces, maintenant. Je suppose

que tu vas m'envoyer des hommes en blanc qui m'emmèneront dans une cellule capitonnée.

Elle n'avait pu masquer la douleur dans sa voix mais, comme toujours, son père y resta indifférent.

— La fin de la semaine, Morgan, répéta-t-il.

Puis il raccrocha sans lui dire au revoir.

Malgré tous ses efforts pour les refouler, Morgan sentit les larmes perler au coin de ses yeux.

Bon sang, était-ce trop lui demander que de faire preuve d'un minimum de compassion, d'une once de tendresse ?

Elle était sa fille, pour l'amour du ciel !

Cependant, il la traitait comme un pion qu'il pouvait déplacer à sa guise sur son propre échiquier.

Sa main tremblait quand elle reposa le téléphone sur son socle. Respirant profondément, elle essuya ses larmes, repoussa son fauteuil et se leva.

Les dossiers de Layla sur le bureau semblaient la supplier d'y jeter un œil, mais elle n'en avait pas la force ce soir. Adam avait raison, mieux valait les étudier de nouveau demain matin.

Elle éteignit la lampe, quitta le bureau et monta lentement l'escalier, en proie à un profond abattement.

Sur le palier, elle hésita à poursuivre jusqu'au deuxième étage.

Plus que jamais, elle avait besoin du réconfort des bras d'Adam, mais elle savait qu'il ne se laisserait pas aisément fléchir. Il avait beau la désirer, son obstination serait probablement plus forte que la tentation.

Sous la douche, Morgan laissa longuement l'eau chaude ruisseler sur son corps aux muscles fatigués. Puis elle enfila un peignoir et entreprit de démêler ses longs cheveux trempés, en songeant à ces dernières vingt-quatre heures.

Finalement, elle enfila le short et le débardeur de coton qu'elle aimait porter pour dormir, et se glissa sous les couvertures.

Dormir. Voilà qui lui ferait tout oublier, songea-t-elle en se tournant et se retournant à la recherche d'une position confortable.

Adam, son père, son frère, Layla, et même Jake et Beth… elle n'aspirait qu'à les oublier tous.

Mais le sommeil se refusait à elle, et elle ne cessa de changer de position dans son lit, alternant entre les moments où elle fermait les yeux en s'exhortant à dormir, et ceux où elle fixait les chiffres verts de la pendulette qui formaient un étrange halo dans la pièce.

Minuit.

Adam était sans doute profondément endormi, étalé de tout son long sur le ventre, le drap rabattu jusqu'à la taille, sa joue recouverte d'une barbe naissante pressée contre l'oreiller.

Elle avait tellement envie de lui !

Il n'y avait pas eu d'autre homme dans sa vie depuis leur séparation. Elle n'en avait pas voulu.

N'y tenant plus, elle repoussa l'horrible couvre-lit rose et bascula les jambes par-dessus le matelas.

La douce laine du tapis rose lui chatouilla la plante des pieds, et elle savait que le parquet du couloir serait froid sous ses pas, mais elle ne prit pas le temps de chercher ses chaussons.

Son esprit ne tendait que vers un but : retrouver Adam.

Tandis qu'elle trottinait dans le couloir plongé dans l'obscurité, l'inanité de sa décision lui apparut.

A quoi bon entraîner Adam dans une liaison qui ne les mènerait nulle part ?

C'était comme tisser des liens d'amitié avec les autres

passagers du *Titanic*, en sachant ce que le sort vous réservait.

Mais tant pis ! Elle se moquait de tomber à l'eau. Elle se moquait de se noyer quand il la quitterait une fois encore. Personne dans sa vie ne s'était jamais soucié d'elle comme le faisait Adam.

Il la respectait, lui faisait confiance. Avec lui, elle se sentait spéciale, appréciée, et aimée.

12

Adam était parfaitement réveillé quand il entendit Morgan se glisser dans la chambre d'amis.

Il n'avait pas réussi à s'endormir, et contemplait le plafond depuis de longues minutes en se demandant ce qu'il faisait là. Dans l'immense maison de Morgan. Dans la vie incroyablement compliquée de Morgan.

A la seconde où la porte s'entrebâilla dans un léger grincement, il eut la réponse à sa question.

Il était là pour elle.

— Tu es réveillé ? murmura-t-elle.

— Oui.

Il se redressa en position assise, et scruta l'obscurité jusqu'à ce qu'il parvienne à discerner sa silhouette.

— Qu'est-ce que tu fais là ? demanda-t-il, la bouche sèche.

— Tu le sais très bien.

Le matelas ploya légèrement sous le poids de la jeune femme, et grinça tandis qu'elle s'installait à califourchon sur lui.

Son pouls s'accéléra au contact des cuisses douces enserrant ses hanches, et la réaction de son corps ne se fit pas attendre.

L'intimité de ce contact arracha un gémissement à Morgan, qui toussota avant de prendre la parole.

— Je vais être directe.

— Morgan…

— Tu m'as déjà menti. Tu n'es pas mieux que moi. Alors ne me fais pas la morale. Ne joue pas les vertueux.

Elle saisit l'ourlet de son débardeur, et commença à soulever lentement le vêtement.

— Je ne cherche pas à reprendre notre relation, dit-elle en s'arrêtant à hauteur de la taille. Je promets de ne pas faire pression sur toi. Je ne te demanderai pas plus que cette nuit.

Elle acheva d'ôter son débardeur, révélant ses seins généreux durcis de désir, et Adam sentit une puissante lame de fond le traverser.

— Mais j'ai besoin que tu me dises que tu as envie de moi, conclut-elle d'une voix tremblante. Tu dois le dire.

Leurs regards se croisèrent et, pendant un moment, il fut abasourdi par ce qu'il vit sur son visage.

Amour, espoir, regrets : elle ne cachait rien de ce qu'elle ressentait, et une telle vulnérabilité était rare chez elle.

Il n'en avait que plus envie de la prendre dans ses bras et de ne jamais la laisser en partir.

— Dis-le, s'il te plaît, insista-t-elle doucement.

— J'ai envie de toi, souffla-t-il d'une voix enrouée.

Cet aveu aurait dû lui inspirer un sentiment de faiblesse mais, à l'instant où il prononça ces mots, il se sentit au contraire libéré.

Pendant deux ans, il avait bloqué tous les souvenirs se rapportant à Morgan, les enfermant dans un donjon secret de son cœur qu'il avait l'intention de ne jamais rouvrir.

Mais, à présent, la porte était ouverte, et la vague des sentiments, des souvenirs et de la passion renversait tout sur son passage.

Avec un gémissement sourd, il referma les bras autour d'elle et, l'attirant avec force contre lui, s'empara de sa bouche.

Elle répondit à cette soif dévorante, à cette urgence presque désespérée qu'elle sentait dans son baiser, l'enivrant du goût de ses lèvres, de sa tendre odeur, de ses doux gémissements.

Et, soudain, elle se redressa, ses grands yeux bleus emplis de désir et d'émerveillement, ses seins magnifiques frémissant au rythme de sa respiration haletante.

— Ça m'a manqué, avoua-t-elle.

— A moi aussi.

Un frisson lui échappa tandis qu'elle laissait courir le bout de ses doigts le long de son torse. Ses caresses étaient tendres, habiles, précises, comme si elle se rappelait chaque centimètre carré de son corps et savait ce qui le rendait fou. Et pourtant, il y avait aussi dans ses gestes comme une certaine retenue, comme si elle le redécouvrait.

Quand la caresse humide et tiède des lèvres de Morgan prit le relais, Adam éprouva l'irrésistible désir de lui arracher son short, de la renverser sur le matelas et de la posséder avec toute l'ardeur de sa virilité. Mais il se contint, et laissa seulement ses mains vagabonder sur ses jambes et ses hanches à la peau satinée.

Mais quand sa langue brûlante, après avoir dessiné de troublantes arabesques sur son torse, s'attardant sur les aréoles, se mit à suivre l'étroit sillon de duvet sombre qui descendait vers son ventre, il gémit en crispant les doigts sur la ceinture élastique de son short.

— Enlève ça.

Relevant la tête, elle lui sourit, moqueuse et ravie du pouvoir qu'elle exerçait sur lui.

— Pas question. Je n'en ai pas encore terminé avec toi.

Adam ouvrit les yeux sur la vision enchanteresse du corps nu de Morgan lové sur le matelas à côté de lui.

Elle dormait sur le côté, le visage tourné vers lui, ses cheveux blonds répandus sur l'oreiller comme une cascade d'or.

Il ne put s'empêcher de sourire en la voyant si innocente dans son sommeil.

A la voir ainsi, il était difficile d'imaginer la passion débridée qui, la veille, l'avait conduite aux gestes les plus audacieux, aux étreintes les plus imaginatives.

Pourtant, la situation ne prêtait pas à sourire.

Il avait fait une terrible erreur en cédant à la tentation.

Il est vrai qu'il n'était pas réellement en état de penser. Seules comptaient les sensations qu'éveillait en lui l'agressive entreprise de séduction de Morgan. La sensation de ses lèvres sur les siennes, de son corps doux et souple sous le sien…

Il essaya désespérément de chasser ces pensées, mais il était déjà trop tard pour contrôler son trouble.

Tandis qu'il s'agitait inconfortablement sur le lit, Morgan s'éveilla.

Elle cilla à plusieurs reprises, finit par ouvrir les yeux et bâilla.

— Bonjour, marmonna-t-elle.

De nouveau, il ne put s'empêcher de sourire.

Pas plus qu'il ne put s'empêcher de la toucher, d'ailleurs.

Tendrement, il caressa ses épaules nues, lui arrachant un soupir de plaisir.

— C'est bon, dit-elle en refermant les yeux. Ne t'arrête pas.

Même si la raison lui enjoignait d'arrêter, ses mains firent exactement le contraire.

Savourant la douceur et la chaleur de sa peau, il fit courir les doigts le long de son dos, dénouant avec douceur la tension de ses muscles.

Il adorait son corps, ses courbes douces et ses muscles joliment définis.

Laissant sa main descendre plus bas, il redessina avec gourmandise le contour rebondi de ses fesses, qu'il ne put s'empêcher de pincer.

Poussant un petit cri, elle ouvrit les yeux et le fixa.

— Ça, tu vas devoir te le faire pardonner. J'espère que tu en es conscient.

Se laissant rouler sur le dos, il éclata de rire. Son sens de la repartie lui avait tellement manqué !

— C'est peut-être ce que j'avais en tête.

Elle leva un sourcil parfaitement dessiné.

— Et c'est comme ça que tu comptes t'y prendre, en restant couché à ne rien faire ?

Autre chose aussi lui avait manqué : son envie perpétuelle de faire l'amour. Son ego était toujours flatté de constater qu'elle ne se lassait jamais de lui. Et, durant les deux ans qu'ils avaient passés ensemble, la réciproque avait toujours été vraie.

Mais, cette fois, c'était purement sexuel.

Cette… alchimie entre eux n'avait rien à voir avec l'amour.

— J'attends, dit-elle sur le ton de la plaisanterie.

Roulant sur le dos, elle s'étira, faisant dresser ses seins de façon troublante.

Quelques taches rouges apparaissaient sur la peau délicate, dues aux frottements de sa barbe et à la succion appuyée de ses lèvres.

Il en éprouva un sentiment de fierté et de satisfaction. Peut-être était-ce une lointaine réminiscence de l'homme de Neandertal qui refaisait surface, mais il aimait voir sa marque sur Morgan.

— Sérieusement, Adam, si tu ne bouges pas, je descends me faire un café.

— Tu préférerais le café à mes talents universellement reconnus ?

— Oui.

— Je ne peux pas laisser passer ça, n'est-ce pas ?

Il se retourna et se pencha par-dessus le rebord du matelas, tâtonnant sur le sol à la recherche de la boîte de préservatifs.

— Tu m'as l'air soudain bien pressé, remarqua-t-elle tandis qu'il se plaçait entre ses jambes.

Il chassa son expression narquoise en se glissant avec force en elle.

Malgré l'urgence de son désir, il s'obligea à la lenteur, la torturant subtilement par de languides allées et venues qui lui arrachaient d'incessants gémissements.

Le regard extatique, Morgan était si étroite et brûlante autour de lui que son désir s'enflamma, transformant bientôt son tempo paresseux en furieux staccato.

Enroulant haut les jambes autour de ses hanches, Morgan lui offrit l'occasion dont il rêvait de se fondre plus encore dans la chaleur de son corps palpitant.

Cabré au-dessus d'elle, le front moite, les yeux clos, il accéléra encore le rythme, encouragé par les murmures fiévreux et les gémissements rauques de Morgan.

Et quand il sentit ses muscles frémir et se contracter autour de lui, quand il entendit sa plainte modulée, il s'empressa de la rejoindre dans l'extase.

C'était incroyable, eut-il le temps de songer tandis que le souffle lui manquait. Complètement irréel.

Agité de la tête aux pieds par des spasmes d'une violence encore jamais atteinte, perdant toute notion du temps et de l'espace, il poussa un cri rauque, et enfouit son visage dans le cou de Morgan.

Dans un état second, ses bras le soutenant à peine, il attendit que déclinent les derniers soubresauts qui agitaient son corps, fixant Morgan sans la voir. Puis il roula à son côté et se défit rapidement du préservatif.

Il ne comprenait toujours pas ce qui venait de se passer. Le sexe entre eux avait toujours été pleinement satisfaisant. La nuit dernière, ils s'étaient retrouvés comme s'ils s'étaient quittés la veille, leurs corps se reconnaissaient, se souvenant instinctivement du plaisir déjà éprouvé.

Mais ça, c'était… un véritable cataclysme.

Et cela n'avait rien à voir avec le fait que sa dernière aventure remontait à plusieurs mois.

— Pourquoi n'as-tu personne dans ta vie ? demanda soudain Morgan, comme si elle devinait ses pensées.

Se redressant en position assise, il prit appui contre la tête de lit.

— Je n'ai pas le temps pour ça.

Elle s'assit à son tour, remontant le drap sur elle.

— Tu recommences à mentir.

Il haussa les épaules.

— Je ne sais pas. J'imagine que je n'ai pas rencontré quelqu'un qui m'intéresse assez. Et toi, pourquoi es-tu restée seule ?

— Je ne veux pas d'autre homme que toi, dit-elle simplement, les yeux rivés aux siens. Je n'ai jamais voulu que toi, Adam.

La bouche soudain cartonneuse, il déglutit et voulut répondre qu'elle ne devait pas s'attacher de nouveau à lui, mais aucun mot ne franchit ses lèvres.

Se levant d'un bond, il ramassa son caleçon, l'enfila et alla ouvrir les rideaux, laissant un pâle soleil matinal entrer dans la chambre.

— Allons faire ce café, dit-il d'un ton bourru.

Morgan hocha la tête et se glissa hors du lit, se penchant pour récupérer ses vêtements abandonnés au sol.

Il admira son corps svelte et harmonieux tandis qu'elle

s'habillait, et dut faire un effort pour résister à l'envie de l'embrasser.

Il enfila son jean par-dessus son caleçon mais ne le boutonna pas, et ne s'embarrassa pas de son sweat-shirt.

Comme Morgan passait devant lui dans le couloir, il lui prit la main, s'attirant un regard surpris.

Après une brève hésitation, elle entrelaça ses doigts aux siens, et ils descendirent l'escalier côte à côte.

Ils n'échangèrent pas un mot, mais le silence était confortable, bienvenu même.

Au moment où ils posèrent le pied dans le hall, cependant, un juron de surprise rompit ce silence.

Tony, le frère de Morgan, venait de sortir du salon et les contemplait avec stupeur.

— Quelqu'un peut m'expliquer ce qui se passe ici ? demanda-t-il.

13

Morgan fit de son mieux pour paraître calme et détachée, mais la lueur de désapprobation dans le regard bleu de son frère, si semblable au sien, ne tarda pas à la faire rougir.

Elle avait beau être une femme adulte, devant Tony, elle se sentait comme une fillette qui venait de faire une grosse bêtise.

— Que fais-tu ici ? demanda-t-elle en lâchant la main d'Adam.

— Je suis venu voir comment tu allais. J'étais inquiet.

Il grimaça avec dédain.

— Mais j'ai l'impression que tu te portes comme un charme.

Elle avança vers lui, ressentant douloureusement le contact glacé du marbre sous ses pieds nus.

Adam la suivit, hésitant un moment avant de tendre la main.

— Salut, Tony. Content de te revoir.

Avec une réticence évidente, Tony serra la main tendue, puis il croisa les bras sur son torse, essayant d'afficher l'air martial d'un frère aîné outragé.

Le résultat était plutôt comique car, avec son mètre soixante-seize, son léger embonpoint, son apparence mollassonne et ses cheveux blonds trop longs, il n'y avait vraiment rien d'intimidant chez lui.

Dans son pantalon beige parfaitement repassé et son

coupe-vent bleu ciel qui lui donnaient l'air de sortir d'un club de voile, il était pour tout dire insignifiant.

Et la différence avec Adam, que son début de barbe et ses cheveux noirs en désordre paraient d'une aura de mystère et de danger, n'était pas à son avantage.

— J'ai l'impression que j'interromps quelque chose, remarqua Tony d'un ton ironique.

Morgan parvint à esquisser un sourire.

— Pas du tout. Nous allions faire du café.

— Si vous alliez plutôt vous habiller pendant que je m'en occupe, proposa Tony.

— Excellente idée, répondit Morgan avec un enthousiasme exagéré. Tu viens, Adam ?

Ils remontèrent l'escalier, chacun regagnant son étage respectif.

Morgan prit une douche éclair pour effacer toute trace de leur passion matinale, sécha rapidement ses cheveux dans une serviette, et choisit dans sa penderie un pantalon noir et un pull en cachemire gris décolleté en V.

La visite de Tony n'avait rien d'une bonne surprise.

Bien qu'il ait prétendu s'inquiéter de ce qu'elle devenait, elle savait pertinemment que son père l'avait envoyé pour l'espionner.

Et Tony était toujours prêt à satisfaire les exigences du sénateur.

Souvent, elle se demandait comment ces deux-là avaient fini par se rapprocher.

Quand ils étaient enfants, Tony ne jurait que par leur mère. En réalité, il l'idolâtrait. Et, même si Morgan ne doutait pas de l'amour que sa mère lui portait, elle savait que Patricia avait une tendresse particulière pour son premier-né, qui la suivait partout comme son ombre.

A la mort de sa mère, Tony s'était montré inconsolable. Ses notes à l'école avaient chuté, il s'était éloigné de ses amis.

Il avait pleuré pendant des mois, répétant que sa mère l'avait quitté, qu'il était seul au monde désormais...

Apparemment, le sénateur l'avait finalement aidé à surmonter son deuil car, un an après le décès de Patricia, Tony avait transféré toute son affection sur son père.

Et Morgan, comme d'habitude, restait le vilain petit canard.

Têtue, passionnée, éprise de liberté et complètement différente des autres membres de la famille, sa mère y compris, elle avait parfois l'impression d'être une étrangère parmi les siens.

Elle remontait la fermeturc à glissière de son pantalon quand un bourdonnement retentit à côté de la porte.

Il provenait de l'Interphone fixé au mur, et elle vit en s'approchant que le bouton relié dans la cuisine clignotait en rouge. Elle le pressa et répondit :

— Je descends.

— Dépêche-toi, dit la voix de Tony dans un chuintement de parasites. Le café est prêt.

Elle ne put s'empêcher de sourire en quittant la pièce.

Quand ils étaient petits, Tony et elle s'étaient beaucoup amusés avec cet Interphone. Il était relié à toutes les pièces de la maison, et ils aimaient se rendre chacun dans une aile du long bâtiment pour tenir de longues conversations totalement dénuées d'intérêt.

Puis ils s'étaient rendu compte que le micro continuait à fonctionner si on laissait le bouton enfoncé, et ils avaient commencé à espionner leurs parents...

Jusqu'à ce que leur père s'en aperçoive.

Depuis, le sénateur n'entrait jamais dans une pièce sans s'assurer que ses conversations resteraient secrètes.

Lorsqu'elle entra dans la cuisine, Morgan trouva son frère appuyé contre l'îlot central, en train de siroter son café.

— Je l'ai fait très fort, comme tu l'aimes, annonça-t-il.

— Merci.

Elle traversa la pièce, prit la tasse posée à côté de la machine à café professionnelle et se servit, humant l'arôme inimitable des grains fraîchement moulus.

Elle but lentement une gorgée, laissant le savoureux liquide glisser dans sa gorge, et soupira de satisfaction.

— Ah, caféine bien-aimée, comment ferais-je pour vivre sans toi ?

Pour la première fois depuis son arrivée, Tony afficha un vrai sourire.

— Tu devrais ralentir. Tu bois beaucoup trop de café.

Morgan contourna l'îlot et se hissa sur l'un des hauts tabourets.

— Un jour, peut-être.

Elle but une nouvelle gorgée de café et sourit.

— Quand tu m'as sonnée, ça m'a fait penser à l'époque où nous espionnions papa avec l'Interphone.

Le visage de Tony s'éclaira.

— C'était vraiment drôle. Tu te souviens quand nous l'avons entendu demander à son conseiller en image s'il devait commencer un traitement contre la calvitie ?

— C'est ce jour-là qu'il a tout compris, quand tu as fait une blague sur les chauves au dîner.

Tony grimaça.

— J'avoue que ce n'était pas malin.

Pensivement, il fit rouler sa tasse vide entre ses paumes.

— Alors… que se passe-t-il entre Quinn et toi ?

— Rien de sérieux, répondit-elle d'un ton vague.

— Ce n'est l'impression que j'ai eue.

Morgan posa sa tasse et chercha le regard de son frère.

— Quelle est la vraie raison de ta venue ?

— J'avais envie de savoir comment tu allais. Et je voulais voir si je pouvais t'aider à découvrir ce qui est arrivé à Layla.

Elle haussa les sourcils de surprise.

— Depuis quand t'intéresses-tu à l'affaire ?

— Je n'ai pas aimé que tu dises que je détestais Layla. Elle m'énervait peut-être quand nous étions plus jeunes, mais je ne l'ai jamais détestée. Et je suis vraiment désolé qu'elle soit morte.

Des bruits de pas résonnèrent dans le hall, et Adam ne tarda pas à entrer dans la cuisine.

Tony se précipita pour lui servir un café, et lui tendit sa tasse d'un air contrit.

— Je suis désolé pour tout à l'heure, si je t'ai semblé un peu agressif. C'était mon instinct de grand frère qui se manifestait.

— Ce n'est rien.

Un silence gêné s'ensuivit, et Tony se mit à tambouriner du bout des doigts sur le plateau de marbre du comptoir.

— Alors, vous avez progressé dans votre enquête ? demanda-t-il.

— Non, avoua Morgan.

Elle lui parla rapidement de leur visite au bureau du légiste et du contenu du rapport d'autopsie.

Tony ne parut guère optimiste.

— Si je comprends bien, vous n'avez rien. Et vous êtes sûrs que ce n'est pas Jake ? Il est la dernière personne à l'avoir vue vivante.

— Je sais. Mais je ne crois pas que ce soit lui. Jake a le sang chaud, c'est vrai, mais en l'occurrence il n'avait pas de mobile. Layla et lui avaient déjà rompu et, si mes souvenirs sont bons, ni l'un ni l'autre ne semblait bouleversé.

— Il l'était peut-être sans le montrer, remarqua Tony.

Il se tourna vers Adam, qui n'avait pas encore pris part à la conversation.

— Qu'en penses-tu ?

— Je suis d'accord avec ta sœur. Jake m'a paru sincère quand nous en avons parlé hier soir.

Morgan se laissa glisser du tabouret.

— Adam et moi allions de nouveau étudier les dossiers. Tu pourrais nous aider, si ça te dit.

Tony hocha la tête.

— Bien sûr.

— Je vais les chercher.

Quelques minutes plus tard, Morgan était de retour dans la cuisine.

Tout en déposant la maigre pile de documents sur la lourde table en cèdre occupant le coin repas de la cuisine, elle adressa un regard à son frère.

— Comment va Caroline ?

L'expression de Tony s'adoucit.

— Bien.

Tandis qu'ils prenaient place à table, il expliqua que sa nouvelle petite amie travaillait dans une agence de publicité concurrente de la sienne.

— Notre première rencontre a été plutôt explosive, reconnut-il. Je pensais qu'elle essayait de me voler un client.

— Je suis contente que tu aies décidé de lui laisser une chance, dit Morgan. Ça me fait plaisir de te savoir avec quelqu'un.

— J'en suis moi aussi ravi. Et maintenant, si nous nous mettions au travail ?

*
* *

Cela faisait une heure qu'il épluchait les dossiers, et Adam avait mal aux yeux à force de fixer les minuscules caractères d'imprimerie.

Il relut une dernière fois le rapport d'autopsie, et ne fut pas plus inspiré.

Même chose avec l'audition des parents de Layla.

Idem avec la déposition de Jake.

Et pourtant, malgré l'absence absolue d'indice, quelque chose le chiffonnait.

Machinalement, il reprit le témoignage des parents.

— Quelque chose me dérange, mais je ne sais pas quoi, dit-il en se massant le menton.

Morgan jeta un coup d'œil au document qu'il étudiait.

— C'est à propos des parents de Layla ?

Il hocha la tête.

— La dernière fois que Mort et Wendy ont vu leur fille, c'était ce matin-là, avant qu'elle ne parte pour le lycée, expliqua Morgan. Je leur ai parlé longuement, et je suis certaine qu'ils ignorent tout de ce qui s'est passé.

— Oui, mais…

Adam baissa les yeux vers le document au moment où Tony tendait la main pour le prendre.

— Tu permets ? demanda-t-il. Je ne l'ai pas encore lu.

Adam le lui tendit, et se tourna vers Morgan qui se tenait la tête dans les mains.

— Pourquoi ne trouvons-nous aucune piste ? demanda-t-elle d'un ton désespéré.

Adam soupira.

— Parce qu'il n'y a rien. Tout ce que nous savons, c'est que Layla s'est rendue dans les bois, soit pour y retrouver quelqu'un, soit pour aller courir, et qu'elle n'en est jamais ressortie. Quand sa disparition a été signalée, la police a passé toute la zone au peigne fin et n'a rien trouvé. Ils ont pourtant interrogé tout le monde en ville.

— Tu as raison, mon vieux, dit Tony, en reposant le document. Il n'y a rien là-dedans.

Il adressa un regard de sympathie à sa sœur.

— Je ne pense pas que nous parviendrons à résoudre cette affaire, Morgan.

Elle se mordilla la lèvre, l'air misérable.

— Il le faut. Je le dois à Layla.

Aucun des deux hommes ne fit de commentaire.

— Comme je l'ai déjà dit, reprit Adam, je pense que nous devons nous concentrer sur celui qui t'a poussée du pont. Cette piste est beaucoup plus récente que l'autre.

— Dans ce cas, rendons-nous sur le pont, décida Morgan.

Les pieds de sa chaise crissèrent sur le sol tandis qu'elle la repoussait précipitamment et se levait d'un bond.

— Maintenant ? demanda Adam avec surprise.

— Maintenant.

Il connaissait ce regard et savait que rien n'y personne de pouvait l'arrêter.

Jetant un coup d'œil à Tony, que la situation semblait amuser, il capitula.

— Eh bien, allons-y.

Se tenant à quelques pas de Morgan, Adam la regarda se pencher par-dessus le garde-corps et scruter la rivière.

Le pont enjambant la Grace River, un petit cours d'eau au débit modéré, était assez large pour permettre à deux voitures de se croiser, et ceinturé de part et d'autre d'une rambarde de bois.

L'acier aurait été un meilleur choix, songea Adam. Avec un rail de protection plus solide, la voiture de Morgan n'aurait probablement pas basculé par-dessus bord.

— Je vais y aller, annonça Tony, les yeux rivés sur sa

sœur qui, toujours penchée sur la rambarde, leur tournait le dos.

— Tu ne restes pas pour la nuit ? demanda Adam.

Il secoua la tête.

— J'ai des projets avec Caroline pour ce soir, et j'ai promis que je ne rentrerais pas tard.

Il hésita.

— Ecoute, je peux être franc avec toi ?

Adam hocha prudemment la tête.

— C'est le sénateur qui m'a envoyé, avoua-t-il, en veillant à ne pas parler trop fort. Il voulait que je la ramène à la maison.

— Elle rentrera quand elle sera prête.

— Je sais. C'est pour ça que je n'ai pas insisté. Il est évident qu'elle ne trouvera rien de plus concernant la mort de Layla. Et je pense que, d'ici un jour ou deux, elle s'en rendra compte et partira d'elle-même.

Ce qui était somme toute plus malin que d'employer la manière forte, comme le souhaitait son sale type de père, songea Adam. Mais, au bout du compte, cela revenait au même.

— Pourquoi es-tu aussi loyal envers lui ? ne put-il s'empêcher de demander à Tony.

Tony ne parut pas offensé par la question.

— C'est mon père. Et depuis que maman n'est plus là, il est le seul parent qu'il me reste. Je ne vois pas de mal à le satisfaire, dans la mesure du raisonnable.

— Et tu trouves raisonnable de faire interner ta sœur dans une clinique psychiatrique ?

Tony perdit de sa superbe.

— Ce n'était pas mon idée. Mais je ne suis pas certain qu'elle se sente vraiment bien. J'ai assisté avec elle au service funèbre. Elle était dévastée.

— Jamais Morgan ne serait tentée de mettre fin à ses jours.

— Je n'en suis pas aussi sûr que toi.

De nouveau, son regard se porta vers sa sœur.

— Ecoute, je ne sais pas ce qu'il y a entre vous, mais tu dois l'encourager à renoncer à cette enquête qui, de toute façon, ne mènera nulle part. Le sénateur commence à s'impatienter.

— Mais, enfin, en quoi cela peut-il le déranger qu'elle fasse cette enquête ?

— Je n'en sais rien.

Tony baissa un peu plus la voix.

— Mais il est déterminé à la ramener à la maison. Quitte à employer des mesures extrêmes, ce sont ses mots.

Adam serra les dents.

— Il la ferait emmener de force par des infirmiers ?

— C'est possible.

Tony soupira.

— Tu connais mon père. Il aime que tout soit parfaitement à sa place, dans sa jolie petite case. Sauver les apparences et préserver son image sont deux de ses obsessions. Et, malheureusement, ma sœur a une fâcheuse tendance à entacher sa bonne réputation. Il ne supporte pas de ne pas parvenir à la contrôler.

— Il ferait bien de s'y faire, rétorqua Adam, parce que Morgan n'est pas près de changer.

Tony eut une mimique entendue.

— Non, c'est certain.

Il jeta un œil à la montre luxueuse mais un peu voyante qui ornait son poignet, et prit un air pressé.

— Vous pourriez me ramener à la maison, maintenant ? Il faut vraiment que je parte.

Adam s'avança vers Morgan et s'éclaircit la gorge.

— Morgan, nous devons y aller.

Elle se tourna lentement, et la déception dans son regard lui serra le cœur.

— Il n'y a rien. Ni secondes marques de pneus, ni traces de peinture… C'est comme si l'autre voiture n'avait jamais existé.

— Je sais. C'est pourquoi nous devons rentrer. Et Tony veut retourner à Washington.

Le retour à la propriété familiale se fit en silence, et Tony semblait pensif.

Sans doute était-il déçu pour sa sœur, mais Adam crut deviner qu'il était également ravi.

Nul doute qu'il irait tout droit annoncer au sénateur que Morgan s'était cassé le nez sur l'enquête et qu'elle ne tarderait pas à rentrer gentiment au bercail.

Le temps que la matinée s'écoule, Morgan était passée de la déprime à la frustration puis à la colère, pour revenir à la prostration mélancolique.

Adam et elle avaient relu une fois encore les dossiers, sans plus de résultats, et avaient finalement décidé de se changer les idées en faisant une partie de Scrabble.

Mais ce qui aurait dû être amusant se révéla si ennuyeux qu'ils abandonnèrent en cours de jeu.

Un sentiment d'échec personnel la submergeait. Pendant dix ans elle était revenue à Autumn, avait posé des questions, sans jamais obtenir aucun résultat.

Un jour, Layla avait disparu, et dix ans plus tard son corps avait été retrouvé dans les bois.

C'était tout ce qu'ils savaient.

Et ils n'en sauraient jamais plus.

Même si elle se refusait encore à l'admettre, il était peut-être temps de renoncer.

*
* *

Morgan passa le reste de la soirée à ressasser cette option, luttant contre sa nature.

Elle avait l'habitude d'aller jusqu'au bout de ce qu'elle entreprenait. Mais dix ans d'efforts était sans doute un délai raisonnable pour jeter l'éponge.

Sagement, Adam se garda de l'influencer.

Pour le dîner, il fit des spaghettis, qu'ils mangèrent en silence, et sans appétit en ce qui concernait Morgan. Puis elle se retira dans son bureau, où elle passa près de deux heures à réfléchir.

N'étant parvenue à aucune décision, elle se levait de son fauteuil quand le téléphone sonna.

Reconnaissant le numéro de son frère, elle soupira.

— Encore toi, lança-t-elle en ne plaisantant qu'à moitié.

— Désolé de te déranger, mais j'ai oublié de te dire quelque chose. Je prépare une fête surprise pour l'anniversaire de Caroline, la semaine prochaine. J'aimerais que tu viennes. Vous devriez très bien vous entendre.

Morgan fut touchée de cette invitation. Depuis la mort de leur mère, les liens entre son frère et elle s'étaient distendus.

— J'en serais ravie. Tu es bien rentré en ville ?

— Oui. Il n'y avait presque pas de circulation.

— Très bien. Bonne nuit. A bientôt.

Morgan reposa le téléphone sur son socle et quitta le bureau en refermant la porte derrière elle.

Sur le palier du premier étage, elle hésita.

Devait-elle rejoindre Adam dans sa chambre, ou aller se coucher seule ?

Après la désastreuse journée qui venait de s'écouler, elle rêvait du réconfort de ses bras, mais elle n'était pas sûre qu'il en ait envie.

Finalement, elle se décida pour sa propre chambre.

Adam s'était montré attentionné aujourd'hui, mais elle ne savait pas ce qu'il avait en tête — ni dans le cœur — et n'avait aucune envie de se faire rembarrer.

Elle enfila son pyjama, se glissa dans son lit et se pelotonna sur le côté.

Elle redoutait de ne pouvoir parvenir à s'endormir, mais la fatigue eut très vite raison d'elle, et elle ne tarda pas à sombrer dans un demi-sommeil, que vint déranger un coup léger frappé à la porte.

— Entre, marmonna-t-elle.

La porte s'entrouvrit, laissant passer un rai de lumière en provenance du couloir.

Ouvrant un œil, elle distingua la silhouette d'Adam sur le seuil.

— Hé, dit-il doucement. Je t'ai réveillée ?

— Non. Qu'est-ce que tu veux ?

— Te souhaiter une bonne nuit.

— D'accord.

Malgré les regrets qui lui serraient le cœur, elle se félicita de ne pas être allée le rejoindre.

A l'évidence, la nuit dernière resterait unique en son genre.

— Bon, je vais prendre une douche…

Il hésita, s'attarda sur le seuil en se balançant d'un pied sur l'autre.

— Tu veux que je te rejoigne après ?

Le pouls de Morgan s'accéléra, et elle fut soudain parfaitement réveillée.

Se redressant contre les oreillers, elle croisa le regard incertain d'Adam.

D'accord, elle s'était trompée.

— Oui, murmura-t-elle.

Comme il pivotait sur les talons, elle ajouta :

— Tu peux te doucher ici, tu sais.

— Il faut que j'aille charger mon téléphone.

Il lui adressa un clin d'œil.

— Ne t'inquiète pas. Je reviens très vite.

Il ferma doucement la porte, et la chambre fut de nouveau plongée dans l'obscurité.

Avec un soupir béat, elle se laissa de nouveau gagner par la torpeur.

Bien au chaud dans son lit, elle se sentait détendue au contact des draps sur sa peau, et anticipait avec bonheur les caresses d'Adam.

La porte s'ouvrit de nouveau, et il lui sembla que c'était trop rapide.

Ne venait-il pas de quitter la chambre ?

Trop léthargique pour ouvrir les yeux, elle murmura :

— Déjà de retour ?

Adam ne répondit pas, mais ses pas résonnèrent sur le sol.

Avec un sourire, elle saisit le rebord du drap pour l'écarter et l'inviter à la rejoindre.

Avant qu'elle n'ait eu le temps de se rendre compte de ce qu'il lui arrivait, un visage dissimulé par une cagoule noire se pencha au-dessus d'elle, et une main gantée de cuir s'abattit sur sa bouche.

14

La panique déferla dans la poitrine de Morgan, si oppressante qu'elle avait l'impression de ne plus pouvoir respirer.

Elle essaya de crier, mais la main gantée serrait cruellement sa bouche.

Passant un bras sous son dos, l'inconnu essaya de la soulever hors du lit, mais elle se débattit tant et si bien qu'elle atterrit lourdement au sol.

Un court instant, la main de l'homme glissa de ses lèvres, et l'espoir s'insinua en elle.

Elle ouvrit la bouche pour crier, mais fut de nouveau bâillonnée.

Un bras fermement enroulé autour de son torse, il la tira à travers la pièce, tandis qu'elle agitait furieusement les jambes, en espérant faire tomber quelque chose.

Elle ne pouvait pas se laisser emmener comme ça. Elle devait faire du bruit pour alerter Adam.

Car elle était persuadée que l'homme était venu l'enlever.

Elle ignorait comment il était entré dans la maison, pourquoi les alarmes ne s'étaient pas déclenchées, mais sa poigne de fer et ses enjambées décidées ne laissaient aucun doute sur sa détermination.

L'adrénaline coulait dans ses veines.

Elle continua de battre des pieds, essaya de mordre la main gantée, mais l'homme était beaucoup trop fort pour elle, et les quelques cours d'autodéfense qu'elle avait pris l'année précédente ne lui étaient guère utiles.

Du moins le pensait-elle, jusqu'à ce que la main de l'homme glisse de nouveau de sa bouche, et qu'elle parvienne enfin à pousser un cri.

Le son était tellement strident qu'elle fut surprise de ne pas entendre le grand lustre du hall voler en éclats.

Son assaillant s'immobilisa immédiatement.

Puis, à sa grande surprise, il la relâcha.

Tandis qu'elle atterrissait lourdement sur le plancher du couloir, elle entendit ses pas pressés se diriger vers l'escalier et claquer sur les marches en marbre.

Hébétée, elle se relevait quand elle entendit se refermer la porte d'entrée.

Ensuite, ce fut de nouveau le silence.

Aucun vrombissement de moteur, pas de crissements de pneus sur le gravier.

Quelle que soit la direction qu'il avait prise, l'homme à la cagoule n'avait pas de voiture.

Ne cherchant pas à comprendre ce qui venait de se passer, elle se précipita au second étage.

La respiration haletante, elle ouvrit à la volée la porte d'Adam, et trouva la pièce vide.

Un ruissellement d'eau provenait de la salle de bains. Il était toujours sous la douche.

Elle avait failli se faire enlever, et son courageux mercenaire était sous la douche !

L'adrénaline commençait à redescendre, et elle tremblait comme une feuille lorsqu'elle entra dans la salle de bains.

Même la vue du corps nu d'Adam à travers la paroi vitrée embuée ne suffit pas à dissiper sa peur.

Cette entrée précipitée ne manqua pas d'alarmer Adam.

Coupant immédiatement l'eau, il ouvrit la porte de la cabine.

— Que se passe-t-il ?

— Quelqu'un vient de m'attaquer dans ma chambre.

— Quoi ?

Sans hésiter, il sortit de la cabine et l'attira dans ses bras. L'eau ruisselait encore le long de son corps, s'égouttait de ses cheveux trempés, mouillant le pyjama de Morgan, mais elle s'en moquait.

Tandis que les larmes roulaient sur ses joues, elle enfouit son visage dans le cou d'Adam.

— Il portait une cagoule noire… Il a essayé de me soulever du lit… je me suis débattue, et je suis tombée par terre. Il m'a traînée sur le sol…

La respiration toujours altérée, elle reprenait son souffle entre chaque phrase.

— J'ai crié, et il m'a lâchée. Je n'ai pas entendu de voiture. Je pense qu'il s'est enfui à travers bois.

Adam la repoussa gentiment et se rua vers la chambre, où il enfila rapidement une tenue de jogging en molleton gris chiné et des baskets.

Après avoir pris son arme dans le tiroir de la table de chevet, il ouvrit la porte de la penderie et se pencha au-dessus de son sac de voyage. Il en sortit un second pistolet, dont il vérifia le chargement avant de le tendre à Morgan.

— Tu sais encore comment t'en servir ?

Elle répondit par un hochement de tête.

— Bien.

Il se dirigea vers la porte d'un pas décidé.

— Enferme-toi dans la salle de bains, et n'ouvre à personne d'autre que moi.

Inquiète pour la sécurité d'Adam, Morgan s'enferma comme il le lui avait demandé, et s'assit sur le rebord de la baignoire, visant la porte en tenant le pistolet à deux mains.

Puis elle attendit, et attendit encore.

Une bonne demi-heure s'était écoulée lorsque Adam réapparut.

Il tambourina à la porte et dit à Morgan de lui ouvrir, ce qu'elle fit immédiatement.

— Alors ? demanda-t-elle avec impatience.

— Je n'ai vu personne.

Un mélange de soulagement et de confusion l'envahit.

Elle suivit Adam dans la chambre, où elle s'assit au pied du lit, déposant le pistolet sur le matelas.

— Tu ne l'as pas trouvé ?

Adam se posta devant elle, avec une curieuse expression.

— Non seulement cela, mais je n'ai relevé aucune trace d'effraction. La porte d'entrée était verrouillée et l'alarme enclenchée.

Un frisson courut le long de la colonne vertébrale de Morgan.

— J'ai vérifié tout le périmètre, dit-il, en continuant de la scruter avec cette indéfinissable expression. J'ai fait le tour de la maison, arpenté le jardin, examiné les abords de la forêt à la recherche de traces… Je n'ai absolument rien vu.

— Ça veut dire qu'il est doué, murmura Morgan d'un ton pensif.

Adam ne répondit pas, et son silence l'inquiéta.

Lorsqu'elle releva la tête pour croiser son regard, elle comprit enfin ce qu'il pensait.

Il ne la croyait pas.

Elle eut soudain l'impression qu'un poids énorme lui compressait la poitrine.

— Tu crois que j'ai tout inventé ?

Il grimaça.

— Je pensais plutôt à un cauchemar.

Sous le choc, elle écarquilla les yeux.

— Tu crois que je ne sais pas faire la différence entre un cauchemar et la réalité ?

Il soupira, visiblement embarrassé.

— Ça n'a pas de sens. Pourquoi un homme essaierait-il de t'enlever, pour ensuite détaler comme un lapin ? Comment est-il entré dans la maison ? Pourquoi les alarmes n'ont-elles pas fonctionné ?

Serrant les poings, Morgan adressa à Adam un regard furieux.

— Je n'en sais rien. Mais, en tout cas, je ne l'ai ni rêvé ni imaginé. Et la raison pour laquelle il a pu entrer si facilement dans la maison n'est pas difficile à comprendre. C'est mon père qui l'a envoyé.

Elle se leva du lit et marcha d'un pas décidé vers la porte.

— Le type avait sûrement une clé, le code de l'alarme, et mon père a dû lui expliquer comment quitter la propriété par le ravin.

Dans son dos, Adam jura à mi-voix.

— Il voulait seulement t'effrayer pour que tu quittes la maison de toi-même, suggéra-t-il.

— Probablement.

Elle lui lança un regard glacial par-dessus son épaule.

— Mais c'est peut-être moi qui suis folle.

Sans un mot de plus, elle sortit précipitamment de la chambre, ivre de rage.

Adam doutait d'elle.

Après tout ce qu'ils avaient partagé, après qu'elle lui eut confié combien elle souffrait de ne pas être prise au sérieux, ou pire encore d'être traitée de folle… après tout cela, il doutait d'elle.

Elle venait d'atteindre le palier quand Adam la prit par le bras et la tira en arrière.

— Morgan, arrête. Regarde-moi.

Telle une fillette boudeuse, elle garda obstinément la tête baissée.

— Regarde-moi, répéta-t-il avec plus de fermeté.

Comme elle refusait toujours, il lui prit le menton et l'obligea à croiser son regard.

— Tu ne m'as pas crue, marmonna-t-elle.

— Je suis désolé. Mais tu dois essayer de voir les choses de mon point de vue. J'étais sous la douche, et je n'ai rien entendu. Et, après avoir passé une demi-heure à chercher partout, j'ai eu l'impression de chasser un fantôme.

— Donc tu as trouvé plus simple de penser que j'avais tout imaginé ?

Il lâcha son menton et posa les mains autour de sa taille.

— Je regrette sincèrement. C'est quand tu as mentionné ton père que je me suis rappelé sa menace de prendre des « mesures extrêmes. »

— Pardon ?

— Ne te fâche pas, mais Tony a admis avoir été envoyé par votre père.

— Je le savais !

— Et il ajouté que le sénateur était prêt à employer des mesures extrêmes pour te faire revenir.

Une infinie tristesse envahit Morgan.

Quel genre de père ferait ça à sa fille ?

Elle avait toujours su que le sénateur était égoïste, centré sur sa carrière, enclin à tout contrôler. Mais, cette fois, il avait dépassé les bornes.

— Pourquoi ? demanda-t-elle. Pourquoi tient-il tellement à ce que je rentre à la maison ? En quoi cela le dérange-t-il que j'enquête sur la mort de Layla ?

Elle réfléchissait à haute voix, sans vraiment attendre de réponse, et Adam le comprit.

— Dire que j'ai passé toute ma vie à essayer de le satisfaire ! Je l'ai fait pour ma mère, et je continue à respecter la promesse que je lui ai faite de toujours prendre le parti de mon père.

Elle secoua la tête avec amertume.

— Quand je pense que je t'ai sacrifié à lui. N'était-ce pas la preuve ultime de mon soutien ? Et, bien sûr, je n'en ai eu aucun remerciement.

Consciente que l'expression d'Adam s'était rembrunie, elle soutint pourtant son regard avec courage.

— Je crois que tu as eu tort de me pardonner. Je ne le mérite pas. J'ai choisi son camp alors que j'avais conscience de faire une erreur.

Elle vit un muscle jouer dans la mâchoire d'Adam, et sentit ses mains trembler autour de sa taille.

— Ça appartient au passé, murmura-t-il. N'y pense plus.

Les larmes aux yeux, elle le repoussa avec brusquerie.

— Je ne peux pas l'oublier. Et j'en ai assez de cette enquête qui ne mène nulle part. C'est fini, Adam. Je laisse tomber.

— Ne renonce pas, dit-il en l'enveloppant d'un regard implorant.

Une larme glissa sur sa joue, qu'il essuya du bout de son pouce, avant de déposer sur ses lèvres un baiser d'une infinie douceur.

Lorsqu'il rejeta la tête en arrière, son regard brillait de tendresse et d'encouragement.

— Nous réétudierons les documents demain, d'accord ?

— Oui.

— Bien.

Il lui caressa la joue et, reculant d'un pas, lui tendit la main.

— Nous allons nous coucher ?

Un tumulte d'émotions tournoya en elle.

Hésitante, elle fixa ses yeux verts incroyablement séduisants, et glissa ses doigts au creux de sa paume offerte.

Comme promis, Adam et Morgan se mirent au travail dès le lendemain matin.

Ils s'étaient levés de bonne heure et, sitôt avalée la délicieuse omelette concoctée par Adam, ils emportèrent une verseuse isotherme de café dans le bureau, et entreprirent d'étudier une fois encore les dossiers.

Au bout de vingt minutes, Morgan déclara forfait et entreprit de terminer la grille de mots croisés de *La Gazette d'Autumn*.

— Un synonyme de bannissement en huit lettres ? demanda-t-elle.

— Cambriolage, marmonna Adam, le nez toujours plongé dans les dossiers.

Morgan releva la tête, perplexe.

— Ça n'a aucun sens. Et il y a trop de lettres. Je pense que ça pourrait être « éviction. » Mais alors, le six vertical serait faux, car il n'y a pas de v.

— Je ne parlais pas des mots croisés, répondit Adam. Je viens de comprendre ce qui me préoccupait.

L'air triomphant, il agita le document qu'il était en train de lire.

— Une déposition complémentaire des Simms. Il y est dit que, quelques jours après la disparition de Layla, plusieurs cambriolages ont eu lieu dans leur rue.

Morgan posa son journal.

— Oui, et alors ?

— Tu n'as pas trouvé bizarre que la maison de Layla soit cambriolée cinq jours après sa disparition ?

— Si, mais je n'ai pas pu établir de lien. Six autres maisons avaient également été visitées. J'ai parlé à toutes les victimes. Chaque fois, des bijoux et des espèces avaient été emportées.

— Le voleur a pris également quelque chose chez les Simms ?

Morgan hocha la tête.

— Quelques bijoux appartenant à Wendy, et des bagues dans la chambre de Layla.

Adam se laissa aller contre le dossier de son siège, et massa distraitement son menton non rasé.

— La maison de Layla a-t-elle été cambriolée en premier ?

— Non. Si je me souviens bien, c'était la quatrième. Le shérif de l'époque soupçonnait une bande de voyous qui sévissait dans mon lycée, et aurait profité de l'agitation créée autour de la disparition de Layla pour commettre quelques délits pendant que les autorités étaient occupées ailleurs.

Elle esquissa un sourire.

— Je crois même que Grady Parker avait été entendu.

— Et s'il s'agissait d'autre chose que de simples cambriolages ? Imagine que l'assassin ait voulu faire diversion, afin de pouvoir récupérer quelque chose chez Layla.

Le visage de Morgan s'anima.

— Un objet susceptible de l'incriminer, tu veux dire ? Comme un cadeau qu'il lui aurait fait ?

— Exactement. Et ce qui serait vraiment extraordinaire, ce serait qu'il ne l'ait pas trouvé. Tu as fouillé la chambre de Layla ?

— Non. Quand j'ai véritablement commencé à enquêter, les parents de Layla s'étaient débarrassés de la plupart de ses affaires, et avait transformé sa chambre en bureau.

Il ne restait que quelques cartons entreposés au grenier, et je n'y ai rien trouvé.

— Mais la pièce en elle-même, tu ne l'as jamais inspectée ?

— Non, je viens de te le dire.

Un mélange d'impatience et d'espoir fit briller les yeux de Morgan.

— Tu penses que nous devrions le faire ?

— Oui. J'ai un bon pressentiment. Le fait que quelqu'un ait essayé de te tuer m'incite à penser qu'il y a une preuve quelque part que l'assassin redoute de te voir découvrir. S'il avait trouvé ce qu'il voulait lors du cambriolage, il ne serait pas inquiet.

Il désigna les dossiers.

— Il n'y a absolument rien là-dedans, et celui qui a tué Layla doit le savoir. Donc s'il a peur de se faire prendre…

— C'est qu'il reste une pièce à conviction.

— Tu sais, je crois que Layla connaissait son assassin. Tu es sûre qu'elle ne voyait personne ?

Morgan eut un geste de dénégation.

— Elle m'en aurait parlé.

— Mais elle avait pourtant rendez-vous dans les bois. Et, vu le déluge d'émotions qui animait son meurtrier pour lui porter de tels coups, je serais tenté de penser qu'elle sortait avec lui.

L'esprit de Morgan travaillait sans relâche pour assimiler ce flot d'informations.

Tout ce qu'avait dit Adam était cohérent et allait dans le sens de ce qu'elle avait déjà envisagé de son côté.

Elle n'avait jamais cru à l'hypothèse d'un tueur de passage. Autumn attirait de nombreux touristes en été, c'était un fait, mais il s'agissait de paisibles familles et de randonneurs amoureux de la nature.

Non, il n'y avait pas de doute, Layla connaissait son meurtrier.

Et la solution à ce mystère vieux de dix ans se trouvait probablement dans sa chambre.

Les pieds de sa chaise grincèrent sur le sol tandis qu'elle se levait.

— Allons-y maintenant. M. Simms est probablement au travail, mais Wendy devrait être chez elle.

L'air vibrait d'énergie tandis qu'ils roulaient vers la maison de Layla, située à une quinzaine de minutes du domaine.

Ils ne parlèrent pas beaucoup, mais le silence ne dérangeait pas Morgan, qui pouvait ainsi laisser libre cours à ses pensées.

Elle plaçait beaucoup d'espoir dans cette visite. Pour la première fois depuis des années, la vérité lui semblait enfin à portée de main.

La maison de Layla était un ravissant cottage aux volets bleus, posée au milieu d'un magnifique jardin. Les Simms possédaient l'unique jardinerie de la ville, et Wendy, paysagiste de formation, travaillait au gré de ses envies sur des projets de réaménagements privés.

Par chance, elle était chez elle ce jour-là, déduisit Morgan en voyant le vieux pick-up beige garé dans l'allée. Wendy conduisait déjà cette voiture quand Morgan était enfant, et c'était un miracle que cette vieille guimbarde roule encore.

Tandis qu'elle foulait l'allée faite d'un assemblage de pavés et de briques, Morgan peinait à contenir son impatience.

Après dix longues années de vaines recherches, elle touchait enfin au but.

Elle sonna, et ils attendirent quelques minutes avant que la porte ne s'ouvre sur Wendy Simms, une quinquagénaire brune et mince, vêtue d'un jean et d'une chemise d'homme.

— Oh, ma chérie, ça me fait plaisir de te voir ! s'exclama-t-elle, en attirant aussitôt Morgan dans ses bras. Comment te sens-tu ? Je me suis beaucoup inquiétée pour toi quand j'ai entendu parler de l'accident.

Wendy était la première personne à employer le mot « accident », sans y mettre de sous-entendu, et Morgan lui en fut très reconnaissante.

— Je vais très bien. Je vous présente Adam. Un ami. Pouvons-nous entrer ?

— Bien sûr.

Wendy les poussa à l'intérieur, et passa quelques minutes à s'inquiéter de Morgan comme une mère poule.

Elle la trouvait trop maigre, trop pâle, et pensait qu'elle avait eu tort de quitter l'hôpital aussi tôt.

Si elle avait su dans quel service elle se trouvait, sans doute aurait-elle eu une opinion toute différente.

Quand Wendy s'arrêta enfin pour reprendre son souffle, Morgan lui expliqua la raison de leur visite.

Un voile de tristesse obscurcit le visage de Wendy, et Morgan s'en voulut aussitôt de raviver d'aussi douloureux souvenirs.

— Jake est totalement incompétent, remarqua-t-elle avec amertume. C'est le plus mauvais shérif que la ville ait connu.

Elle soupira.

— Parfois, je pense que tu es la seule avec Mort et moi qui s'intéresse encore à Layla.

Morgan comprenait parfaitement la colère qui se lisait sur le visage de Wendy. Elle-même l'avait souvent éprouvée durant ces dix dernières années.

— Je ne pense pas que tu trouveras quoi que ce soit dans sa chambre, mais tu peux toujours y jeter un œil.

— Merci, Wendy. Vous voulez venir avec nous ?

Les larmes aux yeux, la mère de Layla secoua la tête.

— Non, j'ai une tarte qui m'attend dans la cuisine. Mais fais comme chez toi, Morgan.

Tandis que Wendy se dirigeait vers la cuisine, Adam remarqua à mi-voix.

— Elle est très gentille.

— Oui. Elle ne mérite vraiment pas ce qui lui est arrivé. Viens. La chambre de Layla est au bout du couloir.

Tandis qu'elle précédait Adam, Morgan se souvint combien Layla détestait vivre dans une maison de plain-pied. Sa chambre était juste en face de celle de ses parents, et les deux se faisaient souvent disputer parce qu'elles faisaient trop de bruit quand Morgan venait dormir chez son amie.

Elle ouvrit la porte, et fut surprise de découvrir le bureau bien ordonné qu'était devenue la chambre de Layla.

— Par où commençons-nous ? demanda-t-elle à Adam.

— Le sol.

Elle leva un sourcil.

— Tu as déjà inspecté ses affaires, expliqua-t-il. Donc, si elle a caché quelque chose, ça ne peut être que dans le sol ou les murs.

— D'accord.

Elle se sentit un peu stupide quand elle s'agenouilla et commença à faire courir ses mains sur le plancher, à la recherche d'une lame mal fixée.

De l'autre côté de la pièce, Adam faisait la même chose. Il déplaça même le bureau pour vérifier en dessous.

Au bout de quelques minutes, ils échangèrent un regard dépité.

— Les murs ? suggéra Morgan.

De nouveau, ils se partagèrent la pièce et tapèrent sur les murs peints en blanc, cherchant un endroit qui sonnerait creux.

Là encore, ils en furent pour leurs frais.

Se retrouvant au centre de la pièce, ils tournèrent la tête vers le placard encastré.

— Notre dernier espoir, murmura Morgan, en se dirigeant vers la porte persienne pliante.

Elle l'ouvrit et se glissa dans la niche. Elle vérifia d'abord les murs, sans résultat, et s'accroupit pour inspecter le plancher.

Dans l'un des angles, une lame semblait disjointe.

Glissant un ongle sous le rebord de la planchette, elle n'eut aucun mal à la déplacer.

A l'intérieur de la cavité, un objet métallique scintilla.

— J'ai trouvé quelque chose ! s'exclama-t-elle.

— Qu'est-ce que c'est ?

— Attends une seconde.

Elle plongea la main dans la cachette et remonta à la surface une boîte rectangulaire qu'elle s'empressa d'apporter à Adam.

La boîte en métal argenté avait la dimension d'un livre de poche, et était dépourvue de serrure.

Elle avait passé dix ans sous le plancher, contenant probablement la solution au meurtre de Layla.

— Ouvre-la, dit Adam, surpris par l'absence de réaction de Morgan.

Le cœur battant à tout rompre, Morgan souleva le couvercle et inventoria le contenu de la boîte.

Quelques instantanés aux couleurs délavées de Layla et Jake se trouvaient sur le dessus. Elle les sortit et découvrit près de deux cents dollars en petites coupures, probablement les pourboires que Layla avait gagnés comme serveuse au restaurant Chez Jessie.

Sous les billets, il y avait quelques billets de cinéma, des cartes d'anniversaire, une broche humoristique « amie de l'année » que Morgan lui avait offerte au collège…

Elle écarta toutes les babioles, et souleva une carte de vœux, représentant un classique paysage sous la neige.

Elle découvrit alors un dernier objet.

Et tout le sang se retira de son visage.

— Seigneur ! murmura-t-elle, horrifiée.

15

Adam comprit immédiatement que quelque chose n'allait pas.

Le visage de Morgan était livide, et l'horreur qui dévastait ses traits magnifiques lui apprit qu'elle venait de faire une découverte poignante.

La boîte tremblait si fort entre ses mains qu'il la lui prit.

Puis, dévoré de curiosité, il la fouilla fébrilement, jusqu'à ce qu'il tombe sur l'objet du délit.

Il s'agissait d'un somptueux rubis, suspendu à une chaîne en platine par une attache sertie de diamants.

L'ensemble paraissait épouvantablement cher, et totalement déplacé parmi les autres babioles.

— Je suppose que tu l'as reconnu, dit-il en tenant la chaîne par son fermoir.

Le regard de Morgan était vibrant d'angoisse.

— Il appartenait à ma mère.

Cette révélation fit un choc à Adam, et la première conclusion qui s'imposa à son esprit le révulsa.

Se pouvait-il que le sénateur…

Non. Il y avait forcément une autre explication.

— Tu crois qu'elle aurait pu le voler ?

Morgan secoua la tête, l'air hébété.

— Tous les bijoux de ma mère sont enfermés dans un coffre, dans le bureau de mon père. Je ne connais même pas la combinaison.

— Qui la connaît ?

— Uniquement mon père.

Ces trois mots firent courir un frisson le long de la colonne vertébrale d'Adam.

Eh oui, c'était bien ce qu'il pensait.

A tout hasard, il demanda quand même :

— Et Tony ?

— Non, il n'y a que mon père.

Le silence s'abattit sur la pièce.

Adam ne savait vraiment pas quoi dire.

Honnêtement, il ne s'attendait pas à ça. Le sénateur Kerr était le roi des sales types, mais un assassin ?

A tout prendre, il aurait plutôt parié sur Jake Wilkinson.

— Il lui a donné, murmura Morgan. Ce n'est pas possible autrement. Mon père lui a forcément offert ce collier.

Ses yeux bleus reflétaient diverses émotions : rage, trahison, confusion, douleur… et Adam devinait ce à quoi elle pensait.

Pourquoi le sénateur aurait-il voulu tuer Layla ? L'avait-il fait ?

— Allons-nous-en, ordonna-t-il.

Il replaça le pendentif dans la boîte, la ferma, et la glissa dans la poche de son blouson.

Avant de quitter la maison des Simms, ils firent un crochet par la cuisine pour remercier Wendy de les avoir laissés fouiner à leur guise, mais ne dirent pas un mot de la boîte qu'ils venaient de trouver.

Il était inutile pour le moment d'alarmer Wendy ou d'éveiller ses soupçons, alors qu'ils n'avaient aucune preuve du rôle joué par le sénateur.

Dans la voiture, les mains de Morgan tremblaient si fort qu'elle eut du mal à attacher sa ceinture.

— Ce n'est peut-être pas lui, déclara Adam, en manœuvrant pour quitter l'allée en pente du garage où il s'était garé.

Morgan ne parut pas rassurée.

— Etant donné que personne, en dehors de mon père, ne connaît la combinaison du coffre, cela signifie qu'il a donné le collier à Layla. Tu crois qu'il y avait quelque chose entre eux ?

— Je ne sais pas.

Un profond dégoût apparut sur le visage de Morgan.

— Elle avait dix-sept ans quand elle est morte, et lui quarante-trois. Je ne peux pas imaginer qu'il couchait avec elle.

Otant une main du volant, Adam la posa sur celle de Morgan.

— En admettant qu'il lui ait donné le collier, il y a sûrement une autre explication.

— Laquelle ?

Il soupira.

— C'est ce qu'il nous reste à découvrir.

A l'entrée de la propriété, Adam baissa sa vitre et tapa le code sur le boîtier.

Les hautes grilles s'ouvrirent avec lenteur pour laisser passer la voiture, et il se gara près d'une statue représentant un chérubin jouant du luth.

Comme il posait la main sur la poignée de la portière, Morgan le retint.

— Non, restons ici un moment. Je ne peux pas rentrer tout de suite.

Son regard se tourna vers la maison, s'arrêtant un moment sur l'impressionnante véranda adossée à l'un des côtés, et surmontée par un balcon à balustres de marbre.

Elle grimaçait en observant la demeure où elle avait grandi, comme si elle se demandait si l'homme qui la possédait méritait une telle splendeur.

— Ça concorde parfaitement, dit-elle, en tournant les yeux vers lui. A chacune de mes visites, mon père essayait de me convaincre de laisser tomber. C'était une perte de temps, je ne trouverais jamais rien… Mais c'était faux, bien sûr. Il voulait seulement m'empêcher de découvrir la vérité.

— Quelle est ton analyse ?

— Il couchait probablement avec elle… ou il a essayé.

Elle évalua cette hypothèse.

— Oui. C'est probablement ce qui s'est passé. Il lui a fait des avances, et elle lui a dit qu'elle n'était pas intéressée. Alors, il a perdu la tête.

Les yeux rivés à ceux d'Adam, elle guettait sa réaction.

— Tu connais mon père, insista-t-elle. Il déteste qu'on lui résiste.

Adam ne fut guère convaincu par cette explication.

— Je ne sais pas… Le sénateur est ce qu'on appelle un animal à sang froid. Il lui arrive bien sûr de s'énerver et d'élever la voix, mais il ne perd jamais le contrôle de lui-même.

— Je sais, mais je ne vois pas d'autre explication.

Ils restèrent pensifs un moment, et Adam fut le premier à reprendre la parole, horrifié.

— Tu réalises que si ton père a tué Layla, c'est aussi lui qui essaie de t'éliminer ?

Un gémissement de détresse s'échappa des lèvres de Morgan.

— Comment est-ce possible ? Je ne le vois pas essayer de tuer sa propre fille.

— Moi non plus.

— Mais, à propos de l'intrusion d'hier soir… Je continue à croire que mon père y est lié.

Malgré ses efforts de réflexion, Adam ne pouvait se résoudre à accepter cette hypothèse.

Le sénateur Kerr aurait tué Layla dans un accès de rage. Ensuite, il aurait été contraint d'éliminer sa fille pour ne pas risquer d'être découvert… Pendant dix ans, il aurait réussi à maintenir le secret sur ses actes…

D'un autre côté, cela expliquait beaucoup de choses : la détermination de Kerr à tout faire pour que sa fille ne parvienne pas à élucider l'affaire, son insistance pour qu'elle limite ses visites à Autumn, son désir irrationnel de la contrôler en permanence…

Et, cependant, il ne pouvait imaginer un homme aussi calme et froid que le sénateur rouer de coups une adolescente et lui fracasser le crâne à coups de pierre, quelle que soit sa colère.

A côté de lui, Morgan reniflait doucement.

En voyant les larmes qui roulaient sur ses joues, il l'attira dans ses bras, caressant doucement ses soyeux cheveux blonds tandis qu'elle enfouissait son visage dans son cou.

— Et s'il l'avait vraiment tuée, balbutia-t-elle entre deux sanglots ? Que dois-je faire ? Prévenir la police ? Dénoncer mon propre père ?

Rejetant la tête en arrière, elle essuya ses larmes d'un revers de main.

— Même s'il m'arrive parfois de le détester, je ne sais pas si je serais capable de l'envoyer en prison.

— Avant de prendre une décision aussi drastique, je crois que nous devrions aller en ville lui parler.

— Il niera tout en bloc.

— Ou peut-être qu'il craquera et avouera.

— Mon père ne craque jamais.

— C'est justement là que le bât blesse. Je ne vois pas

un homme d'un tel sang-froid tuer Layla. Pas de la façon dont cela a été fait, en tout cas. Quelqu'un de bagarreur, comme Jake, ou d'un peu dérangé, comme Grady, cadrerait mieux avec le profil.

Morgan pressa le bout de ses doigts sur ses paupières, et soupira.

— Je ne peux pas, s'exclama-t-elle soudain. Je ne peux pas lui parler. Je ne peux pas le regarder en face. Pas maintenant. Pas ce soir.

— Plus vite nous lui parlerons, plus vite nous saurons si…

Elle l'interrompit d'un ton coléreux :

— Et si mon père a engagé quelqu'un pour pousser ma voiture du pont, pour m'agresser dans ma chambre ?

Un voile de détresse obscurcit son visage.

— Je ne sais même pas si j'ai envie de connaître les réponses.

Il lui caressa la joue, essuyant la trace humide de ses larmes.

— Tu veux le savoir, corrigea-t-il. Tu as *besoin* de le savoir.

— Pas maintenant, répéta-t-elle avec obstination. Je ne peux pas faire ça maintenant.

— Morgan…

— Je t'en prie, n'insiste pas. Je ne veux plus penser à ça. Je ne veux plus penser à rien.

Glissant les doigts sous son menton, Adam lui releva gentiment la tête et déposa un baiser tendre et léger sur ses lèvres.

Enserrant son visage entre ses mains, les doigts glissés dans ses cheveux, Morgan se pressa plus étroitement contre lui, et sa réponse se fit langoureuse, exigeante, rallumant aussitôt l'incendie qui couvait sous la cendre depuis leur dernière étreinte.

S'écartant un instant pour reprendre son souffle, elle murmura contre ses lèvres :

— Je t'aime.

Adam eut un mouvement de recul.

— Morgan, non…

— J'ai besoin de le dire. Je t'aime, Adam. Je n'ai jamais cessé de t'aimer.

Le regard de la jeune femme, posé sur lui avec une intensité presque insoutenable, semblait lui poser une question.

Mais laquelle ? Qu'attendait-elle de lui exactement ?

— Dis quelque chose, le supplia Morgan.

Il s'agita nerveusement sur son siège.

— Que veux-tu que je dise ?

La question était maladroite, et il la regretta immédiatement.

Il savait très bien ce qu'elle voulait entendre, mais il ne pouvait se résoudre à prononcer ces mots.

La seule fois où il avait accepté d'ouvrir son cœur, il l'avait payé cher, et il n'avait aucune envie de souffrir de nouveau.

— Je sais que tu m'aimes toujours, insista-t-elle.

Tenant son visage entre ses mains, elle l'obligeait à la regarder.

— Tu as déjà admis que tu m'avais pardonné. Tout ce qu'il te reste à faire, maintenant, c'est de me donner une nouvelle chance. De nous donner une nouvelle chance à tous les deux.

— Je… Je ne peux pas.

Il vit la tristesse envahir son regard, et comprit l'effort qu'elle faisait pour ne pas fondre de nouveau en larmes.

— Je suis désolée d'avoir pris le parti de mon père contre le tien, dit-elle en laissant retomber ses mains. J'avais tort. Je n'aurais jamais dû le laisser interférer sans cesse dans notre vie. Et, surtout, je n'aurais jamais dû accepter de repousser le mariage. En prenant ma décision, je savais déjà que je faisais le mauvais choix, mais j'étais convaincue que je devais à tout prix respecter la promesse faite à ma mère, quoi qu'il m'en coûte. Aujourd'hui, je vois clair. J'adorais ma mère, mais le jugement qu'elle portait sur mon père était totalement faussé. Il n'est pas l'homme qu'elle croyait.

— Morgan…

Elle continua, indifférente à son interruption.

— Il est fort probable qu'il ait tué ma meilleure amie, et je refuse de le protéger ou de le soutenir plus longtemps. J'en ai fini avec lui, Adam. Et je te jure de ne plus jamais te faire passer au second plan.

Il sentit son cœur se serrer douloureusement. Ces mots, il avait tellement rêvé de les entendre…

Deux ans plus tôt.

— Je sais que tu es sincère, répondit-il, mais…

— Pas de « mais ».

Ses grands yeux bleus s'étaient faits implorants.

— Donne-moi seulement une deuxième chance.

Très doucement, il la repoussa vers le siège passager.

— Je ne peux pas.

— Pourquoi ?

— Notre rupture m'a fait prendre conscience que je n'étais pas fait pour une relation suivie.

Il grimaça un sourire.

— J'exigerais toujours trop de toi. Je voudrais toujours que nous fassions les choses à ma façon. Et je ne crois pas que je pourrai me sédentariser. J'ai essayé de réduire le nombre de mes missions quand nous étions ensemble, d'aller sur des théâtres d'opérations moins risqués…

Il eut un haussement d'épaules fataliste.

— J'ai besoin de voyager, de me mettre en danger.

— Eh bien, je voyagerai avec toi. J'en ai assez de Washington. Je veux découvrir d'autres horizons.

Même si l'idée de voyager avec Morgan était séduisante, il l'écarta, s'obligeant à camper sur sa position.

— Je ne peux pas être avec toi. Je ne peux pas t'offrir le genre de relation que tu souhaites.

— Mais tu l'as pourtant fait pendant deux ans.

Il soupira.

— Je n'ai pas envie d'en discuter davantage. Quand tu es venue me rejoindre dans ma chambre, l'autre nuit, tu as promis que tu n'en demanderais pas plus.

Il chercha son regard et le soutint avec insistance.

— Je veux que tu tiennes cette promesse.

Elle resta silencieuse un moment, puis une lueur courroucée traversa son regard.

— Très bien. Si tu tiens à être lâche, je ne t'en empêcherai pas.

Elle actionna la poignée de la portière, et sortit.

— Je vais récupérer mes affaires et fermer la maison.

— Morgan…

— J'ai changé d'avis. Je veux rentrer en ville le plus vite possible. Je vais appeler mon père, et lui dire que nous venons le voir. Oh, et ne t'inquiète pas. Je ne te harcèlerai pas. Je ne viendrai pas déranger ton petit confort.

Sa voix vibrait d'amertume tandis qu'elle prononçait ces derniers mots.

— Après la confrontation avec mon père, nos chemins se sépareront définitivement. Tu n'entendras plus jamais parler de moi.

Sur ces paroles définitives, elle claqua violemment la portière, et se dirigea à grandes enjambées rageuses vers la maison.

16

Le trajet vers Washington fut morose et silencieux.

Furieuse contre Adam, Morgan gardait les yeux rivés sur la vitre, en faisant mine, malgré les larmes qui brouillaient sa vision, de se passionner pour le paysage qui défilait.

Il l'avait rejetée.

Elle lui avait offert son cœur, et Adam n'en avait pas voulu.

Et le pire était peut-être qu'elle le comprenait, finalement.

Il avait raison.

Elle n'avait cessé au cours de leur relation de le faire passer au second plan.

Elle avait laissé son père dicter certains aspects de leur vie.

Elle avait reporté leur mariage…

Que pouvait-il attendre d'elle aujourd'hui ?

Après avoir été si souvent blessé et trahi durant son enfance, Adam méritait mieux que cela de la part de sa fiancée.

Seigneur, elle avait totalement perdu la raison !

Elle s'était laissé détourner du droit chemin par fidélité à une promesse arrachée sous le coup de l'émotion et totalement dénuée de fondement.

Elle avait perdu Adam, elle ne devait s'en prendre qu'à elle-même.

Ils ralentirent sur Constitution Avenue, au nord du

Capitole, et son cœur se serra quand elle aperçut l'immeuble du Sénat, chef-d'œuvre d'architecture au service de l'histoire, du bien-être de la nation et de la justice.

La justice. La situation était tellement ironique qu'elle aurait pu en rire. Que connaissait à la justice l'homme qui occupait un bureau dans ce magnifique édifice ?

La porte était ouverte, et le sénateur était à sa table de travail.

Ils entrèrent dans le bureau sans attendre d'y avoir été invités.

Edward Kerr les attendait, visiblement.

Son visage frémissait d'impatience, et son regard bleu laissait transparaître une légère inquiétude.

— Bonjour, papa, dit Morgan d'un ton pincé.

— Morgan, marmonna-t-il avec froideur.

Un rictus de déplaisir se creusa autour de ses lèvres tandis qu'il toisait Adam, le saluant d'un bref signe de tête.

Ni l'un ni l'autre ne s'assit.

Morgan se contenta de rester devant l'imposant bureau d'acajou, tandis qu'Adam allait prendre appui contre l'une des bibliothèques.

— De quoi s'agit-il ? demanda finalement Edward, perdant un peu de son calme légendaire.

Il prit appui contre le dossier de son fauteuil, croisant les mains sur son estomac, les index tendus, mais Morgan savait qu'il essayait de donner le change.

Elle connaissait bien son père et, en cet instant, il était inquiet.

Il savait que c'était une embuscade, et elle n'avait aucun mal à imaginer les rouages de son cerveau en train d'enclencher la vitesse supérieure pour riposter à tout ce qu'elle pourrait dire.

— Adam et moi avons eu de la visite, la nuit dernière, annonça-t-elle.

— Si tu fais référence à ton frère, je suis au courant. C'est moi qui l'ai envoyé.

— En fait, je pensais plutôt à l'homme masqué qui m'a agressée dans ma chambre.

Elle le toisa d'un air furieux.

— Qui était-ce ? Un pauvre type ramassé dans la rue, ou un professionnel ?

Le visage de son père resta de marbre.

— Je ne comprends pas un traître mot à ce que tu dis.

— Oh, vraiment ?

Elle secoua la tête de frustration.

En politicien aguerri, le sénateur était tout simplement en train d'appliquer les techniques de communication de crise maintes fois répétées avec son équipe. Elle connaissait toutes les étapes par cœur, et aurait même pu fournir elle-même les réponses.

— Tu as dit à Tony que tu étais prêt à employer des mesures extrêmes pour me ramener à la maison. Je suppose que ton plan consistait à me faire peur.

— Il n'y a pas de plan.

Le sénateur afficha une mimique soucieuse.

— Tu sombres de nouveau dans la paranoïa. Je voulais que tu rentres parce que je suis convaincu que tu es un danger pour toi-même.

Elle ricana.

— Garde l'histoire du suicide pour la presse. Je n'ai pas essayé de me tuer.

Edward soupira.

— Pourquoi es-tu venue, Morgan ? Tu m'as appelé pour me demander de ne pas quitter mon bureau avant ton arrivée, parce que tu avais quelque chose de très important à me dire. Jusqu'à présent, je n'ai entendu que la même chanson délirante à laquelle j'ai droit depuis des jours.

— Tu veux du neuf ? Je vais t'en donner.

Elle marqua une pause pour renforcer son effet.

— Adam et moi avons découvert quelque chose à Autumn.

Elle guetta sa réaction, mais le sénateur resta imperturbable.

— Et ? se contenta-t-il de demander.

Plongeant la main dans la poche de son manteau, elle en sortit le pendentif en rubis, qu'elle agita sous le nez de son père.

Cette fois, il laissa filtrer une brève émotion, écarquillant légèrement les yeux devant le bijou scintillant.

— Ce collier appartient à ta mère. Où l'as-tu trouvé ?

— Dans la chambre de Layla. Caché dans une boîte, sous une lame de parquet.

— C'est impossible. Tous les bijoux de ta mère sont au coffre-fort depuis sa mort.

— Il faut croire que non.

Elle le toisa avec sévérité.

— Peux-tu m'expliquer comment ma meilleure amie a obtenu ce collier ?

Le sénateur haussa les épaules.

— Elle a dû le voler.

— Ou bien vous lui en avez fait cadeau, intervint Adam, d'une voix étrangement calme.

Morgan avait plus de mal à contrôler sa colère. Son père était si sûr de lui derrière son imposant bureau, feignant l'innocence et se drapant dans sa dignité offensée !

Le sénateur reporta son attention sur Adam.

— Que sous-entendez-vous, au juste ? Que j'ai offert à une adolescente un bijou appartenant à ma défunte épouse ? Que j'ai quelque chose à voir dans la mort de Layla ?

— A vous de nous le dire, répliqua Adam, sans se laisser intimider.

Une lueur de colère passa dans le regard du sénateur.

— Il n'y a pas une once de vérité dans tout cela. Je ne sais pas ce que vous a raconté ma fille, mais vous êtes un homme intelligent, Adam. Quelle raison aurais-je pu avoir de tuer l'amie de ma fille ?

— Ta fille est juste devant toi, s'exclama Morgan. Et j'apprécierais que tu cesses d'agir comme si je n'étais pas là.

Les bras tendus le long de son corps, elle serra les poings.

— Qu'as-tu fait à Layla, papa ?

Son père lui lança un coup d'œil agacé.

— Je n'ai pas touché un cheveu de cette fille. Et ce que moi, *j'apprécierais*, jeune demoiselle, c'est que tu ne m'accuses pas de crimes que je n'ai pas commis.

Morgan fit un pas en avant, et déposa le pendentif sur le bureau.

— Comment l'a-t-elle eu, papa ?

Le sénateur continua à garder son calme.

— Je n'en sais rien.

— Que s'est-il passé dans les bois, ce jour-là ?

— Pour l'amour du ciel, Morgan…

— Tu t'es mis en colère contre elle ? Allait-elle révéler à tout le monde votre liaison ? Ou, peut-être, en avait-elle assez de toi. Elle t'a annoncé qu'elle voulait te quitter, c'est ça ? Sans doute pour un garçon de son âge ?

— Cesse immédiatement ! riposta le sénateur, les yeux étincelants de fureur. Je n'ai pas tué cette fille, tu m'entends ? Et, si tu continues comme ça, je te renvoie en psychiatrie.

Morgan réprima un frisson.

Elle s'attendait à ce que son père nie tout en bloc, mais pas à ce qu'il la menace ouvertement.

Avec courage, elle se campa devant lui, le corps raide de colère.

— Je ne suis pas folle, tu le sais aussi bien que moi. Et je te préviens : si tu essaies de nouveau de me faire interner, je ferai un tel scandale que tu pourras dire adieu à ta carrière.

Son père ne parut guère impressionné.

— Il faut que cela cesse, Morgan.

— Regarde-moi dans les yeux, et dis-moi que tu n'as pas tué Layla.

Il fronça les sourcils.

— Je n'ai…

— Regarde-moi dans les yeux !

Lentement, il leva la tête et, sans dire un mot, la toisa d'un air sarcastique.

— As-tu quelque chose à voir avec la mort de Layla ? répéta-t-elle, en scandant chaque mot.

— Non.

Morgan eut l'impression de sentir le sol bouger sous ses pieds.

Malgré les efforts de son père pour rester imperturbable, elle avait décelé quelque chose. C'était presque imperceptible, mais elle était passée maître dans l'art de décrypter les expressions du sénateur.

Et elle n'avait pas imaginé ce bref éclair de culpabilité.

— Mon Dieu, murmura-t-elle, horrifiée. Tu mens. Bon sang, papa, qu'est-ce que tu as fait ?

Laissant échapper un juron, ce qui lui arrivait rarement, le sénateur frappa des deux mains le dessus de son bureau et se leva.

— Ça suffit ! J'appelle la clinique.

— Ne prends pas cette peine. Je m'en vais.

D'un geste vif, elle récupéra le pendentif et se dirigea vers la porte, aussitôt imitée par Adam.

— Je te l'interdis ! tonna le sénateur.

— Essaie de m'arrêter, cria-t-elle sans se retourner.

Dans le couloir, Morgan fit quelques pas, et s'effondra contre un mur, cherchant son souffle.

— Respire, lui dit Adam. C'est fini, maintenant.

Il ne la prit pas dans ses bras, mais Morgan n'en fut pas étonnée. Après leur pénible conversation dans la voiture, elle s'était rendue à l'évidence que leur histoire était bel et bien terminée.

— Il est coupable, dit-elle.

— Je n'en suis pas sûr.

— Je l'ai vu dans ses yeux. Il ment. Il sait ce qui est arrivé à Layla.

— C'est possible, mais ça ne veut pas forcément dire qu'il l'a tuée.

— De toute façon, je ne suis pas sûre que ça change grand-chose. J'en ai fini avec lui.

Adam ne répondit pas.

— Je suis sérieuse, insista-t-elle. Je ne supporte plus sa façon d'être. Toute ma vie, je n'ai agi qu'en fonction de ce qu'il pouvait en penser. Mais j'en ai assez de jouer les filles modèles. Qu'il aille au diable.

Les yeux scintillants de colère et d'indignation, elle tremblait de tous ses membres.

— Et, tu sais quoi, Adam ? Va au diable, toi aussi.

Il resta abasourdi.

— Qu'est-ce qui te prend ?

— Tu as dit que tu m'avais pardonné, mais ce n'est pas vrai. Si c'était le cas, tu ne serais pas aussi opposé à l'idée de reprendre notre relation. Alors, c'est fini, d'accord ?

Je me suis excusée, je t'ai dit que je t'aimais, mais je ne peux pas changer le passé. Et, si tu ne veux plus de moi, je ne vais pas insister.

La tête haute, dans une attitude qui se voulait méprisante, elle s'éloigna d'un pas décidé.

Adam la rattrapa en quelques enjambées et la saisit par le bras.

— Où vas-tu ?

— Chez moi. Et ne te fatigue pas à me raccompagner. Je vais prendre un taxi.

— Tu ne devrais pas rester seule. Ce n'est pas prudent.

— Je suis tout à fait capable de me débrouiller sans chaperon. Ça fait deux ans que je suis seule. Merci pour ton aide à Autumn, mais tu as raison. Il est temps que nos chemins se séparent.

— Et que fais-tu de ton père ? De l'affaire ?

— Demain, j'appellerai Jake, et je lui parlerai du pendentif.

Elle eut un sourire amer.

— Mais nous savons que l'enquête n'aboutira pas. Si mon père a tué Layla, il ne sera jamais puni. Mais je connais la vérité, et je ne l'oublierai jamais. Maintenant, lâche-moi.

Adam la libéra à contrecœur.

— Tu ne devrais pas partir.

Elle le regarda droit dans les yeux.

— Est-ce que tu m'aimes, Adam ? Est-ce que tu veux vivre avec moi ?

Il hésita.

Il n'en fallut pas plus à Morgan.

— C'est bien ce que je pensais. Au revoir, Adam.

*
* *

Le cœur lourd, Adam regarda Morgan s'éloigner.

Elle se tenait très droite, la tête haute, tel un guerrier quittant le champ de bataille, vaincu, mais capable d'accepter sa défaite avec honneur et dignité.

Il aurait voulu courir derrière elle, mais trouva la force de ne pas bouger.

Il l'aimait, mais ce n'était pas suffisant.

Il devait d'abord penser à se protéger. Il lui avait ouvert son cœur un jour, et elle l'avait réduit en miettes.

Plus jamais cela ne se reproduirait.

De toute façon, il était beaucoup mieux seul. Dans quelques jours, il repartirait en mission, et le travail l'aiderait à oublier.

Mais, avant, il avait un dernier détail à régler.

Le sénateur, toujours assis à son bureau, se rembrunit en voyant Adam y entrer en trombe.

— Quoi, encore ?

Les bras croisés sur son torse, Adam toisa le père de Morgan avec la même expression de dégoût que celle qu'il affichait quelques jours plus tôt, quand il avait été convoqué à l'improviste.

— Je veux que vous me promettiez quelque chose.

Le politicien ricana.

— N'y comptez pas.

— Promettez de laisser Morgan tranquille, insista Adam, indifférent au sarcasme. Elle ne doit pas retourner dans cette clinique.

— Je peux faire ce que je veux. Je suis son père.

— Vous croyez peut-être la faire taire en la faisant interner. Mais vous oubliez que je suis au courant de votre rôle dans le meurtre de Layla. Et moi, on ne me fait pas taire aussi facilement.

— Je n'ai pas tué cette fille, siffla Kerr entre ses dents serrées.

Adam étudia longuement son visage.

— Vous savez, je suis presque tenté de vous croire.

— Dans ce cas, c'est que vous êtes plus sensé que ma fille. Elle raconte vraiment n'importe quoi.

— Oh, mais elle a raison. Vous savez quelque chose à propos de la mort de Layla.

— Pour l'amour du ciel…

— Qui est-ce ? Wilkinson ? Vous le couvrez de façon à avoir la police à vos ordres ? Ou alors c'est peut-être…

— Sortez !

Adam eut un sourire narquois.

— On dirait que j'ai touché une corde sensible. Vous savez effectivement qui a tué cette pauvre fille.

— Je vous ai demandé de sortir.

— Dans une minute. D'abord, je veux que vous me promettiez que vous n'entreprendrez rien contre Morgan.

Le sénateur pinça les lèvres.

— Je ne la ferai pas interner, mais je l'encouragerai à quitter la ville.

— Croyez-moi, elle n'aura pas besoin d'encouragement.

Au grand étonnement d'Adam, Kerr haussa les épaules avec indifférence.

— Vous ne vous souciez absolument pas d'elle, n'est-ce pas, sénateur ?

Adam secoua la tête, médusé.

— C'est votre fille.

— C'est une fauteuse de troubles.

— Vous êtes vraiment le roi des salauds.

Toujours sous le coup de l'incrédulité, Adam se dirigea vers la porte.

Sur le seuil, il se tourna pour lancer un dernier avertissement au sénateur.

— Je ne plaisante pas. Je vais garder un œil sur vous et, si j'apprends que vous menez la vie dure à Morgan, je raconterai à la presse ce que nous avons découvert à Autumn.

Il sortit du bureau, en prenant soin de marcher lourdement, appela l'ascenseur, et attendit le tintement précédant l'ouverture des portes. Puis il passa le bras dans la cabine, pressa le bouton de fermeture des portes, et se jeta précipitamment en arrière.

Marchant à pas de loup, il revint vers le bureau du sénateur, dont il avait pris soin de laisser la porte ouverte, et se plaqua contre le mur.

Comme il l'avait escompté, le père de Morgan s'était précipité sur le téléphone.

Lui aussi avait aperçu une lueur de culpabilité dans les yeux d'Edward Kerr mais, contrairement à Morgan, il ne pouvait en rester là.

Le sénateur parlait à mi-voix, et Adam n'entendait pas bien. Mais ce n'était pas grave. Sous son apparence glaciale, Kerr avait un fichu caractère, comme sa fille, et il ne lui faudrait pas longtemps pour élever la voix.

— Mais, enfin, bon sang !

Et voilà ! Il suffisait d'attendre.

— Ne panique pas, reprit le sénateur d'un ton légèrement radouci, mais toujours parfaitement audible. Le pendentif ne prouve rien. Ils ne remonteront pas jusqu'à toi.

Il marqua une pause.

— Mais non, tu n'iras pas en prison. Je te couvre depuis dix ans. Tu peux me faire confiance.

Un autre silence.

— Evidemment que je pense à ma carrière. Je n'ai pas envie de tout perdre à cause d'une stupide erreur commise il y a dix ans. Mais une promesse est une promesse. Je t'ai dit que tu pouvais compter sur moi, et je ne te laisserai pas tomber.

Adam savait enfin à quoi s'en tenir. Le sénateur était bel et bien impliqué dans la mort de Layla. Ou, en tout cas, il avait couvert l'assassin.

Il ne lui restait plus qu'à découvrir l'identité de ce dernier.

Qui cela pouvait-il bien être ? Jake Wilkinson ? Grady Parker ?

Il eut sa réponse quand, exhortant une dernière fois son interlocuteur à se tenir tranquille, le sénateur prononça distinctement son prénom.

17

Jamais Morgan ne s'était sentie aussi seule.

Elle avait les nerfs à vif. Elle était trop agitée pour rester assise sur le canapé, trop écœurée pour manger, trop révoltée pour aller se coucher.

En rentrant, elle s'était précipitée sous la douche, en espérant que l'eau chaude pourrait soulager l'insupportable tension qui bloquait son dos et ses épaules. Mais elle ne se sentait pas mieux.

Quoi de surprenant à cela, d'ailleurs ?

Ce n'était pas une simple douche qui pourrait lui faire oublier tout ce qui s'était passé ces dernières heures.

Son père était impliqué dans le meurtre de sa meilleure amie. Il avait probablement engagé quelqu'un pour éliminer sa propre fille…

Et Adam était parti pour toujours.

Elle devait lui parler.

L'idée venait de fuser dans son esprit et, sur le moment, elle lui parut excellente.

Mais, plus elle y réfléchissait, moins elle était convaincue.

Adam était aussi têtu qu'elle, et il lui avait clairement fait comprendre qu'il ne voulait plus d'elle dans sa vie.

Pouvait-elle le faire changer d'avis ?

En avait-elle seulement envie ?

Tant de fois, ces derniers jours, elle avait mis son âme

à nu devant lui, allant jusqu'à lui offrir son cœur sur un plateau d'argent.

Et, chaque fois, il avait renvoyé le plateau en cuisine, comme un client mécontent dans un restaurant.

Aurait-elle la force de supporter un nouveau rejet ?

La sonnette de l'entrée retentit à travers tout l'appartement, l'emplissant d'un espoir fou.

Au diable son amour propre, songea-t-elle.

Si Adam était sur son palier, elle était prête à tout accepter pour l'entendre dire qu'il l'aimait.

Elle se passa une main dans les cheveux, s'avança dans l'entrée d'une démarche mal assurée et entrebâilla la porte sans ôter la chaîne de sécurité.

L'interstice n'était pas très large, mais suffisant pour se rendre compte que les yeux de son visiteur n'étaient pas verts comme elle s'y attendait, mais du même bleu que les siens.

— Ah, c'est toi, dit-elle avec un soupir. Attends que je défasse la chaîne.

Tandis qu'elle faisait entrer son frère, Morgan perçut immédiatement l'agitation de celui-ci.

Anthony avait les mains enfoncées dans les poches de son manteau de cachemire noir, et le front couvert de sueur. Cela ne pouvait signifier que deux choses : soit il était venu en courant depuis son appartement, situé à huit pâtés de maisons de chez elle, soit il était anormalement nerveux.

— Ça va ? demanda-t-elle en refermant la porte.

— Pas vraiment, marmonna-t-il en s'avançant vers le salon.

— Et ce que je vais t'apprendre ne va sûrement pas arranger les choses. J'ai quelque chose d'important à te dire au sujet de papa.

— Je sais. Je viens de lui parler.

Le visage de Tony affichait un total désarroi.

— Comment as-tu pu me faire ça, Morgan ?

Elle eut un sursaut d'incompréhension.

— Quoi ?

Son frère se mit à arpenter le tapis aux chaudes tonalités de rouge.

— Pourquoi a-t-il fallu que tu te mêles de cette affaire, que tu ailles fouiner partout ? Tu ne pouvais pas tourner la page, comme tout le monde ?

Une édition reliée cuir des *Grandes Espérances* avait été abandonnée sur le canapé, et Morgan posa soigneusement le livre sur la table basse, avant de se laisser tomber sur les coussins.

— Ecoute, je ne sais pas ce que papa t'a dit, mais il ment. Il est impliqué dans la mort de Layla. Je ne sais pas s'il l'a tuée, mais…

— Il ne l'a pas tuée !

Morgan adopta un ton conciliant.

— Je sais que tu ne veux pas y croire. J'ai eu la même réaction, au début. Mais Adam et moi avons trouvé un des bijoux de maman dans les affaires de Layla. C'est forcément papa qui le lui a offert.

Tony cessa brusquement de faire les cent pas.

— Ainsi, elle l'avait gardé, murmura-t-il.

Un étrange pressentiment s'empara de Morgan.

— Quoi ?

Mais il ne lui accordait plus aucune attention. Le regard vague, il semblait parti loin, très loin.

— Elle m'avait dit qu'elle l'avait jeté dans la rivière.

— Qui ?

Il se passait quelque chose d'anormal, mais Morgan ne parvenait pas encore à comprendre quoi.

Ou peut-être se refusait-elle à admettre l'évidence.

— Tu parles de maman ?

— Non, de Layla.

Il avait prononcé son nom d'un air extatique, comme s'il évoquait une divinité.

Morgan sentit l'angoisse lui nouer le ventre.

— Tony, de quoi parles-tu ? Qu'as-tu fait ?

Il sortit soudain de sa transe et lui lança un regard furieux.

— Moi ? Ce n'est pas moi qui ai fait quelque chose. Elle allait me quitter !

Le pouls de Morgan s'emballa, résonnant douloureusement à ses tempes.

Elle ne voulait rien entendre. D'ailleurs, Tony n'avait rien dit. Il ne pouvait pas avouer une chose pareille.

Dans le cas contraire, cela voudrait dire…

— Tu l'as tuée !

Son estomac se révulsa. L'assassin de Layla n'était autre que son propre frère.

— Elle allait me quitter, répéta-t-il d'un ton geignard, plus adapté à un enfant capricieux qu'à un homme de plus de trente ans.

— Tu sortais avec Layla ?

— Nous nous sommes vus pendant trois mois. Le jour où elle est morte, c'était l'anniversaire de notre troisième mois.

— Tu veux dire, le jour où tu l'as tuée.

Les yeux de Tony lancèrent des éclairs.

— Je ne pouvais pas la laisser partir. Elle voulait retourner avec Jake.

Il eut un rire de dément.

— Jake ! Ce quasi-analphabète incapable de s'exprimer autrement qu'avec ses poings.

— Je ne comprends pas qu'elle ne m'ait pas parlé de vous. Et toi, pourquoi ne m'as-tu rien dit ?

Tony eut un sourire attendri qui glaça le sang de Morgan.

— Nous voulions garder le secret.

— Mais papa savait ?

La consternation creusait à présent le front de Tony.

— J'ai été obligé de lui dire. Quand Layla m'a quitté, j'ai…

— Quand tu l'as tuée, l'interrompit férocement Morgan.

— J'ai appelé papa, poursuivit Tony, sans paraître remarquer l'interruption. Il m'a rejoint dans les bois, et m'a aidé à tout faire disparaître.

Morgan eut envie de vomir. Son père avait enterré une adolescente dans les bois, comme un vulgaire cadavre d'animal, puis il avait prétendu n'être au courant de rien ?

C'était abominable. Elle ne parvenait pas à y croire.

Sa meilleure amie avait été tuée par son frère, et son père l'avait couvert…

A quel genre de famille appartenait-elle ?

— Tu ne comprends donc pas ? gémit Tony, en l'implorant du regard. Je ne pouvais pas la laisser partir. Maman m'avait déjà quitté, et je ne voulais pas me retrouver encore une fois tout seul.

Les larmes montèrent aux yeux de Morgan quand elle vit la moue boudeuse de son frère.

Seigneur, c'était un enfant !

Un enfant perturbé et malheureux qui avait peur d'être abandonné.

A l'évidence, Tony avait été beaucoup plus affecté par la mort de leur mère qu'elle ne le pensait. Derrière les symptômes d'une évidente dépression se cachait une profonde fêlure qui était passée totalement inaperçue.

Contrairement à elle, que son père persistait à traiter de folle, Tony souffrait d'un réel déséquilibre. Il avait besoin d'aide, pas d'une absolution.

— Je comprends, dit-elle, la gorge serrée. Mais j'étais là. Tu aurais pu me parler.

Tony secoua la tête.

— Tu aurais fini par partir aussi, un jour ou l'autre.

— Tu es mon frère. Je ne t'aurais jamais abandonné.

— C'est possible. Mais tu veux m'éloigner d'elle, et je ne peux pas te laisser faire.

Morgan n'y comprenait plus rien, et commençait à se demander si son frère n'avait pas totalement basculé dans la folie.

— T'éloigner de qui ?

— Caroline !

— Ta petite amie ? Mais je n'ai aucunement l'intention de t'éloigner d'elle.

— Bien sûr que si ! Tu veux m'envoyer en prison. Si ça se produit, elle va me quitter. Elles me quittent toutes !

La voix de Tony avait dérapé dans les aigus, et Morgan n'en menait pas large.

Comme elle esquissait un geste pour se lever, son frère lui ordonna de ne pas bouger.

Il avait toujours les mains cachées dans son manteau, et Morgan remarqua soudain l'inquiétant renflement dans sa poche droite.

— Tony..., commença-t-elle.

— Tais-toi !

Il sortit lentement la main de sa poche, et elle aperçut un éclat argenté.

Terrorisée, elle reconnut le pistolet de sa mère, qui normalement aurait dû se trouver au coffre avec les bijoux de Patricia Kerr.

Notant son regard, Tony eut un sourire satisfait.

— Oui, c'est celui de maman. Je l'ai pris en même temps que le pendentif.

— Tu connaissais la combinaison ?

— Maman me l'avait donnée.

Il était à la fois enchanté et moqueur, comme si c'était

pour lui une façon de dire : « Tu vois, elle m'aimait plus que toi. »

— Nous étions très proches, ajouta-t-il.

Morgan relâcha doucement son souffle.

— Tu ne veux pas poser ça, Tony ? Je suis sûre que tu n'as pas vraiment envie de l'utiliser.

La mâchoire de son frère se durcit.

— Ne prétends pas me connaître. Elle est la seule qui me connaît réellement.

Morgan n'avait pas la moindre idée de qui il parlait. Leur mère ? Layla ? Caroline ?

Cela n'avait de toute façon aucune importance. Il était évident que son frère avait perdu pied depuis des années.

Et elle n'avait rien vu.

Elle était trop occupée à se rebeller contre son père, à se battre pour son indépendance, cherchant désespérément comment échapper aux griffes du sénateur.

Elle avait pourtant constaté le profond désespoir de Tony après la mort de leur mère, son incapacité à avoir une relation suivie depuis dix ans, et elle s'en était lavé les mains.

« Il est un peu trop exigeant, avait-elle dit à Adam. Il a dû mal à se stabiliser. »

Quelle ironie !

Son père avait passé des années à expliquer aux médias que sa fille était instable, alors que la santé mentale de son fils posait un réel problème.

Tout en réfléchissant, elle guettait du coin de l'œil les réactions de son frère.

Tony tenait l'arme le long de son corps, d'une main mal assurée. Pouvait-elle se jeter sur lui et le désarmer ?

Une partie d'elle-même refusait de croire son frère capable de tirer sur elle, mais son regard halluciné n'était pas pour la rassurer.

— J'ai essayé de t'arrêter, reprit-il. Je ne voulais pas te faire de mal, mais c'est toi qui l'auras voulu. Maintenant, je n'ai plus le choix.

Le pouls de Morgan s'accéléra un peu plus.

— M'arrêter ? C'est toi qui m'as poussée du pont ? Tu voulais me tuer ?

— Je ne voulais pas te tuer, se défendit Tony en recommençant à geindre. Tu nages comme un poisson. Je savais que tu t'en sortirais.

— Mais alors, pourquoi ?

— Je voulais juste te faire peur. T'inciter à quitter la ville.

— Et la nuit dernière dans ma chambre ? C'était toi aussi ?

Il hocha la tête, l'air penaud.

— Tu n'as jamais quitté Autumn. Tu m'as appelée pour me dire que tu étais bien rentré à Washington, mais tu étais toujours dans la maison. Comment as-tu su que j'étais seule dans ma chambre ?

— L'Interphone. Je l'avais enclenché avant de sortir.

— Et tu nous as espionnés ?

Cette conversation parut soudain agacer Tony.

— Tu n'as pas de reproches à me faire, Morgan. C'est toi qui as tout déclenché. Si tu n'avais pas voulu jouer les détectives, rien ne serait arrivé.

— Tu oublies la mort de Layla.

— Je ne pouvais pas la laisser me quitter.

Morgan était révoltée par sa surprenante logique.

Son frère avait tué une jeune fille adorable et n'éprouvait aucun remords. Quant à son père, il l'avait couvert sans états d'âme.

Leurs excuses importaient peu. Jamais elle n'oublierait ce qu'ils avaient fait.

Elle leva les yeux vers Tony, démangée par l'envie de

crier, de lui jeter quelque chose au visage. Elle parvint néanmoins à garder son calme, tandis qu'elle désignait le pistolet.

— Qu'as-tu l'intention de faire avec ça ? Tu vas me tuer ?

Tony parut surpris.

— Bien sûr que non.

Elle leva un sourcil.

— Non ?

— Tu vas te tuer toi-même.

Médusée, elle eut l'impression que le temps s'arrêtait.

Il ne pouvait pas être sérieux.

Observant le regard déterminé de son frère, elle vit hélas qu'il ne plaisantait pas.

Il fit un pas vers elle, en agitant nonchalamment le pistolet.

— Une nouvelle tentative de suicide. Seulement, tu vas réussir, cette fois.

— Je ne le ferai pas, dit-elle entre ses dents serrées.

— Ce n'est pas grave, je vais m'en occuper pour toi. Les flics n'y verront que du feu. Prend le bloc-notes sur le bureau.

Morgan était glacée d'effroi.

Il était totalement fou.

Il avait réellement l'intention de la tuer et de maquiller sa mort en suicide.

— Non.

Tony haussa les épaules et se dirigea vers l'ancien bureau à cylindre posé contre un mur, où il prit le bloc-notes et un stylo.

Il déposa le tout sur la table basse, devant Morgan.

— Ecris.

Morgan déglutit, et réfléchit désespérément à un moyen de se sortir de là.

Elle pouvait se jeter sur lui, mais un coup de feu risquait de partir durant la lutte, et elle redoutait d'être blessée.

Elle se rendit compte, soudain, combien Adam lui manquait.

S'il était là, il saurait exactement comment faire face à Tony, comment dissiper cette impression de bombe à retardement prête à exploser.

Mais Adam était parti.

Il était déjà probablement en route pour un pays en guerre. Il ne voulait plus d'elle dans sa vie.

Elle retint un rire hystérique en fixant l'arme pointée sur elle.

Il semblait qu'Adam verrait bientôt son vœu exaucé.

« Essaie de gagner du temps », lui souffla une petite voix au fond de sa tête.

Ah, le vieux cliché qui consistait à tout faire pour retarder le psychopathe, avant d'être miraculeusement sauvé !

Combien de fois avait-elle vu cela au cinéma ?

Seulement, Tony ne semblait pas disposé à parler davantage. L'impatience creusait son visage, et il tapait du pied, comme un client impatient au bout d'une longue file d'attente à la caisse d'un supermarché.

— Ecris, répéta-t-il.

— Que veux-tu que j'écrive ? parvint-elle à demander, en refoulant ses larmes.

Tony eut une moue pensive.

— Commence par : Cher papa, je n'en peux plus…

Adam commençait à s'inquiéter. Il avait essayé de joindre Morgan sur son portable pour lui faire part de ce qu'il venait de découvrir, mais il était tombé sur sa messagerie. Puis il s'était souvenu que son téléphone lui avait été confisqué lors de son admission à la clinique, et il l'avait appelée chez elle.

Là aussi, il avait eu affaire au répondeur.

Pendant un court instant, il avait été tenté de prévenir la police, mais il ne voulait pas attirer l'attention sur Tony avant d'avoir pu prévenir Morgan.

Pourquoi ne répondait-elle pas, bon sang ?

Les rues étaient embouteillées. Les longues files de voitures n'avançaient pas.

Et cette interminable attente lui donnait le temps d'imaginer les pires scénarios.

Et s'il arrivait trop tard ?

Non, c'était absurde. Tony ne ferait pas de mal à sa sœur.

Ou peut-être que si…

La question le rongeait depuis qu'il avait entendu le sénateur Kerr prononcer le nom d'Anthony.

Le feu devant lui était passé au vert, et il colla au pare-chocs de la voiture qui le précédait.

Avec un peu de chance, si les autres conducteurs ne lambinaient pas trop, il arriverait à passer avant le changement de signalisation.

Il était inquiet, mal à l'aise.

Et, pour être tout à fait franc, un peu anxieux.

Le mauvais pressentiment d'Adam se confirma lorsqu'il découvrit la voiture de sport d'Anthony stationnée devant l'immeuble de Morgan.

Il se gara derrière, et se précipita dans le hall.

Délaissant l'ascenseur, il sortit son pistolet de sa ceinture, l'arma, et courut vers l'escalier.

L'appartement de Morgan se trouvait au deuxième étage, tout au bout du couloir. A mi-parcours, il ralentit le pas, foulant sur la pointe des pieds l'épaisse moquette.

La porte était fermée, mais une poussée sur la poignée lui apprit qu'elle n'était pas verrouillée.

Retenant son souffle, il poussa le battant et se glissa silencieusement à l'intérieur.

L'appartement était plongé dans l'obscurité, à l'exception du salon, d'où lui parvenaient des bruits de voix étouffés.

Il s'avança sans un bruit, son rythme cardiaque étonnamment stable, le corps détendu, l'esprit vide de toute émotion.

C'était sa façon de procéder. Noyé dans les ténèbres, il approchait l'ennemi sans attirer son attention et l'éliminait quand c'était nécessaire. Il avait été entraîné pour ça, et il aimait cette façon de se mettre en danger.

Sauf aujourd'hui, où les enjeux étaient très différents.

— Personne ne croira jamais que j'ai écrit ça, protesta Morgan.

— Continue ! lui ordonna son frère. Ecris : Je suis désolée pour la peine que j'ai causée à tout le monde.

Adam pressa le dos contre le mur, et risqua un coup d'œil à l'intérieur de la pièce.

Morgan était assise sur le canapé, un bloc-notes entre les mains.

Penché au-dessus d'elle, Tony la menaçait d'une arme.

18

Adam déglutit pour chasser la boule d'angoisse et de colère qui lui obstruait la gorge.

Il avait envie de débouler furieusement dans la pièce, de se jeter sur Tony et de lui arracher son arme.

Ou, plus simple encore, de prendre position sur le seuil et de lui tirer une balle dans la nuque.

Mais il se contint. Toute tentative désespérée risquait d'avoir des répercussions sur la sécurité de Morgan.

— Personne n'y croira, répéta-t-elle. Cela ne me ressemble pas.

L'exaspération était flagrante dans l'attitude et dans la voix de Tony.

— Fais ce que je te dis !

— Comme tu voudras, mais je pense que…

Elle était effrayée, mais parvenait à se contrôler, et Adam fut fier d'elle.

Il connaissait peu de personnes — homme ou femme — qui soit capable de garder son sang-froid sous la menace d'une arme.

Mais Morgan… Elle était tellement forte. Par certains côtés, elle était même plus forte que lui.

— Et maintenant signe, dit Tony.

Adam la sentit hésiter, ce qui était tout à fait compréhensible.

A l'évidence, Tony lui faisait écrire une lettre d'adieux, et la signer était comme signer son arrêt de mort.

— Brave petite, lança Tony.

Il n'y avait rien de sarcastique dans son intonation, mais plutôt une sorte de regret, qui s'exprima dans les paroles qui suivirent.

— Je suis désolé, Morgan. Mais je n'ai pas le choix. Tu le comprends, n'est-ce pas ?

Tous ses sens en alerte, Adam affirma sa prise sur la crosse de son arme.

— Caroline me quittera si elle apprend la vérité.

— Mais moi, je ne compte pas ? demanda Morgan d'un ton amer. Ça ne te fait rien de te débarrasser de moi.

— Ne crois pas ça. Je tiens à toi, mais tu as tout gâché. Ferme les yeux, tu veux bien ? Ce sera vite fini.

Pour Adam, le moment était venu d'entrer en scène.

Se glissant prestement dans la pièce, il mit le frère de Morgan en joue.

— Pose ton arme, Tony, dit-il d'un ton ferme.

Celui-ci fit demi-tour, médusé.

— Qu'est-ce que tu fais là ?

La surprise se transforma aussitôt en grimace irritée.

— Pourquoi personne ne peut-il me laisser tranquille ?

— Pose ton arme, répéta Adam. Ce n'est pas ce que tu veux. Je sais que tu n'as pas l'intention de faire du mal à ta sœur.

Le frère de Morgan le dévisagea avec incompréhension.

— Tu ne devrais pas te soucier d'elle. Elle t'a quitté.

Adam pinça les lèvres.

— En fait, c'est moi qui suis parti.

Il avait fait de son mieux pour ne pas regarder du côté de Morgan, mais il ne put cette fois s'en empêcher.

Son cœur se serra en la voyant si pâle, les yeux rougis et l'air effrayé.

— Tu es partie parce qu'elle se moquait de toi, insista Tony. Layla aussi se moquait de moi.

— Alors tu as décidé de la tuer ?

Le visage de Tony devint écarlate.

— C'était un accident !

— Ce n'est pas ce qu'indique le rapport du légiste. Six fractures au visage et au crâne...

Adam eut un claquement de langue désapprobateur.

— C'est ce que j'appellerai de l'acharnement.

Du coin de l'œil, il vit Morgan le supplier d'arrêter.

« Ne le provoque pas », articulait-elle silencieusement.

Mais Adam savait ce qu'il faisait.

Tout en parlant, il s'était lentement approché de sa cible, et seuls quelques pas les séparaient encore.

— N'avance pas plus, dit Tony, le regard affolé.

— Tu as tué cette jeune fille, poursuivit Adam d'un ton posé. Tu l'as assassinée, tu l'as enterrée dans les bois, et tu l'as chassée de ta mémoire.

— Tais-toi !

— Et maintenant, tu t'apprêtes à tuer ta propre sœur.

— Je t'ai dit de te taire.

Adam fit un pas en avant.

— Tony, tu as besoin d'aide.

— Ne bouge pas, s'exclama-t-il, la main qui tenait le pistolet agitée de tremblements.

Adam vit Morgan esquisser un geste pour se lever, et, d'un léger mouvement de tête, lui ordonna de rester où elle était.

Le message passa, et Morgan se laissa retomber sur le coussin.

— Tu as fait une terrible erreur, poursuivit Adam d'un ton persuasif. Mais cela ne veut pas dire que ta vie est terminée. Je suis certain que la justice se montrera clémente, compte tenu des circonstances.

— La justice ?

Tony écarquilla les yeux, de plus en plus affolé.

— Je ne veux pas aller en prison. Caroline me quittera si…

Adam s'élança, heurtant violemment de l'épaule le torse de Tony.

Le choc inopiné lui fit lâcher son arme, avant qu'il ne s'écroule lui-même au sol, entraînant Adam dans sa chute.

Déséquilibré, Adam tomba lourdement, en laissant échapper son pistolet.

Un coup de poing l'atteignit à la pommette gauche.

Il riposta en frappant Tony à bouche. Sa lèvre se fendit, laissant jaillir un flot de sang. Mais, loin de capituler, le frère de Morgan continua à se battre avec une force étonnante, au point qu'Adam se trouva bientôt en difficulté.

Etendu sur le dos, légèrement sonné, il vit Tony se redresser et tendre le bras pour atteindre son arme qui avait glissé sous la table basse.

Dans un sursaut désespéré de volonté, Adam roula sur le côté pour récupérer son propre pistolet.

Sa main entra en contact avec la crosse au moment où Tony visait sa sœur, qui s'était précipitée vers la porte.

Adam ne se posa pas de question.

Il fit feu.

A deux reprises.

— Qu'est-ce que…

Tony baissa lentement les yeux vers son torse, regarda avec stupéfaction les deux taches s'élargir sur la chemise bleu pâle, telles des fleurs exotiques déployant leurs pétales.

Son visage devint livide, le pistolet glissa de ses doigts, et il s'effondra au sol.

Adam se précipita vers lui, ramassa le pistolet et le glissa dans sa ceinture, tout en continuant de tenir en joue le blessé.

— Appelle les secours, dit-il à Morgan, qui restait prostrée sur le seuil.

— Oh, mon Dieu, gémit-elle. Il ne va pas mourir ?

— Morgan, les secours ! Vite !

Affolée, elle courut prendre le combiné sans fil posé sur le bureau et revint près de son frère pour passer l'appel.

Tony était livide et perdait beaucoup de sang.

— Elle m'a quitté, balbutia-t-il.

— Ne parle pas, lui conseilla Adam.

Il essaya de faire pression sur les plaies, mais il était déjà trop tard.

— Il va s'en sortir ? demanda Morgan, après qu'elle eut raccroché.

Adam lui lança un coup d'œil en biais, et secoua discrètement la tête.

Les yeux de Morgan se remplirent de larmes.

— Tony, tu peux m'entendre ?

Les paupières de son frère frémirent.

— Maman ?

Morgan déglutit avec peine.

— Non, c'est…

Elle sursauta tandis qu'Adam lui pressait rudement le genou, et lui adressa un regard perplexe.

Le voyant hocher la tête, elle comprit ce qu'il essayait de lui dire.

— Oui, c'est moi, dit-elle à son frère. C'est maman.

La vie se retirait lentement du regard de Tony, et Morgan savait qu'il ne pouvait déjà plus la voir.

— Tu vas t'occuper de moi, maman ?

— Oui, mon chéri. N'aie pas peur. Je suis là.

— Maman ?

— Oui, Tony ?

— Je suis désolé.

Un dernier souffle s'échappa de ses lèvres, et Adam cessa de comprimer sa plaie.

S'asseyant sur ses talons, il contempla avec hébétude ses mains pleines de sang.

Il n'avait pas prévu que cela se terminerait ainsi. Tony était peut-être un assassin, mais il était le frère de Morgan.

Et il avait besoin d'une prise en charge médicale, pas d'une condamnation à mort.

A côté de lui, Morgan laissa échapper un sanglot de désespoir.

— Il est parti, murmura-t-elle.

Adam compatissait à son chagrin, mais il ne regrettait pas son geste. S'il ne l'avait pas arrêté, Tony aurait tiré sur elle sans l'ombre d'une hésitation. Il aurait tué sa propre sœur.

Et il n'y avait rien de plus important à ses yeux que de protéger la femme qu'il aimait.

Car il l'aimait. Il lui avait fallu ce tragique événement pour s'en rendre compte.

Au loin leur parvenait le son strident des sirènes, mais ni l'un ni l'autre ne fit un geste pour se lever.

A genoux sur la moquette maculée de sang, Adam attira doucement Morgan dans ses bras, où elle pleura jusqu'à l'arrivée de la police.

— Tu es prête à partir ?

Morgan sursauta en entendant la voix d'Adam.

Elle attendait dans le hall du commissariat que son interrogatoire se termine.

Sa propre audition avait duré quarante-cinq minutes, durant lesquelles elle avait confié à l'inspecteur tout ce qu'elle savait, sans omettre d'évoquer le rôle joué par son père.

Adam avait été conduit dans une autre salle, mais les policiers le gardèrent encore toute une heure après que Morgan eut été libérée.

Les larmes aux yeux, elle le regarda avancer vers elle, ne sachant ce qu'elle devait ressentir.

Sa veste, tachée du sang de Tony, avait été gardée comme pièce à conviction, et il ne portait qu'une chemise en fine toile noire sur un T-shirt gris chiné. Les traits creusés, les joues ombrés d'une barbe noire, il semblait à bout de forces et désemparé.

Il avait tué son frère, mais il l'avait fait pour lui sauver la vie, et son cœur hésitait entre un légitime sentiment de deuil et un immense soulagement.

Elle était en vie. Adam était en vie. Sans lui…

Elle s'efforça d'oublier le regard halluciné de Tony, peinant encore à croire que son propre frère avait essayé de la tuer.

— Ils n'ont retenu aucune charge contre toi ? demanda-t-elle.

Adam secoua la tête.

— Ils ont reconnu la légitime défense.

— Tu m'as sauvé la vie.

Adam ne répondit pas et passa un bras autour de ses épaules pour la guider vers la sortie.

Le ciel était d'un noir d'encre, et une brise glaciale soufflait sur Indiana Avenue, où la circulation était encore assez dense malgré l'heure tardive.

Morgan s'avança sur le bord du trottoir et guetta le passage d'un taxi, prête à lever la main.

— Marchons, suggéra Adam.

Elle le regarda avec surprise.

— Tu n'as pas froid ?

— J'ai besoin de respirer un peu d'air frais.

Ils marchèrent un long moment en silence, avant qu'Adam ne reprenne la parole.

— Ton père sera poursuivi pour complicité.

— Je sais. L'inspecteur qui m'a auditionnée me l'a dit. Mais il ne sera sans doute pas condamné. La seule chose qui le relie au crime est mon témoignage. Tony n'est plus là pour le corroborer.

— Il perdra néanmoins son siège au Sénat.

— C'est probable. On lui conseillera sans doute de démissionner pour éviter le scandale d'une éviction. Et, le connaissant, il s'abstiendra de faire des vagues.

Ils passaient devant un petit jardin public, et Adam lui proposa de s'asseoir un moment.

— Tu crois que tu pourras lui pardonner un jour ? demanda-t-il, tandis qu'ils prenaient place sur un banc de pierre.

— Je n'en suis pas sûre.

— Il reste quand même ton père.

Morgan le considéra avec surprise.

— Tu ne l'as jamais aimé. Pourquoi prends-tu sa défense maintenant ?

— Eh bien, je…

Il s'éclaircit la gorge.

— Je n'avais jamais pensé à ce que cela représentait…

— De quoi parles-tu ?

— Le mot *famille*. Je n'en comprenais pas le sens puisque je n'en ai jamais eue. Je n'arrivais pas à comprendre pourquoi tu prenais toujours la défense de ton père malgré la façon dont il te traitait. Mais, ce soir, j'ai compris.

Morgan ne dit rien.

Elle avait le pressentiment qu'il allait se passer quelque chose d'important. Et elle ne voulait pas tout gâcher.

— Tu as pleuré, dit-il d'une voix chargée d'émotion.

Quand Tony est mort, tu as eu de la peine. Et c'est là que j'ai compris. Malgré ce qu'il avait fait, il restait quand même ton frère. Il faisait partie de ta famille.

— Oui, murmura-t-elle. C'est exactement ça.

— C'est la même chose avec ton père, n'est-ce pas ? Il est… Oh, bon sang, c'est un véritable salaud, mais il est ta famille.

— Oui.

Adam se tut, et elle attendit la suite.

Mais il ne dit plus un mot et resta assis là, les bras croisés sur son torse puissant, ses longues jambes étendues devant lui, le regard dans le vide.

Elle prit une profonde inspiration et relâcha son souffle, en observant le petit nuage de buée qui se formait dans l'air froid.

— Tu dors à l'hôtel, cette nuit ?

— Ouais.

— Et demain ? Tu quittes la ville, je suppose.

— Ouais.

Elle essaya d'ignorer le douloureux pincement au cœur que provoquait la perspective de son départ.

— Où vas-tu ?

— Caracas. Ça me changera de ce froid.

— Ah, tu vois que tu as froid !

Elle bondit sur ses pieds.

— Viens. Cherchons un taxi.

— Je veux que tu viennes avec moi.

Elle tourna la tête vers lui, persuadée qu'elle avait mal entendu.

— Quoi ?

— Je veux que tu viennes avec moi.

Il chercha son regard.

— Tu veux bien ?

Elle se laissa retomber sur le banc, complètement abasourdie.

— Morgan ? insista-t-il, d'un ton inquiet.

Elle lui opposa un regard vide.

— Tu veux m'accompagner ?

Sortant enfin de sa transe, elle lui sourit.

— J'ai des hallucinations, ou tu viens de me demander de partir en voyage avec toi ?

— Tu as bien entendu.

— Mais… Pourquoi ?

— Parce que je ne peux pas vivre sans toi.

Des larmes de bonheur perlèrent aux cils de Morgan, sans qu'elle cherche à les retenir.

Quand il était sorti de sa vie pour la seconde fois, elle avait cru que c'était pour de bon.

Jamais elle n'avait été aussi heureuse de s'être trompée.

— Et donc, reprit-il maladroitement, cette seconde chance dont tu m'as parlé… je suis partant. Et toi ?

Essuyant ses larmes du bout des doigts, elle lui sourit.

— Et comment !

Se rapprochant d'elle sur le banc, Adam passa un bras autour de ses épaules et posa les lèvres sur les siennes.

Longuement, les yeux fermés, ils s'embrassèrent, goûtant la joie de savoir qu'ils avaient toute la vie devant eux.

— Alors, tu veux bien ? demanda-t-il, quand ils se séparèrent, le souffle court.

— Je veux bien quoi ?

— Venir avec moi.

— Où ?

Un grand sourire éclaira le visage d'Adam.

— Où tu voudras. Où mes missions m'emmèneront. Où tes reportages t'emmèneront. Promets-moi seulement d'être toujours auprès de moi, ma chérie.

Le cœur de Morgan fit un bond dans sa poitrine.

— Seulement si tu promets la même chose.

— C'est promis.

D'une voix altérée par l'émotion, il ajouta :

— Je veux vivre le reste de ma vie avec toi. Je veux que nous passions toutes nos journées et toutes nos nuits ensemble. En fait, je crois que nous devrions nous marier. Tout de suite.

Elle eut un sourire gentiment moqueur.

— Oh, vraiment ? Tu ne crois pas que tu devrais d'abord me faire ta demande ?

— Je l'ai faite, il y a deux ans. Il n'y a pas de date de péremption pour les demandes en mariage. Et, comme tu as dit oui la première fois, c'est toujours valable.

Eperdue de bonheur, elle éclata de rire.

— Donc tu veux que je parte en voyage avec toi et que je t'épouse. Autre chose ?

— Eh bien oui, justement.

Elle leva un sourcil.

— Quoi donc ?

— Oh, trois fois rien, rassure-toi.

Il marqua une pause pour souligner son effet.

— Je veux seulement te dire que je t'aime.

Morgan en eut le souffle coupé.

Elle n'avait pas entendu Adam prononcer ces mots depuis deux ans, et croyait ne plus jamais avoir le bonheur de les entendre de nouveau.

— Tu veux que je répète ? demanda-t-il en voyant qu'elle ne réagissait pas.

Elle hocha la tête.

— Je t'aime.

Soudain, il lui prit le menton entre les mains, et plongea son regard dans le sien.

— Je t'aime, Morgan.

Refusant de laisser son passé l'empêcher d'être heureux,

Adam osait enfin révéler son amour. Sans la moindre honte. Sans la moindre crainte d'ouvrir son cœur et de le perdre dans ce défi.

Morgan en fut bouleversée. Elle savait combien cet aveu lui coûtait, l'effort immense qu'il venait d'accomplir en s'autorisant enfin à lui faire confiance.

— Moi aussi je t'aime, chuchota-t-elle en retour.

Epilogue

Six mois plus tard

— Morgan ? Tu es là ?

Adam fit glisser la porte-fenêtre donnant sur la terrasse en teck, dévala souplement les marches menant à la plage de sable blanc, et partit à la recherche de sa femme.

Il la trouva étendue sur un transat au bord de l'eau, à l'ombre d'un parasol rouge, un verre de soda à la main.

Cette vision le laissa perplexe.

Il venait d'arriver du Panamá et avait battu des records de vitesse pour rejoindre la maison en bord de mer qu'ils louaient depuis un mois.

Morgan avait laissé un mystérieux message sur son répondeur, évoquant un changement de plans et des complications. Inquiet, il avait abandonné son équipe à l'aéroport et avait filé comme un fou chez lui.

Et tout cela pourquoi ?

Pour découvrir sa femme en train de se détendre sur la plage.

Vaguement contrarié, il se planta devant elle, dos à la mer.

— Que se passe-t-il ?

Vêtue d'un minuscule deux-pièces jaune qui couvrait à peine son corps magnifiquement hâlé, Morgan mit une main en visière au-dessus de ses yeux et cilla.

Cela faisait six mois déjà qu'ils vivaient au Costa Rica, bien que la maison de Tamarindo Bay ne soit qu'un pied-à-terre.

Depuis leur installation, ils n'avaient en effet cessé d'aller et venir. Il y avait d'abord eu le Brésil, pour les besoins d'un reportage que s'était vu confier Morgan, puis Johannesburg, où Adam s'était chargé d'une périlleuse exfiltration… Sans oublier les îles Fidji, mais cette fois uniquement pour le plaisir.

En dépit de leurs nombreuses occupations, ils s'étaient tenus au courant de ce qui se passait aux Etats-Unis, et particulièrement à Washington. La nouvelle la plus marquante avait été l'annonce de la démission du sénateur Edward Kerr. Aucune charge n'avait finalement été retenue contre lui pour le rôle qu'il avait joué dans la mort de Layla Simms, et c'était quelque chose que Morgan avait beaucoup de mal à accepter. Bien qu'elle n'ait pas totalement rompu les ponts avec son père, les relations restaient tendues et se réduisaient au strict minimum.

— Pourquoi as-tu l'air aussi inquiet ? demanda-t-elle en posant son verre sur une petite table basse en rotin.

— A cause de toi, répondit Adam d'un air sombre. Je n'ai rien compris à ton message. Des complications ? Un changement de plans ? De quoi diable s'agit-il ?

Morgan eut un haussement d'épaules désinvolte.

— Je voulais seulement te prévenir que nous allions devoir modifier certains projets.

— Du genre ?

— Le voyage en Australie, par exemple. Et surtout celui en Russie, prévu pour cet hiver.

Des rides de perplexité apparurent sur le front d'Adam.

— Mais pourquoi ? Tu étais tellement enthousiasmée par le reportage qu'on te proposait en Russie !

Elle eut de nouveau un petit haussement d'épaules innocent.

— Ce n'est pas prudent de voyager pendant le troisième trimestre.

Adam eut l'impression que son cœur s'arrêtait de battre.

— Tu veux dire que…

Elle lui sourit, gentiment moqueuse.

— Eh oui ! Tu vas être papa.

Adam resta quelques instants tétanisé, sous le soleil de plomb qui lui brûlait la peau, puis il tomba à genoux dans le sable.

Attirant Morgan contre lui, il l'embrassa avec ferveur.

— Tu es sûre ? demanda-t-il, en la repoussant à bout de bras pour mieux l'observer.

— Le médecin me l'a confirmé ce matin, dit-elle, le visage rayonnant de bonheur. Je suis enceinte de trois mois.

Adam fit rapidement le calcul.

— Alors c'est pour octobre. Tu sais si c'est un garçon ou une fille ?

— Evidemment que je le sais ! Je n'aurais pas pu supporter un tel suspense.

Il ne put s'empêcher d'éclater de rire.

— J'aurais dû m'en douter.

Morgan inclina la tête, et une mèche de cheveux blonds se libéra de sa queue-de-cheval, venant lui effleurer la joue.

— Tu veux savoir ? demanda-t-elle, en la repoussant derrière son oreille.

Adam hésita quelques secondes. Ce serait merveilleux d'avoir la surprise. Mais, d'un autre côté, il était du genre à tout prévoir, tout planifier… Et comment saurait-il de quelle couleur peindre la chambre du bébé s'il attendait octobre ?

Il hocha brièvement la tête.

— D'accord, dis-le-moi.

Les yeux de Morgan pétillèrent de joie.

— C'est une fille.

Adam sentit son cœur se gonfler de tendresse et d'émotion. Il imaginait déjà le visage de sa fille, semblable à celui de sa magnifique mère.

Bondissant soudain sur ses pieds en grommelant, il recula de deux pas.

— Où vas-tu ? demanda Morgan, perplexe.

Il soupira.

— Acheter un fusil, pour le jour où ma fille aura un petit ami.

Morgan éclata de rire.

— Ne sois pas aussi mélodramatique. Cela n'arrivera pas avant au moins une quinzaine d'années.

— Disons plutôt trente, grinça Adam entre ses dents.

Avec un nouveau rire mélodieux, elle lui tendit la main.

— Arrête de dire des bêtises, et reviens ici. Il nous reste encore à fêter dignement cette nouvelle.

Avec un sourire, il se laissa de nouveau tomber sur le sable et attira Morgan dans ses bras.

Et, lorsque leurs lèvres se joignirent, il sut qu'il avait enfin trouvé ce qu'il avait attendu toute sa vie : l'amour, la compréhension, la confiance…

Une famille.

PAULA GRAVES

Protection troublante

éditions Harlequin

Titre original : BACHELOR SHERIFF

Traduction française de VANESSA AUCANOT

83-85, boulevard Vincent-Auriol, 75646 PARIS CEDEX 13.
Service Lectrices — Tél. : 01 45 82 47 47
www.harlequin.fr

1

Réveillée par un gémissement, Melissa cligna des paupières pour accommoder sa vue à l'obscurité et regarda vers le pied de son lit où son chiot, un beagle, avait l'habitude de dormir. Il n'était pas là.

— Jasper ? appela-t-elle en s'asseyant tandis que les battements de son cœur s'accéléraient.

Elle repoussa les couvertures et frissonna, surprise par le froid glacial qui régnait dans sa chambre. Le chien qui se tenait près de la porte entrebâillée poussa alors un nouveau cri plaintif.

Melissa appuya sur l'interrupteur de sa lampe de chevet, mais rien ne se passa. Le réveil à affichage numérique posé à côté ne fonctionnait pas non plus.

L'électricité devait être coupée, conclut-elle, ce qui expliquait également qu'il fasse aussi froid.

Là où elle vivait, les coupures de courant n'étaient pas rares. Elles étaient la plupart du temps causées par des chutes de branches d'arbres ou la foudre. C'était précisément pour cette raison qu'elle avait acheté un groupe électrogène à essence l'année dernière.

Elle se leva et prit la lampe électrique qu'elle gardait dans le tiroir de sa table de nuit et l'alluma. Un trait de lumière trancha l'obscurité, se réverbérant dans une légère fumée.

— Viens, Jasper.

Après avoir enfilé sa robe de chambre, elle sortit dans le couloir. Le chiot la suivit en direction de l'escalier.

Une odeur de bois et de plastique brûlé lui parvint, et elle sentit son rythme cardiaque monter en flèche. Le hurlement du détecteur de fumée du rez-de-chaussée qui se mit en marche la fit sursauter.

Le feu !

Un instant plus tard, le détecteur du couloir se déclencha juste au-dessus de sa tête. La main sur son cœur galopant, elle s'appuya contre le mur en s'efforçant de réfléchir calmement.

L'électricité étant coupée, elle ne pouvait pas se servir du téléphone fixe qui se trouvait dans sa chambre. Son portable, qui fonctionnait en général malgré la distance qui la séparait de la ville, était au fond de son sac, dans l'entrée. Il fallait qu'elle parvienne à le récupérer.

En proie à des haut-le-cœur causés par la fumée âcre, elle arriva en haut de l'escalier. Aussitôt, la tête lui tourna. Même en plein jour, quand chaque marche était bien visible, elle ne pouvait s'empêcher d'avoir le vertige. A présent que la fumée lui permettait à peine de les distinguer, c'était encore pire.

S'armant de courage, elle se cramponna à la rampe et descendit. La fumée semblait provenir du fond de la maison, près de la cuisine. Aurait-elle laissé le four allumé ?

Après avoir récupéré son sac posé sur la table du vestibule, elle avança jusqu'à la porte d'entrée et tenta en vain de tourner la poignée.

Elle fit une seconde tentative, sans plus de succès.

A côté d'elle, Jasper se mit soudain à aboyer furieusement. Elle tressaillit.

— Ça va aller, mon chien.

Sortir par l'une des fenêtres semblait être l'unique

solution. Si elle ne parvenait pas à l'ouvrir, elle pourrait toujours la briser.

Il fallait qu'elle reste calme et qu'elle réfléchisse, pendant qu'elle en avait encore le temps. Que pouvait-elle sauver avant que les flammes ne détruisent tout ?

Ses dossiers d'affaires *pro bono* se trouvaient dans un classeur métallique au bout du couloir. Elle en possédait néanmoins des copies sur son ordinateur portable. Il y avait des photos qu'elle ne voulait pas perdre, mais elle ne risquerait pas sa vie en remontant à l'étage pour les récupérer. Quant aux vêtements, meubles et appareils ménagers, le chèque de l'assurance servirait à les remplacer. Son sac, son ordinateur portable et son chien étaient tout ce qu'elle devait sauver.

Passant la lanière de son sac par-dessus sa tête, elle attrapa sa mallette.

— On y va, Jasper.

C'est alors qu'elle aperçut, du coin de l'œil, un mouvement à l'extérieur. Lorsqu'elle tourna la tête, elle vit une silhouette indistincte passer devant l'une des fenêtres donnant sur le porche avant de disparaître.

Elle resta figée une seconde, jusqu'à ce qu'un craquement sec dans la cuisine l'incite à réagir. Plongeant la main dans son sac, elle s'empara de son téléphone portable et appela la police.

— Police du comté de Chickasaw, répondit une voix féminine.

— Melissa Draper à l'appareil. J'habite sur Tuckahaw Road, au sud du pont, et il y a le feu chez moi.

De sa main libre, elle tenta une nouvelle fois d'ouvrir la porte d'entrée, mais la poignée refusait toujours de tourner.

— J'ai également des difficultés à sortir de la maison.

— Des unités sont en route, annonça l'opératrice après

une courte pause. Y a-t-il une fenêtre au rez-de-chaussée que vous pouvez ouvrir ?

Melissa hésita un instant au souvenir de l'ombre mystérieuse. Quelqu'un avait-il délibérément allumé l'incendie et coupé l'électricité dans la maison ? se demanda-t-elle.

Etait-il à l'extérieur, en train de l'attendre ?

Elle devait courir le risque.

— Je mets le téléphone dans la poche de ma robe de chambre pendant que j'essaie de sortir, annonça-t-elle. Ne quittez pas.

Se hissant sur la pointe des pieds, elle écarta les rideaux de la fenêtre la plus proche. Le clair de lune inondait le porche d'une lumière bleue et froide, un peu voilée par la fumée provenant de l'arrière de la maison. De son poste d'observation, elle ne voyait personne. Tout semblait calme, à l'extérieur.

Après avoir ouvert la fenêtre, elle attrapa le chien tremblant, et le déposa sur le porche.

Puis elle remonta le bas de sa robe de chambre et se hâta à son tour de sortir, tirant son sac et la mallette qui contenait son ordinateur portable derrière elle. Le chien, affolé, s'était remis à aboyer.

— Je suis sortie, annonça-t-elle à l'opératrice lorsqu'elle reprit son téléphone.

Du regard, elle balaya les alentours à la recherche de signes de la présence d'un intrus, mais ne vit que la pelouse brunie par l'hiver, cernée par la forêt sur deux côtés et la petite route étroite qui passait devant.

— Vous devez vous éloigner de la maison. S'il fait trop froid pour patienter à l'extérieur, allez sonner chez un voisin, suggéra l'opératrice.

Sa Volkswagen GTI était garée dans l'allée, à une distance sûre. Jasper et elle pourraient y attendre l'arrivée des secours, songea Melissa.

Avant de descendre les marches du porche, elle s'arrêta devant la porte d'entrée et braqua sa lampe électrique sur la serrure. En découvrant qu'une brindille avait été enfoncée à l'intérieur, elle retint son souffle. Voilà pourquoi elle avait été incapable de la déverrouiller, réalisa-t-elle.

La brindille n'avait pas pu arriver là par hasard…

Au loin, des sirènes retentirent dans le silence de la nuit. Melissa se remit en chemin, suivie de près par Jasper. Dès qu'elle ouvrit la portière de la Volkswagen, il sauta sur le siège passager.

Le froid glacial qui régnait dans la voiture lui fit regretter de ne pas avoir considéré son chaud manteau d'hiver comme l'une des choses à sauver de l'incendie. Doutant que le moteur parvienne à produire suffisamment de chaleur avant l'arrivée des secours, elle n'essaya même pas de le mettre en marche. En frissonnant, elle serra Jasper contre elle, reconnaissante pour une fois de sentir son souffle chaud sur son visage.

Depuis l'arrière de la maison s'élevait une épaisse fumée noire légèrement teintée de rouge, bien qu'aucune flamme ne soit encore visible. Melissa s'efforça de ne pas trop penser à ce que l'incendie était en train de ravager.

Une nouvelle fois, elle vérifia que les portières de la voiture étaient verrouillées. La brindille enfoncée dans la serrure de sa porte d'entrée était peut-être le résultat d'une farce, mais si ce n'en était pas une ? Si Jasper ne s'était pas mis à gémir, elle ne se serait peut-être pas réveillée avant que le feu n'ait gagné toute la maison. Et le temps qu'elle aurait perdu à tenter d'ouvrir la porte sabotée aurait pu faire la différence entre la vie et la mort.

Qui avait bien pu faire une chose pareille ?

*
* *

— Incendie criminel ?

Aaron Cooper cligna lentement des paupières et tourna la tête vers sa table de chevet. Son réveil indiquait 4 h 35. Se redressant, il s'assit au bord de son lit et écouta l'opératrice du département de police du comté de Chickasaw débiter à vive allure l'adresse dans le téléphone.

— D'accord, je pars tout de suite.

Il s'habilla rapidement et attrapa son arme de service, un Smith & Wesson noir. Tandis qu'il glissait le pistolet dans le holster attaché à sa ceinture, il ne put réprimer un sourire. Sa récente promotion à l'Unité d'investigation présentait quelques avantages, notamment de ne plus avoir à porter l'encombrante ceinture qui faisait partie de l'uniforme d'officier de police.

Le petit matin de janvier était aussi glacial qu'il l'avait redouté. Remontant le col de sa veste de cuir, il se dirigea d'un pas rapide vers la Ford F-10 garée dans son allée.

L'opératrice lui avait fourni peu de détails. Le Central avait reçu un appel au sujet d'un incendie suspect et, apparemment, il n'y avait pas de blessés. Quoi qu'il en soit, si quelqu'un avait tenté de mettre le feu à une maison alors que le propriétaire s'y trouvait, ça devenait une tentative de meurtre, ce qui n'était pas rien dans un endroit rural et tranquille tel que le comté de Chickasaw.

Sortant de Gossamer Ridge, il prit la direction du sud-est. L'incendie était survenu sur Tuckahaw Road, une route qu'il connaissait bien pour y avoir souvent patrouillé. La zone était principalement couverte par des bois, au milieu desquels on rencontrait une habitation de temps à autre. Après le vieux pont en acier qui enjambait les eaux sinueuses de Tuckahaw Branch, les maisons étaient encore moins nombreuses et plus distantes les unes des autres, le long de la route de campagne.

En arrivant, Aaron vit un camion de pompiers et deux

véhicules de police. La maison à un étage devant laquelle ils étaient stationnés tenait encore debout, nota-t-il en se garant. Au moins un aspect positif.

L'un de ses collègues officiers, Blake Clayton, vint à sa rencontre.

— L'incendie a causé des dégâts dans la cuisine, mais les pompiers sont arrivés à temps pour l'empêcher de se propager.

— C'est là qu'il a démarré ? demanda Aaron en suivant Blake vers l'arrière de la maison.

— En fait, il s'est déclenché à l'extérieur, derrière la cuisine.

Sur les lieux, ils trouvèrent quelques pompiers devant les restes carbonisés de ce qui ressemblait à un groupe électrogène à essence.

L'un d'eux se déplaça et Aaron découvrit une femme mince, pas très grande, qui se tenait un peu en retrait. Le front plissé, elle regardait les hommes examiner les zones qui avaient brûlé. La propriétaire de la maison, devina-t-il. Etrangement, elle lui paraissait familière.

Lorsque leurs regards se croisèrent, elle ouvrit légèrement la bouche et ses yeux bleus s'agrandirent. Manifestement, il ne lui était pas inconnu. Aaron fouilla sa mémoire afin de se rappeler où il l'avait déjà vue. Elle n'était pas une de ses anciennes conquêtes ; les brunes n'avaient jamais été son type. Néanmoins, il devait admettre que celle-ci l'intriguait particulièrement, même avec ses cheveux en bataille et son visage maculé de traces noires.

— Mademoiselle Draper ? l'interpella Blake Clayton. Je vous présente l'officier Cooper, l'un des enquêteurs du département du shérif. Officier Cooper, voici Melissa Draper, la propriétaire de la maison.

Les souvenirs se mirent soudain en place dans l'esprit d'Aaron. Melissa Draper, l'élève timide et intello de sa dernière année de lycée… Rien d'étonnant à ce qu'il ne se soit pas immédiatement souvenu d'elle ! A l'époque, déjà, il savait à peine qui elle était.

Ce dont il n'était pas particulièrement fier…

Il esquissa le geste de lui tendre la main et y renonça lorsqu'il se rendit compte que les bras de Melissa étaient enroulés autour d'un chiot tremblant qui levait vers lui des yeux marron effrayés en gémissant légèrement.

— L'officier Cooper et moi, nous nous connaissons déjà, dit Melissa, le regard rivé à celui d'Aaron.

Ce dernier ressentit une étrange palpitation dans la poitrine.

— Je t'imaginais quelque part, en train de jouer au football dans une équipe professionnelle, ajouta-t-elle.

Aaron éprouva un pincement amer de regret.

— Pendant la première semaine de camp d'entraînement, je me suis abîmé le genou. J'ai été forcé de changer de carrière.

Melissa parut sincèrement compatissante. Il ne lui en aurait cependant pas voulu si elle avait manifesté un peu de satisfaction en apprenant son échec. Au lycée, les rapports humains étaient durs et les personnes comme elle se trouvaient systématiquement rejetées du cercle des élèves populaires.

— Et toi ? Que fais-tu aujourd'hui ? s'enquit-il.

— Je suis avocate, répondit-elle sans prendre la peine de dissimuler la pointe de fierté dans sa voix.

Ça paraissait logique, songea Aaron. Après tout, elle avait été élue l'élève la plus apte à réussir ou quelque chose dans ce genre.

Les gémissements du chiot le ramenèrent au présent. Le pauvre animal semblait frigorifié, tout comme Melissa. Il était temps qu'il se concentre sur son travail et qu'il les emmène tous les deux dans un endroit chaud et sûr.

— Un verdict, messieurs ? demanda-t-il en s'adressant aux deux pompiers qui étaient en train d'examiner le groupe électrogène carbonisé.

Perry Davis, le plus jeune des deux et ancien joueur de football du lycée, lui jeta un coup d'œil.

— On cherche encore.

— Dans combien de temps pourrai-je récupérer ma maison ? s'enquit Melissa d'une voix douce.

— Les dégâts se limitent à votre cuisine, mais la compagnie d'électricité va devoir couper votre alimentation et refaire l'installation, expliqua Perry Davis avec un regard contrit. Cela devrait prendre au moins une semaine. Tout dépendra de la rapidité avec laquelle les techniciens pourront venir effectuer le travail et aussi de votre compagnie d'assurances qui peut demander d'abord une enquête plus approfondie.

Melissa ayant l'air sur le point de s'effondrer, Aaron tendit la main et la prit par le coude. Elle s'écarta de lui avec un sursaut et le regarda d'un air méfiant.

Se sentant coupable de l'avoir effrayée, il laissa retomber sa main. Les nerfs de Melissa étaient probablement au bord de la rupture, après ce qu'elle venait de vivre.

— En attendant, dit-il en lui faisant signe de le suivre loin des dégâts, je vais vous conduire dans un endroit chaud et sûr, ton chien et toi.

— Il s'appelle Jasper, l'informa-t-elle. Et ça me paraît une très bonne idée.

— Je vais t'emmener chez tes parents. Ils habitent toujours sur Hickory Bluff ?

— Non, répondit rapidement Melissa avec un regard plein de désarroi. Je veux dire, oui, ils vivent toujours là-bas, mais je n'ai pas envie d'y aller. Je peux trouver un hôtel près de mon bureau…

— Les hôtels n'accepteront pas Jasper.

Une image traversa soudain l'esprit d'Aaron. Il se vit en train de la conduire chez lui, de lui préparer un chocolat chaud et de la mettre sous les couvertures chaudes de son lit.

— Je trouverai un endroit, insista-t-elle tandis qu'il la voyait se mettre à réfléchir à toute vitesse en quête d'une solution à son problème.

— Tu pourrais t'installer chez mes parents. Ils ont un cottage qu'ils entretiennent pour des situations de ce genre. Et Jasper sera également le bienvenu.

Melissa le regarda en haussant les sourcils.

— Recueillent-ils beaucoup de personnes qui se retrouvent sans domicile après l'incendie de leur maison ?

— D'accord, peut-être pas pour des situations *exactement* similaires à celle-ci…

Jetant un coup d'œil à sa montre, Aaron constata qu'il était plus de 5 heures du matin. Matinaux, ses parents seraient déjà levés.

— Je vais passer un coup de téléphone à ma mère afin de la prévenir.

Il se tourna vers Perry.

— Est-ce que Mlle Draper peut monter à l'étage pour prendre quelques affaires ?

Le pompier détacha son regard du groupe électrogène réduit en cendres.

— Oui, aucun problème, répondit-il. Les dégâts à l'intérieur se limitent dans la cuisine. L'infrastructure de la maison ne semble pas avoir été touchée.

Comme Aaron posait une main sur l'épaule de Melissa, elle tressaillit de nouveau.

— Désolé.

— Ce n'est rien, dit-elle en évitant son regard.

— Et si tu allais récupérer quelques affaires ? Prends ce

dont tu auras besoin pour une semaine ou deux. Ensuite, je te conduirai à la marina.

— Je n'ai vraiment pas envie de déranger ta mère…

— Rendre ce genre de service est sa raison de vivre, assura-t-il avec fermeté.

Les yeux plissés, Melissa l'observa attentivement, comme si elle tentait de juger si oui ou non il disait la vérité. Après quelques instants, elle se détendit et hocha brièvement la tête. Calant le chien sous son bras, elle contourna la maison pour se diriger vers la porte d'entrée.

— A quoi diable es-tu en train de jouer ? demanda Blake dès qu'elle fut hors de portée de voix.

— De quoi parles-tu ?

— Depuis quand ramènes-tu des femmes chez tes parents ?

— C'est une vieille amie, rien de plus.

— Vous n'avez jamais été amis ! lança Perry par-dessus son épaule.

Blake se tourna vers le pompier en esquissant un large sourire.

— Je crois que Cooper s'est trouvé une nouvelle cible.

— Elle n'est pas vraiment son genre, mais peut-être a-t-il envie de changement.

Aaron s'éloigna et laissa les deux hommes derrière lui. Etait-ce vraiment ainsi que les gens le percevaient ? Y compris ses amis ? Certes, il avait passé de nombreuses années à considérer les femmes comme des conquêtes, surtout à l'époque où il jouait au football. Mais ce temps-là était révolu depuis longtemps. Le simple fait d'éviter les relations à long terme ne faisait pas de lui une sorte de prédateur.

Ou si ?

Chassant la question de son esprit, il sortit son téléphone portable de sa poche tandis qu'il arrivait devant la maison. Sa mère décrocha à la deuxième sonnerie.

— Bonjour, maman, c'est moi. J'ai besoin d'un service.

Comme il s'y était attendu, elle accepta avec joie d'héberger Melissa aussi longtemps que nécessaire.

Il n'eut pas à attendre longtemps avant de la voir franchir la porte d'entrée. Les deux sacs qu'elle portait paraissaient plutôt lourds. Tenu en laisse, Jasper tournait autour d'elle avec frénésie, menaçant de la faire trébucher.

D'un pas rapide, Aaron alla à sa rencontre pour l'aider. Lorsqu'elle leva la tête vers lui, il se rendit compte que ses yeux bleus étaient pleins de méfiance. Au même instant, le chien s'enchevêtra dans ses jambes et lui fit perdre l'équilibre.

Aaron l'attrapa par la taille afin de la remettre d'aplomb. Le souffle chaud de Melissa sur son cou le submergea d'une surprenante vague de désir.

— Hé ! Aaron !

La voix de Blake qui venait d'apparaître sur le côté de la maison rompit le charme.

— Nous avons trouvé quelque chose.

— Je reviens tout de suite, lança Aaron à Melissa.

Lorsqu'il atteignit l'arrière de la maison, il ne fut pas surpris de constater qu'elle avait ignoré sa requête implicite de ne pas bouger.

— Le groupe électrogène semble avoir pris feu et avoir enflammé ce côté de la maison, expliqua Perry.

— Il ne s'agirait donc pas d'un incendie criminel, en fin de compte ?

— C'est l'impression que ça donne, mais ça ne signifie pas que c'est ce qui s'est produit.

Le pompier fit signe à Aaron de s'approcher davantage.

— Tu vois ces fils ? dit-il en braquant sa lampe électrique dessus.

Aaron suivit son geste et constata que la gaine du principal câble d'alimentation électrique avait brûlé, laissant exposés les fils carbonisés.

— Que suis-je censé voir exactement ?

— Les fils ont été sectionnés, répondit Perry. Si les flammes n'avaient pas détruit la gaine, tu serais en mesure de voir l'entaille plus distinctement.

Aaron sentit Melissa le saisir par le bras. Lorsqu'il se tourna vers elle, il la trouva en train de le regarder, son visage extrêmement pâle dans la lueur des lampes électriques des pompiers. Bien qu'ayant l'air effrayé, elle ne semblait pas surprise, constata-t-il avec étonnement.

Perry s'éclaircit la voix puis annonça :

— Cet incendie a été déclenché de manière intentionnelle.

2

Sentant tous les regards fixés sur elle, Melissa eut tout à coup la chair de poule. Dans son travail, elle était habituée à être un joueur de second plan, l'abeille ouvrière déterminée qui s'assurait en coulisse que tout était fait mais restait à l'écart des projecteurs quand venait le temps des accolades. Elle ignorait de quelle manière elle était censée réagir et ce qu'elle pouvait faire pour atténuer les soupçons manifestes de l'officier Clayton ou la curiosité tout aussi évidente de Perry.

Elle faillit leur crier que ce n'était pas elle qui avait allumé l'incendie puis elle réalisa qu'une dénégation la ferait paraître encore plus coupable que si elle gardait le silence.

Aaron Cooper parla le premier.

— As-tu une idée de la raison pour laquelle quelqu'un viendrait mettre le feu chez toi ?

Melissa fut soulagée de trouver son expression dénuée de soupçons.

— Aucune.

Elle n'était pas le genre de personne qui suscitait des passions meurtrières. Depuis la faculté de droit, elle n'avait eu aucun petit ami, n'avait jamais eu d'aventure avec un homme marié, ni été mêlée à aucune affaire louche. Elle n'était qu'une simple avocate, employée dans un petit cabinet d'une petite ville d'Alabama.

Et qui défendait également des femmes battues par les hommes qui partageaient leur vie.

— Tu sais quelque chose, observa Aaron qui avait dû saisir un changement dans son expression.

Melissa se sentit gagnée par un mélange de colère et d'inquiétude. Avait-elle suscité des passions meurtrières à cause de son travail *pro bono* ? Chez des hommes au tempérament explosif et aux tendances violentes ?

— Non, répondit-elle.

Aussitôt, elle vit apparaître dans l'expression d'Aaron la pointe de soupçon qu'elle avait redouté d'y voir.

Elle ne pouvait pas lui parler de son travail *pro bono.* En le faisant, elle exposerait ses clientes, et que des policiers viennent mettre le nez dans leur passé était la dernière chose dont ces femmes avaient besoin. Par ailleurs, l'incendie n'avait causé que des dégâts mineurs.

— Vous avez dit avoir aperçu quelqu'un à l'extérieur de votre maison, intervint l'officier Clayton, le scepticisme suintant dans chacune de ses paroles.

— Quoi ? demanda Aaron en se tournant vers lui.

— Je n'arrivais pas à déverrouiller la porte d'entrée, expliqua Melissa, contente de pouvoir se focaliser sur un détail qui pourrait aider l'enquête.

Même si elle avait eu de nombreuses occasions d'affiner son savoir-faire dans ce domaine, elle détestait mentir.

— J'ai vu passer une ombre devant la fenêtre, et elle a disparu comme si quelqu'un tournait à l'angle du porche.

— Que s'est-il passé quand tu es sortie ? s'enquit Aaron.

— Je n'ai vu personne. En revanche, j'ai remarqué une brindille enfoncée dans la serrure de la porte d'entrée depuis l'extérieur.

— Nous ne savons pas encore si cet élément est réellement lié à l'incendie. Hier soir, nous avons reçu plusieurs appels à propos d'incidents similaires, l'informa Blake.

L'un des plaignants a raconté avoir vu des adolescents en train de s'enfuir en courant, juste avant de découvrir ce qu'ils avaient fait.

— Peut-être ont-ils décidé de passer à quelque chose de plus destructeur.

— L'écart est plutôt grand, d'une farce insignifiante à une tentative de meurtre, fit remarquer Blake.

— Je ne suis pas psychologue, répliqua Aaron. Mon travail n'est pas de comprendre ce qui peut pousser de pauvres types à commettre un crime, mais d'apporter la preuve qu'ils l'ont fait.

— Peut-être que leur idée de couper l'électricité était une simple farce et qu'ils ont accidentellement fait une étincelle qui a enflammé le reste d'essence se trouvant dans le groupe électrogène ?

— Quelle quantité d'essence y avait-il ? voulut savoir Perry.

Tout en se tournant vers lui, Melissa se demanda quand le clown de la classe dont elle se souvenait était devenu ce pompier au visage sérieux qui l'observait avec un profond scepticisme.

— Je crois qu'il n'en restait pas beaucoup, répondit-elle. Juste un fond. J'avais pratiquement épuisé la réserve la dernière fois que je me suis servie du groupe électrogène et je ne refais généralement pas le plein jusqu'à ce que j'en aie besoin.

Perry regarda Aaron.

— Nous avons trouvé des traces d'accélérant, probablement de l'essence. L'équipe d'enquête d'incendies criminels de l'Etat pourrait nous en dire davantage. Devons-nous les contacter ?

Le regard d'Aaron passa du pompier à Melissa.

— Oui, dit-il. Appelons-les.

Le cœur de Melissa se serra.

— Inutile d'enquêter sur cet incendie. Personne n'a été blessé, et je n'ai même pas l'intention de faire une déclaration de sinistre. Laissons simplement tomber, d'accord ?

Du cynisme pur remplaça la compassion sur le visage d'Aaron.

— Tu es avocate, non ? Donc, tu sais que c'est impossible.

Melissa craignait qu'il ne dise ça.

— Bien. Alors enquête…, marmonna-t-elle.

Elle resserra ses bras autour de Jasper, qui s'était remis à gémir, avant d'ajouter :

— Remercie ta mère pour son offre, mais je crois qu'il vaut mieux que je me trouve une chambre dans un hôtel.

Aaron l'empoigna par le bras tandis qu'elle commençait à se retourner. Il la tenait si fermement qu'il lui faisait presque mal.

— L'offre tient toujours.

Avec un regard noir, Melissa se dégagea. Que s'imaginait-il ? Que maintenant qu'il la considérait comme suspecte, il pouvait la malmener à sa guise ? Peut-être voulait-il qu'elle s'installe chez ses parents pour pouvoir plus facilement garder un œil sur elle ?

Peu importait. A ce stade, elle était tellement fatiguée et stressée qu'elle n'aurait même pas protesté s'il avait suggéré qu'elle porte un bracelet électronique à la cheville afin de pouvoir suivre à la trace le moindre de ses déplacements. Elle n'avait qu'une envie : prendre une douche bien chaude pour se débarrasser de la suie qui la recouvrait, puis se glisser dans un lit douillet et dormir pendant une semaine.

— Est-ce qu'on peut partir, maintenant ? demanda-t-elle d'un ton impatient.

— Oui.

La voix grave d'Aaron ne contenait plus aucune trace

de la douceur d'avant. Il était manifestement en colère contre elle et pas d'humeur à faire semblant d'être courtois.

Tandis qu'elle commençait à remonter l'allée afin d'aller récupérer ses sacs, Aaron l'arrêta.

— Je vais m'en occuper. Va m'attendre dans le pick-up bleu.

Il sortit un jeu de clés de sa poche et appuya sur un bouton pour déverrouiller les portières. Des lumières clignotèrent au bout de l'allée.

— J'aimerais mieux prendre ma voiture, répliqua Melissa, sentant la contrariété la submerger.

— Tu es fatiguée et tu trembles, répondit-il avec un regard un peu radouci. Conduire est la dernière chose dont tu aies besoin. Je chargerai un officier de l'amener à la marina demain.

Consciente qu'il y avait des batailles plus importantes que celle-ci, Melissa céda et traversa en traînant des pieds la pelouse recouverte de givre en direction de l'énorme pick-up bleu.

Après avoir déposé Jasper sur la banquette arrière, elle s'installa sur le siège passager et referma la portière. Il faisait chaud dans le véhicule et il y flottait une odeur épicée, légèrement masculine.

« Comme Aaron Cooper », murmura une voix d'adolescente perfide dans sa tête.

Melissa remonta ses jambes contre elle et posa son menton sur ses genoux. A travers le pare-brise, elle regarda Aaron soulever ses sacs comme s'ils étaient des boîtes à sandwichs. Il avait peut-être laissé sa carrière de joueur de football derrière lui, mais il avait toujours un corps bien entretenu, nota-t-elle à contrecœur.

Quel dommage qu'il soit un tel tyran !

Lorsqu'il s'installa au volant, il observa un instant sa passagère en silence.

La suspicion contenue dans son regard disparut alors pour laisser place à la compassion. Il retira sa grosse veste en cuir marron et la lui tendit.

— Tiens, enfile ça. Et attache ta ceinture de sécurité.

Melissa s'exécuta sans rechigner. Perdue dans la veste trop grande pour elle, elle se laissa envelopper par la même odeur que celle qui remplissait la cabine du pick-up et retint sa respiration comme pour la garder en elle l'espace d'un instant. Elle avait l'impression d'être de nouveau cette adolescente de seize ans, timide et éprise de la star de football du lycée qui ne savait même pas qu'elle existait.

Un rapide coup d'œil au profil de marbre d'Aaron Cooper la ramena à la réalité. Elle était temporairement sans domicile, à moitié gelée et apparemment suspecte numéro un dans une affaire d'incendie criminel.

Merveilleux ! songea-t-elle.

— Me crois-tu vraiment capable de mettre le feu à ma propre maison alors que mon chien et moi nous trouvons à l'intérieur ? demanda-t-elle soudain.

Aaron lui lança un regard en coin.

— Je crois que tu ne me dis pas tout.

— Ce n'est pas ce que je t'ai demandé.

Il haussa les épaules.

— Je ne supporte pas les mensonges.

— Je n'ai pas menti.

De nouveau, il regarda dans sa direction.

— Pourquoi vouliez-vous que nous laissions tomber l'enquête, mademoiselle Draper ?

Son ton formel et froid la piqua au vif. Pourtant, cela n'aurait pas dû. Après tout, ils n'étaient que des étrangers l'un pour l'autre. S'être croisés dans les couloirs d'un lycée et avoir eu quelques cours en commun ne constituaient pas les bases d'une amitié.

De toute façon, elle ne voulait pas d'Aaron Cooper

comme ami. Elle avait connu beaucoup trop d'hommes dans sa vie qui ne savaient pas garder leurs mains — ou leurs poings — dans leurs poches.

Elle tourna la tête vers sa vitre sans répondre.

— Voilà qui conclut ma plaidoirie, fit Aaron.

Melissa ravala une protestation. Tout ce qu'elle pourrait dire pour sa défense ne ferait que piquer davantage son intérêt. Tôt ou tard, il allait finir par découvrir qu'elle traitait des affaires *pro bono* en dehors de son travail au cabinet. Néanmoins, plus il mettrait de temps à l'apprendre, plus elle aurait de temps pour avertir ses clientes que l'enquête risquait de se diriger vers elles.

Par ailleurs, peut-être que, si elle parvenait à découvrir parmi les hommes violents qui l'avaient menacée au cours des deux dernières années celui qui avait déclenché l'incendie, elle pourrait transmettre l'information à Aaron et mettre un terme à cette pagaille sans qu'il ait à déranger ces femmes.

Ces dernières avaient vécu un enfer pendant des années avant de parvenir à s'en échapper. Qu'un policier vienne mettre son nez dans leurs affaires et leur fasse revivre cette épreuve était la dernière chose dont elles avaient besoin.

En milieu de matinée, la journée s'était réchauffée. Le salon du cottage était douillet et chaud, le soleil projetant par les fenêtres une lueur dorée sur le mobilier simple. Aaron dut combattre une forte envie de s'étendre sur le sofa et de faire une sieste.

Peu après leur arrivée, Melissa et son chien avaient disparu dans l'une des chambres. Elle était restée éveillée juste assez longtemps pour prendre une douche rapide et avaler le petit déjeuner composé d'œufs et de toasts que Beth, la mère d'Aaron, leur avait préparé.

Lorsque Melissa était allée se coucher, Beth était restée quelques minutes pour parler à son fils, s'informant de l'essentiel de la situation grâce à quelques questions bien ciblées.

— Tu ne crois pas sérieusement que cette pauvre fille a tenté d'incendier sa propre maison ?

Le ton de sa mère avait donné à Aaron l'impression que seul un type horrible aurait pu envisager cette éventualité ne serait-ce qu'une seconde.

Il avait été soulagé d'admettre que ce n'était pas le cas. Cependant, il s'était gardé de lui confier son sentiment sur le fait que Melissa connaissait l'identité du coupable.

Quand Perry leur avait annoncé que l'incendie avait été déclenché délibérément, ce n'était pas le choc qu'il avait lu sur son visage, mais la peur. Une peur mêlée d'une sorte de fatalisme, comme si elle s'était attendue à ce qu'une telle chose se produise.

Aussi, après avoir appelé son capitaine afin de lui faire son rapport, Aaron avait commencé à se demander pour quelle raison Melissa n'avait pas été surprise d'apprendre qu'une personne avait tenté de la tuer.

Dès qu'il entendit s'ouvrir la porte de la chambre au fond du couloir, il s'empressa d'afficher une expression calme et professionnelle. Il attendit que Melissa arrive dans le salon pour se tourner vers elle.

Pendant un instant, il eut le souffle coupé. Malgré le battement fort de son cœur, il se força à respirer lentement et posément.

Elle avait revêtu un jean délavé juste assez moulant pour révéler une jolie paire de jambes, et un T-shirt gris ample qui dissimulait trop le reste de son corps pour qu'il puisse avoir une idée de ce à quoi il ressemblait. Malheureusement pour lui, son esprit paraissait déterminé à remplir les blancs tout seul.

— Je ne pensais pas te trouver encore là, dit-elle d'une voix un peu ensommeillée.

Aaron eut du mal à ne pas se focaliser sur la légère odeur de ses cheveux encore un peu humides ou la manière dont ses lèvres entrouvertes révélaient une rangée de dents blanches parfaites.

Bon sang ! Il réagissait comme un pauvre type frustré qui n'avait pas eu de relation sexuelle depuis une décennie, réalisa-t-il. Ce qui ne lui ressemblait définitivement pas. Qu'est-ce qui ne tournait pas rond chez lui ?

Il appréciait les femmes tenaces, passionnées, qui adhéraient comme lui à l'idée d'une relation sans promesses et sans regrets. Il ne jouait pas avec le cœur de celles qui avaient l'air aussi fragiles que Melissa Draper.

Elle avait dit quelque chose, se rappela-t-il tandis qu'il tentait de rassembler ses pensées éparpillées.

— J'ai décidé de travailler ici, répondit-il enfin, consterné par l'hésitation dans sa voix.

Reportant son attention sur les notes qu'il était en train de prendre pour le rapport qu'il rédigerait dès son retour au bureau, il ajouta :

— Je me suis dit que j'allais attendre jusqu'à ce que tu te lèves.

— Je suis levée, fit-elle remarquer.

— Essaies-tu de te débarrasser de moi ?

Melissa lui lança un regard étrange et alla s'asseoir avec raideur dans le fauteuil situé en face lui. Elle paraissait nerveuse, nota-t-il, mais il doutait que cela ait un quelconque rapport avec les secrets — quels qu'ils soient — qu'elle gardait.

— Est-ce que ma voiture est là ?

Aaron fronça les sourcils.

— Tu ne songes tout de même pas à t'en aller ?

— Suis-je en état d'arrestation ? demanda-t-elle d'un air renfrogné.

— Tu n'es pas en état d'arrestation.

— Pas encore.

Agacé, Aaron pinça les lèvres. Qu'elle se montre aussi entêtée et agressive l'irritait, tout comme l'agaçait la manière dont son cœur battait la chamade uniquement parce qu'elle était assise assez près pour qu'il puisse sentir son odeur d'eau et de savon à chaque respiration.

A cause de sa récente promotion, son dernier rendez-vous galant remontait à un certain temps, car il avait eu beaucoup de travail à effectuer sur des affaires en cours. De toute évidence, il fallait qu'il remédie à ce problème le plus tôt possible.

Curieusement, il avait de plus en plus de difficultés à trouver des femmes qui suscitent réellement son intérêt. N'était-ce pas ça le cœur du problème, plutôt que le manque de temps ?

Il se demanda dans quelle mesure son comportement était influencé par les quatre mariages survenus au sein de sa famille au cours des trois dernières années. En apparence, ils semblaient tous heureux et avaient été suffisants pour le pousser à examiner de plus près la manière dont il avait choisi de vivre sa vie.

Au bout du compte, il en était arrivé à la conclusion que l'amour véritable et durable — comme celui que partageaient ses parents — n'était pas la règle, mais l'exception. Il avait vu des gens se détruire mutuellement au nom de l'amour.

Il avait vu des gens se détruire eux-mêmes…

— Est-ce que ma voiture est ici, oui ou non ?

Le ton impatient de Melissa l'interrompit dans ses pensées.

— Elle est garée devant, répondit-il avec un grognement. L'officier Clayton l'a laissée il y a environ une heure. Tu es libre d'aller où tu veux, tant que tu restes dans les parages. Nous aurons encore des questions à te poser.

Aaron attrapa son téléphone et son bloc-notes et les fourra dans la poche de sa veste en cuir qui sentait encore la fumée et lui rappelait de quoi Melissa avait l'air, plus tôt dans la matinée, installée dans son pick-up, avec ses grands yeux bleus et sa bravade hésitante. Il fallait absolument qu'il passe chez lui pour se changer, décida-t-il, sans quoi il ne réussirait pas à se concentrer sur son travail de toute la journée.

— Tu pars ?

Elle le suivit jusqu'à l'entrée.

Marquant une pause devant la porte, Aaron se retourna et fut surpris de la trouver aussi près de lui.

— Je dois rédiger le rapport et jeter un coup d'œil à d'autres affaires en cours. Si tu as besoin de quoi que ce soit, appelle-moi.

Il se pencha en avant, en s'efforçant de se convaincre que ce n'était pas pour prendre une autre bouffée de son odeur capiteuse, et ajouta :

— Et si tu te rappelles soudain qui peut vouloir te faire du mal, tu sais où me trouver.

Les yeux de Melissa, remplis de secrets, affrontèrent les siens avec assurance. Comme elle ne répondait pas, il se força à se retourner et sortit.

Dès qu'il fut dans son pick-up, Aaron inspira longuement et profondément à plusieurs reprises. Puis il sortit son téléphone portable de sa poche, composa le numéro du cabinet d'avocats Betancourt, à Maybridge, et demanda à parler à Tina Lewis, une avocate avec qui il était sorti quelques mois plus tôt.

— Salut, Tina, c'est Aaron, dit-il quand elle décrocha. Est-ce que tu es libre demain soir ?

***

Carter Morgan, le patron de Melissa, insista pour qu'elle prenne sa journée.

— Vous devez probablement vous occuper d'un million de choses. Où avez-vous passé le reste de la nuit ? A votre domicile ?

— Je me suis installée chez un ami, au bord du lac Gossamer.

Melissa jeta un coup d'œil à Jasper qui gémissait légèrement devant la porte d'entrée du cottage.

— Etes-vous certain de ne pas avoir besoin de moi au cabinet ? Vu qu'Alice est absente cette semaine, vous allez être en sous-effectif.

En son for intérieur, elle adjura Carter de dire oui. Passer la journée au cottage à attendre qu'Aaron décide finalement de l'arrêter la rendrait folle.

— Aucune de vos affaires ne passe en jugement cette semaine. Prenez plusieurs jours, si vous en avez besoin, insista-t-il d'un ton presque paternel. Vous serez fraîche et dispose lorsque vous reviendrez lundi.

— Je serai là demain, décréta Melissa.

Avec un grognement de frustration, elle raccrocha. Elle allait devoir trouver un autre moyen de se distraire que le travail.

A moins que… Elle pourrait s'occuper de certaines de ses affaires *pro bono* en cours, songea-t-elle. Il y avait deux cas de garde d'enfants en instance, et l'une de ses clientes avait récemment obtenu une ordonnance restrictive contre son petit ami. Elle pourrait l'appeler afin de s'assurer qu'il obtempérait.

Elle s'apprêtait à le faire lorsque Jasper sauta sur ses genoux.

— Je parie que tu as envie de sortir, dit-elle en le grattant derrière les oreilles.

Elle le reposa par terre et glissa son téléphone dans la poche de son jean.

Midi approchant, il faisait assez chaud dehors pour que le cardigan qu'elle avait enfilé soit suffisant pour qu'elle n'ait pas froid. Elle s'apprêtait à s'installer dans le rocking-chair de bois installé sur le porche pour passer le reste de ses appels quand Jasper se mit à japper en remuant gaiement de la queue.

Il fallut quelques secondes à Melissa pour apercevoir la jolie jeune femme qui remontait le chemin menant au cottage avec un bébé appuyé sur sa hanche.

Elle la reconnut instantanément. Il s'agissait de la sœur d'Aaron, Hannah. Cette dernière était quelques classes en dessous d'elle au lycée. Comme son frère, elle évoluait dans un cercle social différent du sien, mais le souvenir qu'avait Melissa de la plus jeune des enfants Cooper était positif.

Bien que plus petite et beaucoup plus féminine, Hannah ressemblait beaucoup à Aaron. Tous deux avaient les mêmes cils bruns ridiculement longs et la même curiosité. Sa mâchoire carrée était aussi clairement un trait caractéristique de la famille Cooper.

— Bonjour, Melissa, lança-t-elle avec un sourire jovial en ignorant les aboiements de Jasper. Je ne sais pas si vous vous souvenez de moi, je suis Hannah Cooper — Patterson aujourd'hui. La sœur d'Aaron.

— Je me souviens de vous, oui. Bonjour, Hannah.

Melissa fut surprise de se sentir immédiatement à l'aise avec elle.

— Et lui, c'est Cody, reprit Hannah en indiquant le bébé qu'elle tenait dans ses bras.

— Il est adorable.

Hannah s'apprêtait à poursuivre la discussion lorsque le téléphone portable de Melissa se mit à sonner. S'excusant rapidement, cette dernière se hâta de décrocher.

— Melissa Draper.

— Bonjour, Melissa, Dinah Harris à l'appareil.

Il s'agissait de l'une de ses clientes, dont le mari avait un caractère extrêmement violent. Quelques mois plus tôt, elle l'avait aidée à obtenir une ordonnance restrictive contre lui.

— Bonjour, Dinah. Est-ce qu'il y a un problème ?

— J'ai besoin de vous parler. Pourriez-vous passer chez moi avant midi ?

Même si rien de ce qu'elle disait n'était source de préoccupation, Dinah semblait tendue et inquiète, et Melissa n'aimait pas ça.

— Je pars tout de suite, lui dit-elle avant de raccrocher.

— Est-ce que tout va bien ? demanda Hannah.

— Une de mes clientes a besoin de me voir. Elle paraît préoccupée. Il faut que je m'en aille, mais cela m'ennuie de laisser Jasper tout seul.

— Confiez-le-moi. Cody et moi allons l'emmener rendre visite à mes parents, à la boutique de pêche. Il va adorer.

Joignant le geste à la parole, Hannah tendit la main pour prendre la laisse.

— Vous êtes sûre que ça ne vous dérange pas ? demanda Melissa.

— Certaine, répondit Hannah d'un air sincère avant d'emmener le chien en direction de la marina.

Jasper s'éloigna en trottant à côté d'elle sans même un regard en arrière.

— Traître ! s'exclama Melissa avec un large sourire.

Lorsqu'elle s'installa au volant de sa Volkswagen, son sourire avait disparu.

L'inquiétude dans la voix de Dinah ne signifiait peut-être rien, mais si Terry Harris était de retour dans sa vie, la situation pourrait bien mal tourner.

3

— Melissa Draper est blanche comme neige, annonça Riley Patterson, beau-frère et collègue d'Aaron tandis qu'il lui tendait le dossier. D'après son agent d'assurances, elle a à peine assez de couverture sur la maison pour payer les réparations. Elle n'a jamais semblé être le genre de personne qui cherche à attirer l'attention, et elle ne paraît pas avoir le moindre mobile pour mettre le feu à sa propre maison.

Aaron en était arrivé à la même conclusion. Il semblait plus vraisemblable qu'une autre personne ait déclenché l'incendie, mais de qui pouvait-il bien s'agir ? Et pourquoi ? Les éléments qui faisaient de Melissa Draper une suspecte improbable dans une affaire d'incendie criminel faisaient également d'elle une victime improbable.

Néanmoins, il restait persuadé qu'elle en savait plus qu'elle ne voulait l'admettre, et il était temps de lui demander une bonne fois pour toutes ce qu'elle lui dissimulait.

Aaron prit son téléphone et composa le numéro du cottage. Après cinq sonneries, le répondeur se mit en marche. Réprimant un juron, il laissa un message.

— Est-ce que son numéro de portable est dans le dossier ? demanda-t-il à Riley.

— Vérifie sa déposition.

Après quelques minutes, Aaron trouva ce qu'il cherchait

et réessaya de la joindre. Tombant sur son répondeur, il laissa un second message et raccrocha en maugréant.

— Peut-être qu'elle est allée à la boutique de pêche, suggéra Riley.

Aaron décida de faire une tentative. Hannah répondit à la deuxième sonnerie.

— Marina Cooper Cove.

— Salut, petite sœur, est-ce que Melissa Draper est là ?

Il savait qu'il n'aurait pas besoin d'expliquer sa requête. Dès que Hannah avait franchi la porte de la boutique, sa mère s'était certainement empressée de tout lui raconter au sujet de son invitée.

— Elle a quitté le cottage il y a environ vingt minutes, après avoir reçu un appel d'une cliente.

Une cliente ? Avait-elle décidé de travailler aujourd'hui ? s'interrogea Aaron.

— Elle paraissait préoccupée, quand elle est partie, poursuivit Hannah. Même si elle a tenté de le dissimuler, l'appel a complètement changé son humeur.

Une pointe d'inquiétude noua l'estomac d'Aaron. Et si le coup de téléphone était lié au secret qu'elle gardait à propos de l'incendie criminel ?

— Si jamais elle téléphone ou revient, préviens-moi immédiatement. Dis à maman et papa de faire de même.

— Est-ce qu'elle a des ennuis ?

— Probablement pas, répondit-il.

Le manque de conviction était perceptible dans sa voix.

Dès qu'il eut raccroché, il appela le Central et leur demanda d'intercepter tout appel provenant du téléphone portable de Melissa, ainsi que du numéro de son domicile, et de l'en informer.

— Viens jeter un coup d'œil là-dessus, l'interpella Riley depuis son bureau.

Aaron traversa la pièce pour rejoindre son beau-frère.

Par-dessus son épaule, il regarda le rapport de police affiché sur l'écran d'ordinateur qui provenait des archives du département et concernait une plainte pour violences conjugales datant de quelques années.

— C'est le troisième rapport similaire sur lequel je tombe, expliqua-t-il. Trois plaintes pour violences conjugales, trois appels de Melissa Draper.

Et trois couples différents impliqués, constata Aaron tandis que son beau-frère lui montrait les autres rapports. Melissa n'était jamais inscrite en tant que victime, mais comme la personne ayant signalé les faits.

— Etrange…, murmura-t-il.

— Tu as dit qu'elle était avocate ?

— En effet. Droit des entreprises — contrats, procurations…

— Peut-être qu'elle travaille sur des affaires *pro bono* en dehors du cabinet.

Riley se leva et se dirigea vers le meuble de rangement le plus proche, fouillant le tiroir du haut avant d'en extirper un dossier dont il parcourut rapidement le contenu.

— Je savais bien que son nom m'était familier ! s'exclama-t-il soudain. Elle représentait une victime de mauvais traitements dans une affaire sur laquelle j'ai enquêté à l'automne dernier, une des premières après que je sois passé enquêteur.

Il tendit le dossier à Aaron.

— Je l'ai rencontrée avant le procès. Elle paraissait sympathique, du genre plutôt calme. Mais bon sang, quand cette ordure est venue à la barre, elle s'est transformée en tigresse et n'en a fait qu'une bouchée ! On aurait dit qu'elle en faisait une affaire personnelle. Je sais que certains avocats travaillent bénévolement pour des causes qui les touchent. La cliente qu'elle est allée voir pourrait donc être une femme battue…

Aaron fronça les sourcils. Là où il y avait des femmes battues, il y avait des hommes violents.

Avec une inquiétude renouvelée, il tenta une nouvelle fois de joindre Melissa sur son téléphone portable. Sans succès.

Il commençait à avoir un très mauvais pressentiment.

Melissa sentit son téléphone vibrer contre sa hanche tandis qu'elle montait les marches du porche de Dinah Harris. C'était le second appel en moins de dix minutes, et qui provenait du même numéro. Ne le reconnaissant pas, elle laissa le répondeur prendre le message tandis qu'elle frappait à la porte.

D'ordinaire, les deux fils de Dinah faisaient la course pour être le premier à ouvrir. Aujourd'hui, la maison paraissait étrangement silencieuse.

Après quelques secondes, elle perçut un léger bruit de pas. Dinah ouvrit la porte et la dévisagea avec de grands yeux verts effrayés.

— Que se passe-t-il ?

Melissa fit un pas en avant et prit la main de sa cliente dans la sienne. Terry était-il revenu ? s'interrogea-t-elle.

— En… Entrez, j'ai préparé du thé.

Dinah l'attira dans son petit salon sommairement meublé. Ses yeux étaient agrandis par la crainte.

Melissa sentit ses poils se hérisser sur ses bras, tandis qu'un signal d'alarme résonnait dans sa tête. Elle n'eut pas le temps de faire un pas en arrière que quelqu'un surgit de derrière la porte et lui empoigna le bras avec force.

— Content que tu aies pu te joindre à nous, espèce de garce ! murmura Terry Harris à son oreille.

Le cœur de Melissa se mit à battre follement tandis qu'une vague de terreur pure se répandait dans ses veines.

D'un mouvement brusque, elle tenta de se libérer, mais il ne fit que resserrer ses doigts violemment autour de son bras, avant de l'attirer dans la cuisine avec un grognement.

Au fond d'elle, Melissa avait toujours su qu'un jour comme celui-ci arriverait. D'une certaine manière, elle s'y était préparée depuis des années : cours d'autodéfense, thérapie pour se construire une endurance émotionnelle afin de savoir gérer les confrontations ; elle avait même suivi des cours de profilage criminel pour avoir la tension mentale nécessaire dans le cas où elle se trouverait dans une situation dangereuse.

Hélas ! aucune technique ne permettait de maîtriser les poussées d'adrénaline ou d'effacer les souvenirs parfois paralysants qui submergeaient à présent son esprit avec une dose vénéneuse de peur à l'état brut.

Terry la poussa contre le mur à côté du frigo. Au moment de l'impact, une douleur vive lui traversa la poitrine. Ne lui laissant pas le temps de faire plus que grimacer de douleur, il avança vers elle jusqu'à ce que son visage ne soit qu'à quelques centimètres du sien. Son souffle fétide était empreint d'alcool et d'un soupçon de marijuana. La taille énorme de ses pupilles, de grandes mares noires bordées seulement d'une lamelle de bleu, laissait soupçonner qu'il pouvait être sous l'emprise d'amphétamines.

— Pas étonnant qu'une garce qui fourre son nez partout n'ait pas d'homme à elle. Qui voudrait de toi ? Mais ça ne te donne aucun droit de venir te mêler de nos affaires, à Dinah et moi.

— Vous avez raison, Terry. Je vais simplement m'en aller maintenant, d'accord ? J'ai bien reçu le message.

Gardant un ton raisonnable, Melissa s'efforça de rester calme et concentrée. Elle essaya de se faufiler sur le côté pour se libérer quand il tendit brusquement le bras devant elle, lui coupant le passage.

— Terry, s'il te plaît, arrête…

Au moment où Dinah attrapa le bras de son mari, ce dernier se tourna brusquement et la frappa du revers de la main. Avec un cri, elle trébucha en arrière et heurta le bord de l'évier.

— Ferme-la et laisse-moi m'occuper de ça !

Il se retourna brusquement vers Melissa. De sa grosse main rêche, il lui empoigna le cou et la cloua au mur.

Elle était figée sur place, son pouls grondant dans ses oreilles. Ses jambes tremblaient furieusement tandis qu'elle tentait de demeurer complètement immobile, consciente qu'aucun argument ne parviendrait à atteindre un homme sous l'emprise de la drogue et de la rage. Néanmoins, si elle arrivait à l'empêcher de la tuer au cours des prochaines minutes, elle aurait peut-être une occasion d'utiliser la petite bombe de gaz poivre qui se trouvait dans la poche de sa veste.

Elle tremblait tellement qu'il lui fallut quelques secondes pour réaliser que la vibration contre sa hanche provenait de son téléphone portable. Ça la démangeait de l'attraper et de répondre à l'appel, mais, tant que Terry la regardait, elle n'osait pas faire le moindre mouvement.

Lorsqu'il tourna enfin la tête pour vérifier où se trouvait Dinah — craignant sans doute qu'elle tente quelque chose contre lui pendant qu'il lui tournait le dos —, son inattention procura à Melissa l'opportunité dont elle avait besoin.

Glissant la main dans sa poche, elle appuya sur une touche de son portable pour renvoyer l'appel à la personne qui venait de lui téléphoner, puis elle referma ses doigts autour de la bombe de gaz avant que Terry ne reporte brusquement son attention sur elle et ne recommence à lui serrer la gorge.

Pendant une seconde, des taches noires se formèrent

devant ses yeux et elle n'entendit plus que son sang qui rugissait dans ses veines. Lorsqu'il desserra enfin les doigts, l'ouïe et la vue lui revinrent avec une acuité vertigineuse, accompagnées par une douleur vive au niveau de sa gorge meurtrie.

— Tu n'as pas d'homme pour t'enseigner comment fonctionnent les choses, hein ? Tu n'as aucun respect pour ce que nous sommes. Il faut qu'on gagne de l'argent pour pouvoir payer les factures et nourrir de sales gosses, pleurnichards et ingrats, ainsi qu'une femme bonne à rien et apathique qui vous traite comme une bête de somme.

Se retournant vivement vers son épouse, il se mit à l'insulter avec cruauté, relâchant légèrement la gorge de Melissa.

Elle bondit sur l'occasion et s'empressa de sortir la bombe de gaz de sa poche, puis la brandit devant elle, se tenant prête. Dès que Terry lui fit de nouveau face, elle lui pulvérisa le liquide brûlant en plein visage.

Glacé d'horreur, Aaron cramponnait fermement le volant. Dans le téléphone, au lieu de Melissa, il entendait une voix masculine étouffée cracher du pur venin, acerbe et cruel. La voix se mua soudain en un aboiement de douleur et il dut redresser le volant pour empêcher son pick-up de quitter la route.

Avec une panique croissante, il tendit l'oreille, s'efforçant de comprendre ce qu'il entendait. L'aboiement de douleur se transforma en hurlement atroce, ponctué par des bruits de pas, toujours étrangement assourdis. Le téléphone se trouvait-il dans la poche de Melissa ?

Pourquoi n'avait-elle encore rien dit ?

Au même instant, sa voix transperça le chaos.

— Où sont les enfants ?

Aaron sentit son estomac se nouer en percevant l'urgence dans sa voix râpeuse. Où était-elle ? Que se passait-il ? Etait-elle blessée ?

Et de quels enfants parlait-elle ?

— Partez, dit une autre femme d'une voix tremblante. Moi, je ne vais nulle part.

Riley avait raison. Melissa se trouvait avec une des victimes de mauvais traitements qu'elle représentait. Aaron tenta de se rappeler ce que Hannah lui avait dit à propos du coup de téléphone qu'elle avait reçu. D'après sa sœur, Melissa paraissait préoccupée mais pas paniquée.

Etait-elle entrée dans une maison en état de siège sans le savoir ?

Les hurlements de douleur continuaient à l'arrière-plan, derrière les murmures des deux femmes. Juste avant le premier cri, Aaron avait entendu une sorte de chuintement et il se demanda si Melissa s'était servie d'une bombe de gaz poivre.

Cela ralentirait peut-être son agresseur, mais ce ne serait pas suffisant pour l'arrêter lorsque la première vague de brûlure s'apaiserait. Elle devait sortir de là, et vite.

Un soudain fracas dans le téléphone fit faire un bond à son cœur.

Il y eut un bruit sourd, suivi d'un halètement provenant sans doute de Melissa, mais Aaron n'avait aucun moyen d'en être sûr. Les cris de l'homme n'avaient pas semblé se rapprocher.

Cet arrière-fond sonore disparut soudain, remplacé par des bruits de pas, comme si quelqu'un courait. Puis il y eut un fort bruissement dans le téléphone, suivi de la voix essoufflée de Melissa.

— Appelez la police ! Il y a une agression en cours au 223 Old Borland Road, à Gossamer Ridge.

— Est-ce que tu es sortie de là ? demanda Aaron, le cœur battant à tout rompre. Melissa ?

— Aaron ? dit-elle.

Une portière s'ouvrit et se referma en claquant. Puis il y eut un léger bruit sec.

— Je suis dans ma voiture. Portières verrouillées.

Tout au soulagement qui l'avait envahi, Aaron réalisa tout à coup qu'Old Borland Road se trouvait à environ trois minutes de l'endroit où il était. Il écrasa l'accélérateur.

— Est-ce que tu vas bien ? Que s'est-il passé ?

— Je vais bien. Contente-toi de venir ici. Je t'attendrai à l'embranchement de la grande route. Tu vas avoir besoin de renforts.

Aaron prit la radio et signala sa position au Central. Il entendit Melissa démarrer.

— Il me faut deux voitures, précisa-t-il. Et demandez à Riley Patterson de me rejoindre sur les lieux.

La voix de Melissa retentit dans le téléphone, contre son oreille.

— Dis-leur de s'arrêter à l'embranchement.

Il ajouta cette instruction à son appel avant de s'adresser de nouveau à Melissa.

— Qu'avons-nous besoin de savoir d'autre ?

Succinctement, elle lui raconta ce qui s'était passé. A son essoufflement et à sa voix tremblante, Aaron devinait qu'elle était légèrement en état de choc.

— Est-ce qu'il t'a frappée ?

— Non. Il… il m'a un peu malmenée, mais je vais bien.

— Je vais faire venir une ambulance afin qu'on t'examine.

— C'est inutile, je n'ai rien, assura Melissa. Je suis bien plus inquiète au sujet de Dinah et des enfants.

— Combien d'enfants ?

— Deux garçons, cinq et sept ans. Mais je ne les ai pas vus quand je me trouvais dans la maison.

— Harris s'est-il jamais montré violent avec eux ?

— Pas jusqu'à aujourd'hui. Il a toujours réservé ses coups à son épouse, mais ils auraient dû être là. Dinah n'aime pas les confier à d'autres gens. Elle craint que son mari n'essaie de les lui prendre.

La peur de Melissa était contagieuse. A mesure qu'elle parlait, l'esprit d'Aaron se remplissait d'images qui lui donnaient la nausée.

— As-tu vu le moindre signe de lutte ? Ou des traces de sang ? Je suis désolé de te demander ça, mais nous devons savoir dans quoi nous mettons les pieds.

Le bruit du moteur de la Volkswagen s'arrêta soudain et il y eut un silence presque parfait à l'autre bout de la ligne.

— Melissa ?

— Je n'ai rien vu, répondit-elle à voix basse. Et je n'ai rien… entendu. Dinah avait l'air si vaincue… Comme si elle renonçait. Elle n'a même pas répondu à ma question à propos des enfants.

Une chose à la fois, décida Aaron en repoussant les images sombres de son esprit.

— Faisons d'abord sortir Harris de cette maison. Ensuite, nous nous occuperons de trouver les enfants.

Au même moment, il entendit les sirènes au loin, et vit l'embranchement d'Old Borland Road se dessiner au bout de la grande route.

— Je suis presque arrivé, Melissa. Et les renforts sont en chemin. Est-ce que tu entends les sirènes ?

— Oui, dit-elle d'une voix tremblante.

Il se gara devant sa voiture, coupa le contact et s'empressa de sortir du pick-up.

Melissa ouvrit sa portière avant qu'il n'arrive à sa hauteur et descendit de voiture en trébuchant légèrement.

En découvrant les vilaines marques violettes sur sa gorge et la pâleur de son visage commotionné, Aaron retint sa respiration.

L'air hagard, elle riva son regard au sien pendant un instant, puis elle se jeta dans ses bras.

— Je n'ai ni vu ni entendu les enfants, répéta Melissa.

Debout à côté d'elle, Aaron avait mis une main sous son coude pour la soutenir, bien qu'elle se soit arrêtée de trembler peu après s'être jetée contre lui, quelques minutes plus tôt. Etant donné la réaction qu'il avait eue à son égard dans la matinée, il n'avait pas été surpris par la vague de plaisir qu'avait provoquée la sensation de son corps pressé contre le sien. En revanche, la rage qui était montée en lui à la vue de ses contusions l'avait pris complètement au dépourvu.

Il avait dû faire appel à tout son sang-froid pour rester tranquille pendant que Melissa renseignait les officiers qui les avaient rejoints.

— D'après ce que vous avez pu voir, Harris et son épouse étaient seuls dans la maison ? s'enquit Blake Clayton.

Il était l'un des quatre officiers que le Central avait envoyés après l'appel d'Aaron.

Melissa acquiesça d'un signe tête. Puis elle se serra de nouveau contre Aaron, comme si elle recherchait sa chaleur et sa force.

— D'après toi, il pourrait être sous l'emprise de la drogue ? demanda-t-il.

— Je sais qu'il a pris des amphétamines par le passé, répondit-elle. Son comportement donne l'impression qu'il en a consommé. Il est complètement incontrôlable.

— Etait-il armé ? poursuivit-il en se maudissant d'avoir mis si longtemps à poser la question la plus pertinente.

— Je n'ai vu aucune arme. Je l'ignore. Je crois qu'il se sert juste de ses poings.

Ceux-ci constituaient des armes suffisantes, songea Aaron tandis que son regard se posait sur les ecchymoses qui s'assombrissaient sur la gorge de Melissa.

— Même si tu ne les as pas vus, nous devons présumer que les enfants sont dans la maison.

Il s'efforça de contenir sa colère et ajouta :

— Nous devons attirer Harris à l'extérieur.

— Je devrais sans doute y retourner, suggéra Melissa.

— Hors de question ! décréta-t-il.

— C'est contre moi qu'il est en colère, fit-elle remarquer en fronçant les sourcils. Ça pourrait suffire à le faire sortir.

— Harris est peut-être armé. Je refuse de te faire courir le moindre risque.

— Je n'ai vu aucun pistolet. Et, s'il décidait d'utiliser une autre arme, tu aurais le temps de l'atteindre avant qu'il n'arrive jusqu'à moi.

Aaron saisit le bras de Melissa et la fit se tourner face à lui. La voyant grimacer de douleur, il s'empressa de desserrer ses doigts.

— Quelqu'un a déjà essayé d'incendier ta maison, dit-il d'une voix adoucie. Celui qui a fait ça voulait de toute évidence te voir morte. Et, s'il s'agit de Terry Harris, je ne lui laisserai pas une seconde occasion de tenter sa chance.

Il se tourna vers les autres policiers qui attendaient ses instructions. S'habituerait-il jamais à être celui qui détenait l'autorité ? se demanda-t-il.

— Dans ce cas, comment allons-nous bien pouvoir attirer Harris hors de chez lui ? s'enquit Melissa.

— Avons-nous la moindre information au sujet de sa

famille ? Sa mère, son père… peut-être un frère ou une sœur ? demanda Kendrick Dell, un jeune bleu enthousiaste tout juste sorti de l'école de police du comté.

Aaron lui adressa un rapide regard approbateur, ce qui fit rayonner le jeune homme de fierté.

— Sa mère travaille à l'usine agroalimentaire de Cedar Creek, les informa Melissa, faisant référence à une ville située à quinze minutes à l'est, de l'autre côté de la frontière du comté. Je crois qu'ils sont assez proches. Elle est le seul membre de sa famille qui lui parle encore.

— Mais nous aiderait-elle à l'arrêter ? demanda Blake.

— Elle est consciente de ses problèmes. Lors de l'audience pour la garde des enfants, elle ne s'est pas mise en travers du chemin de Dinah. Et son fils semble l'écouter.

Aaron se tourna vers Kendrick.

— Allez téléphoner à l'usine de Cedar Creek. Demandez à parler à…

Il regarda Melissa.

— Mary Mullins, compléta-t-elle.

— Informez-la que nous envoyons une voiture pour la prendre. Ne l'effrayez pas. Expliquez-lui simplement que nous avons besoin qu'elle parle à son fils et allez la chercher.

Tandis que Kendrick retournait à son véhicule, Riley Patterson arriva, au grand soulagement d'Aaron.

Même si Aaron avait un rang plus élevé que son beau-frère, Riley était nettement plus expérimenté en tant qu'enquêteur. Shérif adjoint dans le Wyoming, il avait accepté de toucher un salaire moins élevé et de baisser dans la hiérarchie en s'installant en Alabama pour être avec Hannah. Il était sacrément doué dans son job et l'ego d'Aaron n'était pas démesuré au point de l'empêcher de lui demander de l'aide.

Attirant son beau-frère à l'écart, il l'informa de ce qui s'était passé.

— Est-ce que Melissa va bien ?

— On dirait que oui. Harris s'est acharné sur son cou, mais en dehors de ça elle est en assez bonne forme.

Aaron tourna la tête vers elle et étouffa sa forte envie de la serrer dans ses bras en voyant son air triste et effrayé. Il reporta son attention sur son beau-frère.

— Je suis inquiet pour les enfants Harris, lui confia-t-il à voix basse. Melissa dit que la mère les garde généralement à proximité, mais elle ne les a ni vus ni entendus dans la maison.

L'expression de Riley s'assombrit.

— Ça ne présage rien de bon. Néanmoins, j'ai jeté un rapide coup d'œil au dossier de Harris avant de venir ici et il n'a pas de procès-verbal pour avoir maltraité ses enfants.

— Il arrive que des types ordinaires aient des accès de folie et tuent leur famille entière.

Aaron jeta de nouveau un coup d'œil vers Melissa.

— Nous ne pouvons pas attendre ici indéfiniment.

— Les types de la cellule de négociation pourraient être là dans une heure. Peut-être plus vite par hélicoptère, si tu estimes que la situation est suffisamment critique.

Riley suivit le regard d'Aaron et ajouta :

— Melissa Draper est cependant la seule à connaître parfaitement la configuration des lieux et les protagonistes.

Il avait raison, réalisa Aaron. Melissa était leur meilleure source d'informations. Au lieu d'essayer de la protéger à tout prix, il devrait être en train de la cuisiner afin d'obtenir tous les renseignements qu'ils pourraient utiliser à leur avantage.

Avec détermination, il alla la rejoindre.

— Tu as dit que tu voulais nous aider ?

Elle hocha la tête en silence mais avec fermeté, tandis qu'il sortait un bloc-notes de sa poche.

— Dans ce cas, guide-moi à travers la maison.

4

— Harris doit se demander pourquoi la police n'a pas encore débarqué, fit remarquer Melissa.

Aaron était en train d'ajouter des notes au croquis qu'il venait d'esquisser d'après la description qu'elle lui avait faite des pièces de la maison.

— Nous ne pouvons pas nous précipiter à l'intérieur et risquer d'aggraver la situation.

— Comment pourrait-elle être pire qu'elle ne l'est déjà ?

— L'incertitude le fera peut-être se tenir tranquille. Au moins pendant un moment.

Aaron semblait plus optimiste que confiant.

— Par ailleurs, sa mère devrait arriver d'une minute à l'autre, ajouta-t-il. Nous allons la laisser l'appeler et voir si elle parvient à le persuader de sortir pour lui parler.

— Il n'aime pas sa mère *à ce point*.

— Je ne me souvenais pas que tu étais aussi pessimiste.

— Tu ne te souvenais pas de moi du tout, riposta-t-elle, impassible.

— C'est faux. Je suis à peu près certain que c'est toi qui m'as aidé en cours d'algèbre.

— C'était Dina Pritchard, répliqua Melissa. J'étais celle qui ne te laissait pas copier ses devoirs de chimie. Je n'ai jamais été désespérée au point de m'abaisser à tricher pour attirer l'attention des vedettes du lycée.

Le cou d'Aaron s'empourpra légèrement et il détourna

les yeux. Etait-il réellement embarrassé par son erreur ? se demanda Melissa. Ce serait une première !

— Je continue de croire que je pourrais réussir à l'attirer hors de la maison, dit-elle en étudiant le croquis.

— Non, décréta Aaron d'une voix ferme. Il soupçonnera tout de suite qu'il s'agit d'un piège.

— Harris soupçonnera qu'il s'agit d'un piège si sa mère débarque de manière complètement inattendue. En revanche, il n'aurait aucun mal à croire que je puisse revenir seule pour apporter mon aide à Dinah. Il sait à quel point je prends au sérieux la protection de mes clientes, même vis-à-vis de la police.

Elle posa une main sur son bras.

— Je ne serai pas forcée d'entrer. Je me contenterai de lui dire que, s'il fait sortir Dinah indemne, je n'appellerai pas la police.

Melissa pouvait voir Aaron considérer sa suggestion, tout comme elle percevait son opposition farouche à cette idée.

— J'ai parfaitement conscience que tu essaies de me protéger, mais c'est ta meilleure chance de le faire sortir de son plein gré. Au fond de toi, tu sais que j'ai raison.

— Elle n'a pas tort, intervint Riley. Nous lui ferons enfiler un gilet pare-balles sous sa veste. Harris ne pourra pas le remarquer. Quant à nous, nous resterons hors de vue. Et nous pourrons toujours garder la mère de Harris au poste au cas où nous devrions faire appel à elle.

Aaron fronça les sourcils.

— Un gilet pare-balles n'arrête pas tout.

— Je t'ai dit qu'il préfère se servir de ses poings, dit Melissa avec une grimace. Ça donne une touche plus personnelle.

— Tu devras uniquement négocier par téléphone. Et surtout rester en retrait et à bonne distance de la maison.

— C'est promis.

Aaron se tourna vers son beau-frère.

— Avons-nous un gilet pare-balles à sa taille ?

— Grace est là. Melissa peut lui emprunter le sien.

Riley fit signe à une jeune femme en uniforme, rousse et mince, d'approcher. Elle était légèrement plus grande que Melissa mais avait approximativement le même gabarit.

Tandis qu'elle tendait le gilet à Aaron, elle lui adressa un large sourire. Un bourreau des cœurs le restait à jamais, songea Melissa d'un air sombre. Même ses collègues ne parvenaient pas à lui résister.

Elle n'était pas immunisée non plus, fut-elle forcée de reconnaître lorsque son corps tout entier réagit pendant qu'il l'aidait à enfiler le gilet et prenait tout son temps pour l'attacher.

— Voilà. Tu peux remettre ta veste, murmura-t-il enfin de sa voix involontairement sexy qui donnait des palpitations à des douzaines de cœurs féminins à l'époque du lycée, y compris le sien.

Cette réaction était uniquement d'ordre hormonal, tenta-t-elle de se convaincre. Une simple attirance sexuelle.

Bon sang ! Au lieu de s'inquiéter de sa libido, elle devrait être en train de réfléchir au danger qu'elle s'apprêtait à courir pour une femme qui l'avait attirée dans un piège qui aurait pu lui être fatal si elle n'avait pas été préparée. Victime ou non, Dinah Harris valait-elle vraiment la peine qu'elle risque sa vie une seconde fois ?

« Oui », répondit une petite voix déterminée dans sa tête tandis qu'Aaron boutonnait sa veste par-dessus le gilet pare-balles. Cette femme était faible parce que toute sa force morale avait été sapée par les coups à répétition qu'elle avait reçus. Cela aurait tout aussi bien pu lui arriver…

— Prête ? demanda Aaron qui n'avait pas du tout l'air de l'être.

Melissa redressa les épaules.

— Oui.

— Bien. Rappelle-toi de rester à distance, à la limite de la propriété. Sers-toi de ton téléphone portable pour communiquer avec Harris.

— Et s'il refuse de sortir ?

— Dans ce cas, nous laisserons sa mère essayer de le convaincre.

Tenter de raisonner avec Terry Harris ne fonctionnerait pas, songea Melissa. Il était uniquement guidé par la colère et l'adrénaline. Seule la rage qu'il éprouvait le pousserait hors de la maison.

Et elle savait exactement comment s'y prendre pour atteindre son but.

Au volant de sa Volkswagen, Melissa roula lentement jusqu'aux abords de la propriété des Harris, consciente des barrages mis en place par la police à chaque extrémité de la rue afin de dévier la circulation.

Sous le regard inquiet d'Aaron, elle descendit posément de voiture et composa le numéro de Harris sur son téléphone portable. Ils n'avaient pas eu le temps de l'équiper d'un micro, mais sa voix porta jusqu'à sa position.

— Terry, c'est Melissa Draper. Laissez-moi parler à Dinah.

Aaron était également assez près pour entendre le grondement de rage qui retentit à travers les murs peu épais de la maison.

Pendant un instant, la fureur le submergea au souvenir des ecchymoses marquant la gorge crémeuse de Melissa et son envie de tordre le cou de l'homme qui lui avait fait ça prit presque le dessus.

Au prix d'un effort, il parvint à se contrôler et focalisa son attention sur Melissa. Ce n'était pas de sa colère qu'elle avait besoin, mais de sa complète attention, concentrée comme un rayon laser sur sa situation périlleuse.

— Je veux simplement savoir si elle va bien. Pourquoi ne la laissez-vous pas sortir pour me parler ? suggéra-t-elle.

— Pourquoi est-ce que je ne sortirais pas pour te parler à la place ? beugla Terry.

— Si c'est ce que vous voulez. Une chose est certaine, je n'entrerai pas.

Bien, songea Aaron. Elle le conduisait droit dans le piège qu'elle était en train de lui tendre.

La voix de Melissa était limpide dans l'air froid.

— Regardez par la fenêtre. Je suis seule. La police n'est pas là. Dinah a toujours été claire au sujet de ne pas la mêler à ses affaires. En tant qu'avocate, j'ai le devoir de respecter ses souhaits, et vous le savez.

Aaron avait le sentiment que sa cliente lui pardonnerait ce petit mensonge si elle sortait de là en vie.

De son poste d'observation, il remarqua qu'un rideau bougeait à l'une des fenêtres. Puis un visage d'homme apparut. Aaron prit ses jumelles, et ce qu'il vit malgré le soleil qui se reflétait sur la vitre lui glaça le sang.

L'homme tenait un gros pistolet noir.

Le cœur battant, il communiqua rapidement l'information à l'aide de son téléphone portable.

Comme Harris braquait l'arme vers le haut et non en direction de Melissa, il ne donna pas encore l'ordre de tirer.

— Je vous en prie, Terry, ne faites rien que vous pourriez regretter.

La voix de Melissa s'était adoucie, mais les sens

d'Aaron étaient plus que jamais en alerte. Voyait-elle de sa position l'arme que l'homme tenait ?

— Voulez-vous vraiment que ce soit ainsi que Dinah vous voie ? Faible et lâche ?

Le mépris dans sa voix prit Aaron au dépourvu.

Cherchait-elle à provoquer Harris pour qu'il s'en prenne à elle ?

Du verre vola soudain en éclats. Aaron quitta Melissa des yeux et tourna le regard à temps vers la fenêtre pour voir un objet noir passer à travers.

— Espèce de garce ! hurla Harris avant de laisser exploser sa rage dans un flot d'épithètes qui firent bouillir le sang d'Aaron.

Blake Clayton lui posa une main sur l'épaule.

— Reste calme. Il vient juste de se débarrasser de son arme. Quoi qu'il tente, il n'arrivera pas jusqu'à Melissa sans que nous l'interceptions.

— Il a peut-être un fusil ou autre chose.

— Tant qu'il reste là à vociférer, il n'est pas en train de cogner son épouse ou de chercher une autre arme. Laissons les choses suivre leur cours. Jusque-là, Melissa fait de l'excellent boulot.

— Dinah a fait ce que vous vouliez, non ? continua-t-elle d'une voix ferme et forte. Elle m'a appelée pour me faire venir jusqu'ici. C'est contre moi que vous êtes en colère, pas contre elle. Laissez-la sortir afin que je puisse m'assurer qu'elle va bien. Ensuite, nous pourrons parler, vous et moi.

Harris ne répondit pas. Maintenant que la vitre était cassée, Aaron n'était plus gêné par les reflets du soleil sur le verre et voyait parfaitement l'homme. Il continuait à rôder devant la fenêtre, et la main qu'il tenait contre son torse paraissait ensanglantée. S'était-il coupé en jetant le pistolet ?

— Terry, allons ! Vous êtes censé être un homme. Avez-vous peur de sortir m'affronter ?

Aaron posa de nouveau les yeux sur Melissa. Avait-elle perdu l'esprit ? C'était une chose de tenter de persuader l'homme de sortir, mais se moquer de lui allait le rendre beaucoup plus dangereux.

Harris hurla un autre flot d'injures à son intention.

— Ce ne sont que des mots, Terry, répliqua-t-elle. Avez-vous peur de m'affronter, maintenant que je suis prête ? Pourquoi n'essayez-vous pas ?

— Ça suffit comme ça ! grogna Aaron en commençant à avancer.

Blake le retint une nouvelle fois.

— Harris n'est plus à la fenêtre.

— Il est sans doute allé chercher une autre arme. Nous devons éloigner Melissa de là !

Attrapant son téléphone portable, il se hâta d'envoyer un message à Riley pour lui ordonner d'interrompre les opérations.

Avant que son beau-frère n'ait le temps de lui répondre, la porte de la maison s'ouvrit à la volée sur Harris.

— Foncez, foncez, foncez ! cria Aaron.

Il s'élança en avant tandis que l'homme se dirigeait à grandes enjambées vers le pistolet qu'il avait lancé dans le jardin.

Jetant un rapide coup d'œil vers Melissa, Aaron constata avec soulagement qu'elle avait couru jusqu'à sa voiture et s'était mise à l'abri.

Avec une grimace de douleur due à sa vieille blessure au genou, il chargea Harris à pleine vitesse et le plaqua rudement au sol. L'impact coupa le souffle de l'homme qui se débattit à peine, trop occupé à essayer de reprendre sa respiration.

— Relevez-le, relevez-le ! cria quelqu'un.

Des mains saisirent les bras d'Aaron et le tirèrent en arrière pour l'écarter, mais il résista, clouant Harris au sol avec son avant-bras.

— Tu es en train de l'étouffer ! hurla Riley.

D'un mouvement brusque, il parvint à séparer les deux hommes et entraîna Aaron à l'écart.

Quatre autres officiers convergèrent immédiatement sur Harris pour le menotter et le relever.

Lorsque ce dernier recouvra son souffle, il se mit à hurler des injures à Melissa qui était ressortie de sa voiture, lui lançant des grossièretés telles qu'Aaron faillit se libérer de la poigne de Riley pour se ruer sur lui une nouvelle fois.

— Ce ne sont que des mots, observa Riley d'un ton apaisant, faisant écho aux railleries dont Melissa s'était servie plus tôt. Il est en état d'arrestation et nous avons un travail à faire.

Aaron lutta contre la colère qui bouillait en lui, abasourdi de voir à quel point il avait été proche de tuer Terry Harris. S'il avait laissé son avant-bras sur sa gorge une minute de plus…

— Nous devons aller dans la maison, continua Riley en le lâchant. Il faut que nous allions constater quel genre de dégâts il a causés.

Aaron prit quelques profondes inspirations et se força à se concentrer sur la tâche à accomplir. Jetant un regard par-dessus son épaule, il s'aperçut que Melissa était en train de l'observer. Ses yeux paraissaient immenses dans son visage pâle. Se détournant brusquement de lui, elle s'appuya contre sa voiture.

— Allons-y, reprit Riley.

Des images sombres de ce qui les attendait sans doute dans la maison tourbillonnant dans son esprit, Aaron suivit son beau-frère.

*
* *

— Je suis l'avocate de Dinah. J'ai le droit d'être présente ! insista Melissa auprès de l'officier qui lui barrait l'accès à la maison des Harris.

Aaron et l'officier Patterson étaient entrés quelques minutes plus tôt, pendant qu'elle combattait encore une vague de nausée derrière sa voiture. Mais si Dinah était encore en vie — et Melissa priait pour qu'elle le soit —, cette dernière avait droit à la présence d'un avocat avant que la police ne lui pose la moindre question.

Surtout quelqu'un d'aussi imprudent et incontrôlable qu'Aaron Cooper l'était en ce moment !

Alors qu'elle commençait à s'impatienter, il apparut dans l'embrasure de la porte.

— Tu peux entrer, dit-il. Mais, avant, tu devrais rendre à Grace son gilet pare-balles.

Tandis qu'elle s'exécutait, Melissa s'efforça de ne pas lui lancer de regards furieux, même si elle était encore bouleversée par la violence dont elle l'avait vu faire preuve quelques minutes plus tôt. Peu importait ce dont Harris s'était rendu coupable ; personne n'avait le droit de l'étrangler comme Aaron avait failli le faire.

Elle ne s'était pas trompée, il était comme tous les autres.

— Est-ce que Dinah va bien ?

— Apparemment, répondit-il en la prenant délicatement par le coude.

Melissa dégagea son bras d'un mouvement brusque.

Aaron lui lança un regard étrange puis, sans dire un mot, l'accompagna jusqu'à la cuisine où Dinah était recroquevillée sur l'une des chaises. Son visage était baigné de larmes mais ne portait aucune trace de coups, constata Melissa avec soulagement.

— Est-ce que vous allez bien ? demanda-t-elle en s'accroupissant à côté d'elle.

Avec un reniflement, Dinah acquiesça d'un signe de tête.

— Où sont vos fils, madame Harris ? demanda Aaron d'une voix douce.

Elle ne répondit pas. Melissa posa une main sur son bras.

— Vous n'avez pas à vous inquiéter. Maintenant que Terry est en prison, il ne peut plus vous faire de mal. A aucun de vous. Où sont les garçons ?

Dinah redressa la tête et croisa son regard. Ses yeux verts étaient vides d'expression.

— Ils sont enfermés dans le cellier.

— Est-ce qu'ils vont bien ? Où est la clé ?

Melissa pressa son bras plus fort. N'obtenant pas de réponse, elle promena son regard sur la cuisine jusqu'à ce qu'elle aperçoive un sac à main posé dans un coin, à côté du frigo. L'estomac noué, elle demanda à Aaron d'aller vérifier à l'intérieur.

Après une fouille rapide, il en sortit un porte-clés.

— Suis-moi, je vais te montrer où est le cellier, reprit Melissa tandis qu'elle se levait pour le conduire jusqu'à une petite porte, au bout d'un étroit couloir.

Aaron essaya les clés une par une. La troisième était la bonne.

— Tu devrais m'attendre ici, suggéra-t-il.

Melissa secoua la tête.

— S'ils sont encore en vie, ils doivent être terrifiés. Voir un visage familier les rassurera.

— Et s'ils sont morts ?

Elle ne pouvait pas s'autoriser à penser cela.

— Allons-y, dit-elle fermement.

Après avoir ouvert la porte, Aaron s'engagea dans l'escalier le premier.

Sa stature était si imposante qu'il bouchait complètement la vue à Melissa.

— Je ne les vois pas, dit-il tout bas lorsqu'il arriva en bas des marches.

— Laisse-moi regarder.

Melissa le poussa légèrement dans le dos pour qu'il s'écarte.

La pièce était spacieuse, pour un cellier. Les murs en pierre des fondations lui donnaient une atmosphère évoquant une grotte. Sur un côté, une longue rangée d'étagères grossièrement rabotées supportaient des bocaux de légumes en conserve, ainsi que des cartons à moitié vides d'oignons et de pommes de terre.

— Benjy ? Ronnie ? appela-t-elle, le cœur martelant à un rythme effroyable dans sa poitrine. C'est Mlle Melissa. Est-ce que vous êtes là ?

Dans un premier temps, elle n'entendit rien. Puis un très léger bruissement lui parvint depuis le fond du cellier et attira son regard dans cette direction.

— Reste ici, ordonna-t-elle à Aaron avec douceur tandis qu'elle s'enfonçait plus profondément dans la pièce.

Derrière une pile de cartons formant un abri de fortune, les deux garçons étaient blottis l'un contre l'autre. Le visage anxieux et le regard craintif, ils levèrent la tête vers Melissa.

— Papa est encore là ? murmura Ronnie, le plus âgé.

— Non, il est parti.

Elle jeta un coup d'œil à Aaron, qui observait la scène depuis sa position au pied de l'escalier.

— Il va revenir, dit l'enfant d'un ton morne en enroulant un bras mince autour des épaules étroites de son frère. Il revient toujours. Maman a dit que je devais prendre soin de Benjy. J'ai fait du bon travail, pas vrai, mademoiselle Melissa ?

Melissa refoula d'un battement de paupières les larmes qui lui embuaient les yeux.

— De l'excellent travail.

Elle s'accroupit près des deux garçons et prit la main de Ronnie dans la sienne.

— Je suis très fière de toi. Et je parie que ta maman le sera aussi.

— Où elle est ? gémit Benjy. Je veux maman…

Melissa se tourna de nouveau vers Aaron et l'aperçut en train de remonter l'escalier. Que faisait-il ?

— Elle est en haut. Il faut qu'elle parle à des messieurs pendant quelques minutes. Ensuite, nous pourrons aller la voir. Ce ne sera pas long.

Essuyant les larmes qui coulaient sur les joues du petit garçon, elle l'attira dans ses bras.

— Elle va bien. Vous ne devez pas vous inquiéter pour elle.

— Papa tape maman, dit Ronnie, le visage rougissant de honte.

— Je sais. Mais il ne le fera plus, lui assura Melissa.

Pas si elle avait son mot à dire à ce sujet. Et comme il l'avait attaquée à la place de Dinah, cette fois, elle était en assez bonne position pour agir.

Des bruits de pas résonnèrent soudain dans l'escalier. Aaron apparut, suivi par Dinah Harris. Elle s'était débarbouillé le visage et recoiffée. Un sourire jovial, bien qu'un peu hésitant, était affiché sur son visage pâle.

— Maman ! s'écria Benjy en se tortillant comme un fou dans les bras de Melissa qui s'empressa de le lâcher.

Ronnie et lui coururent jusqu'aux bras grands ouverts de leur mère.

De la tête, Aaron fit signe à Melissa de le rejoindre près de l'escalier.

— Quel changement ! murmura-t-elle.

— Je lui ai simplement rappelé qu'elle était toujours une mère, répondit-il d'une voix douce.

Melissa se demanda jusqu'à quel point précisément il avait dû se montrer convaincant pour amener Dinah à ce soudain changement. Aaron Cooper était apparemment le genre d'homme qui croyait pouvoir contraindre n'importe qui à se plier à sa volonté, et peu importait de quelle manière.

Ses intentions étaient sans doute bonnes, mais elle avait connu assez d'hommes de ce genre pour remplir toute une vie et n'en avait certainement pas besoin d'un de plus.

5

Il ne fallut qu'une petite dose de persuasion et un rappel que, malgré tous leurs efforts, Terry pourrait obtenir une liberté provisoire sous caution pour convaincre Dinah que ses enfants et elle devaient aller s'installer dans un foyer pendant quelques jours. Melissa l'aida à mettre quelques vêtements dans des sacs pour chacun d'eux. La nourriture et le nécessaire de toilette leur seraient fournis sur place.

Aaron attendait à l'extérieur, en compagnie de Riley Patterson et de la femme officier qui avait prêté son gilet pare-balles à Melissa. Il prit les sacs des mains de cette dernière dès que Dinah et elle sortirent de la maison.

Le véhicule dans lequel Terry Harris avait été embarqué n'était plus là et Melissa fut soulagée que les deux garçons n'aient pas à voir leur père en état d'arrestation après toutes les horreurs dont ils avaient déjà été témoins au cours de leur courte vie.

— Madame Harris, voici l'officier Baker. Elle va vous conduire jusqu'au foyer. Nous les avons déjà contactés afin de nous assurer qu'ils avaient des chambres pour vous.

Dinah se tourna vers Melissa avec anxiété.

— Je ne veux pas être séparée de mes fils…

— Les chambres sont voisines, l'informa Grace Baker d'une voix douce. Elles sont séparées par une porte communicante que vous pourrez laisser ouverte si vous le souhaitez. J'ai demandé cette particularité spécialement pour vous.

En voyant l'air surpris de Dinah, Melissa éprouva un pincement au cœur. Les marques de gentillesse avaient-elles été si rares dans sa vie qu'un peu d'attention à son bien-être puisse la surprendre à ce point ?

Elle se sentit soudain coupable de ne pas avoir assez fouillé dans la vie de Dinah, de ne pas être allée au-delà des informations sommaires qu'elle lui avait fournies lorsqu'elle avait été chargée de la représenter. Elle ne savait pour ainsi dire rien de ce qu'avait été sa vie avant qu'elle n'épouse Terry. Avait-elle également été victime de mauvais traitements quand elle était enfant ? Avait-elle vu le fait de se marier comme une manière de se sortir d'une situation misérable ?

Malheureusement, jongler entre son travail au cabinet et ses affaires *pro bono* lui laissait trop peu de temps pour examiner en détail le vécu de ses clientes.

Ou peut-être n'avait-elle simplement pas envie de le faire… Peut-être craignait-elle que cela ne réveille de vieux souvenirs douloureux qu'elle avait mis des années à surmonter.

Melissa regarda l'officier Baker conduire Dinah et les enfants jusqu'à l'une des voitures de police.

— Je devrais peut-être l'accompagner.

— Je ne crois pas, dit Aaron.

— Pourquoi pas ? C'est ma cliente.

— Il y a conflit d'intérêts, maintenant, lui fit remarquer Riley Patterson en lui lançant un regard contrit. Vous êtes la plaignante contre Terry Harris dans l'incident qui s'est produit aujourd'hui.

Prenant soudain conscience de la situation, Melissa le dévisagea un instant. A présent qu'elle-même s'apprêtait à porter plainte contre son mari, elle ne pouvait évidemment plus représenter Dinah.

— Il faut que je passe quelques appels afin de trouver quelqu'un pour me remplacer auprès d'elle, annonça-t-elle en s'éloignant des deux hommes.

Après avoir pris des dispositions pour qu'une des autres avocates bénévoles du Centre contre la violence domestique retrouve Dinah au foyer, Melissa se dirigea vers la voiture où ses enfants et elle étaient installés.

— Il y a un problème ? demanda Dinah d'un air inquiet.

— J'ai transmis votre dossier à l'une de mes collègues, Camille Dawkins. Désormais, c'est elle qui se chargera de votre défense.

— Parce que je vous ai piégée pour que vous veniez ici, c'est ça ?

Le visage de Dinah s'était décomposé.

— Je suis désolée d'avoir fait ça, ajouta-t-elle. Je ne vous en veux pas de ne plus vouloir vous occuper de moi.

— Ça n'a aucun rapport, lui assura Melissa. Je vais porter plainte contre Terry pour agression et, puisque vous êtes témoin et toujours légalement son épouse, cela crée un conflit d'intérêts. Je ne veux rien faire qui puisse compromettre l'affaire.

— Je n'arrive pas à me faire à l'idée que mes enfants vont devoir grandir avec leur père en prison.

— Je sais. Mais c'est cela ou alors continuer à recevoir des coups chaque fois qu'il se mettra en colère, sera ivre ou sous l'emprise de la drogue. Il ne réussira pas à me dissuader de porter plainte ou de témoigner contre lui. De cette façon, il n'aura rien à vous reprocher. Après tout, vous n'avez fait que lui obéir en me téléphonant pour me faire venir chez vous.

Des larmes roulèrent sur les joues de Dinah.

— Je suis désolée d'être aussi faible… Jamais je

n'aurais dû vous appeler. J'aurais mieux fait de le laisser s'en prendre à moi plutôt qu'à vous.

Melissa secoua la tête.

— Terry est le seul à blâmer. Je ne vous demande qu'une chose : allez dans ce foyer et prenez soin de vous et de vos enfants. Promettez-moi de le faire.

— C'est promis, répondit Dinah d'une voix tremblante.

Bien que n'étant pas certaine de pouvoir la croire, Melissa parvint à esquisser un sourire. Reculant d'un pas, elle ferma la portière de la voiture et adressa un signe de tête à l'officier Baker.

Tandis que le véhicule s'éloignait, elle rejoignit lentement Aaron, seul à présent devant la maison. Les yeux légèrement plissés, il la regarda approcher. Quelque chose dans son expression noua l'estomac de Melissa.

— Je te retrouverai au poste pour faire ma déposition, lui dit-elle dans le silence tendu.

— Es-tu certaine d'être en état de conduire ?

— Je vais bien.

— Tu sembles… nerveuse.

Et alors ? songea-t-elle avec agacement. Il avait remarqué sa réaction chaque fois qu'il avait tenté un contact physique à l'intérieur de la maison. Qu'est-ce qu'il croyait ? Que toutes les femmes appréciaient de se faire tripoter par un néandertalien vaniteux ?

— Je vais bien, insista-t-elle sans prendre la peine de dissimuler son irritation.

— Ai-je fait quelque chose pour te contrarier ? s'enquit Aaron sans détour. Parce que tu me traites comme si j'étais contagieux.

— Rien que parce que je ne veux pas que tu me touches ?

— Eh bien… oui.

— Je n'ai pas à expliquer mes choix à ce sujet.

Aaron fronça les sourcils.

— Tu ne t'es pas souciée des miens quand tu t'es jetée sur moi tout à l'heure, si je ne m'abuse.

Melissa sentit la chaleur monter le long de son cou.

— Désolée. J'étais un peu stressée.

— J'essayais simplement de t'apporter mon soutien, rien de plus, répliqua-t-il sèchement.

D'une voix plus calme, il ajouta :

— Est-ce à cause de la manière dont je me suis conduit avec Harris ?

Redressant la tête, Melissa s'aperçut qu'il l'observait. L'expression de son visage était si douce que, pendant un instant, elle se demanda si elle avait imaginé la violence dont il avait fait preuve à l'encontre de Terry.

— Je suis conscient d'avoir dépassé les bornes, poursuivit-il. Mais il tentait d'arriver jusqu'à son pistolet pour te tirer dessus.

— C'est juste que…

La voix de Melissa se brisa, l'obligeant à s'éclaircir la gorge et à recommencer.

— C'est juste que je ne supporte pas la violence.

— Terry est le méchant de l'histoire. J'essayais de l'empêcher de te faire du mal, à toi ou à quelqu'un d'autre.

— Tu as continué à l'étrangler alors qu'il était à terre !

A ce souvenir, Melissa frissonna.

— Tu as agi sous l'emprise de la colère.

— J'étais en colère parce qu'il avait l'intention de te tirer dessus ! Ce n'est pas comme si je lui avais sauté dessus parce qu'il m'avait fauché ma place de parking.

Melissa le regarda en fronçant les sourcils. Elle détestait la manière dont il tentait de la faire se sentir déraisonnable.

— Tu aurais pu le tuer. Peu importe ce qu'il a fait, c'est inacceptable !

— J'ai déjà reconnu avoir franchi les limites.

— Et c'est tout ? Tu t'excuses et tout va bien ?

Frustrée, elle secoua la tête.

— Tout va bien… jusqu'à la prochaine fois où ton côté violent reprendra le dessus.

Aaron la dévisagea en plissant les yeux.

— Sommes-nous en train de parler de la même chose ?

— Apparemment pas.

Il fallait qu'elle s'éloigne de lui, songea Melissa. Et tout de suite.

Elle commençait à battre en retraite vers sa voiture quand il tendit la main pour l'arrêter. Avec un léger grognement de frustration, il la laissa retomber le long de son corps juste avant de toucher son bras.

— Je n'ai pas de côté violent.

— Tu as joué au football, Aaron. Tu vas probablement à la chasse, et tu gagnes ta vie en portant une arme, bon sang !

Elle soupira avant d'ajouter :

— Evidemment que tu as un côté violent.

— Le football est un sport. Quant à la chasse, je n'y suis plus allé depuis des années et, à l'époque, mon père m'a enseigné à ne tuer que ce que je prévoyais de manger.

Il se rapprocha d'elle.

— Je porte une arme, c'est vrai, continua-t-il en baissant la voix. Mais je ne la sors que lorsque je suis certain que des vies sont en danger.

Aaron faisait tout paraître raisonnable, en lui donnant l'impression d'être une personne collet monté qui réagissait à la situation d'une manière totalement disproportionnée.

— A l'évidence, nous ne tomberons pas d'accord, observa-t-elle.

— J'en ai bien l'impression, répondit-il, l'air en colère.

— Je suis en état de conduire, répéta-t-elle. Je te retrouverai au poste pour faire ma déposition.

— Tu vas porter plainte, je présume ?

— Evidemment, répondit-elle en redressant le menton.

Surprise, Melissa le vit esquisser un sourire.

— Bien.

Tandis qu'elle retournait à sa voiture, Aaron la suivit en se tenant à distance. Il accéléra juste pour lui ouvrir la portière.

Melissa lui adressa un regard méfiant et s'installa au volant.

— Si tu crois pouvoir me faire changer d'avis sur la situation en te comportant comme un gentleman…

— Je ne crois rien du tout, dit-il aimablement. Néanmoins, pendant le trajet jusqu'au poste, tu devrais peut-être réfléchir à ceci : quoi que j'aie fait aujourd'hui, et bien que tu penses que c'était violent, ça t'a probablement sauvé la vie.

Tandis qu'il refermait sa portière puis retraversait la pelouse en direction de son pick-up, Melissa resta immobile sur son siège, serrant fermement le volant entre ses doigts glacés.

Elle s'efforça de se cramponner à la colère qu'elle éprouvait à son égard, mais elle la sentait s'estomper rapidement.

— Sur une échelle de un à dix, à quel point ai-je perdu le contrôle avec Harris ? demanda Aaron à Riley quand ils se retrouvèrent seuls au poste, plus tard.

— Quatre, je dirais. Ce type essayait d'atteindre son arme, et tu avais une civile innocente dans la ligne de mire.

Riley haussa les épaules et ajouta :

— Moi-même, j'aurais été tenté de lui arracher la tête, et tu sais que je suis le gars le plus calme de la terre.

Aaron esquissa un large sourire.

— J'ai vu ça la fois où un type s'en était pris à Hannah. Tu étais le calme personnifié.

Riley eut un petit rire.

— J'étais amoureux d'elle. Quelle est ton excuse ?

Aaron éprouva une sensation cuisante sur la nuque. Il n'était pas amoureux de Melissa Draper ! Comment pourrait-il l'être alors qu'il la connaissait à peine ?

Quoi qu'il en soit, dès qu'il avait vu les ecchymoses sur son cou, il n'avait plus pensé qu'à une chose : faire payer à Harris le mal qu'il lui avait fait. Melissa avait risqué sa vie pour venir en aide à une femme qui ne savait pas comment s'aider elle-même. Le monde aurait bien besoin de plus de personnes comme elle, et il était hors de question qu'il laisse une ordure comme Terry Harris poser de nouveau la main sur elle.

— Est-ce que Melissa a estimé que ta réaction était disproportionnée ? s'enquit Riley.

— D'après elle, j'ai une propension à la violence.

Son beau-frère laissa échapper un grognement.

— Tu es un homme. C'est dans tes gènes.

— Je suis à peu près certain que c'est également l'avis de Melissa.

— J'imagine qu'elle a dû en voir beaucoup, si elle défend bénévolement des femmes battues, fit remarquer Riley.

Il remplit deux tasses de café et en tendit une à Aaron.

— Bon sang, ce truc est infect ! s'exclama-t-il en grimaçant, après en avoir bu une gorgée. Est-ce qu'elle t'intéresse ?

Surpris par la question inattendue, Aaron renversa du café sur son bureau.

— Nom d'un chien !

— C'était une simple question, lui fit remarquer son beau-frère en poussant vers lui une serviette en papier.

Peut-être, mais c'était la mauvaise question, songea

Aaron. Que Melissa l'intéresse ou non n'avait aucune importance. C'était la partie facile. S'engager sur le long terme était une autre histoire.

Plus jeune, il trouvait facile de se contenter de papillonner. Personne ne s'attendait à le voir s'assagir, pas même les filles qu'il fréquentait. Cependant, en vieillissant, il commençait à sentir le poids des attentes peser sur lui.

« Tu vas bientôt avoir trente ans, Aaron. Pourquoi n'es-tu pas encore marié ? »

« Parce que l'amour ne dure pas toujours, voilà pourquoi », répondit-il en son for intérieur. Parce que même quand on pensait avoir trouvé la bonne personne avec qui partager sa vie, le risque existait toujours de voir la relation se terminer par un divorce compliqué, comme pour son frère J.D., ou par un décès soudain, comme pour son frère Sam.

L'amour était dangereux.

— Aaron, mademoiselle Draper est là pour te voir, annonça Blake Clayton depuis le pas de la porte, le tirant de ses pensées.

Melissa était juste derrière lui. Elle paraissait moins contrariée que lorsqu'il l'avait quittée, constata Aaron avec soulagement. Peut-être avait-elle réfléchi à ce qu'il lui avait dit.

— Assieds-toi, proposa-t-il en lui indiquant d'un geste de la main une chaise en face de lui, de l'autre côté de son bureau.

— Avant de commencer, j'ai quelque chose à dire.

Il l'observa avec méfiance.

— Je t'écoute.

— Merci. Tu m'as effectivement sauvé la vie aujourd'hui. C'était mal de ma part de ne pas le reconnaître plus tôt.

Aaron résista à une forte envie de sourire face à la réaction guindée de Melissa ; elle penserait probablement qu'il se moquait d'elle. Il avait eu maintes occasions de voir à quel point elle pouvait être susceptible.

Il ne pouvait néanmoins pas lui en vouloir. Peut-être qu'il ne se le rappelait pas au lycée aussi bien que l'un ou l'autre l'aurait souhaité, mais il se souvenait avec suffisamment de précision de la manière dont son groupe d'amis traitait les gens comme elle. Et ce n'était pas exactement l'un des souvenirs les plus agréables qu'il gardait de cette époque.

— Bien, je suis prête à faire ma déposition, reprit-elle.

— L'officier Patterson va se charger de la recueillir.

Melissa tourna la tête vers Riley qui lui adressa un sourire, avant de poser de nouveau les yeux sur Aaron.

— Est-ce que c'est à cause de ce que j'ai dit plus tôt ?

Il secoua la tête.

— Il faut simplement que j'interroge Harris dès qu'ils auront terminé de l'enregistrer. Je me demande s'il a un alibi pour la nuit dernière, et plus précisément pour le moment où on a mis le feu chez toi.

— Eh bien bonne chance ! Son avocate est déjà là. Elle patientait dans le hall quand je suis arrivée, l'informa Melissa. Je me demande parfois si elle n'écoute pas la radio de la police.

— Son avocate ?

— Tina Lewis, du cabinet Betancourt. C'est une dure à cuire. Tu ne vas pas passer un moment agréable, avec elle.

Et voilà ! Il pouvait faire une croix sur ses projets pour la soirée, songea Aaron. Pourtant, à sa grande surprise, cette pensée lui causa plutôt un soulagement qu'une déception. Ce n'aurait été qu'un dîner de plus, avec une femme séduisante mais émotionnellement distante, qui n'aurait mené nulle part et tout cela n'avait plus beaucoup d'attrait à ses yeux.

La femme en question entra alors dans le bureau, vêtue

d'un tailleur parfaitement ajusté qui moulait davantage ses courbes qu'il ne les dissimulait. Grande, blonde et bien proportionnée, elle était plus saisissante que belle. Au cours des douzaines de fois où Aaron et elle s'étaient croisés durant ces dernières années, il avait admiré son énergie et son esprit vif.

Quelques mois plus tôt, ils avaient passé ensemble une soirée qui s'était bien déroulée mais n'avait débouché sur rien de plus qu'un rapide baiser pour se souhaiter bonne nuit. Aaron était ensuite parti en mission temporaire avec la brigade des stupéfiants et n'avait plus vraiment pensé à elle jusqu'à ce matin, quand il était désespérément à la recherche d'une distraction pour oublier à quel point Melissa Draper commençait à lui taper sur les nerfs.

Il jeta un coup d'œil à Melissa. Le visage fermé, elle l'observait avec attention et il aurait donné cher pour savoir ce qu'elle était en train de penser. D'un autre côté, il la trouverait certainement moins fascinante si elle n'était pas un tel mystère.

— J'imagine que tu réalises que notre rendez-vous de ce soir est annulé, dit Tina en souriant à Aaron. Bonjour, Melissa. Est-ce que l'un de vos clients a également été arrêté ?

— Pas aujourd'hui, répondit Melissa en plissant les yeux, son regard passant de l'un à l'autre. En fait, je suis ici pour faire une déposition contre votre client.

Le sourire de Tina s'évanouit lorsqu'elle remarqua l'apparence échevelée de Melissa et les ecchymoses sur sa gorge.

— Dans ce cas, vous comprendrez que je mette un terme à notre conversation sur-le-champ.

— Evidemment.

Après un dernier coup d'œil vers Aaron, Melissa se leva de sa chaise et se dirigea vers le bureau de Riley.

— Ai-je interrompu une discussion qui n'était pas d'ordre professionnel ? demanda Tina à voix basse en se laissant tomber sur la chaise que Melissa venait de libérer.

Aaron s'efforça de reporter son attention sur l'avocate.

— J'enquête sur son affaire.

— Sa malencontreuse altercation avec mon client ?

— Tu veux dire l'attaque brutale par ton client d'une femme qui n'était pas armée après qu'il a obligé son épouse à l'attirer à leur domicile avec un appel téléphonique ? répondit Aaron en grimaçant. Non, il s'agit d'une autre affaire. A moins que ton client n'ait également tenté de mettre le feu à sa maison la nuit dernière, pendant qu'elle s'y trouvait.

— Melissa a de nombreux ennemis en dehors de M. Harris, répliqua Tina d'un ton ferme. Y a-t-il des preuves liant mon client à l'incendie ?

Il faudrait des jours, voire des semaines, pour que le laboratoire analyse les preuves. Un incendie criminel n'ayant fait aucun blessé ni causé aucun dégât majeur ne serait pas très haut sur la liste de leurs priorités. Aaron ignora donc sa question.

— Par ennemis, je suppose que tu veux parler d'autres maris violents ?

— Présumés maris violents, rectifia Tina en haussant un sourcil. Et oui, entre autres.

— A quels autres fais-tu allusion ?

— C'est une question que tu devras poser à Melissa, dit-elle en se levant. A présent, veux-tu bien faire en sorte que je puisse m'entretenir avec mon client ?

Aaron jeta un coup d'œil vers le bureau de Riley et constata que Melissa était également debout. Elle avait apparemment terminé sa déposition. Il se tourna de nouveau vers l'avocate.

— Tu sais quoi, Tina ? Riley Patterson est en charge de l'enquête sur l'agression. Tu devrais plutôt t'adresser à lui.

Du doigt, il indiqua son beau-frère.

Tina fronça les sourcils.

— Pour quelle raison au juste m'as-tu invitée à dîner, après tous ces mois, Aaron ?

— J'avais simplement une soirée libre, et j'ai pensé que nous pourrions rattraper le temps perdu.

Elle ne sembla pas convaincue.

— Tu ferais mieux d'attraper Riley pendant qu'il est disponible, ajouta-t-il.

Le regard qu'elle lui lança aurait pu corroder du métal. Elle se dirigea cependant vers l'autre bureau sans attendre et adressa un signe de tête à Melissa lorsqu'elles se croisèrent.

Cette dernière se dirigea vers la sortie en ignorant Aaron. Se levant de son siège, il se hâta de la rattraper et lui ouvrit la porte.

— Est-ce que tu retournes à la marina ?

— A l'heure qu'il est, ta sœur en a probablement marre de mon chien.

Réglant son allure sur la sienne, il l'accompagna le long du couloir.

— Tina m'a confié que tu avais d'autres ennemis, en dehors des hommes violents qui partagent la vie de tes clientes. A qui faisait-elle allusion ?

Melissa haussa les épaules.

— Interroge ta petite amie.

— Elle m'a dit de te poser la question. Et elle n'est pas ma petite amie. Avoir une petite amie, ce n'est pas vraiment mon truc, tu sais.

Tandis que Melissa le regardait en plissant les yeux, Aaron se rendit compte que ses paroles devaient ressembler à une sorte d'avertissement. Son intention avait-elle effectivement été de la mettre en garde ?

Elle marqua une pause devant la porte.

— Tu sais ce que je crois ? Que c'est probablement Terry Harris qui a mis le feu chez moi. Comme il n'est pas parvenu à ses fins, il a obligé sa femme à m'attirer chez lui afin de pouvoir terminer le travail. Tu devrais donc sans doute faire ce que tu as dit — vérifier son alibi et cesser de t'inquiéter autant à propos de moi et de mes autres ennemis présumés.

Aaron la regarda sortir du commissariat. Elle avait le dos raide et les yeux fixés droit devant elle. Elle savait qu'il était en train de la regarder, devina-t-il, et ça la rendait sacrément nerveuse.

« Pourquoi ne veux-tu pas que j'enquête de plus près sur l'incendie, Melissa ? Que caches-tu d'autre ? »

6

Melissa avait pensé qu'Aaron passerait au cottage avant la tombée de la nuit, mais il n'en fit rien. Elle avait donc passé une partie de la soirée à tenter de se convaincre que c'était Terry Harris qui avait essayé d'incendier sa maison. Il avait un mobile, et les moyens — il n'aurait eu besoin que d'une allumette et du reste d'essence contenu dans le groupe électrogène. Tôt ou tard, la police se rendrait compte qu'il en avait également eu l'occasion.

D'ici là, elle ne pouvait pas continuer à vivre comme si elle était la cible d'un meurtrier. Elle avait déjà manqué une journée de travail. Même si aucune de ses affaires ne passait au tribunal la semaine suivante, elle trouverait bien une manière de se rendre utile au cabinet.

Tout valait mieux que de rester assise là à ne rien faire et à soupirer après Aaron Cooper.

La rapidité avec laquelle sa colère contre lui s'était dissipée, une fois qu'elle avait eu le temps de se calmer en privé, l'avait un peu décontenancée. En dehors de son emportement contre Terry cet après-midi-là, elle était forcée de reconnaître qu'Aaron n'avait pas réellement fait preuve d'un comportement violent. Certes, il avait le contact physique facile, mais tout le monde ne trouvait pas cela aussi menaçant qu'elle.

Tout le monde ne partageait pas non plus son expérience

avec des hommes au tempérament explosif incapables de se maîtriser…

Qu'elle se soit jetée dans ses bras n'était pas insignifiant et n'avait rien eu à voir avec ses hormones ou des fantasmes d'adolescente.

Elle s'était sentie en sécurité. Et protégée.

Aaron Cooper n'était donc peut-être pas vraiment la brute épaisse qu'elle imaginait. Quoi qu'il en soit, elle ne pouvait pas s'autoriser à le considérer comme une personne en qui elle pouvait avoir confiance. Elle devait le chasser de son esprit, tout comme la situation insensée dans laquelle elle était, et faire quelque chose de constructif.

Le lendemain matin, elle conduisit Jasper chez Amy DeLong, une amie de lycée qui travaillait à domicile et avait commencé à garder l'animal lorsqu'elle était au cabinet. Melissa ne supportait pas l'idée de le laisser toute la journée dans une petite niche. Il était encore trop jeune et exubérant pour rester seul pendant de longues heures.

Amy écarquilla les yeux en voyant Melissa.

— Dieu merci ! Est-ce que tu vas bien ?

— Mais oui, pourquoi ? s'étonna Melissa, les sourcils froncés.

Son amie lui tendit le journal qu'elle avait à la main.

On pouvait lire en gros titre, à la une du quotidien local : « UN HOMME DU COMTÉ DE CHICKASAW INCULPÉ POUR AGRESSION ». Une photo de Terry Harris était imprimée juste en dessous.

— D'après l'officier cité, tu as aidé à mettre fin à une prise d'otages en faisant sortir le type de la maison.

Amy reprit le journal et parcourut les colonnes.

— Là ! s'exclama-t-elle en pointant du doigt le milieu de la page.

L'officier en question n'était pas Aaron, mais Blake Clayton. La description qu'il donnait de Melissa en faisait un mélange de Jeanne d'Arc et de Buffy, la tueuse de vampires. Bien qu'elle déteste habituellement la pensée même de la violence, Melissa envisagea un instant l'idée d'aller étrangler Blake Clayton.

Dieu merci, le cabinet qui l'employait se trouvait à Borland, une ville plus importante que Chickasaw, et dans un comté voisin. Il était peu probable que le quotidien de là-bas ait repris cette histoire.

Il s'avéra cependant que Borland n'était pas aussi distant que Melissa l'avait espéré. A son arrivée, au cabinet, presque tous ses collègues étaient regroupés autour de Donna, la réceptionniste, en train de lire l'article par-dessus son épaule.

Dalton Brant fut le premier à relever la tête et à l'apercevoir.

— Acclamez l'héroïne victorieuse ! s'exclama-t-il avec une hostilité à peine voilée.

Depuis quelque temps, Melissa n'était pas la personne qu'il préférait au cabinet. Il était persuadé qu'elle avait obtenu sa dernière promotion à son détriment.

Vicki Trammell, pour part, se précipita vers elle et la serra dans ses bras.

— Crois-tu que ce Terry Harris a déclenché l'incendie ? demanda-t-elle à Melissa tandis qu'elle la conduisait vers l'espace détente et lui versait une tasse de café. C'était forcément lui, non ?

Melissa prit la tasse que lui tendait Vicki et laissa la chaleur réchauffer ses doigts froids.

— Vraisemblablement, répondit-elle.

Au même instant, Carter Morgan sortit de son bureau à sa recherche. D'un mouvement de la tête, il lui fit signe de le rejoindre.

Melissa posa sa tasse avant de s'éloigner.

— Fermez la porte et asseyez-vous, dit Carter quand elle arriva sur le seuil de son bureau.

Elle s'exécuta et s'installa dans le fauteuil en face de lui.

— Je sais que vous m'avez demandé de prendre le reste de la semaine…

— Vous n'avez pas d'ennuis, la rassura-t-il d'une voix douce. Je continue néanmoins à croire que vous devriez prendre quelques jours de congé. Maintenant plus que jamais.

De la main, il tapota le journal posé sur son bureau.

— Ce qui s'est passé n'est pas aussi dramatique que le suggère l'article…, commença Melissa.

— Vous ne serez jamais capable d'en convaincre qui que ce soit. Je crains que vous ne soyez forcée d'attendre que cette notoriété s'estompe.

Carter lui adressa un sourire contrit.

— Bien évidemment, je ne vous blâme pas pour ce que vous avez fait. J'admire votre courage. Vous savez que j'ai toujours pensé beaucoup de bien de vous et de votre travail auprès des victimes de mauvais traitements.

— Mais ?

— Mais nos clients attendent une certaine discrétion de la part des gens qui les représentent.

Melissa fronça les sourcils.

— Insinuez-vous que je n'ai pas été discrète ?

— Pas de manière intentionnelle. Cela dit, comme je l'ai suggéré, je pense que vous devriez prendre quelques jours de congé.

— Monsieur…

— Ne voyez pas cela comme une punition. Depuis que vous avez commencé à travailler pour le cabinet, vous n'avez jamais pris une semaine complète de congé.

— J'aime travailler, répliqua-t-elle sur la défensive.

— Et c'est une caractéristique que j'apprécie. Cependant,

tout le monde a besoin de vacances. Et le moment est très bien choisi pour que vous profitiez de votre planning allégé au tribunal.

— Avec Alice absente, vous êtes à court d'effectifs.

Partie en vacances le vendredi précédent, Alice ne serait pas de retour avant la semaine suivante. Vicki se trouvait donc être la seule assistante.

— Si je ne viens pas de la semaine, tout le monde va devoir travailler d'autant plus dur pour ne pas prendre de retard.

— Nous nous en sortirons, lui assura Carter en se levant pour lui signaler la fin de la conversation.

Il n'était manifestement pas décidé à écouter ses arguments. Même si elle savait qu'elle n'avait fait que son devoir la veille, Melissa éprouvait la sensation d'avoir d'une certaine manière déçu son patron, ce qui était la dernière chose qu'elle souhaitait. Dès sa sortie de la faculté de droit, Carter l'avait engagée pour être son assistante personnelle jusqu'à ce qu'elle réussisse l'examen du barreau. Puis, alors qu'il n'avait pas de poste pour un avocat-conseil à l'époque, il s'était donné beaucoup de mal pour en créer un pour elle, et l'avait guidée avec patience et professionnalisme depuis le début de sa carrière.

Décevoir les gens lui était insupportable.

— Je suis désolée, s'excusa-t-elle tandis qu'il la raccompagnait jusqu'à la porte de son bureau.

— Vous n'avez rien fait de mal. Les choses sont simplement ainsi faites.

Il lui donna une tape sur l'épaule et ajouta :

— Vous avez mentionné vous être installée au bord du lac Gossamer ?

Du coin de l'œil, Melissa vit que ses collègues, encore rassemblés dans le hall d'accueil, regardaient dans sa direction, curieux de savoir ce dont Carter avait souhaité lui parler en privé.

Se sentant embarrassée, elle acquiesça d'un signe de tête.

— A la marina Cooper Cove. Les parents d'un ami sont propriétaires de l'endroit. Ils m'hébergent dans leur cottage, au moins jusqu'à la fin de ce week-end.

Ne désirant pas abuser de la gentillesse des Cooper plus que nécessaire, elle espérait trouver rapidement un autre endroit où dormir.

— Parfait. Pourriez-vous livrer un affidavit de ma part au cabinet Betancourt, à Maybridge ? Je sais que ce n'est pas vraiment sur le trajet…

— Aucun problème, l'interrompit-elle. Avec plaisir.

— J'avais demandé à Vicki de s'en charger, mais Charles a besoin d'elle pour prendre des notes durant une réunion avec un client, et je leur ai promis qu'ils auraient le document avant l'heure du déjeuner.

Melissa sentit les regards de ses collègues posés sur elle tandis qu'elle se dirigeait vers la sortie.

— Je prends le reste de la semaine, leur annonça-t-elle pour en finir.

— Alors qu'Alice est toujours en vacances ? maugréa Dalton.

— Ne fais pas attention à lui, murmura Vicki en la rejoignant. Il est simplement jaloux de n'avoir jamais été en première page du *Borland Courrier* !

— Il n'y a vraiment pas de quoi être jaloux, lui assura Melissa. Vicki, Carter m'a demandé d'aller déposer cet affidavit qu'il t'avait laissé, celui destiné au cabinet Betancourt.

— Oh ! Je vais le chercher.

Vicki alla jusqu'à son bureau et sortit une enveloppe kraft cachetée de l'un des tiroirs.

— Voilà. A remettre à Tina Lewis.

« Génial ! », songea Melissa. Un autre face-à-face avec l'avocate était exactement ce dont elle avait besoin.

— Je téléphonerai de temps en temps pour savoir si vous avez besoin de moi, dit-elle à Vicki qui la raccompagnait jusqu'à la porte. Et, s'il se passe quoi que ce soit avec l'une de mes affaires, préviens-moi.

— Compte sur moi.

Vicki sourit.

— Essaie de rester à l'écart des ennuis, d'accord ?

— Je ferai de mon mieux.

Etant donné le peu de circulation sur la route menant à Maybridge, Melissa fit rapidement le trajet. Elle avait espéré pouvoir déposer l'enveloppe et se remettre aussitôt en chemin, mais elle aurait dû savoir que les choses ne se passeraient pas ainsi.

Tina Lewis se tenait dans le vestibule du beau bâtiment ancien à deux étages, de style XVIIIe, qui hébergeait le cabinet d'avocats Betancourt quand elle entra.

Dès qu'elle l'aperçut, l'avocate haussa les sourcils.

— Cela faisait longtemps qu'on ne s'était pas vues !

— Je joue les coursières, aujourd'hui, expliqua Melissa avant de lui tendre l'enveloppe. De la part de Carter Morgan.

— Merci.

Tina se tourna vers la réceptionniste et lui confia les documents.

— Pourriez-vous remettre ceci à mon assistante, s'il vous plaît ?

— A un de ces jours, lança Melissa en tournant les talons.

Tina la rattrapa au moment où elle atteignait la porte.

— Je vais vous raccompagner.

Surprise, Melissa lui lança un regard en coin. En raison de leurs affrontements fréquents au tribunal, Tina Lewis et elle n'avaient jamais eu de relations particulièrement cordiales.

— Retournez-vous au cabinet ? s'enquit Tina.

— En fait, non. Il semblerait que je sois un peu trop célèbre en ce moment. Je vais donc prendre quelques jours de congé en attendant que le débordement d'enthousiasme s'apaise.

— L'article du journal était effectivement un peu tarabiscoté.

— Ce n'est pas moi qui vous contredirai sur ce point.

Melissa s'arrêta à côté de sa voiture.

— Eh bien… au revoir, ajouta-t-elle.

— J'ai entendu dire que l'incendie avait causé des dégâts à votre domicile, dit Tina. J'imagine que vous vous êtes installée ailleurs en attendant que ce soit réparé ?

Sa question n'était pas simplement de la curiosité, devina Melissa.

— En effet. Je me suis installée chez un ami pour quelques jours.

— Chez Aaron ?

Voilà donc quel était le véritable but de sa démonstration de cordialité, songea-t-elle.

— Je ne suis pas censée révéler cette information.

— Vous semblez beaucoup l'intéresser.

— Il est chargé d'enquêter sur l'incendie.

Tina esquissa un sourire.

— Vous savez, Melissa, je vous admire. Je sais que je ne le montre pas beaucoup parce que nous sommes toujours adversaires au tribunal, mais je respecte vraiment la passion et le talent avec lesquels vous défendez vos clients. Je vais donc vous donner un petit conseil.

— A quel sujet ? s'enquit Melissa avec méfiance.

— Au sujet d'Aaron Cooper, répondit Tina en repoussant une mèche de cheveux blonds de ses yeux. Il n'est pas le type d'homme à s'engager dans une relation durable. J'ignore s'il le sera jamais…

— Et cela vous convient ?

— Ma foi, oui. Une relation sans aucune condition est tout ce que je demande, du moins pour le moment. Si c'est également votre cas, c'est très bien. Je ne suis pas en train de revendiquer quoi que ce soit. J'ai simplement le sentiment que vous êtes le genre de femme qui attend davantage de la part d'un homme, et je me suis dit qu'il fallait que vous sachiez à quoi vous attendre.

Melissa n'arrivait pas à décider si elle devait être agacée par la présomption de Tina ou reconnaissante pour sa mise en garde. Non que cela fasse la moindre différence… Elle n'était pas plus qu'elle à la recherche d'une relation, même si leurs raisons étaient différentes.

— Merci, dit-elle finalement, optant pour la gratitude. Mais vous vous inquiétez pour rien. Je ne suis pas à la recherche d'une relation sérieuse et, comme vous l'avez fait remarquer, Aaron non plus.

— Bien.

Tina recula d'un pas afin que Melissa puisse ouvrir la portière de la voiture.

— A un de ces jours.

Durant le trajet jusqu'au lac, Melissa s'efforça de ne pas repenser aux paroles de sa consœur. Le décor lui offrit la distraction désirée. Serpentant dans la montagne sur une partie du chemin et offrant une vue époustouflante sur le lac en train de miroiter tel un bijou sous le soleil qui brillait dans un ciel sans nuages, la route entre Maybridge et Gossamer Ridge était l'une des plus pittoresques du comté.

Cependant, pour une personne qui avait autant le vertige que Melissa, c'était également un vrai cauchemar.

Alors que la plupart des gens auraient été enchantés

par le paysage, elle pouvait à peine respirer tandis qu'elle négociait les virages serrés et s'efforçait de pas regarder les pentes abruptes si proches de l'accotement étroit et séparées de la route par une glissière de sécurité en aluminium à l'air peu solide.

Elle ne se détendit qu'après avoir dépassé l'embranchement sur Crybaby Falls et commença à descendre doucement vers la marina. La route traversait à présent une forêt de pins, les rayons de soleil jouant entre les branches.

Soudain, un étrange claquement retentit et, une fraction de seconde plus tard, la voiture fit une embardée.

Resserrant ses mains sur le volant, Melissa parvint à non sans mal à redresser la Volkswagen et à contrôler sa trajectoire. L'un de ses pneus avait éclaté, comprit-elle.

Le cœur battant, elle ralentit, s'arrêta sur le bas-côté et coupa le contact.

Au même instant, il y eut un nouveau claquement. Melissa ouvrit sa portière et allait sortir de la voiture quand le même bruit se fit entendre une troisième fois. Presque instantanément, la vitre arrière côté conducteur, vola en éclats.

Une décharge d'adrénaline fusa dans les veines de Melissa et faillit la faire tomber lorsqu'elle réalisa qu'on était en train de lui tirer dessus.

Plongeant à l'intérieur de la voiture, elle s'aplatit sur les sièges. Tout semblait redevenu silencieux. Ou était-ce simplement les battements affolés de son cœur qui noyaient tout le reste ? Après quelques efforts, elle parvint à attraper son sac et en sortit son téléphone.

Il fallait qu'elle fiche le camp d'ici. Elle ne pouvait pas rester dans la ligne de mire du tireur, même s'il ne s'agissait probablement que d'un chasseur qui ne savait pas viser et tirait sur tout ce qui bouge.

Conduire avec un pneu éclaté ne serait pas chose aisée et esquinterait probablement la jante, mais cela valait mieux que de recevoir une balle dans la tête.

Tout en restant baissée le plus possible, Melissa se hissa sur le siège et remit le moteur en marche. Le volant était difficile à manier et la voiture cahota tandis qu'elle se remettait en chemin. La route jusqu'au lac lui parut soudain incroyablement longue et tortueuse.

Le cœur battant la chamade, elle jeta un coup d'œil au téléphone portable serré dans sa main droite.

« Appelle Aaron ! » s'enjoignit-elle.

Elle appuya rapidement sur la touche correspondant à son numéro qu'elle avait entré la veille.

Il décrocha à la deuxième sonnerie.

— Cooper.

— Aaron, c'est Melissa. Je crois qu'on vient de me tirer dessus.

Aaron sentit son sang se figer dans ses veines.

— Quoi ?

La voix de Melissa semblait lointaine, et il avait du mal à l'entendre par-dessus un bruit de moteur et un étrange son sourd qui l'accompagnait.

— Je crois qu'on vient de me tirer dessus. Mon pneu a éclaté et, quand je me suis arrêtée sur le bas-côté et que je suis sortie pour regarder, ma vitre arrière a volé en éclats.

Nom d'un chien ! Il savait qu'il n'aurait pas dû la laisser s'en aller sans protection, se maudit Aaron.

— Où es-tu ?

— En train de descendre River Road en direction du lac, à environ cinq kilomètres de chez tes parents.

— Entends-tu toujours des coups de feu ?

— Non.

— Fonce directement à la marina, aussi vite que possible. Ne t'occupe pas de l'état de tes pneus et ne t'arrête pas de rouler. Va à la boutique et explique ce qui vient de se passer à mes parents. Attends-moi là-bas, d'accord ?

— D'accord, répondit-elle, l'air soulagé.

Aaron raccrocha et attrapa sa veste.

— Que se passe-t-il ? lui demanda Riley en levant les yeux de son ordinateur.

Il le mit rapidement au courant avant d'annoncer :

— Je file à la marina.

— Je t'accompagne, décida Riley.

Malgré la tension, Aaron parvint à esquisser un sourire.

— Tu profites de l'occasion parce que tu as envie de voir Hannah.

— Tu dis ça comme si c'était une mauvaise chose.

A mi-chemin de la marina, Aaron composa le numéro de la boutique de pêche. Sa mère répondit.

— Salut, maman. Est-ce que Melissa est arrivée ?

— Elle est à côté de moi, l'informa Beth Cooper.

Après une brève pause, Melissa prit le téléphone. Sa voix tremblait un peu.

— Ton père est en train d'examiner ma voiture. Il pense que ce sont bien des impacts de balles.

— Est-ce que tu as vu quelqu'un dans les parages ? Y avait-il d'autres voitures sur la route ?

— Non. J'étais la seule sur River Road et je n'ai vu personne dans les bois. Mais tout s'est passé très vite…

— Quelle distance as-tu parcourue après que ton pneu a éclaté ?

— Je ne suis pas sûre. Peut-être deux ou trois cents mètres… Je n'allais pas bien vite et je me suis arrêtée presque aussitôt.

Aaron quitta la route principale et prit la direction de la marina, roulant plus vite qu'il ne l'aurait dû. Comme les pneus du pick-up crissaient dans un virage serré, il vit Riley lui lancer un regard curieux.

Il se gara sur le parking de la boutique et aperçut son père et son frère, J.D., en train d'examiner la petite Volkswagen blanche de Melissa. Tous deux se redressèrent quand Riley et Aaron descendirent du pick-up.

— Je pense que c'est un fusil de calibre .22 qui a fait ça, annonça J.D. tandis qu'Aaron le rejoignait à côté du pneu arrière gauche déchiqueté. Les tirs ont dû être effectués depuis une certaine distance, sans quoi Melissa aurait vu le tireur.

— A moins qu'il n'ait été camouflé, fit remarquer Riley.

Aaron fronça les sourcils.

— C'est insensé ! Pour quelle raison une femme comme Melissa Draper se retrouverait-elle sur la liste noire de qui que ce soit ? Elle n'est personne !

J.D. s'éclaircit la gorge, et son regard se déplaça derrière son frère. Melissa se tenait à quelques mètres derrière lui, découvrit Aaron lorsqu'il se retourna. Ses bras étaient enroulés autour de sa taille, comme si elle avait froid. Il crut discerner un soupçon de peine derrière son demi-sourire.

— Tu as raison. Je ne suis pas le genre de personne que les gens veulent tuer, dit-elle. Pourtant voilà où nous en sommes.

Aaron s'approcha d'elle, prêt à poser une main rassurante sur son épaule. Se rappelant tout à coup la manière dont elle avait réagi à ses contacts physiques inopportuns la veille, il marqua une pause et laissa retomber son bras le long de son corps.

— Est-ce que tu vas bien ?

— J'ai eu plus peur qu'autre chose.

— Allons à l'intérieur.

La boutique était entourée par les bois sur trois côtés,

et le lac s'ouvrait devant eux. Si quelqu'un cherchait à assassiner Melissa, il lui serait facile de l'atteindre alors qu'elle se tenait sur le parking, à découvert.

Dans le petit magasin, Beth Cooper était occupée à servir un client. Aaron regarda l'homme rassembler ses achats et s'en aller avant de se tourner vers Riley.

— Occupe-toi du prélèvement des preuves sur la voiture. Nous allons également devoir jeter un œil aux bois situés à proximité de l'endroit où les tirs ont eu lieu, au cas où l'ordure aurait laissé des douilles derrière lui.

Riley acquiesça d'un signe de tête et retourna à l'extérieur tandis qu'Aaron se tournait vers Melissa.

— Tu t'es manifestement fait un ennemi, observa-t-il à voix basse. Et un ennemi déterminé, on dirait. Tu ne peux pas continuer à te déplacer seule tant que ce type sera en liberté.

Elle lui lança un regard inquiet.

— Que veux-tu dire ?

— Que tu as besoin d'une protection vingt-quatre heures sur vingt-quatre. Il me reste des vacances à prendre, et je crois que c'est le bon moment pour le faire.

7

Frissonnant malgré la chaleur qui régnait dans le pick-up d'Aaron, Melissa regarda par la vitre les bois où Riley Patterson et quatre autres officiers cherchaient des traces du tireur. Assis à côté d'elle, Aaron écoutait leur bavardage à la radio.

— Ne préférerais-tu pas être là-dehors à les aider ?

Il secoua la tête.

— Je suis très bien ici.

— Nous ne savons même pas si ces tirs m'étaient réellement destinés ! protesta-t-elle. Après tout, c'est toujours la saison de la chasse, non ?

— En effet. La saison du chevreuil dure jusqu'à fin janvier, mais ce n'est pas un chasseur qui t'a tiré dessus, Melissa.

— Tu n'en sais rien.

— Si seul le pneu avait été touché, cela aurait pu être possible. Mais il y a eu d'autres tirs environ deux cents mètres après le premier. C'était intentionnel.

Melissa baissa les yeux.

— Je n'y comprends rien ! Terry Harris est en prison, et je ne vois vraiment pas qui d'autre…

— N'as-tu pas d'autres clientes victimes de violences ?

— Quelques-unes, mais aucun des hommes qui les frappent n'est aussi instable que Terry. Et aucun d'eux ne m'a jamais menacée en particulier.

— Je vais quand même avoir besoin que tu me fournisses une liste de noms afin de pouvoir vérifier leurs allées et venues ce matin et la nuit de l'incendie.

— Non, répondit Melissa avec fermeté en le regardant droit dans les yeux.

— Non ?

— Privilège avocat-client.

— Dans ce cas, demande-leur la permission.

— Non. Mes clientes ont vécu un enfer. La plupart d'entre elles sont enfin en train de recouvrer un semblant de paix et d'ordre. Je refuse de les impliquer dans une enquête de police qui fera revenir leurs agresseurs dans leur vie.

Aaron grogna de frustration.

— Dans ce cas, que suis-je supposé faire ? Comment suis-je censé te protéger si je n'ai aucune idée de l'identité de celui qui s'en prend à toi ?

— Je pourrais vérifier leurs allées et venues moi-même, suggéra Melissa. Je suis en contact avec leurs contrôleurs judiciaires et je connais des membres de leurs familles. Je devrais arriver à me renseigner sur leurs récentes activités.

— Et si tu déniches un suspect ? Ne seras-tu pas toujours liée par tes règles de confidentialité ? fit observer Aaron.

— Voilà ce que je te propose : si l'un de ces hommes me paraît être un suspect possible, je demanderai à sa victime la permission de partager les informations avec toi.

Bien que peu satisfait par cette solution, Aaron décida de ne pas discuter.

— Y a-t-il quelqu'un d'autre ? demanda-t-il. En dehors de ces hommes qui battent leur femme ? Des affaires litigieuses dont tu t'es occupée par l'intermédiaire de ton cabinet ?

— Le droit contractuel n'inspire généralement pas de passions meurtrières.

— Et sur le plan personnel ? Est-ce que tu vois quelqu'un ? Ou viens-tu de mettre un terme à une relation ?

— Non. Je n'ai pas eu de relation depuis un moment.

« Pas depuis Evan Hallman », ajouta-t-elle en son for intérieur.

Aaron lui lança un regard sceptique.

— Combien de temps représente « un moment » ?

Melissa refusait d'avouer que cela faisait quatre ans. Il la trouvait probablement déjà assez pitoyable comme ça.

— Il ne s'agit pas d'un ex-petit-ami. Fais-moi confiance.

Et ce n'était certainement pas Evan, qui était toujours détenu dans une prison de Caroline du Nord.

— Qu'en est-il de tes collègues de travail ? L'un d'eux sait-il où tu t'es installée depuis l'incendie ?

— J'imagine qu'ils sont tous au courant, puisque j'ai dit à Carter où il pouvait me joindre devant tout le monde.

Elle soupira avant d'ajouter :

— Mais ça ne peut pas être quelqu'un du cabinet, Aaron. Je ne m'intéresse pas aux potins, je ne poignarde pas les autres dans le dos, je ne couche pas pour obtenir de l'avancement et je n'occupe pas un bureau panoramique que quelqu'un pourrait convoiter…

A cette pensée, elle s'arrêta net. Ce n'était pas entièrement vrai. Pas la partie concernant le bureau, mais il y avait bien quelqu'un au cabinet qui était un peu jaloux d'elle.

Dalton Brant n'était pas son plus grand fan.

Quoi qu'il en soit, l'imaginer avec un pistolet à la main — plus encore un fusil de chasse — était si ridicule qu'elle faillit éclater de rire.

— Un type au cabinet est persuadé que je suis passée au-dessus de lui pour obtenir ma dernière promotion. Mais, franchement, ce n'était pas une promotion suffisante pour pousser au meurtre. Il prend simplement plaisir à me faire des remarques.

— Tu serais surprise du peu qu'il faut pour mettre certaines personnes en rage, observa Aaron.

Melissa lui lança un regard lourd de sous-entendus.

— Je défends des femmes victimes de mauvais traitements. Peu de choses me surprennent encore.

— Parle-moi de ce collègue. Comment s'appelle-t-il ?

— Je ne suis pas une balance.

— Quelqu'un a tenté de te tuer, Melissa ! A deux reprises. J'essaie juste de m'assurer qu'il n'y en aura pas une troisième, et tu me compliques la tâche.

— Ce n'est pas mon intention.

Aaron fronça les sourcils.

— Je commence à me demander si c'est vrai. Tu ne fais pas exactement partie du fan club d'Aaron Cooper, pas vrai ?

« Au contraire, songea Melissa. C'est probablement moi qui l'ai créé. »

— Quelle que soit l'opinion que tu penses que j'ai de toi, je n'essaie absolument pas de contrecarrer ton enquête.

— Dans ce cas, donne-moi le nom de ce type avec lequel tu travailles.

Consciente qu'il devait étudier toutes les pistes possibles, Melissa soupira.

— Dalton Brant, répondit-elle enfin. Mais il n'est pas celui que tu cherches.

— Nous verrons.

Tandis qu'elle saisissait Aaron par le bras, il baissa les yeux vers sa main avant de les remonter lentement vers son visage. La température dans le pick-up grimpa d'au moins dix degrés. Les joues empourprées, Melissa le relâcha, mais la sensation du tissu rêche de la veste en denim d'Aaron subsista sur le bout de ses doigts, envoyant des picotements le long de son bras.

Elle s'éclaircit la gorge.

— Ne harcèle pas Dalton, d'accord ? Ne peux-tu pas simplement poser des questions au cabinet sans l'interroger directement ?

— As-tu peur de lui ?

— Bien sûr que non ! répliqua Melissa en le dévisageant d'un air consterné.

— Dans ce cas, qu'est-ce que ça peut te faire si je lui pose quelques questions directes ?

Elle détourna le regard.

— J'aime mon travail. Je ne veux pas créer d'histoires au sein du cabinet.

— Crois-tu que ton patron te renverrait uniquement parce que tu as été victime d'une tentative de meurtre ?

— Je ne suis pas une victime ! répliqua-t-elle sèchement.

Elle avait passé les quatre dernières années à s'assurer qu'elle ne le serait plus jamais.

— D'accord.

La cabine du pick-up parut tout à coup incroyablement exiguë.

Le grésillement de la radio fit sursauter Melissa. Avec un sourire timide, elle regarda Aaron écouter un appel du Central à propos d'un accident de la circulation survenu de l'autre côté du comté.

— J'ai l'impression de t'empêcher de faire ton travail, dit-elle lorsqu'il se tourna vers elle.

— Assurer ta protection fait partie de mon travail.

L'air pensif, il tapota le volant avec ses pouces et demanda :

— Tu as dit que tous tes collègues t'avaient entendue dire à ton patron où tu t'es installée, exact ?

— Exact.

— Es-tu venue directement ici, après avoir quitté le cabinet ?

— Non. Carter m'avait demandé de déposer des documents à un autre cabinet d'avocats, à Maybridge.

— Maybridge ? Mais ça t'a fait faire un détour d'au moins trente kilomètres !

— Oui, mais ça se situe toujours en quelque sorte sur le trajet pour venir jusqu'ici, fit remarquer Melissa. Et ça ne m'a pas dérangée.

— Qui savait que tu passerais par Maybridge ?

— Mon patron, bien sûr. Et Vicki Trammell. Elle était censée apporter les documents elle-même mais, comme j'allais dans cette direction, Carter m'a demandé de le faire à sa place et de lui épargner le déplacement.

Melissa comprit soudain le sens des questions d'Aaron et le dévisagea avec horreur.

— Tu crois qu'une personne du cabinet m'a tiré dessus !

Aaron jaugea la réaction de Melissa. Il se demanda si elle avait tenté de le persuader en douceur de l'antipathie de Dalton Brant à son égard, mais elle paraissait complètement sidérée.

— Tu crois que c'est impossible ? s'enquit-il.

— Totalement impossible ! répliqua Melissa en secouant la tête.

— Carter Morgan et Vicki Trammell étaient-ils les seuls à savoir que tu ferais ce détour ?

— Quand j'ai informé Vicki que Carter m'avait demandé de passer déposer les documents, tous les autres se trouvaient à proximité et pouvaient entendre notre conversation. Le bureau n'est pas très grand.

Aaron souffla lentement. Il pouvait faire une croix sur son idée de réduire la liste des suspects.

— Combien de personnes sont employées par le cabinet ?

— Huit. Carter et son associé, Charles Dailey. Dalton

et Vicki. Kent Long, spécialisé dans le droit sur les faillites. Gregory Champion, que Carter envisage de prendre comme associé et à qui il ne viendrait donc pas à l'idée d'assassiner l'un de ses collègues, ajouta-t-elle avec un sarcasme à peine voilé. Alice Gaines, mais elle est en vacances cette semaine. Et moi.

Aaron saisit une pointe d'hésitation dans sa voix quand elle mentionna Alice Gaines.

— Parle-moi d'Alice.

— Pourquoi ? s'étonna Melissa, les sourcils froncés. Je viens de te dire qu'elle était en vacances.

— Est-elle avocate, elle aussi ?

— Non. Elle est assistante juridique, comme Vicki. Mais cette dernière travaille principalement avec Carter et Charles, tandis qu'Alice aide le reste d'entre nous.

Le soupçon d'incertitude persistait dans sa voix et Aaron prit note mentalement de la questionner davantage plus tard.

— Aucun des employés du cabinet ne tenterait de m'assassiner. Personne n'a de raison de le faire, insista Melissa. Certes, Dalton Brant se conduit parfois comme un pauvre type, mais il est aussi très intelligent. Il sait qu'il serait aussitôt considéré comme suspect. Il n'est pas stupide au point de risquer sa liberté pour une promotion.

— Probablement pas, admit Aaron.

Et si le timing de cette dernière embuscade n'avait pas été aussi étonnant, il aurait probablement mis ses collègues tout en bas de la liste des suspects potentiels. Mais qui d'autre aurait pu savoir que Melissa descendrait Ridge Road à ce moment-là ?

— S'il te plaît, promets-moi que tu ne vas pas harceler mes collègues à propos de cette histoire, dit-elle d'une voix plus plaintive. Je ne veux pas qu'ils sachent ce qu'il m'arrive.

Aaron inclina la tête sur le côté et la regarda en plissant légèrement les yeux. Elle paraissait sincèrement mortifiée à cette idée.

— Pourquoi pas ? Ils auraient peut-être envie de t'aider.

Ses joues s'empourprant légèrement, Melissa ne répondit pas et une expression presque peinée passa sur son visage. Elle s'empressa de la chasser et détourna le regard.

Aaron décida de ne pas insister. S'il agissait plus en douceur, elle finirait peut-être par se détendre et s'ouvrir davantage. Il se creusa donc la tête pour trouver un sujet de discussion plus sûr qui l'amènerait à baisser sa garde.

— Qu'est-ce qui t'a conduite à représenter des femmes battues ?

Il réalisa aussitôt qu'il avait choisi précisément le sujet qu'il ne fallait pas en le sentant se raidir.

— Durant ma dernière année en faculté de droit, j'ai travaillé bénévolement pour une ligne d'écoute téléphonique ouverte vingt-quatre heures sur vingt-quatre pour les personnes victimes de violences, dit-elle. Cette expérience m'a beaucoup touchée. Alors, quand l'opportunité s'est présentée de venir en aide à des femmes battues, j'ai su que je devais le faire.

Aaron était impressionné par son courage. Ces situations de violences domestiques étaient généralement compliquées et dangereuses.

— Ça ne doit pas être un travail facile.

— Etre officier de police non plus. Qu'est-ce qui t'a poussé à choisir ce métier ?

Melissa paraissait avide de changer de sujet.

— Ton père, crois-le ou non.

Il esquissa un large sourire et poursuivit :

— Tu te rappelles quand Seth Becker et moi avons recouvert la cour de Cliff Mulligan de papier toilette à la fin du championnat d'Etat, en dernière année ?

Le nombre de rouleaux qu'ils avaient utilisés était devenu légendaire. Aaron avait dépensé trois semaines d'économies de son job à l'épicerie pour les payer.

Il l'observa d'un air impatient, espérant que son incursion dans leur passé commun, ajoutée à la mention de son père, ferait au moins sourire Melissa. Au lieu de cela, son visage se ferma plus encore.

— Non, je ne m'en souviens pas.

Aaron parut surpris.

— Vraiment ? Des dizaines de rouleaux de papier toilette pendant du vieux chêne des Mulligan ?

Elle secoua la tête.

— Mais si ! insista-t-il. On en parlait dans toute l'école le lundi suivant, parce que ton père nous avait emmenés au poste et avait convaincu nos parents de nous laisser passer la nuit en cellule afin de nous donner une leçon.

Melissa fronça les sourcils comme si elle tentait sincèrement de se rappeler. Finalement, une lueur de reconnaissance brilla au fond de ses yeux bleus.

— C'était en décembre, exact ? Ma mère a eu un accident à peu près à la même époque, et mon père avait pris des dispositions pour que je manque l'école pendant quelques semaines afin de m'occuper d'elle.

— Oh !

Maintenant qu'Aaron y réfléchissait, une partie du sermon que leur avait fait l'officier Draper ce soir-là mentionnait son irritation d'avoir dû quitter le chevet de sa femme blessée pour s'occuper d'une paire de vandales stupides. Ou quelque chose dans ce genre.

— Je suis désolé. J'espère qu'elle n'avait rien de grave.

— Elle souffrait seulement d'une fracture au bras, mais, pendant un certain temps, elle n'a pas pu faire beaucoup de choses par elle-même.

Melissa détourna les yeux et s'éclaircit la voix avant de poursuivre :

— Comment une nuit en prison a-t-elle pu te donner envie d'être policier? Je veux dire… tu es allé à l'université avec une bourse pour jouer au football, et tout ce que j'ai jamais entendu à ton sujet c'était à quel point les équipes professionnelles allaient se battre pour te recruter. N'était-ce pas ton rêve ?

L'humeur d'Aaron s'assombrit aussitôt. Presque sept années s'étaient écoulées depuis qu'une déchirure des ligaments croisés du genou avait mis fin à son rêve d'être une star du football professionnel, mais le souvenir de ce que le sort lui avait arraché restait douloureux.

— L'envie d'être policier n'est pas venue immédiatement, expliqua-t-il tandis qu'il forçait son esprit à s'éloigner de l'avenir qu'il n'aurait jamais. J'ai passé la majeure partie de mes années d'université avec des étoiles plein les yeux et de nombreuses voix dans les oreilles me répétant que je serais un joueur pro millionnaire.

— Mais ça n'a pas fonctionné.

Melissa leva les yeux vers lui avec une expression de compassion bienveillante.

— Non, en effet, répondit-il avec un soupir. Quand j'ai dû réfléchir à ce que j'allais faire de ma vie, je me suis souvenu que l'acte de fermeté affectueuse de ton père m'avait fait considérer la manière dont je me comportais à l'époque. J'avais envie d'être différent. Ce soir-là, il m'a beaucoup aidé à grandir.

— As-tu jamais dit à mon père qu'il avait changé ta vie ?

La voix de Melissa était étrange, nota Aaron. Gênée.

— Quand je suis sorti de l'université et que je suis revenu ici, il avait déjà pris sa retraite.

Elle le regarda avec attention.

— Est-ce que ça te plaît d'être policier ? Même si ce n'est pas ton rêve premier ?

— Oui, admit-il avec un sourire sincère.

Il frotta ses mains l'une contre l'autre et souffla dessus. Le froid à l'extérieur avait commencé à faire baisser la température dans le pick-up.

— Il commence à faire froid. Je ferais sans doute mieux de te ramener à la maison. Connaissant ma mère, elle est probablement en train de préparer une grande marmite de chili et je suis certain qu'il y en aura suffisamment pour nous.

— Je ne veux pas abuser de son hospitalité.

Aaron faillit éclater de rire. Sa mère ne vivait que pour ça. C'était son trait de caractère le plus attachant, et le plus exaspérant.

— Fais-moi confiance, elle en fait toujours en plus parce qu'elle sait qu'au moins un de ses enfants va débarquer pour le déjeuner, lui assura-t-il.

— Et qu'il va amener d'autres personnes ? s'enquit Melissa, sceptique.

— Absolument.

Aaron s'empara de la radio et informa Riley qu'ils retournaient à la marina pour le déjeuner.

Tandis qu'il démarrait, il aperçut de nouveau une étrange lueur de mélancolie dans les yeux bleus de Melissa, juste avant que son visage ne se referme.

— Je sais que je vous préviens à la dernière minute, mais je n'ai pas pris de vacances en trois ans, fit remarquer Aaron au capitaine Dave Billingsley, plus tard cet après-midi-là, au poste.

Jetant un coup d'œil vers la cloison vitrée, il s'assura

que Melissa était toujours assise sur la chaise à côté de son bureau.

— Tu veux simplement du temps libre afin de pouvoir garder un œil sur Melissa Draper, répliqua Billingsley en allant droit au but aussi subtilement qu'à son habitude.

— Je crois que quelqu'un essaie de la tuer.

— Tu es officier de police, pas garde du corps, observa le capitaine, bien qu'Aaron devinait au ton de sa voix qu'il n'essayait pas tant de le dissuader que de lui conseiller d'être prudent dans la manière dont il comptait aborder la protection de Melissa.

Avoir une relation avec une victime était l'un des interdits majeurs du métier de policier. Des carrières pouvaient être ruinées par ce genre de liaison.

— Prends une semaine, accepta enfin Billingsley. Mais, en ce qui me concerne, tu enquêtes toujours sur l'affaire d'incendie criminel et les coups de feu suspects. Si tu trouves quoi que ce soit, signale-le exactement comme si tu étais en service. Compris ?

— Oui, capitaine.

Dès qu'Aaron sortit du bureau de son supérieur, Melissa se leva.

— Il t'a dit que c'était une idée stupide, n'est-ce pas ?

— Ne sois pas aussi impatiente d'être débarrassée de moi, répliqua-t-il. En fait, il m'a donné une semaine de congé.

— Je crois simplement que c'est une mauvaise idée.

Le front de Melissa se plissa d'inquiétude.

— Je suis habituée à vivre seule…

— Je ne te dérangerai pas plus que Jasper. Probablement moins.

D'un geste de la main, il indiqua la sortie.

— Allons-y. Nous réglerons les détails en…

— Melissa ? dit une voix féminine derrière eux.

Aaron vit ses yeux s'agrandir tandis qu'elle tournait vivement la tête.

La soixantaine, les cheveux châtain-roux, une femme s'approcha en hâte, le regard fixé sur Melissa qu'elle étreignit dès qu'elle arriva à sa hauteur.

— Dieu merci, tu vas bien !

— Maman ?

Mme Draper s'écarta de sa fille, la tenant à bout de bras comme si elle l'examinait à la recherche de blessures, et grimaça en apercevant les ecchymoses sur son cou.

— J'ai vu l'article dans le journal. A propos de l'agression. Pourquoi ne m'as-tu pas appelée ?

— Je n'ai rien, assura Melissa en levant les yeux vers Aaron.

Celui-ci eut l'étrange sentiment qu'elle l'implorait de la sauver. Mais de quoi ? De sa mère ?

Mme Draper suivit le regard de sa fille.

— Désolée… Vous ai-je interrompus ?

L'échine raide comme un piquet, Melissa s'éclaircit la voix.

— Maman, je te présente Aaron Cooper. Aaron, voici ma mère, Karen Draper.

— Ravi de faire votre connaissance, dit-il tandis qu'ils échangeaient une poignée de main.

— Nous étions sur le point de partir…

— C'est lui, n'est-ce pas ?

Surpris, Aaron sentit Melissa glisser sa main dans la sienne.

— Oui, dit-elle à sa mère. C'est mon petit ami.

8

Dès que le mot « petit ami » s'échappa de ses lèvres, Melissa sentit son cœur se serrer. Elle tenta de retirer sa main de celle d'Aaron, mais il resserra ses doigts et la garda prisonnière.

Souriant à Aaron avec joie, la mère de Melissa était de toute évidence surprise que sa fille effacée soit parvenue à mettre le grappin sur un tel homme.

— Je suis si heureuse de faire enfin votre connaissance, Aaron ! Le père de Melissa et moi nous demandions quand elle allait enfin vous amener fêter Noël chez nous, pour changer.

Aaron lança un rapide regard interrogateur à Melissa, puis se tourna de nouveau vers Mme Draper, souriant et complètement maître de lui-même.

— J'ai détesté que nous ne puissions pas passer l'année dernière, mais mon frère Luke était de retour après dix années d'absence — il était dans les Marines — et ma mère aurait piqué une crise sans nom si je n'étais pas venu fêter Noël à la maison.

— Une crise sans nom, hein ? répéta Karen. Peut-être que je devrais essayer.

Elle envoya un regard lourd de sous-entendus à sa fille avant d'ajouter :

— Rien de ce que je fais ne semble pouvoir la décider à venir nous rendre visite, ces derniers temps. J'accepte de vous pardonner à une condition, Aaron. Venez dîner à la maison demain soir. Le père de Melissa sera ravi de faire votre connaissance.

Un froid glacial submergea soudain Melissa.

« Non ! implora-t-elle en son for intérieur. Non, non, non… »

— Avec plaisir, répondit Aaron.

Melissa crut qu'elle allait être malade.

— 18 heures ?

— Parfait.

Karen reporta son attention sur sa fille.

— Ton père m'a chargée de te dire qu'il te trouvait très courageuse.

Malgré l'écœurement qui lui nouait l'estomac, Melissa parvint à esquisser un faible sourire et à hocher la tête.

— Aaron et moi devons partir, maman.

— Je vous accompagne jusqu'à l'extérieur, répliqua-t-elle.

Survivre à une tentative de meurtre n'était apparemment pas assez de stress pour une journée, songea Melissa.

A son grand soulagement, Aaron continua à distraire sa mère avec de menus propos, usant de tout son charme. Lorsqu'ils atteignirent la voiture de Karen, garée sur la zone de parking réservée aux visiteurs, elle était complètement acquise à la cause d'Aaron.

— Alors, vas-tu m'expliquer pour quelle raison cette charmante femme t'a fait à ce point paniquer ? demanda-t-il à Melissa quelques minutes plus tard en lui ouvrant la portière du pick-up.

Elle grimpa à l'intérieur sans répondre et prit tout son temps pour attacher sa ceinture pendant qu'il patientait à côté d'elle.

— Elle ne m'a pas fait paniquer, dit-elle enfin, quand

il parut évident qu'il ne bougerait pas avant d'avoir obtenu une réponse.

Sans chercher à masquer son incrédulité, Aaron la dévisagea en silence. Comme elle n'ajoutait rien, il contourna le pick-up et s'installa au volant.

— Quand nous sommes arrivés sur le parking, tu étais pratiquement verte, fit-il remarquer pendant qu'il attachait à son tour sa ceinture de sécurité.

— Tes instincts de policier sont vraiment à côté de la plaque cette fois, mentit Melissa.

Elle doutait qu'il la croie, mais ça valait la peine d'essayer.

La main sur la clé de contact, il marqua une pause et se tourna vers elle.

— C'est toi qui as décidé de me faire passer pour ton petit ami, pas moi. Alors assume ! Si je me rends chez tes parents demain soir pour continuer à jouer la comédie, j'estime avoir le droit de savoir à quoi m'attendre.

— Je n'aurais pas dû faire ça… Je ne sais pas ce qui m'a pris.

— Je crois en avoir une idée.

Se calant dans son siège, Aaron laissa les clés dans le contact sans démarrer le pick-up.

— Il y a quelque temps, tu as annoncé à ta mère que tu avais un petit ami afin de te libérer d'une obligation familiale. Tu t'es servie de lui comme prétexte pour ne pas venir fêter Thanksgiving avec eux ou Noël…

— Ou les deux, marmonna-t-elle.

— Pourquoi un tel subterfuge ?

— C'est compliqué.

— Tu devrais m'en apprendre un peu plus, si tu veux que je fasse un Roméo convaincant, demain soir.

Sentant venir une migraine, Melissa pressa le bout de ses doigts contre ses tempes.

— Je ne supporte pas de rendre visite à mes parents.

Ça m'incommode physiquement. Alors je me suis inventé une excuse.

Aaron la regarda en fronçant les sourcils tandis qu'il s'efforçait de comprendre.

— Ta mère est une femme charmante. Et ton père est un type génial…

— Non, il ne l'est pas ! l'interrompit-elle d'un ton brusque.

Un long silence suivit ces paroles pleines de colère. Le regard fixé sur ses mains, Melissa sentit des larmes brûler comme de l'acide dans ses yeux.

— Qu'es-tu en train de dire ? demanda enfin Aaron.

Il tendit le bras et prit délicatement le menton de Melissa entre ses doigts pour lui faire doucement tourner la tête vers lui.

— Il la bat, lâcha-t-elle d'une toute petite voix.

Abasourdi et incrédule, Aaron relâcha son menton.

— Quoi ?

Une vive douleur s'installa dans la poitrine de Melissa.

— Je sais ce que tu penses… C'est un pilier de la communauté — ancien shérif adjoint, entraîneur de l'équipe de base-ball des moins de douze ans, qui va tous les dimanches à l'église…

— Est-ce qu'il te frappait, également ?

Surprise par la tension contenue dans la voix d'Aaron, Melissa redressa brusquement la tête.

Ses yeux lançaient des éclairs argentés et la colère marquait les traits de son visage fort et masculin. L'espace d'une seconde, elle se remémora la réaction violente qu'il avait eue quand Terry Harris s'en était pris à elle. Cette fois, néanmoins, elle put constater quelle maîtrise il avait sur lui-même. Bien que bouillant de rage, il n'en laissa rien paraître.

— Non, il n'a jamais levé la main sur moi, répondit-elle.

— Comment se fait-il que personne n'ait été au courant de ce qu'il faisait subir à ta mère ?

Melissa grimaça.

— Il savait où frapper pour que les traces des coups ne se voient pas.

— Le bras cassé dont tu parlais plus tôt…

— Il l'a fait tomber dans l'escalier.

— Mon Dieu !

— J'ai tenté d'en parler à certaines personnes. Toutes ont cru qu'il s'agissait simplement du comportement typique d'une gamine rebelle. Ma mère n'a jamais reconnu quoi que ce soit, et tout le monde avait une si haute opinion de mon père…

— Bon sang ! Et moi qui t'ai dit que j'étais devenu policier à cause de lui !

Aaron passa une main sur sa mâchoire râpeuse d'une barbe de quelques jours.

— Je parie que tu as adoré entendre ça.

— C'est souvent comme ça, dit-elle. Ils compartimentent leur vie. Aux yeux de tout le monde, ils apparaissent comme des types fantastiques. Parce qu'ils ont un punching-ball à la maison sur lequel passer leurs frustrations.

— Est-ce qu'il la frappe encore ?

— Je l'imagine mal ayant arrêté. Il n'est pas le genre d'homme à aller demander de l'aide. Et ceux qui ne le font pas continuent généralement à se montrer violents.

Aaron souffla longuement.

— Je suis désolé. Et je regrette… je regrette que tu ne me l'aies pas dit il y a des années.

— Ce n'était pas le genre de sujet que je pouvais aborder facilement.

Pas après l'insuccès de ses premières tentatives. Elle avait trouvé plus facile de faire profil bas et d'essayer de protéger sa mère de son mieux.

— Et même si tu avais voulu en parler, je n'étais pas le genre de type à qui tu aurais pu te confier, observa-t-il d'un air sévère. J'en suis désolé.

Melissa le croyait.

— Je n'ai pas envie d'aller dîner chez mes parents, demain soir.

— Qui pourrait t'en vouloir ? Cela dit, je pense que nous devrions tout de même.

Le ventre noué par l'anxiété, Melissa le regarda d'un air perplexe.

— Pourquoi ?

— Pour que ton père sache qu'il y a quelqu'un qui le surveille, maintenant.

Horrifiée par cette pensée, Melissa secoua la tête.

— Tu ne peux pas le confronter !

— Ce ne sera certainement pas nécessaire.

— Mais tu le ferais. Tu sortirais de tes gonds à la première occasion…

Aaron l'observa d'un air peiné.

— Est-ce ainsi que tu me vois ?

Melissa soutint son regard. Elle n'était pas certaine de savoir comme répondre à sa question. Le percevait-elle vraiment comme une sorte de tête brûlée qui jouerait des poings à la moindre provocation ? C'était ce qu'elle avait pensé la veille, alors qu'il clouait Terry Harris au sol, avec son avant-bras en travers de sa gorge. Mais l'homme assis à côté d'elle en train de l'écouter avouer l'un de ses plus sombres secrets était doux. Adorable, même. Compréhensif et prêt à prendre son parti.

Elle s'était sentie suffisamment à l'aise pour rechercher la protection de ses bras après avoir échappé à l'agression de Terry. Et assez confiante aujourd'hui pour lui téléphoner quand les coups de feu avaient retenti.

— Non, répondit-elle enfin. Ce n'est pas ainsi que je te vois.

Manifestement peu convaincu, Aaron revint à son argument d'origine.

— Je pense que ton père devrait savoir qu'il y a un autre homme dans la famille qui ne tolérera pas que qui que ce soit frappe ta mère.

— Mais tu ne fais pas vraiment partie de la famille…

— Ça, il n'en saura rien.

Melissa parvint à esquisser un sourire.

— Proposer de continuer à jouer la comédie est très gentil de ta part, mais je n'aurais pas dû te mettre dans cette situation… C'est mon problème ; c'est à moi de m'en occuper.

— Tu as assez de soucis pour l'instant. Inutile d'ajouter davantage de stress à ta vie.

Il lui donna une légère tape sur le dos de la main.

— Allons dîner avec tes parents, demain soir. Rien ne nous oblige à rester longtemps.

— Pourquoi insistes-tu autant ? s'étonna Melissa avec une pointe de malaise. Veux-tu vérifier par toi-même que je dis la vérité ?

— Non, je te crois. Mais j'ai dit à ta mère que je serai là, et je détesterais qu'elle annonce à ton père la venue d'invités pour rien.

Aaron n'avait pas tort, songea Melissa. Son père les avait généralement dissuadées de faire venir des gens à la maison. Et, en y réfléchissant bien, cet isolement imposé était un facteur qui avait probablement contribué à ses difficultés relationnelles actuelles.

Lancer une invitation à Aaron sans avoir consulté son mari avait dû demander beaucoup de courage à sa mère. Melissa ne voulait pas qu'elle ait à gérer seule les répercussions s'ils lui faisaient faux bond.

— Entendu, dit-elle avec un soupir. Demain soir, nous irons dîner chez mes parents.

Elle ne parvenait cependant pas à se débarrasser de la sensation qu'elle allait le regretter.

— Un autre morceau ? demanda Aaron en agitant une part de pizza devant le visage de Melissa.

— Non, merci. Je ne peux plus rien avaler ! gémit-elle.

Il la reposa dans le carton et se pencha pour prendre l'assiette de Melissa au même moment qu'elle. Elle sentit une douce chaleur l'envahir tandis que leurs mains s'effleuraient.

— Je vais faire la vaisselle, annonça Aaron.

— D'accord. Je m'occupe de mettre les restes au frigo.

— Pizza froide, le petit déjeuner des champions !

Avec un large sourire, il commença à faire couler l'eau dans l'évier, puis alluma une radio posée sur le comptoir près du grille-pain. Une ballade country s'éleva aussitôt.

— Bon sang ! Ça rappelle des souvenirs ! s'exclama-t-il en se tournant vers Melissa. Le bal de promo de dernière année, tu te souviens ?

Elle secoua la tête.

— Je n'y suis pas allée.

— Non ? s'étonna Aaron.

— Personne ne m'a demandé de l'accompagner. Qui voudrait y aller seul ?

— Personne ne t'a invitée ? Vraiment ? Quel genre d'idiots fréquentaient cette école ?

Melissa trouva son air incrédule plutôt flatteur.

« Des idiots dans ton genre », répondit-elle intérieurement en dissimulant un sourire.

— Le roi et la reine du bal ont eu leur première danse sur cette chanson après le couronnement.

— Je pensais que les garçons ne se souvenaient pas de ce genre de détails, observa Melissa en refermant le frigo.

— En général, ce n'est pas le cas. Mais il se trouve que Kelly Rayburn m'a plaqué au beau milieu de la danse. Elle a jeté ma couronne par terre et l'a piétinée jusqu'à ce qu'elle soit en morceaux.

Il éclata de rire.

— Je l'avais mérité ! Elle m'avait surpris en train de flirter avec Angie Logan devant le bol à punch. Pour ma défense, qui n'aurait pas flirté avec elle ? Tu aurais dû venir, même toute seule. J'aurais bien eu besoin d'une partenaire, après ça !

Il ne l'aurait même pas vue, si elle avait été là, songea Melissa.

— Qu'as-tu fait, ce soir-là, au lieu d'assister à ma lamentable humiliation ?

Aaron ferma le robinet, prit les assiettes sur le comptoir et les plongea dans l'eau.

— Des devoirs ?

— Non. Je les terminais toujours durant mes heures d'étude surveillée. J'essayais de passer le plus de temps possible avec ma mère, expliqua Melissa en s'appuyant contre le comptoir.

Redressant la tête, elle le trouva en train de la dévisager, ses yeux gris remplis de compassion.

— J'imagine que des choses comme le bal de promo n'avaient pas beaucoup d'importance, en comparaison.

D'un battement de paupières, Melissa refoula les larmes qui lui piquaient les yeux et attrapa un torchon afin d'essuyer l'assiette qu'il venait de rincer. Elle avait besoin d'un peu de temps pour recouvrer le contrôle d'elle-même avant de répondre.

— J'avais envie de me rendre au bal de promo, avoua-t-elle d'une voix douce tandis qu'elle tendait la main pour prendre l'assiette suivante. J'aurais aussi aimé assister aux matchs de football dans les gradins et passer les essais pour devenir *cheerleader*, même si j'aurais été atroce. J'aurais adoré faire toutes ces choses, mais…

— Mais tu n'osais pas passer trop de temps loin de chez toi.

— Certains enfants font tout ce qu'ils peuvent pour partir ; c'est ainsi qu'ils gèrent la situation. Moi, j'ai choisi d'essayer de protéger ma mère du mieux que je pouvais.

— Comment tes parents t'ont-ils laissée quitter la maison pour aller à l'université ?

— Ma mère m'a dit que je ne faisais qu'empirer la situation. Je ne sais pas, peut-être que c'était vrai.

Se remémorant la peine que les paroles sévères de sa mère lui avaient causée, Melissa secoua la tête.

— Je crois qu'elle craignait simplement que je me retrouve piégée dans cette maison pour le reste de ma vie. Quand je suis allée à l'université et que j'ai été enfin seule, j'ai cru que je deviendrais une personne différente. Et, pendant un temps, ce fut le cas.

Les lèvres pincées, elle se rappela les conséquences de sa liberté soudaine.

— Mais on ne peut pas vraiment changer ce que l'on est, n'est-ce pas ?

— Je pense que si, répliqua Aaron avec conviction.

— Vraiment ? Et comment y parvient-on ?

Il haussa les épaules.

— C'est une question à laquelle tu dois arriver à répondre par toi-même. Mais je sais que les gens sont capables de changer radicalement leur manière de vivre leur vie. J'en ai été témoin.

— Quand ça ? le défia-t-elle.

— Quand mon frère, Sam, a fait la connaissance de Kristen Tandy.

Melissa tressaillit. Tandy était un nom connu, dans le comté de Chickasaw. Seize ans plus tôt, Molly Jane Tandy avait assassiné quatre de ses cinq enfants. Kristen avait été l'unique survivante.

— De quelle manière a-t-elle changé ?

— Kristen avait beaucoup de problèmes à résoudre avant d'être avec Sam et Maddy, mais elle l'a fait. Elle a dominé sa peur et s'est autorisée à aimer ma nièce et à faire suffisamment confiance à mon frère pour l'épouser.

Aaron s'approcha d'elle et lui releva le menton du bout du doigt.

— Si Kristen a pu changer après ce qu'elle a enduré…

— Tu penses que n'importe qui en est capable, termina Melissa à sa place, la gorge nouée.

Il n'avait pas tort, songea-t-elle. D'ailleurs elle avait déjà apporté des changements dans sa propre vie. Pour commencer, elle avait cessé d'attendre que les choses arrivent et pris sa vie en main pour vivre selon ses propres termes.

Mais, en ce qui concernait ses relations avec les hommes, elle avait verrouillé la porte de son cœur et jeté la clé.

Une nouvelle chanson commença à la radio, une autre ballade. Aaron lui lança un regard étrange.

— Quoi ? demanda Melissa. Un autre souvenir du bal de promo ?

Il secoua la tête.

— A vrai dire, je viens de me souvenir de quelque chose à propos de toi au lycée…

Elle le regarda avec méfiance.

Comblant la distance qui les séparait, Aaron se rapprocha d'elle.

— Te souviens-tu de la soirée d'intégration de première année ?

— Oui. L'unique soirée à laquelle j'aie jamais assisté…

Mon père s'était rendu à un séminaire de police et n'était pas en ville.

A ce souvenir, un sourire se dessina sur le visage de Melissa.

— Maman et moi avons passé ces trois jours-là à nous coucher tard, à nous faire les ongles et à manger des cochonneries. C'était génial !

— Je me souviens de toi, ce soir-là.

Elle secoua la tête.

— Personne ne m'a invitée à danser de toute la soirée. Je suis restée près du mur, à regarder les autres.

Aaron esquissa un sourire.

— Je t'ai vue. Tu portais une robe toute simple. Je ne me souviens pas de la couleur ou d'autre chose, mais elle te faisait ressortir au milieu des tenues extravagantes des autres.

— Ma robe était bleue. Elle appartenait à ma mère quand elle était encore au lycée.

Aaron hocha la tête.

— Ce soir-là, je n'ai pas dansé non plus. Ma mère m'avait forcé à me rendre à la soirée pour que je garde un œil sur Gabe et Jake, ainsi que sur les filles qui les accompagnaient. N'osant pas inviter qui que ce soit, de peur que mes frères ne me taquinent pendant des jours, j'ai traîné avec le reste de l'équipe de football junior à faire le pitre et à me moquer des autres.

— Le groupe bruyant dans le coin de la salle, près du bol à punch.

— Eh oui…

— Au moins, tu t'amusais.

— Toi non, je suppose.

— Je ne sais pas, répondit Melissa en haussant légèrement les épaules. Sortir de la maison était agréable, et la musique était bonne.

— C'est de ça que je me souviens à ton sujet.

Il se pencha vers elle et ajouta à voix basse :

— Tu étais peut-être collée au mur, mais ton corps réagissait à la musique. Je n'arrivais pas à détourner les yeux de toi. C'était comme si tu dansais de l'intérieur.

La voix d'Aaron était pure séduction et attirait Melissa vers lui, la distance entre eux se comblant malgré les sonnettes d'alarme qui retentissaient dans sa tête.

— Danse avec moi, dit-il en prenant sa main.

Enlaçant la taille de Melissa, il la pressa contre lui.

— Je ne suis pas très bonne danseuse, murmura-t-elle.

Son corps tout entier était chaud et des fourmillements la parcouraient de la tête aux pieds.

— Je t'ai vue à l'œuvre, répliqua-t-il avec un demi-sourire qui envoya une décharge électrique le long de son échine. Je sais de quoi tu es capable.

La ballade avait laissé la place à une chanson au rythme plus enlevé à la radio, mais Aaron n'accéléra pas le tempo de leur danse, qui ressemblait à un peu plus qu'à une simple danse. Renonçant à la lutte qui faisait rage en elle, Melissa se détendit et apprécia la sensation de son corps chaud et fort contre le sien.

Que se serait-il passé s'il l'avait invitée à danser durant cette soirée d'intégration ? Cela aurait-il changé quoi que ce soit au cours de sa vie ?

Probablement pas, mais cela lui aurait procuré un souvenir agréable auquel elle aurait pu repenser de temps à autre.

Tout comme elle pourrait se rappeler ce moment et le fait qu'à une époque, Aaron Cooper avait eu envie de danser avec elle, même si cela ne débouchait sur rien de plus.

Elle aurait bien besoin de tous les bons souvenirs qu'elle pourrait avoir.

Une sonnerie retentit soudain, tirant Melissa de ses pensées.

— C'est mon téléphone, maugréa Aaron en s'écartant d'elle.

De l'air froid remplit l'espace entre leurs corps et la fit frissonner.

Aaron se dirigea vers la radio et baissa le son avant de prendre l'appel. Il écouta quelques secondes, puis répondit à son interlocuteur d'une voix trop basse pour que Melissa puisse entendre ce qu'il disait. Lorsqu'il raccrocha enfin et se tourna vers elle, toute douceur avait disparu de son visage.

Melissa sentit son estomac se nouer.

— Qu'y a-t-il ?

Les lèvres d'Aaron étaient pincées en une ligne tendue.

— Pourquoi ne m'as-tu pas dit que ton petit ami à l'université avait essayé de te tuer ?

9

Le cœur d'Aaron se serra lorsqu'il vit l'expression de honte horrifiée de Melissa.

— Je n'avais pas envie d'en parler, expliqua-t-elle sur la défensive, ses yeux brillant de larmes.

Ravalant sa colère, il réalisa qu'elle croyait que sa fureur était dirigée contre elle et non contre l'ordure qui l'avait envoyée à l'hôpital, en Caroline du Nord, pendant presque six semaines.

— Je suis désolé. Ce n'est pas contre toi que je suis en colère. Il s'agit simplement d'une information pertinente, étant donné les deux tentatives de meurtre récentes dont tu as été victime.

Melissa secoua la tête.

— Evan est en prison.

— Non.

Elle redressa brusquement la tête.

— Quoi ? Le juge l'a condamné à une peine de sept à dix ans, et il n'en a effectué que quatre !

— Apparemment, le système pénal de Caroline du Nord manque d'argent et a mis en liberté conditionnelle plusieurs délinquants primaires qui ont eu un bon comportement et ont purgé au moins la moitié de leur peine minimum. Il est sorti il y a une semaine.

Aaron rangea son téléphone portable dans sa poche.

— Comment as-tu découvert l'existence d'Evan ? demanda Melissa après un instant de silence tendu.

— Nous avons fait quelques vérifications de routine à ton sujet le matin de l'incendie. Et nous venons juste de recevoir une réponse de Caroline du Nord concernant la requête que nous leur avions envoyée. C'était Riley, au téléphone.

Melissa laissa échapper un rire sans joie.

— J'avais oublié que j'étais ta suspecte numéro un au départ.

— Riley essaie d'obtenir les coordonnées du contrôleur judiciaire d'Evan. Nous devrons probablement attendre demain pour mettre le processus en marche.

Veillant à ne pas l'effrayer, Aaron traversa tranquillement la pièce jusqu'à l'endroit où se tenait Melissa. Elle paraissait tendue, hésitant entre se battre et prendre la fuite.

— Je sais que tu n'as probablement aucune envie de penser à ce type, mais serait-il possible qu'il t'en veuille assez pour enfreindre les termes de sa liberté conditionnelle afin de venir s'en prendre à toi une nouvelle fois ?

Melissa le regarda d'un air peiné.

— Je n'en sais rien… Il m'arrive parfois de penser que je ne le connaissais pas du tout.

— Combien de temps votre relation a-t-elle duré ?

— Huit mois. Nous parlions déjà de nous fiancer.

Les mains tremblantes, elle lissa ses cheveux en arrière.

— Je sais que c'est complètement cliché, mais c'était vraiment un type adorable, au début. Il fêtait chaque petit anniversaire ridicule. Il m'offrait des fleurs sans aucune raison particulière et me faisait me sentir belle.

Il y avait une telle souffrance dans ses yeux qu'Aaron eut envie de donner des coups de poing dans le mur. Or, la rage était la dernière chose dont elle avait besoin venant de lui.

— Allons nous asseoir, veux-tu ? suggéra-t-il.

Melissa le suivit jusqu'au salon et s'installa sur le sofa, le dos légèrement voûté comme si elle éprouvait le besoin de se protéger. Aaron s'installa dans le fauteuil à sa droite et attendit qu'elle se concentre, même s'il était impatient de savoir ce qu'elle avait enduré. Comme si, en l'entendant, il serait d'une certaine manière capable de réparer les dégâts qui avaient été causés…

Rien ne le pourrait jamais, il en avait bien conscience, mais peut-être que le fait de tout lui raconter soulagerait un peu Melissa d'une partie du fardeau qu'elle portait à l'évidence encore.

— Lorsque nous sommes devenus… intimes, les choses ont changé, commença-t-elle en jetant un rapide coup d'œil dans sa direction.

Du regard, Aaron l'encouragea silencieusement à poursuivre tandis qu'il s'efforçait d'ignorer l'écœurement qui lui nouait le ventre.

Un soupçon de rose colorant ses joues pâles, Melissa reprit :

— Evan a commencé à devenir… envahissant. Il passait me voir à l'improviste, me téléphonait constamment. Comme nous avions une relation sérieuse, je n'ai pas trouvé ça vraiment bizarre, au début.

— Il te harcelait.

Elle acquiesça d'un signe de tête.

— C'est étrange de penser une telle chose de l'homme que l'on songe à épouser. Lorsque je lui ai demandé de me laisser plus d'espace pour respirer, il s'est mis en colère et m'a accusée de chercher à faire marche arrière dans notre relation. Peut-être que c'était le cas… je ne sais pas. Mais, à ce stade, j'ai arrêté de parler de mariage.

— T'a-t-il accusée de le tromper ?

— Oui. Et le plus triste c'est que, dans un premier

temps, j'ai été flattée par sa jalousie. Je n'avais pas l'habitude d'être désirée de cette manière.

Elle éclata d'un rire dépourvu d'humour.

— Pathétique, hein ?

— Non. Pas plus pathétique que n'importe qui. Tout le monde a envie d'être désiré.

La main de Melissa eut un petit mouvement convulsif lorsque Aaron la recouvrit de la sienne puis s'immobilisa.

— Quand est-il devenu violent ? demanda-t-il.

— Au départ, il s'agissait simplement d'accès de colère — donner des coups de poing dans le mur, renverser la table basse… Comme il ne levait pas la main sur moi, j'ai cru qu'il était capable de se maîtriser suffisamment pour ne pas me faire de mal physiquement.

— Ensuite, il a commencé à détruire des objets auxquels tu tenais, devina Aaron.

Ayant enquêté sur des affaires de mauvais traitements par le passé, il avait vu de quelle manière la situation évoluait.

— Il a déchiré des livres, cassé des C.D. et ma télévision. Heureusement que je n'avais pas d'animal de compagnie à l'époque !

— As-tu essayé de rompre avec lui ?

— Evidemment.

Elle eut un petit sourire amer.

— Il redevenait alors le type adorable duquel j'étais tombée amoureuse, promettant de se contrôler et de se faire pardonner. J'avais tellement envie de le croire que je le croyais… Tant qu'il ne me frappait pas, il était encore loin en tête par rapport à mon père, et je me disais que j'avais de la chance de ce point de vue là.

— Jusqu'à ce qu'il te donne le premier coup.

— J'ai immédiatement mis un terme à la relation, dit-elle d'une voix ferme. J'avais peut-être fermé les yeux sur les signes avant-coureurs de violence, mais il était hors de question que j'accepte d'être maltraitée par un homme qui jurait m'aimer.

— Il s'est donc vengé quand tu as rompu ?

— Quelques semaines plus tard, il s'est introduit par effraction dans mon appartement au milieu de la nuit et m'a attaquée pendant que je dormais. Il m'a extirpée du lit. Comme je me débattais, il m'a traînée jusqu'au balcon et m'a jetée par-dessus bord.

Melissa baissa les yeux sur la main d'Aaron, encore posée sur la sienne.

— Je me suis rattrapée à la rampe, c'est ce qui a amorti ma chute.

Riley avait donné à Aaron une liste condensée des blessures de Melissa — sévère traumatisme crânien, plusieurs côtes et doigts cassés, collapsus pulmonaire, fracture du fémur… Le rapport ne détaillait pas la manière dont elles avaient été infligées.

— Combien de temps t'es-tu cramponnée ? demanda-t-il, horrifié.

Melissa frémit.

— Jusqu'à ce qu'il commence à taper sur mes doigts avec un chandelier en cuivre.

Le simple fait d'imaginer la scène donnait envie à Aaron de traquer Hallman et de lui faire payer par le sang. Il repoussa sa rage afin que sa voix soit calme lorsqu'il parla de nouveau.

— Ce qui nous amène à la grande question. Crois-tu qu'il aurait pu mettre le feu chez toi ou avoir tiré sur ta voiture ? Est-ce que ça ressemble à quelque chose qu'il ferait ?

Derrière le regard inquiet de Melissa, Aaron vit les rouages de son esprit se mettre en marche. Après un instant, elle haussa les épaules et secoua la tête.

— Je l'ignore. Ses accès de rage se produisaient toujours de manière spontanée. Rien n'était calculé. Même pour son ultime attaque… Il n'avait pas planifié suffisamment ce qu'il allait faire pour se munir d'un pistolet ou d'un couteau. Il s'est contenté d'utiliser le premier objet qui lui est tombé sous la main. D'ailleurs, je ne pense même pas qu'il avait dès le départ l'intention de me tuer… du moins, ce n'était pas la véritable raison de son attaque. Ses motivations étaient plus viscérales. Il voulait littéralement me donner de ses propres mains la punition qu'il estimait que je méritais. Un pistolet ou un couteau aurait achevé les choses trop rapidement. Et de manière impersonnelle.

— Riley et moi allons le localiser, lui promit Aaron en pressant sa main. Et nous découvrirons si c'est lui qui a attenté à ta vie ces derniers jours. D'accord ?

Melissa laissa échapper un souffle tremblant.

— D'accord.

— Merci de t'être confiée à moi.

Aaron commençait à lâcher sa main quand Melissa referma ses doigts sur les siens. Croisant son regard, il vit des larmes au fond de ses yeux.

— En parler n'était pas facile. Merci de m'avoir simplifié les choses.

— Je regrette qu'une telle horreur te soit arrivée.

Savoir que quelqu'un avait abusé de sa confiance et de sa loyauté le rendait malade. Il regrettait de ne pas avoir été là pour la protéger.

— Ces derniers jours ont été longs, observa-t-elle avec un léger sourire. J'aurais bien besoin de dormir un peu.

Aaron se leva en même temps qu'elle et fixa son regard sur ses épaules voûtées tandis qu'elle se dirigeait vers la chambre d'un pas lourd. Il la soupçonnait d'être plus fatiguée émotionnellement que physiquement.

Lui-même se sentait relativement las, mais il lui restait un travail à faire avant d'aller se coucher.

D'une manière ou d'une autre, il s'assurerait que cette ordure d'Evan Hallman ne poserait plus jamais les mains sur Melissa.

— J'ai changé d'avis, annonça Melissa en s'arrêtant au milieu du chemin dallé avant de se retourner vers la voiture.

Les doigts chauds d'Aaron se refermèrent sur les siens.

— Tu es sûre ? Je continue à croire que c'est une bonne idée, mais si tu préfères te dégonfler…

— N'essaie pas de m'obliger à faire quelque chose dont je n'ai pas envie en piquant mon amour-propre ! répliqua-t-elle en lui lançant un regard noir.

Aaron pressa légèrement sa main avant de la lâcher.

— Ce n'est pas ce que je fais, je t'assure. Si tu préfères retourner au cottage, je te ramène. Je veux simplement que tu sois certaine de ta décision.

Melissa ouvrit la bouche pour lui assurer qu'elle savait ce qu'elle voulait, mais aucun son n'en sortit. Elle pinça les lèvres tandis que son esprit débattait afin de décider si dîner avec ses parents était oui ou non une bonne idée.

Avant qu'elle n'ait le temps de parvenir à une conclusion, la porte d'entrée de la maison s'ouvrit et sa mère apparut sur le porche. Dès qu'elle vit son visage s'épanouir en un large sourire et son air si heureux, Melissa sut qu'elle ne pouvait plus faire marche arrière.

Prenant la main d'Aaron, elle monta les marches du porche.

— Nous avons apporté le dessert, annonça-t-elle avant de donner à sa mère la tourte aux pêches qu'elle avait passé l'après-midi à préparer.

Melissa savait que c'était son dessert préféré.

— Il ne fallait pas, mais merci.

— Entrez, les invita Karen en indiquant la porte d'un geste de la main. Ton père est en train de mettre la table.

Melissa fronça les sourcils. Depuis quand son père se chargeait-il de ça ?

D'une pression ferme au creux de ses reins, Aaron la poussa légèrement en avant.

— Y a-t-il quoi que ce soit que nous puissions faire pour aider ? demanda-t-il poliment.

— Contentez-vous de passer un bon moment, répondit Karen avec un sourire.

Elle les conduisit jusqu'à la salle à manger où le père de Melissa, Derek, était en train de déposer une grande cruche de thé glacé au centre de la table ronde en chêne.

A leur entrée, il se redressa et riva son regard à celui de sa fille. L'intensité dans ses yeux bleus, tellement identiques aux siens, était telle qu'une bouffée d'appréhension envahit Melissa.

Détachant finalement son regard d'elle, Derek croisa celui d'Aaron et lui adressa un sourire qui paraissait sincère.

— Aaron Cooper ! J'ai entendu dire que vous étiez finalement rentré dans le droit chemin.

— En effet, monsieur, répondit Aaron avec un sourire circonspect.

Melissa sentit qu'il s'était retenu d'en dire trop et qu'il s'efforçait de se conduire de son mieux, comme elle le lui avait demandé.

— Quant à toi, Missy Mae…

L'utilisation par son père de son surnom affectueux la fit tressaillir.

— … tu t'attires plus d'ennuis maintenant que lorsque tu étais adolescente.

Son ton était sérieux, mais ses yeux étaient pleins de

douceur. Il paraissait presque être fier d'elle… Clignant des paupières, Melissa se demanda si elle était en train de s'imaginer des choses.

— Melissa semble les attirer, en effet, observa Aaron tandis qu'il posait une main contre son dos, comme s'il sentait qu'elle avait besoin de soutien moral.

Sa voix se durcit d'un cran lorsqu'il ajouta :

— C'est la raison pour laquelle je la surveille de près, ces jours-ci. Je n'ai nullement l'intention de laisser qui que ce soit lui faire du mal — ou faire du mal aux gens qu'elle aime.

Jetant un coup d'œil en direction de sa mère, Melissa vit Karen la regarder avec une expression mêlée d'espoir et de crainte.

— Melissa, pourrais-tu venir m'aider dans la cuisine un moment ? Derek, il me semble que tu mourais d'envie de demander à Aaron son avis à propos de ton nouveau bateau…

Le regard qu'elle adressa à son mari était lourd de sous-entendus.

Non, songea Melissa. Il était hors de question qu'elle le laisse seul avec son père, ne serait-ce qu'une seconde !

— Je croyais que nous étions sur le point de dîner, protesta-t-elle.

— Le rôti n'est pas encore tout à fait cuit, répondit placidement sa mère en jetant un coup d'œil vers son mari comme si elle attendait qu'il la soutienne.

Etaient-ils en train de comploter ensemble ? s'interrogea Melissa. Et contre elle ? Que diable se passait-il ?

En désespoir de cause, elle se tourna vers Aaron et vit la perplexité au fond de ses yeux gris. Quand Derek lui donna une tape sur l'épaule en indiquant la porte de derrière, il l'accompagna cependant sans rechigner.

— Est-ce que tu as perdu la tête ? s'exclama Melissa en se retournant brusquement vers sa mère.

Cette dernière esquissa un sourire.

— Non. Je suis simplement fatiguée d'attendre que tu daignes enfin écouter ce que j'essaie de te dire.

Melissa se hérissa.

— Je n'ai pas envie de t'entendre me raconter à quel point il a changé. Les auteurs de violences conjugales ne vont pas simplement mieux du jour au lendemain.

Le sourire de Karen disparut.

— Non, en effet. Pas sans aide.

— Comme si papa allait demander de l'aide !

— Il l'a fait.

Melissa dévisagea sa mère avec stupéfaction. Demander de l'aide était la dernière chose que ferait Derek Draper. Il était bien trop fier pour cela.

— Arrête de me mentir, maman ! Arrête de te mentir à toi-même !

— Si tu le souhaites, tu pourras t'entretenir avec son conseiller. Demain, ton père appellera le centre et lui donnera l'autorisation de discuter de son cas avec toi, proposa Karen d'une voix douce.

Les genoux tremblants, Melissa se laissa tomber sur une chaise. Soit sa mère avait complètement perdu la raison, soit son père avait effectivement décidé de se faire soigner pour son comportement violent.

En cet instant, elle misait plutôt sur la première éventualité.

— Je comprends ta confusion, reprit Karen.

— Quand est-ce que son traitement est supposé avoir démarré ?

— Peu après qu'il a pris sa retraite.

— Il y a quatre ans ?

Karen tira une chaise et s'assit près de sa fille, posant une main sur la sienne.

— Il l'a fait autant pour moi que pour toi, tu sais.

— Pour moi ? Mais j'avais déjà quitté la maison !

— A l'époque où il a pris cette décision, tu étais à l'hôpital en train de te battre pour ta vie.

Karen pressa la main de Melissa. Ses doigts étaient chauds et fermes.

— Voir ce qu'Evan t'avait fait a été comme…

Elle marqua une pause, comme si elle cherchait les mots justes.

— Ça a été comme s'il se voyait dans un miroir. Ce qu'il était devenu et ce qu'il faisait.

Melissa battit des paupières pour combattre les larmes qui lui brûlaient les yeux.

— C'est de la folie ! Ne pouvait-il pas se rendre compte de ce qu'il faisait simplement en te regardant ? Tu as eu des ecchymoses pendant des années avant que je sois blessée.

Karen lâcha la main de sa fille et porta le bout de ses doigts à ses lèvres, les yeux humides.

— S'il l'avait fait, il aurait été forcé d'arrêter de me frapper. Et, d'une certaine manière, c'était la seule chose qui lui permettait d'avoir un comportement normal dans tous les autres domaines de sa vie.

Ecœurée, Melissa sentit son estomac se nouer.

— Te rends-tu compte à quel point ce que tu es en train de dire est tordu ?

— J'en suis consciente, reconnut Karen. J'avais mes propres raisons pour le laisser me faire du mal. Dans un sens, j'avais moi aussi ma part de responsabilité à assumer dans la situation lorsque nous avons reçu l'aide dont nous avions besoin.

Melissa secoua la tête. Elle n'en croyait pas ses oreilles. C'était du délire pur et simple.

— Aaron Cooper n'est pas ton petit ami, n'est-ce pas ?

— Quoi ? s'étonna Melissa, déconcertée par le soudain changement de sujet.

— En fait, tu n'as eu aucun homme dans ta vie depuis Evan.

— Quel rapport avec papa et toi ?

Karen la regarda avec une expression si peinée que Melissa faillit grimacer.

— Je pense que ça a tout à voir avec ça. Et le fait que tu aies laissé Evan Hallman rester dans ta vie environ six mois plus longtemps que tu ne l'aurais dû y est aussi lié.

Melissa éclata d'un rire amer.

— Tu veux dire que ta relation dysfonctionnelle avec mon père a ruiné mes chances d'en avoir une saine ?

Une image d'Aaron traversa son esprit, altérée par celle du visage fou de rage d'Evan, gravée là de manière permanente.

— A quoi d'autre t'attendais-tu ? demanda-t-elle.

— Je ne crois pas que ça ait ruiné quoi que ce soit. Pas encore.

Karen prit la main de sa fille dans la sienne, mais Melissa la retira aussitôt.

— Et qu'est-ce qui est supposé me sauver ? Vous voir, papa et toi, en train de vous tenir par la main et de chanter des chansons joyeuses jusqu'à ce que nous soyons enfin une famille normale ?

— Non.

— Quoi, alors ? Qu'est-ce qui va m'empêcher de devenir une vieille fille amère, maman ?

— Pardonner à ton père.

*
* *

— Allons droit au but, mon garçon. Je sais que vous êtes au courant de ce que j'avais l'habitude de faire subir à la mère de Melissa. Alors parlons-en au grand jour.

Derek Draper n'attendit pas qu'ils atteignent le bateau Triton flambant neuf accroché à son pick-up rouge pour abandonner le prétexte dont il s'était servi pour le faire sortir de la maison.

Les bras croisés sur son torse, Aaron l'observa en silence. Si cette ordure croyait qu'il allait lui faciliter les choses, il se mettait le doigt dans l'œil.

— C'est bien ce que je pensais, poursuivit Draper avec un petit sourire avant de se remettre à marcher en direction du bateau.

Aaron le suivit en gardant une légère distance. Il mourait d'envie de montrer à Derek Draper ce que ça faisait d'être celui qui prenait les coups, mais il n'oubliait pas qu'il avait promis à Melissa de rester calme.

De toute façon, en dépit de ce qu'elle pouvait croire à son sujet, il n'était pas le genre d'homme à résoudre ses problèmes avec ses poings.

— Vous comptez rester là sans rien dire ? demanda Draper en se retournant pour lui faire face.

Il n'avait ni l'air provocant ni conciliant. Il paraissait simplement… triste.

— Qu'y a-t-il à dire ? Que vous êtes un lâche qui bat sa femme ? Je pense que vous le savez déjà.

Aaron grimaça.

— Cependant, j'ajouterai ceci : si jamais j'obtiens la moindre preuve de ce que vous faites, je jure de vous coller en prison sur-le-champ.

Un sourire inattendu apparut sur le visage de Draper.

— Croyez-le ou non, Aaron, c'est exactement ce que j'espérais entendre.

10

— Ton père t'aime, Melissa. Il t'a toujours aimée. C'est une des raisons pour lesquelles tu as été capable de servir de tampon entre nous.

La peine de Karen Draper se reflétait sur son visage.

— Pendant beaucoup trop longtemps, je t'ai laissée faire. Je t'ai gardée près de moi, sans jamais t'encourager à sortir ni à apprendre comment vivre ta propre vie, jusqu'à ce qu'il soit presque trop tard. Puis je t'ai poussée hors du nid de manière si cruelle…

Ainsi, elle ne s'était pas trompée, songea Melissa. Sa mère lui avait effectivement menti pour l'inciter à s'en aller.

— Tu aurais dû venir avec moi.

Karen secoua la tête avec tristesse.

— Je sais que tu ne peux pas comprendre. Quand j'y repense, on dirait une autre personne… une autre vie. Mais j'aimais ton père. Je ne voulais pas le quitter.

Elle posa une main sur la joue de sa fille.

— Je pensais que la violence était un juste prix à payer pour ça.

— Sais-tu à quel point c'est faux ?

Karen acquiesça d'un signe de tête.

— Ton père n'est pas le seul à avoir consulté un conseiller. Je ne te l'ai jamais dit, mais ton grand-père était un homme violent, lui aussi. Tu étais si petite quand il est mort que j'ai pensé qu'il valait mieux ne pas en parler.

Les faits et gestes de sa mère commençaient à avoir un sens horrible. Elle aussi avait protégé une personne violente !

— Mon père me punissait parce qu'il m'aimait. De même que le tien. Du moins est-ce ainsi que je voyais les choses.

Melissa secoua la tête et se leva brusquement. Tout son corps vibrait de l'envie de s'enfuir le plus loin possible de cette maison. Sa mère lui avait donné beaucoup à réfléchir.

Beaucoup trop.

Elle attrapa son sac posé sur la table et se précipita vers la porte d'entrée.

— Vous avez donc reçu de l'aide et, aujourd'hui, vous allez mieux ?

Aaron regarda Draper en fronçant les sourcils. Il était agacé d'être tombé dans une embuscade et plus irrité encore contre lui-même car il commençait à se laisser convaincre par ce que l'homme lui racontait.

Dans l'exercice de son métier, il pouvait voir de quelle manière des hommes cessaient de battre leur femme. Les traitements étaient efficaces pour certains, mais beaucoup recommençaient à cogner au bout de quelques mois.

Draper semblait cependant dire la vérité.

— Ce que j'ai ressenti quand j'ai vu ma fille allongée dans ce lit d'hôpital, avec le visage contusionné et gonflé, est indescriptible. Je n'arrivais même pas à la reconnaître, après ce que cette ordure lui avait fait. C'était…

Il marqua une pause et humecta ses lèvres sèches.

Le voyant se débattre avec ses émotions, Aaron s'efforça de maintenir une distance afin de préserver son scepticisme professionnel. Les paroles de Draper étaient néanmoins si saisissantes, si proches de ce qu'il imaginait que Melissa avait enduré, qu'il éprouvait des difficultés à rester indifférent.

— J'ai eu l'impression de me regarder dans un miroir, reprit Draper. La laideur de ce que Hallman avait fait à ma fille... je me suis reconnu dans cette violence. J'ai vu ma propre brutalité, ma rage et ma souffrance. J'ai pris conscience de ce que j'étais devenu. Le lendemain de cette visite à l'hôpital, je suis allé demander de l'aide. Et j'en ai obtenu.

— Vous êtes-vous rendu dans un centre de soins ? demanda Aaron.

— Pendant environ un mois. Quand j'en suis sorti, Melissa n'avait toujours pas quitté l'hôpital.

Aaron pinça les lèvres. Que pourrait-il bien dire ? se demanda-t-il. « Félicitations pour avoir cessé de battre votre femme » ? Il opta pour une question plus importante.

— Avez-vous rechuté depuis la fin de votre traitement ?

— Mon traitement n'est pas terminé. J'ai encore des consultations en externe, l'informa Draper. Mais pour répondre à votre question, non. Aucune rechute. Durant les premiers mois, ça a été un véritable combat. J'étais confronté à des souvenirs difficiles, et il y avait beaucoup de stress. Mais je n'ai plus porté la main sur Karen.

Il redressa la tête et regarda Aaron droit dans les yeux, le fantôme d'un sourire flottant sur ses lèvres.

— Je l'ai toujours aimée, vous savez. Mais j'étais malade.

— Avez-vous jamais frappé Melissa ?

Aaron appréhendait d'entendre la réponse à cette question. Elle lui avait affirmé que son père n'avait jamais levé la main sur elle, mais il arrivait parfois aux victimes de maltraitance de mentir, autant à elles-mêmes qu'aux autres.

— Non.

Le regard de Draper resta ferme, mais Aaron perçut son effort pour ne pas détourner les yeux.

Au même instant, un mouvement devant la maison attira son attention et il vit Melissa qui courait vers le pick-up.

Immédiatement en alerte, il fonça vers elle. S'était-il passé quelque chose entre sa mère et elle ?

— Melissa !

Lorsqu'elle se retourna brusquement vers lui, il constata que ses yeux étaient embués de larmes. Elle déplaça son regard vers son père, qui arrivait à la hauteur d'Aaron.

— Je ne peux pas te parler maintenant, dit-elle à son père. Peut-être plus tard, mais pas maintenant.

Surpris que Draper n'essaye pas de la convaincre de rentrer, Aaron jeta un coup d'œil vers la maison et aperçut Karen dans l'embrasure de la porte en train de les observer. Elle se tamponnait les yeux avec une serviette de table.

Sortant les clés de sa poche, Aaron commençait à contourner le pick-up quand Draper l'interpella.

— Je vous ai toujours apprécié, Aaron. Même quand vous meniez une vie dissipée.

Son regard dériva vers le pick-up, où Melissa s'était installée, recroquevillée sur elle-même dans une position d'autoprotection.

— Elle mérite quelqu'un qui saura l'aimer de la bonne manière. Jamais elle n'a eu ça. Alors, si au fond de vous, vous êtes l'homme que je pense que vous êtes, traitez-la bien. Promettez-le-moi, Aaron. Promettez-moi que vous prendrez bien soin d'elle, quoi qu'il arrive.

Aaron avait passé toute sa vie d'adulte à éviter ce genre de promesse et d'engagement.

Melissa et lui ne formaient pas un couple. Malgré son attirance pour elle, il ignorait ce qu'il ressentait à ce propos. Et il ne savait assurément pas quels étaient les sentiments de Melissa à son égard. Parfois, il avait l'impression qu'elle pouvait à peine le supporter.

Quoi qu'il en soit, Draper avait raison sur un point. Elle méritait d'être mieux traitée qu'elle l'avait été jusqu'à présent. Et s'il y avait une chose qu'il était certain de pouvoir promettre, c'était de la protéger de celui qui voulait sa mort.

— Je vous jure de veiller sur elle, dit-il à son père.

Draper hocha la tête et commença à remonter le chemin dallé en direction de sa femme qui l'attendait.

Aaron grimpa dans le pick-up et attacha sa ceinture de sécurité avant de jeter un coup d'œil vers Melissa. Elle était raide comme un piquet.

— Je n'ai pas envie de parler, dit-elle aussitôt.

Sans un mot, il mit le contact. Aussitôt, la radio rompit le silence de la cabine avec une musique discordante. Il s'apprêtait à l'éteindre quand Melissa lui saisit la main.

— Laisse-la allumée, demanda-t-elle avant de le relâcher.

Ils retournèrent à la marina dans l'obscurité croissante, la lumière des phares tranchant la nuit comme un couteau.

Melissa fut réveillée par une odeur de bacon en train de frire. Clignant des yeux, elle s'extirpa du lit et enfila son peignoir. Pieds nus, elle sortit à pas feutrés de la chambre et trouva Aaron devant la cuisinière, Jasper assis tranquillement à ses pieds.

— Est-ce que tu as faim ? demanda-t-il sans se retourner.

— C'est à moi que tu poses la question ou au chien ?

Il jeta un coup d'œil vers elle par-dessus son épaule.

— Toi. Lui, il a toujours faim. Pas vrai, mon vieux ?

Jasper remua la queue gaiement.

— Est-ce que tu veux des œufs brouillés, avec ?

Elle s'assit pour le regarder cuisiner.

— Oui, avec plaisir.

— Tu serais prête à avaler n'importe quoi pour ne pas avoir à parler d'hier soir, hein ?

Melissa sentit les gargouillements dus à la faim se transformer en nausée.

— Il n'y a pas grand-chose à dire.

— As-tu cru ce que ta mère t'a raconté ?

La veille, en arrivant au cottage, Melissa s'était finalement décidée à lui donner quelques détails sur ce qui s'était passé. De son côté, Aaron lui avait confié ce qu'elle soupçonnait être une version condensée de sa discussion avec son père. Les propos de ce dernier coïncidaient avec ceux de sa mère, mais Aaron avait eu la gentillesse de ne pas la pousser à disséquer plus longuement leur visite chez ses parents.

Apparemment, sa patience avait atteint ses limites, nota Melissa.

— Je ne sais pas, répondit-elle en croisant les bras de manière protectrice sur son estomac douloureux. J'ai envie de la croire.

— Vraiment ?

Il se détourna du bol d'œufs qu'il était en train de battre pour la regarder.

— Ou trouves-tu plus facile de continuer à penser que ton père n'est toujours qu'un sale menteur ?

Melissa eut envie de le contredire, mais il n'avait pas tort. Après tout ce temps, s'autoriser à penser que son père avait changé n'était qu'une manière de s'exposer à plus de déception s'il devait s'avérer que ce n'était qu'une illusion de plus.

— D'après ma mère, c'est un homme transformé. J'ignore si c'est vrai. Elle, en tout cas, est complètement différente. Elle l'est depuis un certain temps. Je l'avais déjà remarqué avant-hier, mais je croyais qu'elle faisait semblant pour que je ne m'inquiète pas.

— Je lui ai parlé au téléphone, hier soir, l'informa Aaron. Elle m'a communiqué le nom du centre de soins. Et ce matin, avec la permission de ton père, je me suis entretenu avec son conseiller.

Melissa fronça les sourcils.

— Tu n'aurais pas dû t'en mêler, Aaron. Ce n'est pas ton problème.

— Je savais que tu ne le ferais pas.

— Ce qui est mon droit le plus strict.

Il soupira.

— Tu as raison. J'ai franchi la limite, et j'en suis désolé.

Elle n'arrivait pas à lui en vouloir ; elle savait qu'il essayait uniquement de l'aider.

— Qu'a dit le conseiller ?

— Que ton père a fait de gros efforts afin de modifier son comportement. Qu'encore maintenant, il retourne en consultation chaque semaine. Tes parents reçoivent également des visites de contrôle inopinées d'une assistante sociale une ou deux fois par mois.

Melissa n'en croyait pas ses oreilles.

— Je ne suis pas expert en comportement humain, poursuivit Aaron en versant les œufs dans une poêle chaude, mais je suis plutôt doué quand il s'agit de percevoir si oui ou non quelqu'un est en train de mentir.

— Et qu'as-tu pensé des propos de mon père ?

Focalisant son attention sur les œufs, Aaron ne répondit pas immédiatement.

Avec sa haute stature et sa carrure, il remplissait tout l'espace de la petite cuisine. Une partie de Melissa avait envie de s'envelopper dans sa force, de le laisser la protéger de toutes les menaces, mais elle n'arrivait pas à s'y résoudre. Elle ne pouvait pas s'autoriser à se reposer sur quelqu'un d'autre.

Aaron prit deux assiettes, sur lesquelles il déposa les œufs et ajouta des tranches de bacon, puis les apporta à table.

— Je l'ai cru, répondit-il enfin.

Elle baissa les yeux vers la nourriture, certaine d'être incapable d'avaler quoi que ce soit.

— J'ai également cru ma mère…

Aaron s'assit à côté d'elle.

— Pour l'instant, c'est tout ce qui compte, tu ne crois pas ?

— Es-tu en train de dire que je ne suis pas obligée de foncer là-bas aujourd'hui pour leur parler ?

Elle esquissa un sourire ironique avant d'ajouter :

— C'est ce qu'ils feraient dans une série télévisée.

Refermant ses doigts autour des siens, Aaron lui rendit son sourire.

— Qu'ils aient travaillé sur le problème qui t'a éloignée de ta famille est une bonne chose pour eux. Ça ne signifie pas pour autant que les dégâts causés vont être réparés dans la minute. A toi de gérer la situation comme tu l'entends. Si tu as besoin de prendre du temps, fais-le.

La sonnerie du téléphone portable de Melissa retentit au même instant et l'empêcha d'avoir à répondre à travers la boule qui lui nouait la gorge.

Elle s'éclaircit la voix, retira sa main de celle d'Aaron, puis alla vers le sofa, où elle avait laissé son sac.

— Melissa, répondit-elle.

— Ouf ! Je n'étais pas certain de réussir à te joindre, dit avec soulagement Dalton Brant, à l'autre bout de la ligne. J'ignorais si tu gardais ton téléphone allumé pendant tes… vacances.

Notant le ton narquois qui ponctua la fin de sa phrase, Melissa soupira.

— Que puis-je pour toi, Dalton ?

— Carter a appelé. Il a besoin du dossier Thomas, et je ne le trouve nulle part. J'espérais que tu en aurais une copie.

— J'en ai une chez moi. Je peux passer la prendre et te l'apporter au bureau.

— Ce serait génial !

Le soulagement dans la voix de son collègue était manifeste. Il n'y avait plus aucune trace d'ironie.

— Je serai là dans environ une heure.

Elle raccrocha et se tourna vers Aaron.

— Je dois aller récupérer un dossier chez moi et l'apporter au cabinet.

— D'accord. Je t'accompagne.

Sachant qu'il serait inutile de protester, elle se contenta d'acquiescer d'un signe de tête et se dirigea vers la chambre pour s'habiller.

— J'espère pouvoir trouver le dossier rapidement, dit-elle à Aaron plus tard tandis qu'ils s'engageaient sur Tuckahaw Road et se dirigeaient à l'est, vers sa maison. J'ai promis à Dalton que je serais là dans une heure, et trente minutes se sont déjà écoulées.

— Il s'en remettra, observa Aaron, impassible.

D'après ce qu'elle lui en avait dit, il se demandait même pourquoi elle s'en préoccupait.

— C'est probablement lui qui a égaré l'original, ajouta-t-il.

— Il ne s'occupe pas du classement. C'est Alice qui s'en charge. Comme elle est en vacances cette semaine, il n'a pas pu lui demander où il se trouvait.

— As-tu eu l'occasion de contacter ton agent d'assurances à propos des réparations ?

— Il est passé à la maison pour faire une estimation le jour même de l'incendie, l'informa Melissa. La compagnie d'électricité doit envoyer des techniciens dans la semaine.

Plissant le front, elle se tourna vers lui.

— Il faut que je trouve un autre endroit que le cottage où m'installer en attendant de pouvoir retourner chez moi.

— Tu ne te plais pas là-bas ? s'enquit Aaron avec une pointe de désarroi.

— Bien sûr que si, mais je ne peux pas continuer à déranger ta famille.

— Ma mère a dit que tu étais la bienvenue jusqu'à ce que les réparations soient terminées.

Il ralentit et tourna dans l'allée de Melissa.

Après avoir coupé le contact, il descendit du pick-up et le contourna pour lui ouvrir la portière. Au moment où elle sortait, Melissa trébucha. Il enroula aussitôt ses bras autour d'elle pour l'empêcher de tomber.

Le corps d'Aaron réagit instantanément à la sensation inattendue de sa poitrine pressée contre son torse. Son souffle chaud sur son cou fit bouillonner son sang dans ses veines et il eut l'impression d'être en feu.

Melissa leva les yeux vers lui et ses joues s'empourprèrent. Puis son regard s'assombrit et descendit sur la bouche d'Aaron.

Le souffle piégé quelque part au fond de ses poumons, il se pencha vers elle, les yeux fixés sur la courbe de ses lèvres tremblantes, légèrement entrouvertes.

Il mourait d'envie de les goûter.

Un chien se mit alors à aboyer au loin. Se raidissant subitement, Melissa s'écarta de lui et regarda vers la maison.

— Désolée, s'excusa-t-elle d'une voix enrouée. Je suis une vraie empotée.

Frustré, Aaron la suivit le long de l'allée. Ils approchaient du porche de bois quand quelque chose devant la première marche scintilla dans la lumière du soleil et attira son regard.

Alors que Melissa continuait à avancer, il marqua une pause et constata que cela ressemblait à un fil métallique.

Son cœur fit un bond dans sa poitrine.

— Stop ! cria-t-il.

Surprise, Melissa s'arrêta net et dérapa sur des gravillons avant de basculer vers les marches.

Aaron fit un bond en avant et l'attrapa par la taille, écrasant son dos contre son torse. Se tortillant dans ses bras, elle le dévisagea d'un air interloqué.

Il regarda de nouveau le fil qu'il voyait à présent nettement tendu en travers de la première marche.

— C'est un fil de détente.

Melissa suivit son regard.

— Quoi ?

La gorge serrée, il s'éloigna lentement de la maison et l'entraîna avec lui.

— Melissa, je crois qu'il y a une bombe.

11

Les mots d'Aaron résonnèrent dans la tête de Melissa, en rythme avec son cœur qui battait à toute vitesse.

Une bombe, une bombe, une bombe…

Il s'efforça de la tirer en arrière, mais ses pieds semblaient rivés au sol. Lorsqu'il parvint enfin à la faire reculer de quelques pas, ses bras la serraient si fort qu'elle pouvait à peine respirer.

— Va jusqu'au pick-up et n'en bouge pas. Compris ?

Elle parvint à garder son équilibre lorsqu'il la relâcha.

— Que vas-tu faire ?

— Regarder ce fil de plus près.

— Tu as perdu la tête ? s'écria-t-elle, affolée.

— Rassure-toi, je n'ai pas l'intention d'y toucher. Je veux juste l'examiner d'un peu plus près.

La peur fit s'entrechoquer les dents de Melissa.

— Tu pourrais trébucher et…

— Ce n'est pas la première fois que je fais ça.

Empoignant ses bras, il la força à concentrer son attention sur lui.

— Va m'attendre dans le pick-up.

— Au cas où tu déclencherais l'explosion ?

Melissa sentit un frisson la parcourir.

Aaron esquissa un petit sourire.

— Je ferai mon possible pour éviter ça, c'est promis, dit-il en la poussant légèrement en direction du véhicule.

Les genoux tremblants, Melissa obtempéra. Une fois dans le pick-up, elle le regarda retourner lentement vers le porche. S'arrêtant juste en bas des marches, il s'accroupit pour examiner le fil.

« Je vous en prie, mon Dieu, faites que ça n'explose pas ! » pria-t-elle en silence.

Après quelques minutes, Aaron se releva enfin et la rejoignit à grandes enjambées. Lorsqu'il s'installa derrière le volant, Melissa laissa échapper un soupir tremblant.

— Est-ce que c'est une bombe ? s'enquit-elle d'une voix étranglée.

— J'en ai bien l'impression. Le fil semble être relié à un détonateur. Si tu avais posé ne serait-ce qu'un orteil dessus, il aurait pu se déclencher. Apparemment, il est attaché à une bombe artisanale dissimulée dans l'urne en grès posée près de la balustrade. Mais je n'ai pas pris le risque de m'approcher suffisamment pour m'en assurer.

Aaron attrapa la radio fixée au tableau de bord et passa un appel au Central.

— Ne devrions-nous pas ficher le camp d'ici ? demanda Melissa dès qu'il eut terminé.

— Si c'est une bombe artisanale, nous sommes en sécurité à cette distance.

— Et si ce n'en est pas une ?

— Bonne remarque, répliqua-t-il, les sourcils froncés.

Refusant de prendre le moindre risque, il démarra le pick-up et sortit rapidement de l'allée.

Il se gara un kilomètre plus loin, au niveau d'un carrefour. Dès qu'il eut coupé le contact, il signala par radio leur nouvelle position. A côté de lui, Melissa tremblait si fort qu'elle claquait des dents.

— Pourquoi est-ce que ça m'arrive ?

Elle ne parvenait pas à se faire à l'idée qu'une personne

souhaitait tellement sa mort qu'elle était prête à venir poser une bombe chez elle.

— Je vais faire amener Dalton Brant au poste pour lui poser précisément la même question, annonça Aaron d'un ton sévère et déterminé.

Le cœur de Melissa se serra. Elle n'avait pas réfléchi à l'étrange coïncidence avec l'appel de son collègue.

— C'est insensé. Certes, Dalton est narquois, jaloux et n'hésiterait pas une seconde à me poignarder dans le dos — au sens figuré, bien sûr. Mais commettre un meurtre ? C'est simplement…

— Je sais, insensé.

Le regard intense d'Aaron envoya une décharge à travers le corps de Melissa. Détachant sa ceinture de sécurité, il se rapprocha d'elle sans la quitter des yeux. Elle se libéra à son tour de sa ceinture. Après quelques secondes, il glissa la main derrière sa nuque et l'attira vers lui.

Au moment où il plaqua sa bouche sur la sienne, Melissa eut l'impression que le sol se dérobait sous ses pieds. Elle referma ses doigts autour des poignets d'Aaron, et s'y cramponna de toutes ses forces.

Puis déposa une série de baisers chauds le long de sa mâchoire, laissant un fourmillement dans leur sillage, tandis qu'elle ignorait les mises en garde que lui hurlait une petite voix dans sa tête.

Relâchant les bras d'Aaron, Melissa posa les mains sur son large torse et les fit glisser jusqu'à sa taille plus étroite, sous sa veste de cuir. A travers l'épaisseur de coton qui séparait ses doigts de sa peau, elle pouvait sentir son corps chaud et musclé, confirmant ce qu'elle avait observé — il était aussi musclé qu'à l'époque où il jouait au football.

Finalement, Aaron s'écarta le premier et lui prit les

mains. Sans les lâcher, il se cala contre son siège et l'observa, les yeux légèrement plissés.

— Je n'aurais pas dû faire ça, s'excusa-t-il sans pour autant paraître le moins du monde désolé.

— Probablement pas, reconnut Melissa d'une voix un peu essoufflée.

Sa raison reprenant le dessus, elle retira ses mains des siennes et se tourna vers la route.

— Tu n'as qu'à faire comme s'il ne s'était rien passé, si tu veux, suggéra-t-elle.

— Et si je n'en ai pas envie ?

Elle lui jeta un rapide coup d'œil. Il était en train de l'observer, l'air sombre.

— Aaron…

Le bruit des sirènes en train d'approcher la fit s'interrompre. Peu après, deux voitures de police du comté de Chickasaw passèrent devant eux, suivies par un camion de pompiers. Un troisième véhicule s'arrêta à côté du pick-up.

Aaron baissa sa vitre tandis que Riley Patterson descendait de voiture et approchait.

— Je crois qu'il s'agit d'une bombe artisanale avec un fil de détente relié à une sorte de détonateur, expliqua Aaron. Elle est dans l'urne en grès, en haut des marches.

— J'ai chargé Bennett d'y jeter un coup d'œil, l'informa son beau-frère en indiquant d'un signe de tête les voitures de police qui les avaient dépassés quelques secondes plus tôt.

Il fixa son regard sur Melissa et ajouta :

— Il a fait partie d'une équipe de déminage de l'Armée, il y a quelques années.

Du pouce, Riley appuya sur le bouton d'appel de la radio dans le pick-up et indiqua l'emplacement de la bombe à Bennett avant de s'adresser de nouveau à Aaron et Melissa.

— Nous avons déjà envoyé une requête à la police de Borland afin que des hommes passent prendre Dalton Brant pour l'interroger. On nous préviendra dès qu'il sera en garde à vue.

Melissa secoua la tête.

— Je ne crois pas qu'il soit le poseur de bombe. Il s'agit forcément d'une coïncidence. Ce n'est pas la première fois que je dois fournir des copies de dossiers se trouvant chez moi, alors…

— Nous lui demanderons de rendre compte de ses déplacements.

Resserrant fermement sa veste autour d'elle, Melissa essaya d'empêcher ses dents de claquer.

— Ma maison est inoccupée depuis plusieurs jours. N'importe qui aurait pu venir déposer la bombe durant cet intervalle de temps. Comment Dalton pourra-t-il justifier de ses déplacements pour ces dernières quarante-huit heures ?

— C'est à lui de s'inquiéter de ça, pas à toi.

Tendant la main derrière son siège, Aaron attrapa un plaid polaire qu'il conservait là et le tendit à Melissa.

— Couvre-toi. Tu trembles.

Malgré son ton brusque, elle ne manqua pas de remarquer la douce chaleur que dégageaient ses yeux gris. Etait-ce il y a seulement quelques instants qu'il l'avait serrée contre lui au point qu'elle avait eu l'impression de faire partie de lui ? Elle sentait encore le goût de ses lèvres sur les siennes, et l'odeur de sa lotion de rasage persistait sur ses vêtements.

— Tu devrais probablement la ramener au cottage, suggéra Riley. Il se pourrait que la bombe n'ait été placée là que pour faire diversion. Je vais demander à une voiture de vous escorter jusqu'à la route principale, au cas où quelqu'un aurait eu l'idée de vous tendre une embuscade.

Tandis qu'il retournait à sa voiture, Melissa soupira.

— Je n'arrive pas à croire qu'il puisse sérieusement envisager que quelqu'un soit tapi dans les environs en train de nous attendre.

— Ce sont de simples précautions, lui assura Aaron. Je doute que l'auteur de ces tentatives de meurtre décide d'agir à découvert. Jusqu'à maintenant, il a minimisé les risques. Il ne prendra pas celui de se faire surprendre en flagrant délit.

— Tu penses vraiment qu'il s'agit de Dalton ?

— La coïncidence avec son appel est pour le moins suspecte.

— Pour éviter de se compromettre, il aurait pu demander à n'importe qui au bureau de téléphoner à sa place. Pourquoi ne l'a-t-il pas fait ? fit-elle remarquer.

— Ça fait partie des questions que je compte bien lui poser.

Aaron démarra le pick-up et suivit la voiture à la sirène hurlante de Riley sur Tuckahaw Road.

— Une bombe au domicile de Melissa ?

Le regard de Dalton Brant passa de Riley à Aaron, tandis que son visage devenait de plus en plus pâle.

— Et vous croyez que je sais quelque chose à ce propos ?

Demeurant silencieux, Aaron laissa son beau-frère diriger l'interrogatoire. Techniquement, il était en congé et il ne voulait rien faire qui puisse contrarier son capitaine.

— Pouvez-vous rendre compte de vos déplacements au cours des dernières quarante-huit heures ? demanda Riley d'un ton volontairement neutre.

Brant connaissait ses droits. Emettre la moindre accusation ne ferait que garantir qu'il ne dirait plus un mot.

— Suis-je suspect ?

— A vrai dire, nous cherchons plutôt à vous exclure de notre liste — dont vous faites partie pour avoir passé ce coup de téléphone à Mlle Draper au sujet d'un dossier, expliqua posément Riley. Dès que nous nous serons assurés que vous n'avez rien à voir avec cette affaire, nous serons libres de nous tourner vers des suspects plus plausibles. Simple procédure. Nous ne voulons pas qu'un dangereux criminel se promène en liberté parce que nous n'avons pas pensé à tout.

Son sourire placide était soigneusement élaboré pour mettre Brant à l'aise.

Ce dernier se tourna vers Aaron.

— Pourquoi ne vous intéressez-vous pas plutôt aux maris violents des affaires *pro bono* sur lesquelles elle travaille ? N'est-il pas plus vraisemblable que l'un d'eux soit le fou que vous recherchez plutôt que quelqu'un comme moi ?

— Nous sommes également en train de vérifier ces pistes, mentit Aaron.

Si ce type ne craquait pas et niait tout, il allait être forcé de renégocier le marché qu'il avait passé avec Melissa, réalisa-t-il. Bien qu'il comprenne ses inquiétudes, il ne pouvait pas la laisser sacrifier sa propre sécurité afin de préserver la tranquillité d'esprit de ses clientes.

— Est-ce que Melissa va bien ? demanda soudain Brant.

— Oui, répondit Aaron sèchement.

Du moins c'était le cas quand il l'avait laissée à la marina avec ses parents. Par un coup de chance, sa belle-sœur Kristen, une enquêtrice de Gossamer Ridge, était sur place. Etant en congé pour la journée et n'ayant aucune autre obligation, elle avait proposé d'assurer la protection de Melissa, permettant ainsi à Aaron d'assister à l'interrogatoire de Dalton Brant.

— J'imagine qu'elle vous a confié que nous avions

quelques différends au travail, dit l'homme avec circonspection. Elle est la favorite du patron.

— Est-ce que ça vous dérange ?

Aaron se cala dans son siège et croisa les mains sur son ventre plat.

— Pourquoi aviez-vous besoin du dossier que vous l'avez envoyée récupérer ?

— En fait, c'est Carter qui en avait besoin. Il avait un rendez-vous en fin d'après-midi avec le client en question, et il voulait avoir le dossier avec lui.

— Est-ce inhabituel ? s'enquit Riley.

— Pas vraiment.

Brant haussa les épaules.

— Ce qui est inhabituel, c'est de ne pas être capable d'en trouver une copie au cabinet.

— Vous ne l'avez toujours pas retrouvée ?

— Nous avons tenté de contacter notre assistante, Alice Gaines. C'est elle qui fait la majeure partie du classement. Malheureusement, elle est en vacances et personne n'a pu la joindre sur son téléphone portable.

Brant haussa un sourcil.

— D'ailleurs, ça ne lui ressemble pas de ne pas rappeler.

Aaron prit note de se renseigner sur Alice Gaines. Il paraissait peu probable que l'assistante ait une raison de vouloir tuer Melissa, mais son absence au moment des attaques pourrait être utilisée par un bon avocat de la défense pour jeter un doute raisonnable. Ils devaient donc étudier toutes les possibilités.

La dernière chose qu'il voulait, c'était que la personne qui tourmentait Melissa reste impunie parce que le département du shérif n'avait pas bouché tous les trous qu'il y avait dans l'affaire.

*
* *

— Riley est en train d'interroger le suspect en ce moment ?

Kristen Cooper tendit à Melissa une tasse de café tout frais et s'installa dans le fauteuil en face d'elle.

— Je crois.

Melissa enroula ses mains autour de la tasse et en accueillit la chaleur avec reconnaissance. Dehors, des nuages menaçants couraient à toute allure dans le ciel et la température avait chuté tandis que le soleil était sur le point de se coucher. Une pluie fine s'était mise à tomber aux environs de 15 heures, faisant fuir les pêcheurs du lac et permettant à Hannah, ainsi qu'à sa belle-sœur Mariah, de terminer leur journée de travail plus tôt et de se joindre à Kristen et elle dans le douillet salon du cottage.

Mariah, l'autre belle-sœur d'Aaron, était un mannequin superbe. Agée d'environ vingt-cinq ans, elle avait la peau mate et des yeux de la couleur du mercure. Elle était mariée à Jake. Et Kristen avait épousé Sam, un procureur du comté de Jefferson, dont Melissa avait entendu parler mais qu'elle n'avait jamais rencontré. Elle était un peu plus petite et moins sculpturale, avec des traits mutins, des cheveux blond miel et des yeux bleus brillants.

A peine quelques minutes après les avoir rencontrées, Melissa les appréciait déjà.

— Tous les jours, on entend parler de types normaux qui commettent des meurtres dans un accès de folie. Peut-être que c'est ce qui s'est passé pour Dalton Brant.

— Mais ces types ont toujours une sorte de mobile, comme avoir perdu leur travail ou leur femme ou leur petite amie, fit remarquer Melissa. Vouloir m'assassiner parce que je gagne quelques dollars de plus que lui ? Je suis désolée, mais je n'y crois pas. Pourquoi ne pas s'en prendre à quelqu'un qui a un poste beaucoup plus élevé, s'il s'agit de jalousie professionnelle ?

— Certaines personnes n'ont pas besoin d'avoir une raison pour tuer, observa Mariah d'une voix sombre qui prit Melissa au dépourvu.

— Ted Bundy paraissait tout à fait normal à la plupart des gens qui le connaissaient, renchérit Hannah.

— Admettons que Dalton n'est pas notre coupable, suggéra Kristen. Qu'en est-il du reste des personnes avec lesquelles vous travaillez ? Y a-t-il quelqu'un d'autre qui vous paraît un peu anormal ?

Melissa eut un petit rire.

— Je suis probablement la personne la plus anormale du cabinet ! Approchant la trentaine, jamais mariée, pas un rendez-vous galant depuis des années…

Elle s'interrompit avant d'ajouter « plus été embrassée depuis la faculté de droit ». Ce n'était plus vrai, grâce au baiser bouleversant qu'elle avait échangé avec Aaron, plus tôt dans la journée.

Craignant de lui donner plus de sens qu'il n'en avait, elle avait passé les dernières heures à s'efforcer de ne pas y penser. Il s'agissait d'une simple réponse physique face au danger auquel ils venaient d'échapper. A en juger par la manière dont Aaron avait repris son attitude de policier et l'avait laissée à la marina en lui disant à peine au revoir, il ne considérait pas cela autrement. Elle ne le devrait donc pas non plus.

Mariah se pencha en avant et posa la main sur la sienne.

— Dans tous les endroits où j'ai travaillé, il y avait toujours des tas d'histoires, fit remarquer Kristen.

Melissa fronça les sourcils.

— Me demandez-vous si c'est également le cas au cabinet ?

— Combien de personnes y travaillent ?

— Huit. Six avocats et deux assistantes. Mais je ne prête pas attention aux commérages.

— Nous essayons juste de déterminer si l'une de ces personnes pourrait avoir quelque chose de suffisamment important à cacher pour en venir à commettre un meurtre.

Melissa secoua la tête.

— Tous au bureau savent que je ne me mêle pas de leurs affaires.

— Certains ont-ils une liaison ? insista Kristen.

— Je n'en ai aucune idée.

Elle tenta de ne pas penser à ce qu'elle avait vu la semaine précédente, surtout parce que cela impliquait son patron, Carter, qui avait une charmante épouse et trois grands enfants brillants.

— Il y a bien quelque chose, mais ce n'est probablement rien.

— Vous n'êtes pas forcée de nous donner de noms. Expliquez-nous simplement de quoi il s'agit, suggéra Kristen.

Melissa se mordit la lèvre. Elle se sentait coupable et avait l'impression de commettre une trahison. Même si elle avait raison et que Carter avait une liaison, il n'essaierait pas de la tuer simplement parce qu'elle les avait surpris ensemble, sa maîtresse et lui.

— Le week-end dernier, je me trouvais à Birmingham pour un entretien avec un client. J'étais en ville quand j'ai rencontré par hasard un des avocats de mon bureau en train de dîner avec l'une des assistantes. Il m'a dit qu'il venait de tomber sur elle.

Elle soupira.

— Je sais, ça paraît louche, mais les choses se sont peut-être réellement passées ainsi. La femme, appelons-la Ann, partait en vacances. Elle aurait pu être à Birmingham pour attraper un vol de nuit.

— Savez-vous quelle était sa destination ?

— Personne ne semble le savoir. C'est une jeune femme plutôt secrète.

— Avant ce soir-là, vous n'aviez jamais soupçonné qu'il se passait quoi que ce soit entre eux ?

— Non. Mais comme je l'ai dit, je ne prête pas vraiment attention à ce genre d'histoires au cabinet.

Melissa se garda d'ajouter qu'elle adoptait une attitude discrète parce qu'elle ne voulait pas que ses collègues lui posent trop de questions sur sa propre vie. Ou plutôt sur le fait qu'elle n'en avait pas.

— L'avocat est un homme marié, je présume ? dit Kristen.

— En effet.

— Connaissez-vous son épouse ?

— A peine. Je l'ai vue quelques fois lors de la fête de Noël du cabinet, mais nous ne sommes pas amies.

Pensive, Kristen fronça les sourcils.

— Vous avez raison. Votre ami avocat sait probablement que vous ne direz rien à sa femme. Vous n'êtes pas une commère, vous n'irez pas raconter ses affaires à tout le monde. Ce ne serait pas une raison suffisante de vous prendre pour cible.

Bien qu'elle n'ait pas vraiment considéré Carter comme un suspect potentiel, Melissa fut ravie que Kristen le raye de la liste.

Elle espérait qu'Aaron et Riley étaient en train de faire de même avec Dalton.

— Je déteste devoir l'admettre, mais jusque-là tous ses alibis sont valables, annonça Riley à Aaron.

Il n'avait pas fallu longtemps à Dalton Brant pour se rendre compte qu'il valait mieux qu'il se taise et fasse appel à un avocat. Ce n'était pas non plus surprenant qu'il ait fait venir l'un des meilleurs pénalistes d'Alabama. Ce dernier avait obligé les policiers à concéder qu'ils ne disposaient d'aucune preuve leur permettant de retenir son client plus longtemps.

Brant ayant évoqué brièvement ses déplacements des deux derniers jours avant l'arrivée de son avocat, Riley et Aaron avaient depuis passé des appels pour vérifier son histoire. La petite amie de Brant lui avait fourni un alibi pour les deux dernières soirées, et ses collègues de travail se portaient tous garants de sa présence au bureau pour la majeure partie de ses journées de travail de dix heures.

— Son appel à Melissa pourrait n'être qu'une coïncidence. Et cette bombe aurait pu se trouver chez elle depuis la matinée de l'incendie, dans l'espoir qu'elle revienne prendre davantage de vêtements ou d'autres affaires, fit remarquer Riley.

Aaron n'était pas encore prêt à renoncer à Dalton Brant en tant que suspect potentiel. Néanmoins, étant donné ses alibis, il ne pouvait être le poseur de bombe. Il n'aurait pas eu l'occasion de le faire.

— Est-ce que tu as des détails sur la bombe ? demanda-t-il à Mitch Bennett lorsque celui-ci entra dans la pièce, l'air à la fois sombre et très content de lui.

Mitch lui remit un dossier qu'il parcourut rapidement.

La bombe était tout ce qu'il y avait de plus ordinaire, remplie de clous et de roulements à billes. Le fil de détente, relié à un détonateur électronique, était conçu pour réagir au moindre mouvement.

— Les composants du détonateur ont pu être achetés dans n'importe quel magasin d'électronique du coin, expliqua Bennett. Et Dieu sait qu'il est facile de dénicher des instructions pour fabriquer ce genre de bombe sur internet. N'importe qui aurait donc pu le faire. Nous avons de la chance qu'elle n'ait pas explosé. Ça nous a permis de récupérer tous les composants intacts. Nous allons voir si nous parvenons à remonter jusqu'à l'endroit d'où ils proviennent. Je vous appelle dès que j'ai du neuf.

Riley donna une tape sur l'épaule d'Aaron.

— Te connaissant, je sais que tu vas vouloir passer la nuit ici à t'acharner sur cette affaire, mais, tant que Bennett et ses hommes n'auront pas fini d'examiner la bombe, nous ne pourrons pas faire grand-chose de plus. Par ailleurs, je te rappelle que tu es en vacances, et je parie que Melissa est impatiente de savoir où nous en sommes.

Aaron hocha la tête. Pourtant, affronter Melissa allait être un peu plus compliqué que Riley ne l'imaginait. Durant le trajet jusqu'à la marina, après leur découverte de la bombe, elle était restée silencieuse, apparemment pas d'humeur à discuter du baiser qu'ils avaient échangé un peu plus tôt. Connaissant son passé avec les hommes, il ne lui en avait pas voulu de faire preuve d'une extrême circonspection et ne l'avait pas poussée à parler de crainte de la faire fuir.

A présent, il se demandait si elle allait complètement ignorer ce qui s'était passé.

Tandis qu'il enfilait sa veste, le téléphone de Riley se mit à sonner. Il décrocha et écouta en silence. Puis il fronça les sourcils, le visage sombre.

Aaron sentit un nœud se former au creux de son ventre et attendit que son beau-frère raccroche avant de demander :

— Que se passe-t-il ?

— Une autre bombe, annonça Riley d'une voix dure, pleine de colère. Et, cette fois, quelqu'un a été blessé.

12

Des véhicules de secours et de police étaient garés devant un petit pavillon à un étage situé sur Shelby Avenue. Des secouristes étaient en train de charger un brancard sur lequel quelqu'un était allongé à l'arrière d'une ambulance quand Aaron, accompagné de Riley, partit à la recherche de Blake Clayton qui avait été le premier à arriver sur les lieux.

Reconnaissant tout à coup le porche qui avait essuyé l'essentiel de l'explosion, Aaron sentit son cœur se serrer. La veille, il était venu ici avec Melissa pour récupérer Jasper, que gardait la femme qui habitait là. Quel était son nom, déjà ?

— Amy DeLong, annonça Blake avant qu'il puisse poser la question. Elle s'en est tirée au mieux. C'est un raton laveur qui a déclenché l'explosion.

D'un mouvement de la tête, il indiqua un sac-poubelle en plastique, posé sur le sol près d'une voiture de police.

— Apparemment, la pauvre bête se baladait en quête de nourriture quand elle a touché le fil de détente relié à la bombe placée sous les marches du porche.

— Qu'en est-il d'Amy DeLong ? C'est elle qu'ils viennent de mettre dans l'ambulance ? demanda Aaron.

— Comme je l'ai dit, elle a eu de la chance. Au moment de l'explosion, elle se trouvait dans le vestibule, mais la porte a été assez solide pour empêcher les clous et les vis contenus dans la bombe de l'atteindre. Mais le verre a volé en éclats et lui a causé quelques vilaines coupures. Un fragment de la bombe l'a aussi heurtée à la tête et l'a assommée pendant un petit moment. Les secouristes vont l'emmener à l'hôpital de Gossamer Ridge où elle restera en observation cette nuit. A première vue, elle a l'air d'aller bien.

— Dieu merci ! s'exclama Riley.

Aaron l'attira à l'écart.

— Amy DeLong garde le chien de Melissa pendant qu'elle est à son travail, lui apprit-il à voix basse.

— Tu te moques de moi ?

Aaron secoua la tête.

— Quelqu'un veut vraiment sa mort.

— Nous devons découvrir qui, en dehors de Dalton Brant, savait qu'elle passerait au cabinet aujourd'hui. La personne que nous recherchons devait penser que Melissa s'en tiendrait à sa routine habituelle.

— Il faut que je l'appelle avant qu'elle apprenne ce qui s'est passé de la bouche de quelqu'un d'autre, dit Aaron en sortant son téléphone portable pour appeler le cottage.

A sa grande surprise, ce fut sa sœur qui répondit.

— Salut, Hannah. Est-ce que Melissa est là ?

— Oui. Tout va bien ? Tu as l'air bizarre.

— Je t'expliquerai dans un petit moment. Laisse-moi d'abord lui parler une minute.

— Que se passe-t-il ? demanda Melissa dès qu'elle fut en ligne.

Sans prendre de gants, Aaron lui raconta ce qui venait de se produire au domicile d'Amy DeLong.

— Oh ! Mon Dieu ! Il faut que j'aille la voir…

— Non. Il faut que tu restes exactement où tu es. Je te rejoins dès que possible. D'après les secouristes, elle va bien. Nous l'appellerons plus tard, quand elle aura été examinée aux urgences et qu'elle sera dans sa chambre d'hôpital. Pourrais-tu me passer Kristen un instant ?

Melissa tendit le téléphone à Kristen après lui avoir brièvement expliqué la situation.

— Je suis armée et sur le qui-vive, dit-elle à Aaron sans préambule, d'une voix ferme et rassurante. Je reste ici jusqu'à ton arrivée. Ne t'inquiète pas.

— Merci, Kristen.

— Je n'arrête pas d'attendre de me réveiller !

Melissa resserra ses doigts sur le plaid au crochet qu'Aaron avait sorti du placard de l'entrée quand il avait remarqué qu'elle tremblait. Elle n'avait pas eu le cœur de lui dire que ce n'était pas à cause du froid mais de la terreur qu'elle éprouvait.

Il se leva du fauteuil et vint s'asseoir à côté d'elle sur le sofa. Glissant un bras autour de ses épaules, il l'attira contre son corps chaud.

— Ça aurait pu être bien pire, fit-il remarquer. Amy a eu de la chance.

— Elle a été blessée uniquement parce qu'elle est mon amie, répliqua Melissa qui se sentait affreusement coupable. Qui sera la prochaine cible ? Un de mes collègues de travail ?

Une pensée horrible lui vint soudain à l'esprit.

— Oh ! Mon Dieu ! Aaron… mes parents.

— J'ai déjà envoyé une patrouille chez eux, la rassura-t-il. Ils ont fouillé les lieux et n'ont rien trouvé de suspect.

Melissa soupira de soulagement. Peu importait à quel point la situation était compliquée entre ses parents et elle, elle ne voulait pas que l'un ou l'autre soit blessé. Et surtout pas à cause d'elle.

— Nous avons également contacté la police de Borland

pour qu'ils envoient des hommes inspecter le cabinet où tu travailles. Mais je pense qu'il est peu probable qu'ils trouvent quelque chose, surtout si le poseur de bombe est l'un de tes collègues.

Melissa secoua la tête. Les gens avec qui elle travaillait étaient des gens bien. Sympathiques. Même Dalton Brant, malgré sa mesquinerie occasionnelle, était un type plutôt correct quand on en venait à l'essentiel. Comment l'un d'eux aurait-il pu tenter de la tuer ?

Pourquoi en auraient-ils même envie ?

— Ce cottage est l'endroit le plus sûr pour toi. Il n'est pas facilement accessible depuis la route, et il y a toujours beaucoup de monde dans les environs. S'approcher d'ici sans se faire remarquer n'est pas simple.

Aaron lui pressa doucement l'épaule et ajouta :

— Nous n'allons pas tarder à résoudre cette affaire, je te le promets. Avoir la première bombe intacte va nous donner de nombreuses pistes à suivre.

— Plus j'y réfléchis, plus je me dis que c'est forcément une personne liée au cabinet, dit tout à coup Melissa, même si elle refusait de le croire.

N'importe qui, sachant où elle vivait, aurait pu déposer la bombe à son domicile. Mais celle qui avait été placée chez Amy supposait que le criminel connaissait son emploi du temps quotidien. Comme elle n'avait pas beaucoup d'amis en dehors du travail, cela ne laissait que ses collègues.

— Nous ne pouvons pas exclure les maris et petits amis des femmes battues que tu représentes, lui fit remarquer Aaron. L'un d'eux pouvait-il connaître ton lien avec Amy DeLong ?

— Par l'intermédiaire de mes clientes, peut-être, admit Melissa. Il m'est arrivé d'aller chercher Jasper pendant que j'étais avec certaines d'entre elles.

— Te rappelles-tu lesquelles ?

Elle secoua la tête.

— Je ne les impliquerai pas dans cette histoire. Même si elles savaient où vivait Amy, elles ne connaissaient pas son nom. Je les imagine mal racontant quoi que ce soit à son sujet aux hommes qui les maltraitent.

— Tu aurais pu être suivie, argumenta Aaron. Bon sang ! Tu aurais pu être tuée, aujourd'hui, si tu avais simplement fait quelques pas de plus. Amy DeLong a de la chance de s'en être sortie aussi bien. Combien de fois faudra-t-il que tu échappes à la mort avant de te rendre compte que tu ne peux pas protéger ces femmes au risque de ta vie ?

Déchirée intérieurement, Melissa s'écarta de lui. Elle savait que garder secrète la liste de ses clientes ne ferait que la mettre encore plus en danger, mais elle leur avait fait une promesse qu'elle ne briserait pas sans d'abord bien réfléchir aux conséquences potentielles.

— Tu n'as pas idée à quel point il m'a été difficile d'obtenir la confiance de ces femmes.

Aaron se leva. Son regard lançait des éclairs.

— J'en suis conscient.

Comblant la distance qui les séparait, il prit le visage de Melissa entre ses mains.

— Crois-moi.

La détermination qui brillait au fond de son regard fit vibrer toutes les terminaisons nerveuses de Melissa. Elle eut envie de s'écarter de lui mais fut incapable de bouger, comme si son corps se rebellait contre sa volonté. Elle ferma les yeux avec l'espoir qu'en fuyant son regard irrésistible, elle parviendrait à se défaire des chaînes qui la maintenaient clouée sur place. Mais, même ainsi, elle ne pouvait ignorer les pouces d'Aaron qui caressaient lentement et posément ses joues.

— Ne me ferme pas la porte, murmura-t-il, son souffle chaud contre ses lèvres. Je t'en prie.

Lorsqu'elle rouvrit les yeux, Melissa le trouva plus proche d'elle que jamais. Une de ses mains glissa vers sa nuque, lui rappelant ce qui s'était passé plus tôt dans la matinée, dans le pick-up, quand il l'avait attirée contre lui pour ce baiser stupéfiant.

« Embrasse-moi encore ! » implora-t-elle en son for intérieur tandis qu'elle se déplaçait vers lui malgré elle. Elle était incapable de lui résister, ce qui la terrifiait et la captivait en même temps.

C'était une mauvaise idée. Trop risqué. Après Evan, elle avait fait preuve d'une extrême prudence à propos des gens qu'elle s'autorisait à côtoyer.

Aaron baissa la tête. Ses mouvements étaient lents et circonspects, comme s'il voulait lui laisser une chance de l'arrêter.

Melissa savait qu'elle devrait le faire, le repousser avant de perdre le contrôle de la situation, et d'elle-même.

Cependant, quand elle leva les mains vers son torse, ce fut pour refermer ses doigts sur le coton doux de sa chemise. Elle se cramponna à lui et se hissa sur la pointe des pieds pour rencontrer ses lèvres.

Délicatement, Aaron prit son visage entre ses mains. De son côté, Melissa fit glisser ses doigts le long de son corps et caressa les contours de ses muscles durs et chauds.

— Melissa…, murmura-t-il avec un petit gémissement au moment où elle atteignait la ceinture de son jean.

Le gémissement d'Aaron lui fit l'effet d'une douche froide. Horrifiée de s'être rendue aussi facilement victime de ses propres désirs encore une fois, elle s'écarta vivement de lui.

Intellectuellement, elle savait que le sexe pouvait être une merveilleuse expression d'amour et de tendresse, mais

Aaron et elle n'éprouvaient rien de tel l'un pour l'autre. Ils étaient à peine amis, et encore.

Elle ne parvenait pas non plus à oublier la mise en garde de Tina Lewis, même si elle n'avait pas eu besoin d'elle pour savoir qu'Aaron était connu pour n'avoir que des relations à court terme. Chickasaw était une petite ville. Les nouvelles allaient plus vite que les voitures sur la route principale.

Elle pourrait toujours prétendre que ça lui convenait d'avoir une aventure sans lendemain avec lui. Il était convenable et agréable à regarder, et il n'était pas violent comme Evan ou son père, mais elle ne pouvait simplement pas se permettre de devenir suffisamment proche de lui pour se risquer sur ce terrain.

— Je suis désolé, s'excusa-t-il d'une voix douce. Je n'aurais pas dû… te surprendre de cette façon.

Melissa eut un petit rire mortifié.

— N'en faisons pas une montagne. Tu es un homme, je suis une femme… Le courant passe bien entre nous, mais ça ne veut pas dire que c'est une bonne idée d'aller plus loin.

— Tu t'intéresses à quelqu'un d'autre ?

— Non.

— Dans ce cas, quel est le problème ?

Il avait presque l'air blessé, remarqua Melissa.

— Tu as dit toi-même que ce n'était pas ton truc d'avoir une petite amie.

— Je m'en souviens, répondit-il sur la défensive.

— Nous ne sommes pas faits l'un pour l'autre.

Aaron haussa les sourcils.

— Ce qui vient de se passer avait pourtant l'air de te convenir.

— On ne fonde pas une relation uniquement sur l'attirance sexuelle.

— Ce n'est pas un mauvais point de départ, fit-il remarquer avec un large sourire qui fit faire un bond au cœur de Melissa.

De nouveau, elle commençait à sentir ses défenses s'écrouler.

Heureusement, Aaron s'écarta d'elle.

— J'ai saisi le message, dit-il en croisant les bras sur son torse. Je vais téléphoner à Riley pour avoir des nouvelles avant d'aller me coucher. Tu devrais aller dormir, toi aussi. Tu as l'air épuisée.

S'efforçant de ne pas se sentir blessée par son détachement soudain, Melissa se dirigea vers la chambre. Après tout, c'était ce qu'elle voulait, non ? C'était elle qui avait mis un terme à leur baiser. Et elle encore qui lui avait bien fait comprendre qu'elle n'était pas intéressée par quoi que ce soit de plus avec lui.

Alors, pourquoi se sentait-elle comme si elle venait de recevoir un coup en plein visage ?

— Pourquoi étais-je sûr que j'aurais de tes nouvelles avant la fin de la soirée ? répondit Riley d'une voix lasse lorsqu'il décrocha son téléphone.

— Parce que tu m'appellerais si la situation était inversée, répliqua Aaron. Des nouvelles du contrôleur judiciaire d'Evan Hallman ?

— Non. Et de ton côté, y a-t-il une chance pour que tu obtiennes les noms des femmes battues que Melissa représente bénévolement ?

— J'essaie toujours de la convaincre.

— Fais-moi savoir si elle t'apprend quoi que ce soit.

Riley étouffa un bâillement.

— Nous nous remettrons au travail demain. En attendant, va dormir un peu, tu as l'air épuisé, suggéra Aaron avant de raccrocher.

— De quelle manière exactement essaies-tu de me convaincre ?

La voix de Melissa derrière lui fit brusquement se retourner Aaron. Vêtue d'un peignoir, elle se tenait à l'entrée du salon, ses yeux bleus étincelant. Ses cheveux bruns, lisses et brillants, tombaient en cascade sur ses épaules. S'il avait voulu rester en colère contre elle à cause de l'obstination dont elle faisait preuve, il n'y serait pas parvenu. Debout devant lui, sans artifices et sur la défensive, elle représentait la tentation à l'état pur.

— En me servant de mes irrésistibles attraits masculins, évidemment, répondit-il avec une légèreté voulue malgré son estomac noué.

— Est-ce que c'est ainsi que ça s'appelle, de nos jours ?

Bien qu'ayant conscience qu'il s'agissait d'une mauvaise idée mais incapable de s'en empêcher, il se rapprocha d'un pas.

— Si tu penses que ce qui s'est passé tout à l'heure avait un quelconque rapport avec mon enquête…

— Ce n'était pas le cas ? l'interrompit Melissa en le toisant.

Aaron vit ses yeux s'assombrir et ses pupilles se dilater tandis qu'il se rapprochait encore. Conscient que ce n'était pas la colère qui nourrissait cette réaction physique, il esquissa un sourire.

— Non, ce n'était pas le cas.

S'arrêtant à peine à quelques centimètres, il soutint son regard.

— Et tu as raison. Je n'ai pas exactement la réputation d'être le genre de type qui s'engage dans une relation à long terme. Mais peut-être est-ce parce que j'ignore encore qui je suis et que j'ai besoin de ton aide pour le découvrir.

Ce que je sais, en revanche, c'est que je ne suis ni Evan Hallman ni ton père. Ne peux-tu pas au moins me faire confiance sur ce point ?

— J'ignore si je ferai un jour de nouveau confiance à quelqu'un, admit-elle.

Aaron la comprenait mieux qu'elle ne l'imaginait. Il savait ce que c'était que d'avoir sa vie complètement bouleversée, de voir des amis que l'on pensait fidèles vous tourner le dos une fois que l'on ne pouvait plus leur obtenir de places bien situées pour les matchs de football.

Evidemment, ce qu'il avait enduré après sa blessure au genou et la fin de son rêve de devenir joueur professionnel était loin d'être aussi traumatisant que ce qu'avait vécu Melissa. Cependant, ces amis des beaux jours l'avaient trahi et laissé en plan au moment il aurait eu le plus besoin d'eux. Une chance pour lui, sa famille avait été présente.

Mais qui était là pour Melissa ?

L'expression de cette dernière s'adoucit, comme si elle lisait dans ses pensées.

— Je suis désolée. C'est injuste pour toi, et j'en ai conscience.

— Il n'y a pas grand-chose de juste dans toute cette histoire, reconnut-il. Mais je comprends mieux que tu ne le penses.

Melissa plissa les yeux d'un air sceptique.

— Lorsque j'étais à l'université, j'ai fait la connaissance de Renee. Je croyais l'aimer. D'ailleurs, peut-être était-ce réellement le cas…

A cette époque, il avait même été prêt à devenir l'homme d'une seule femme pour elle.

— Que s'est-il passé ?

— Je me suis abîmé le genou et je suis passé de future star du football à *has been* délabré. Il lui a suffi d'un seul regard sur mon nouvel avenir pour choisir une option différente.

— Et, depuis, tu penses que rien ne peut durer toujours.

Aaron s'éloigna de Melissa et alla s'asseoir dans le fauteuil installé près de la cheminée où un bon feu pétillait.

— C'est l'impression que ça donne, non ?

Elle traversa lentement la pièce et s'installa sur le sofa, face à lui, son doux regard le réchauffant plus que les flammes.

— Tu devrais peut-être envisager de donner une chance à une femme plus méritante.

— Comme tu le fais avec moi ? riposta-t-il.

Le visage de Melissa se ferma aussitôt.

— C'est différent. Néanmoins, je peux te donner une chose.

De la poche de son peignoir, elle extirpa une feuille de papier qu'elle lui tendit.

— Qu'est-ce que c'est ?

— La liste de mes clientes. Si tu as besoin de leur parler, fais-le.

Elle redressa la tête et ses yeux bleus cherchèrent ceux d'Aaron avec détermination.

— Je te fais confiance. Je sais que tu feras les choses comme il le faut.

Conscient de ce que son aveu signifiait, Aaron soutint longuement son regard.

Elle n'était peut-être pas capable de lui faire confiance sur le plan émotionnel, et c'était peut-être intelligent de sa part de ne pas le faire. Après tout, il pouvait difficilement être considéré comme un bon choix. Mais qu'elle lui fasse assez confiance pour lui communiquer les noms de ses clientes était un sacré pas en avant.

En son for intérieur, il promit de faire tout son possible pour se montrer à la hauteur de la foi qu'elle plaçait en lui.

13

Melissa ne regrettait pas d'avoir fait confiance à Aaron. Il avait respecté ses souhaits au sujet de ses clientes, la laissant organiser les interrogatoires et n'insistant pas lorsque certaines avaient refusé de leur parler. Il avait aussi fait preuve d'une extrême discrétion pour se renseigner sur les hommes impliqués, utilisant de fausses identités et ne prononçant pas les mots « shérif » ou « police ».

A la fin du week-end, il était parvenu à rayer sept des huit suspects potentiels de sa liste. Le dernier n'était pas vraiment une piste prometteuse, étant donné qu'il avait perdu l'usage de ses jambes au cours d'un accident de voiture l'année précédente.

— J'imagine que je devrais éprouver un certain réconfort à l'idée de ne pas être en tête de la liste des personnes qu'ils détestent le plus, observa Melissa.

S'adossant au sofa, Aaron bascula la tête en arrière et riva les yeux au plafond. Il paraissait fatigué et frustré, constata-t-elle. Elle savait qu'il n'aimait pas rester assis là à attendre que Riley ou l'un des autres policiers le contacte avec du nouveau. Il voulait être sur le terrain.

— Tu n'es pas taillé pour être garde du corps, lui fit-elle remarquer.

Aaron redressa la tête et posa son regard sur elle.

— Tu n'es pas satisfaite de mes services ?

Melissa esquissa un sourire.

— J'en suis très satisfaite, mais je vois bien que tu préférerais être dehors, en train de frapper aux portes et de faire avancer les choses.

— Je suis heureux d'être ici.

Elle secoua la tête avec une pointe d'amusement.

— Non, c'est faux.

Aaron plissa légèrement les yeux.

— Est-ce que c'est ta manière de me dire que tu en as marre de jouer au papa et à la maman avec moi ?

Melissa détourna le regard en se demandant ce qu'il dirait si elle lui avouait qu'au contraire, c'était un pur bonheur pour elle. Elle aimait l'avoir près d'elle, adorait l'air endormi qu'il avait le matin au réveil et la barbe de quelques jours qui ombrait sa mâchoire. Elle appréciait également de le regarder cuisiner des plats simples et copieux ou encore la manière dont il la fixait de ses yeux gris pénétrants, comme s'il cherchait en elle des choses que personne d'autre ne se donnait la peine d'essayer de trouver.

Elle devait constamment se répéter que ce n'était qu'une illusion qui se terminerait tôt ou tard. Elle devait lutter pour ne pas se laisser absorber dans le fantasme.

— J'aimerais me rendre au cabinet, aujourd'hui, dit-elle soudain.

— Mauvaise idée.

— Pourquoi ? Parce que tu es convaincu que l'un des employés veut ma mort ?

— Nous n'avons pas totalement disculpé Dalton Brant.

Melissa secoua la tête.

— Bien sûr que si ! Tu as dit toi-même que tous ses alibis avaient été vérifiés.

— Il pourrait avoir un complice.

— Je ne peux pas rester ici indéfiniment. J'ai une vie, un travail !

— Et quelqu'un qui veut ta mort.

— Eh bien, laissons-le faire une nouvelle tentative ! s'exclama-t-elle, frustrée. Je suis fatiguée de me cacher, Aaron. Que se passera-t-il quand ta semaine de vacances sera terminée ? Que feras-tu ? Tu donneras ta démission ?

L'expression peinée qui passa dans son regard n'échappa pas à Melissa.

— Bien sûr que non, répondit-il.

— Si l'assassin ne peut pas venir s'en prendre à moi ici, peut-être que je devrais aller quelque part où il pourra se manifester.

— Est-ce que tu as perdu l'esprit ?

Aaron se leva avec colère et se rapprocha d'elle.

— Nous sommes toujours en train d'enquêter…

— Rien de ce que nous avons tenté n'a fonctionné, l'interrompit Melissa.

Pressant sa paume contre son torse, elle sentit les battements réguliers de son cœur sous ses doigts.

— J'ai envie de retrouver une vie normale. Je veux rentrer chez moi.

— L'électricité ne sera rétablie dans ta maison qu'à la fin de la semaine au plus tôt, lui rappela-t-il.

Recouvrant sa main de la sienne, il la pressa plus fermement contre son torse.

— Voici ce que je te propose : nous pourrions sortir d'ici un moment. Le temps est censé se réchauffer, aujourd'hui. Est-ce que ça te plairait d'aller pêcher ?

Surprise par sa suggestion, Melissa esquissa une petite grimace.

— Je ne sais pas pêcher…

Aaron sourit largement.

— Aucun problème ! Je t'apprendrai tout ce que tu as besoin de savoir.

*
* *

Melissa regarda Aaron fouiller dans la large boîte de matériel de pêche posée à ses pieds au fond de la barque. Pour la première fois depuis des jours, elle se sentait détendue. Peut-être était-ce dû au soleil qui tapait sur ses épaules et dont la chaleur éloignait le frisson sous-jacent de la journée, ou à l'air frais qui remplissait ses poumons à chacune de ses respirations.

A moins que ce ne soit à cause de la vue d'Aaron Cooper dans un jean presque moulant et un pull en coton fin qui mettait en valeur son large torse musclé.

Il attrapa la canne courte et légère qu'il avait choisie pour elle et attacha un hameçon vert à l'extrémité de la ligne presque invisible.

— Prête à faire un essai ? s'enquit-il en s'approchant de la chaise pliante où elle était assise.

— C'est une canne à rôder, exact ? dit Melissa en la lui prenant des mains.

— Je croyais que tu n'y connaissais rien !

Elle se garda d'expliquer que ses connaissances remontaient à l'époque du lycée où elle avait effectué des recherches sur la pêche uniquement à cause de l'énorme béguin qu'elle avait pour lui.

Aaron la guida avec de légers contacts sur son bras et sa main tandis qu'elle lançait la ligne.

Même si elle n'alla pas très loin, l'appât arriva néanmoins dans l'eau.

— Super ! s'exclama Aaron.

Au bout de quelques secondes, quelque chose commença à tirer. Avec des mouvements brusques et maladroits, Melissa tenta de ramener la ligne. La canne pliait fortement, et elle dut lutter pour qu'elle ne lui échappe pas des mains.

Après quelques efforts supplémentaires, elle parvint enfin à sortir un petit poisson de l'eau et à le faire atterrir dans le bateau.

— Pas mal, hein ? demanda-t-elle un peu essoufflée.

— Oui. C'est un sandre.

Aaron prit le poisson et retira l'hameçon de sa bouche minuscule.

— Je peux le tenir ?

— Fais attention, conseilla-t-il tandis qu'elle commençait à le prendre. Ses épines sont…

— Aïe !

Juste au moment où Melissa refermait la main sur le petit poisson brun tirant sur le vert, celui-ci déploya sa nageoire dorsale et lui entailla la paume avec l'une de ses épines pointues.

Aaron rattrapa au vol le sandre qu'elle avait lâché et le remit à l'eau.

— Est-ce que l'entaille est profonde ?

— Suffisamment pour que ça saigne. As-tu une trousse de premiers secours ?

— Bon sang ! Je l'ai laissée à la marina, répondit Aaron, contrarié. Je l'avais déposée au magasin de pêche pour que mon père la réapprovisionne pour moi, et j'ai oublié d'aller la récupérer avant notre sortie sur le lac.

— Ce n'est rien, lui assura rapidement Melissa qui ne voulait pas passer pour une mauviette même si c'était étonnamment douloureux. Le saignement s'est presque arrêté.

— La plaie pourrait s'infecter, si nous ne la nettoyons pas. Nous ne sommes pas très loin de la marina. Retournons-y.

Il ne leur fallut que quelques minutes pour regagner le quai. Aaron guida Melissa le long de l'embarcadère usé par le temps jusqu'à l'allée en gravier menant au magasin de pêche.

Le temps s'étant réchauffé, les affaires avaient repris, comme en témoignait le nombre de véhicules sur le parking. A côté de Melissa, Aaron se raidit, comme s'il se préparait au combat.

— Quelque chose ne va pas ? demanda-t-elle en lui jetant un regard préoccupé.

— Je ne m'attendais simplement pas à ce qu'il y ait foule.

— Peut-être que c'est préférable ainsi. Je pensais que l'isolement était plus dangereux.

Les parents d'Aaron étant occupés à l'avant du magasin, Aaron conduisit Melissa dans une pièce sans fenêtre située à l'arrière, où quelques grands aquariums remplis de fretin partageaient l'espace avec plusieurs rangées de corbeilles en plastique qui paraissaient remplies de terre.

— Ce sont des fermes à vers, expliqua Aaron devant son regard curieux. Mon père élève ses propres vers rouges pour servir d'appâts.

Il fouilla les étagères les plus proches de la porte jusqu'à ce qu'il trouve une petite mallette avec une croix blanche sur fond bleu.

— Bingo ! s'exclama-t-il.

Il commença à en examiner le contenu, puis laissa échapper un grognement de frustration.

— Attends-moi ici, je vais voir s'il y a une trousse plus complète au comptoir.

Tandis qu'il se hâtait de retourner à l'intérieur du magasin, Melissa jeta un coup d'œil vers les fermes à vers avec une grimace de dégoût.

Elle errait sans but dans la pièce quand elle entendit des bruits de pas derrière elle. Avant qu'elle puisse se retourner pour accueillir Aaron, la faible lumière qui provenait des ampoules pendant au plafond s'éteignit.

Il fallut une seconde à ses yeux pour s'ajuster à l'obscurité et apercevoir un mince filet lumineux autour de la porte conduisant au magasin.

Aaron ne l'avait pas fermée quand il était sorti, songea-t-elle.

Son cœur fit un bond avant de se mettre à battre à toute vitesse. Scrutant l'obscurité, elle tenta de distinguer des formes. Plus tôt, elle avait entendu des bruits de pas, mais, à présent, seuls les martèlements de son pouls résonnaient dans ses oreilles.

C'est alors qu'une voix se fit entendre, plus proche d'elle qu'elle s'y attendait.

— Comme on se retrouve, Melissa !

La tête commençant à lui tourner, elle se cramponna à l'étagère qui se trouvait derrière elle et lutta pour ne pas s'effondrer tandis qu'un torrent de souvenirs déferlait sur elle, déchirant son âme : les mains d'Evan autour de sa gorge en train de serrer fort, et sa rage se déchaînant contre elle, aussi violente et implacable que ses poings meurtrissant sa chair. Le sol lui parut se dérober de sous pieds.

— Cela faisait longtemps qu'on ne s'était pas vus, reprit Evan Hallman d'une voix aussi profonde que cauchemardesque.

Pendant que son père enregistrait ses achats à la caisse — des lingettes antiseptiques, de la pommade antibiotique et des bandages souples —, Aaron jeta un coup d'œil vers la porte de la pièce à l'arrière, un peu étonné que Melissa ne soit pas encore venue le rejoindre.

Surpris, il s'aperçut qu'elle était fermée.

Des fourmillements remontèrent le long de son échine. L'espace d'un instant, il se demanda si c'était lui qui l'avait fermée. Non. Pensant que Melissa n'apprécierait guère de se retrouver enfermée dans une pièce sombre et froide en compagnie de milliers de petites bestioles qui donnent la chair de poule, il l'avait laissée ouverte.

D'instinct, il porta la main à son Smith & Wesson rangé dans le holster au creux de ses reins. Ignorant le regard étonné de son père, il sortit l'arme et se dirigea rapidement vers l'arrière du magasin.

— Garde tout le monde éloigné de cette porte, dit-il à voix basse à son père.

Mike acquiesça d'un signe de tête.

Tandis qu'il saisissait la poignée, Aaron se rappela que la porte se verrouillait uniquement de l'extérieur. Il n'y avait donc aucune chance pour qu'elle soit fermée à clé, mais Melissa était peut-être quand même piégée à l'intérieur.

Avec un grincement un peu trop bruyant à son goût, le battant s'ouvrit facilement. Plaqué contre le mur, Aaron promena son regard dans la pièce. Les ampoules au plafond étaient éteintes, et la pièce était silencieuse et vide.

— Melissa ? appela-t-il.

N'obtenant aucune réponse, il tendit la main vers l'interrupteur pour allumer.

La demi-douzaine d'ampoules nues suspendues en travers du plafond éclairèrent les étagères et les aquariums.

Il n'y avait toujours aucune trace de Melissa.

La gorge serrée, il s'avança dans la pièce, son arme à la main.

A cause de l'élevage de vers, le sol était constamment recouvert de terre et uniquement balayé en fin de journée. Aaron remarqua un enchevêtrement d'empreintes de pas devant les aquariums à fretin, ainsi que des traînées qui menaient jusqu'à la porte de derrière.

14

Le cœur battant à tout rompre, Aaron ouvrit la porte de derrière et inspecta les environs. Elle donnait directement sur les bois. Malgré de nombreux arbres dénudés à cause de l'hiver, il ne vit rien nulle part.

Bon sang ! Comment avait-il pu laisser Melissa toute seule ?

Furieux contre lui-même, il sortit son téléphone portable de sa poche et appela des renforts avant de contacter Riley.

— Est-il absolument impossible qu'elle soit simplement partie ? demanda ce dernier.

— Le sol est recouvert de traînées et d'empreintes de pas. Elle a été emmenée de force.

Aaron se hâta de retourner dans le magasin.

— Je pars à la recherche de Melissa dans les bois, annonça-t-il à son père.

— Attends l'arrivée des renforts, l'enjoignit Riley.

Sans même le saluer, Aaron mit fin à la communication et se tourna vers son père.

— Quelqu'un est entré dans la pièce à l'arrière et a enlevé Melissa pendant que j'étais occupé à réapprovisionner la trousse de premiers secours. Il faut que je la retrouve.

— Je t'accompagne.

Aaron secoua la tête. Les genoux arthritiques de son père ne feraient que le ralentir.

— Tu sais que tu ne peux pas, papa.

— Dans ce cas, je vais tenter de mettre la main sur tes frères.

Aaron hocha la tête et repartit en sens inverse pour sortir de la boutique par la petite porte de derrière.

Dès qu'il fut à l'extérieur, il s'enfonça dans les bois. Il avait grandi ici et connaissait cet endroit par cœur. Les arbres entouraient le lac sur des kilomètres, avec seulement çà et là quelques maisons au bord de l'eau et un chemin gravillonné menant à l'embarcadère.

La question était de savoir à quel point le ravisseur de Melissa connaissait les lieux, et s'il parviendrait à retrouver leur trace avant qu'il ne soit trop tard.

Melissa lutta contre le sentiment d'impuissance qui la paralysait. Ses sens étaient submergés par des odeurs et des images qui engourdissaient son cerveau. Elle était allongée face contre terre, le visage collé à des feuilles humides en train de pourrir.

Elle se rappelait avoir marché à travers bois, les branches basses lui griffant les joues.

Et elle se souvenait de sa peur.

Elle ne pouvait ni respirer ni bouger. Ses bras étaient cloués au sol de chaque côté de son corps, et quelque chose de massif et de chaud pesait sur elle.

Le bruit d'une respiration forte et rapide retentit soudain dans son oreille et une boule de terreur se forma dans sa gorge.

Evan ! Elle se souvenait, à présent. Il l'avait attrapée dans la boutique de pêche, avait plaqué sa main sur sa bouche pour étouffer ses cris et l'avait traînée dehors, jusque dans les bois. Puis il l'avait jetée au sol, et l'air s'était bloqué dans ses poumons. Tout était alors devenu sombre autour d'elle.

Depuis combien de temps était-elle là ?

— Chut ! murmura Evan comme elle ouvrait la bouche pour crier.

Melissa s'immobilisa tandis que le rythme de son cœur s'affolait. Une partie d'elle, terrifiée, avait envie de disparaître sous terre et d'y rester en sécurité.

Enfouissant cette petite créature tremblante au fond d'elle-même, elle encouragea la battante féroce et déterminée qu'elle était devenue au cours des quatre dernières années à remonter à la surface.

Aaron avait certainement déjà constaté sa disparition. Il allait la retrouver.

Peu importait comment, mais elle devait rester en vie.

Elle tourna la tête jusqu'à ce qu'elle puisse apercevoir Evan du coin de son œil gauche. Allongé sur elle, il la plaquait au sol. Essayait-il de se cacher ? Est-ce qu'Aaron était déjà sur leurs traces ?

— Que veux-tu de moi ? lui lança-t-elle.

— Obtenir vengeance, ma chérie.

La voix d'Evan tremblait de rage.

— Tu es allée raconter des mensonges à mon sujet à ce juge, tu as déformé ce qu'il y avait entre nous pour en faire une chose laide…

— Ne crois-tu pas que ça l'était ?

Malgré le mélange toxique de peur et de rage qui brûlait en elle, Melissa s'efforça de garder une voix calme.

— Trouves-tu normal de je… jeter une femme depuis un balcon du deuxième étage ? Pour quelque raison que ce soit ?

— Tu ne voulais pas m'écouter ! s'exclama Evan en élevant la voix tandis qu'il resserrait douloureusement ses doigts autour des bras de Melissa. Tu ne m'écoutais jamais ! Tu ne… faisais jamais… ce que je demandais. Je t'ai vue avec lui. Je vous ai observés, durant ces derniers jours. Je sais que vous vivez ensemble.

La vision de Melissa commençait à se brouiller, et des points noirs dansaient devant ses yeux.

— Tu es à moi.

Consciente que ce pourrait être sa dernière chance d'agir, elle lutta de toutes ses forces pour ne pas perdre connaissance.

Mettant toutes les forces qu'il lui restait dans son mouvement, Melissa rabattit violemment la tête en arrière, contre le visage d'Evan.

Hurlant de douleur, il la relâcha. Au fur et à mesure que l'air affluait de nouveau dans ses poumons, Melissa sentit sa vision s'éclaircir. Puis l'adrénaline qui fusait dans ses veines lui donna la force de se cabrer et de le faire tomber.

Pendant qu'elle se mettait debout tant bien que mal, la voix d'Evan s'éleva dans un torrent d'obscénités, mais ses mots n'avaient plus de pouvoir sur elle. Elle prit une seconde pour s'orienter et vit la lumière du soleil miroiter sur une petite étendue d'eau à peine visible à travers les arbres. Si elle se dirigeait vers le lac, elle finirait tôt ou tard par rejoindre la civilisation.

Sans perdre de temps, elle se mit à courir aussi vite que possible vers la promesse de liberté.

Aaron n'était pas le meilleur pisteur de la famille, mais il était suffisamment bon pour suivre la trace de celui qui avait entraîné Melissa dans les bois. Des branches cassées, des feuilles dispersées et des empreintes dans la terre formaient une piste claire à travers les broussailles. Après quelques minutes, il entendit un bruit sourd au loin, devant lui. Rien ne bougeait, mais il savait qu'il se rapprochait.

Lorsque le silence retomba, il s'arrêta pour tendre l'oreille. Les bruits habituels — des oiseaux, écureuils et autres animaux — s'étaient tus aussi. Les habitants de la forêt étaient probablement en train d'observer la scène et d'attendre le départ des intrus.

C'est alors qu'une voix masculine coléreuse se fit entendre.

Aaron lutta pour contrôler sa poussée d'adrénaline. Il devait à tout prix rester maître de lui-même.

Il y eut un hurlement de douleur, suivi par un bruissement, comme si quelqu'un se démenait à travers les bois, environ trois cents mètres devant lui. Veillant à faire le moins de bruit possible, il se remit à avancer dans cette direction, le Smith & Wesson à la main.

Les bruits s'amplifièrent. Une personne courait à toute vitesse vers le lac, chassée par une voix masculine qui déversait un torrent d'injures. Aaron sentit grimper sa tension artérielle.

Au même instant, il aperçut Melissa qui s'enfuyait, les bras battant l'air pour repousser les brindilles et les branches qui s'accrochaient à sa veste bleu pâle et à sa queue-de-cheval brune.

Il soupira de soulagement.

Elle était vivante !

Se forçant à détacher son regard d'elle, il chercha son assaillant. Plusieurs secondes s'écoulèrent avant qu'il ne repère un homme qui la poursuivait d'un pas lourd, une main pressée contre son nez. Du sang ruisselait entre ses doigts, constata Aaron avec une pointe de satisfaction. Melissa l'avait blessé.

L'homme était si concentré sur sa proie qu'il ne le vit

pas foncer sur lui et se retrouva plaqué au sol avant d'avoir compris ce qui lui arrivait.

Aaron lui retira son coupe-vent et s'en servit pour lui attacher les mains et les pieds dans le dos. Tandis que le sang continuait de couler de son nez tordu et enflé, l'homme retourna sa rage impuissante contre lui.

— La ferme ! lui ordonna Aaron avec fermeté en lui montrant son arme. J'appartiens au département du shérif du comté de Chickasaw, et vous êtes en état d'arrestation pour l'enlèvement de Melissa Draper.

Après lui avoir lu rapidement ses droits, il appela le Central afin de signaler sa position.

Il continuait d'entendre Melissa courir à toute vitesse à travers les bois en direction du lac, mais il ne pouvait que la laisser faire. Son prisonnier n'était pas assez bien ligoté pour qu'il puisse prendre le risque de le laisser seul.

Un mouvement derrière lui le mit sur le qui-vive. Changeant de position, il promena son regard sur les alentours, son arme toujours dégainée, prêt à faire feu.

Quelqu'un avançait dans sa direction, pratiquement sans faire de bruit. Cheveux bruns, larges épaules… Aaron faillit s'écrouler de soulagement en reconnaissant son frère, Gabe.

— Il est maîtrisé, lui dit-il lorsqu'il s'approcha de lui. Est-ce que tu es armé ?

Soulevant le bas de sa veste, Gabe révéla un Ruger bleu foncé dans un holster à sa ceinture. Il appartenait au corps de policiers auxiliaires volontaires, généralement appelé pour des chasses à l'homme ou d'autres situations nécessitant une mobilisation massive. Aaron savait que son frère aîné était suffisamment bien entraîné pour contrôler le prisonnier pendant qu'il se lançait à la poursuite de Melissa.

— Les renforts sont en route. Je dois y aller.

Il était déjà en train de courir, appelant Melissa aussi fort que possible, le regard fixé sur le dernier endroit où il l'avait vue avant qu'elle ne disparaisse au milieu des arbres.

— Melissa ! Arrête de courir ! C'est moi !

Après quelques secondes, il l'aperçut enfin. Ignorant les élancements dans son genou gauche — sa vieille blessure lui donnait encore du fil à retordre de temps en temps —, il accéléra sa course.

— Melissa, arrête-toi !

Tandis qu'elle jetait un coup d'œil par-dessus son épaule, ses pieds se prirent dans les broussailles et elle tomba lourdement.

Elle commençait à se relever quand Aaron la rejoignit enfin. L'aidant à se remettre sur ses pieds, il l'attira dans ses bras et son corps tout entier se mit à trembler de soulagement lorsqu'il sentit son cœur battre à toute vitesse contre son torse. Haletante et épuisée, Melissa l'enlaça et le serra étonnamment fort.

— Est-ce que tu vas bien ? demanda Aaron tout en lui caressant les cheveux.

Elle acquiesça d'un signe de tête.

— Evan… il est quelque part… dans les bois.

— Ne t'inquiète pas. Il est ligoté et n'ira nulle part. Mon frère Gabe garde un œil sur lui jusqu'à ce que les renforts arrivent. Je suis désolé, je n'aurais pas dû te laisser seule à la boutique.

Il baissa la tête et pressa fermement ses lèvres contre son front.

Puis, un bras passé autour de sa taille pour l'aider à rester stable sur ses jambes tremblantes, il la reconduisit jusqu'à la marina.

*
* *

Melissa serra ses mains autour de la tasse de chocolat chaud que lui avait apportée Aaron et le regarda tisonner le feu qu'il avait venait d'allumer dans la cheminée du cottage.

— Tu crois vraiment qu'Evan était derrière l'incendie et les coups de feu ? demanda-t-elle.

Aaron reposa le tisonnier et vint s'asseoir à côté d'elle sur le sofa.

— Ça en a tout l'air. Nous avons enfin réussi à joindre son contrôleur judiciaire, qui nous a informés que personne à Raleigh ne l'avait vu depuis plus d'une semaine. Il aurait donc pu être ici le jour de l'incendie.

— Je me demande pourquoi il n'est pas simplement entré par effraction pour venir s'en prendre à moi.

Melissa s'étonna du calme avec lequel elle était capable de discuter de l'enquête si peu de temps après avoir été agressée par Evan.

Elle savait que c'était lié à la présence d'Aaron. Lorsqu'il était à côté d'elle, elle se sentait différente. Plus forte et plus courageuse.

Depuis la première fois où elle avait posé les yeux sur lui, elle avait senti entre eux un lien très fort, se rappela-t-elle, comme s'il était la réponse à toutes ses questions.

— J'ignore ce qui l'a poussé à mettre le feu plutôt que d'entrer chez toi, répondit Aaron. Je suis sûr que Riley ne manquera pas de l'interroger à ce sujet, ce soir.

— Je sais que tu avais envie d'assister à l'interrogatoire, dit Melissa en prenant sa main dans la sienne.

— C'est ici que j'ai envie d'être.

Poussée par un sentiment dangereux qui avait grandi en elle tout l'après-midi, elle se tourna vers lui.

Les yeux d'Aaron s'assombrirent lorsqu'ils plongèrent dans les siens.

— Melissa…, dit-il, sa respiration s'accélérant.

Elle réalisa qu'elle avait comblé la distance qui les séparait et que sa main libre remontait le long de son torse dans une caresse lente et mesurée. En une fraction de seconde, elle sut ce qu'elle voulait.

Ce dont elle avait besoin.

— Ne dis rien, chuchota-t-elle lorsqu'il ouvrit la bouche pour parler de nouveau.

Elle retira sa main de la sienne et la posa sur son visage, prenant délicatement sa mâchoire forte entre ses doigts. Durant un instant, elle se contenta de le regarder et vit le garçon qu'il était autrefois sous ses traits séduisants.

— Moi aussi, je me souviens de toi à la soirée d'intégration, reprit-elle en caressant lentement du pouce la courbe de sa lèvre inférieure. Je mourais d'envie que tu viennes me parler, mais je savais que tu ne le ferais pas.

— J'aurais dû, dit-il tandis qu'il posait les yeux sur sa bouche.

— Oui, tu aurais dû.

Les mains d'Aaron, chaudes à travers le peignoir en tissu-éponge, remontèrent le long du dos de Melissa.

— J'ai envie de toi, murmura-t-elle avant de mordiller le lobe de son oreille.

— Melissa, gémit Aaron contre sa gorge.

Elle plaqua sa bouche contre la sienne pour le faire taire et libéra la passion qu'elle avait retenue depuis aussi longtemps qu'elle pouvait se le rappeler. Ça ne lui faisait plus peur, pas avec lui.

Aaron prit son visage entre ses mains et s'écarta légèrement pour la regarder d'un air interrogateur.

— J'en ai envie, insista Melissa.

Elle changea de position et s'installa à califourchon sur ses genoux, le souffle court tandis qu'il se pressait contre elle avec un nouveau gémissement.

Pour la première fois de sa vie, Melissa savait ce

qu'elle voulait et était déterminée à surmonter sa peur pour prendre ce dont elle avait besoin.

Elle avait besoin d'Aaron Cooper. De chaque partie de lui.

— Ne te retiens pas, l'encouragea-t-elle tandis qu'elle écartait les bords de son peignoir.

Sauvages et féroces, les yeux d'Aaron plongèrent dans les siens. Puis il l'embrassa, et elle s'abandonna à lui.

15

La chambre était toujours plongée dans l'obscurité, bien qu'une lumière grise et froide filtre à travers les rideaux en mousseline, signe avant-coureur de l'aube à venir. Blottie dans les bras d'Aaron, Melissa n'avait pas envie de bouger, mais quelque chose l'avait réveillée. Elle tendit l'oreille et n'entendit d'abord que la respiration lente et régulière d'Aaron.

Là. Etait-ce un bruit sourd qui venait de retentir de l'autre côté de la porte ?

— Aaron, réveille-toi, dit-elle en le poussant légèrement du coude. J'entends quelque chose dans l'autre pièce.

Il ne remua pas.

— Aaron !

Il y eut un nouveau bruit. La veille, ils ne s'étaient pas arrêtés pour verrouiller la porte quand Aaron l'avait portée jusqu'au lit, et elle commençait à penser qu'ils auraient dû. Et s'il s'agissait de sa mère, venue leur apporter le petit déjeuner ?

Elle ne pourrait pas supporter l'humiliation si Mme Cooper la trouvait nue dans le lit de son fils.

Se faufilant hors des bras d'Aaron, Melissa grimaça sous l'effet des douleurs et tiraillements provoqués par ses mouvements. La chaleur lui monta aux visage tandis qu'elle repensait à l'intensité et à l'abandon avec lesquels ils avaient donné libre cours à leur désir l'un pour l'autre.

Rien de ce qu'elle avait connu jusque-là n'avait été comme faire l'amour avec Aaron.

Elle ne pouvait néanmoins s'empêcher de se demander si elle n'avait pas commis une erreur. Sa maîtrise inflexible sur ses désirs, la priorité qu'elle donnait à la logique sur l'émotion l'avaient sauvée à maintes reprises au cours des quatre dernières années tandis qu'elle se rétablissait des dégâts qu'Evan Hallman avait causés dans sa vie.

Avait-elle été folle de s'abandonner à un homme qui admettait ne pas savoir s'il serait jamais prêt à s'engager pour toujours ? La nuit dernière, submergée par le désir, elle s'était dit qu'elle pourrait gérer ce qui se passerait le matin venu. Elle était assez forte pour le quitter sans regret et ne garder qu'un souvenir merveilleux de leur nuit ensemble.

Or, elle s'était menti à elle-même. Elle n'était pas aussi forte.

Le bruit dans l'autre pièce la ramena à une question plus urgente. Où diable était son peignoir ?

Dans le salon, se rappela-t-elle, ses joues s'empourprant de plus belle. Il était tombé par terre tandis que leur désir s'intensifiait, et elle l'avait oublié là quand Aaron l'avait soulevée dans ses bras pour la porter jusqu'à la chambre.

Elle ouvrit l'armoire et trouva l'une de ses tenues de travail, une robe en jersey à manches longues par-dessus laquelle elle enfila un cardigan. Elle glissa ses pieds nus dans une paire de pantoufles et se dirigea vers le salon.

Il n'y avait personne.

Perplexe, elle alla ouvrir la porte d'entrée et regarda dehors. La lumière du jour était à peine gris perle dans le ciel, à l'est. Personne n'était en vue, pas même sur le lac où l'on voyait pourtant fréquemment des pêcheurs matinaux.

Elle referma la porte et la verrouilla, puis retourna

dans la chambre. S'arrêtant à mi-chemin, elle constata que le lit était vide.

— Aaron ?

— Espèce de garce ! s'exclama-t-il d'une voix grave et acerbe, derrière elle.

Elle pivota vivement pour lui faire face, et fut envahie par la terreur lorsqu'elle aperçut une lueur folle au fond de son regard.

Tandis que ses mains empoignaient douloureusement ses épaules, Melissa ferma les yeux en serrant les paupières aussi fort que possible.

Ce n'était pas en train d'arriver ! Ça ne pouvait pas être en train d'arriver !

— Melissa ?

La voix d'Aaron était incroyablement douce.

Pressant une main sur son cœur battant à tout rompre, Melissa sentit uniquement sa peau chaude et non la robe en jersey.

Elle avait du mal à reprendre sa respiration ; la terreur continuait à lui nouer la gorge.

S'écartant des bras d'Aaron, elle se leva et alla en hâte vers le salon afin de récupérer son peignoir, mais elle ne le vit nulle part.

Aaron sortit de la chambre. Il avait enfilé un jean et paraissait perplexe.

— Où est mon peignoir ? demanda-t-elle d'une voix tendue.

Se sentant exposée et vulnérable sous son regard fixé sur son corps nu, elle croisa les bras sur sa poitrine et lui tourna le dos.

Derrière elle, il laissa échapper un léger halètement.

— Mon Dieu !

Jetant un coup d'œil par-dessus son épaule, Melissa vit qu'il regardait son dos avec une expression horrifiée.

— Qu'y a-t-il ? s'enquit-elle.

Il disparut dans la chambre et en ressortit avec son peignoir.

Un frisson parcourut Melissa tandis que les images de son cauchemar lui revenaient avec une précision saisissante.

— Je vais aller m'habiller, annonça-t-elle.

Veillant à ne pas le toucher, elle récupéra son peignoir et passa devant lui pour retourner dans la chambre.

Elle referma la porte derrière elle et alluma la lumière. Sa curiosité prenant le dessus, elle examina son dos dans le grand miroir de l'armoire.

A la vue des vilaines ecchymoses violettes, elle eut le souffle coupé. Au fond d'elle, elle savait que ce n'était pas Aaron qui les avait causées, mais son cauchemar prouvait que ce qui s'était passé la nuit dernière l'avait perturbée.

Peut-être ne s'était-elle pas trompée en lui disant qu'elle ne serait sans doute plus jamais capable de faire confiance à quelqu'un. Elle ne pouvait assurément pas se fier à un homme qui ne lui proposait que quelques nuits ensemble sans aucune promesse de quoi que ce soit d'autre.

Pour l'instant, elle avait simplement besoin de sortir d'ici. Avec Evan enfermé dans la prison du comté et la quasi-certitude qu'il était celui qui cherchait à la tuer, elle pourrait quitter ce cottage et s'éloigner d'Aaron et de sa personnalité irrésistible au moins assez longtemps pour respirer un peu et se rappeler qui elle était.

Aaron frappa à la porte.

— Melissa, il faut qu'on parle.

Resserrant le peignoir autour d'elle, elle secoua la tête.

— J'ai d'abord besoin de prendre une douche.

Elle sortit de la chambre et alla s'enfermer dans la salle de bains.

Des larmes lui piquaient les yeux. Redoutant qu'Aaron soit en train d'écouter depuis le couloir, elle s'efforça de ravaler ses sanglots. Elle s'était déjà suffisamment mise à nu au cours des dernières heures.

Il était hors de question qu'il l'entende s'effondrer !

A la pensée des marques violettes sur le dos de Melissa, Aaron eut envie de vomir.

Il ne se rappelait pas avoir vu d'ecchymoses la veille, alors qu'il embrassait chaque centimètre carré de son corps. En vérité, il ne se rappelait pas grand-chose en dehors de l'ardeur qui le consumait et du sang chaud qui bouillonnait dans ses veines…

Melissa avait été surprenante. Une révélation. Dans le chaton fragile battait le cœur d'une lionne féroce et tenace dans sa recherche du plaisir. Il avait dû rassembler toute son énergie pour parvenir à la suivre.

Avait-il laissé les choses aller trop loin ? Et s'il avait détruit sa confiance fragile ?

Son cœur se serra lorsqu'il entendit s'ouvrir la porte de la salle de bains. Il se leva du lit quand Melissa revint dans la chambre.

Elle parut surprise de le voir. Ses joues s'empourprèrent légèrement, et elle resserra instinctivement la ceinture de son peignoir.

— Je suis désolé, dit-il.

Sans répondre, elle passa devant lui pour aller ouvrir l'armoire. Il vit sa main trembler tandis qu'elle effleurait une robe en lainage à manches longues.

— Crois-tu vraiment qu'Evan est derrière tout ce qui m'est arrivé ces derniers jours ? demanda-t-elle enfin sans se retourner.

Sa question prit Aaron au dépourvu.

— C'est fort probable. Il avait un mobile, les moyens et l'opportunité. Et le fait qu'il t'ait agressée hier est plutôt accablant.

Durant sa garde à vue, Hallman n'avait rien avoué et avait très vite demandé la présence d'un avocat, mais Aaron était persuadé qu'il finirait par se mettre à table.

Melissa hocha lentement la tête.

— Tu devrais aller au poste, dit-elle sans le regarder. Peut-être que tu réussiras à lui faire avouer la vérité.

Elle se tourna vers la grande commode près de la fenêtre et y prit un jean et un pull avant d'ajouter :

— La salle de bains est libre.

Le regard fixé sur son dos raide, Aaron ne trouvait rien à dire qui soit susceptible d'améliorer la situation entre eux. Il battit donc en retraite vers la salle de bains.

La sensation de l'eau chaude fut agréable sur ses muscles courbatus. Avec un sourire morne, il se rendit compte que sa nuit avec Melissa avait également laissé des traces sur lui.

Melissa avait fait preuve de courage et de force lors de son agression la veille, mais elle était fragile. Il aurait dû s'en souvenir et se rappeler qu'elle avait enduré une terrible épreuve qui lui avait fait revivre le moment le plus dévastateur et terrifiant de son existence. Le simple fait de revoir Hallman aurait déjà été traumatisant. Qu'il la prenne en otage et la soumette à la même violence qui avait failli lui coûter la vie…

Comment avait-il pu prendre ses avances au pied de la lettre ? Comment avait-il pu être à ce point égoïste ? Il savait qu'elle n'était pas comme les autres femmes qu'il avait fréquentées.

Il sortit de la douche et s'essuya énergiquement, donnant libre cours à sa colère contre lui-même. Après s'être habillé, il se hâta d'aller la retrouver. Cette fois, il était déterminé à lui dire à quel point il était désolé d'avoir laissé ses désirs prendre le pas sur son jugement.

Ce ne serait probablement pas suffisant pour combler la brèche que son égoïsme avait créée entre eux, mais il se devait d'essayer.

Melissa ne se trouvait ni dans la chambre ni dans le salon. Il était sur le point de vérifier les autres pièces de la maison quand il entendit frapper à la porte.

Il jeta un coup d'œil à travers le judas et vit J.D. sur le porche.

— Que fais-tu là de si bonne heure ? demanda-t-il en lui ouvrant.

— Je suis passé ramener la voiture de Melissa. J'ai fini de la réparer hier soir et j'ai pensé qu'elle aimerait sans doute la récupérer le plus tôt possible.

Aaron regarda l'allée derrière J.D.

— Où est-elle ?

— Melissa vient de la prendre pour se rendre au cabinet. Elle est partie il y a environ dix minutes.

— Quoi ?

Le front de J.D. se plissa.

— Je pensais que ça ne posait pas de problème. N'as-tu pas arrêté le type qui s'en est pris à elle ?

— Pour l'instant, nous ne sommes encore sûrs de rien.

Aaron s'efforça de contrôler son anxiété croissante. Il n'était pas certain de ce qui l'effrayait le plus — qu'ils puissent se tromper à propos de Hallman ou que Melissa vienne de sortir de sa vie à jamais.

Son frère paraissait horrifié.

— Bon sang ! Je suis désolé. Je n'aurais pas dû lui remettre les clés avant…

— Que pouvais-tu faire d'autre ? La retenir de force ?

Aaron fit signe à J.D. d'entrer et alla dans la chambre

pour prendre son téléphone portable. Il composa le numéro de Melissa.

L'appel alla directement sur son répondeur.

Après avoir laissé un message lui demandant de le rappeler, il retourna dans le salon et attrapa sa veste.

— Je vais essayer de la rattraper, dit-il à son frère. Peux-tu rester ici un moment au cas où elle reviendrait avant que je la trouve ?

— Entendu.

J.D. l'accompagna jusqu'à la porte.

— A ta place, je ne m'inquiéterais pas trop pour elle. Ce type, Hallman, semble être le coupable.

— Tout le laisse à penser, reconnut Aaron avant de franchir la porte et de se diriger vers son pick-up.

Pourtant, tandis qu'il attachait sa ceinture de sécurité, il ne put se débarrasser de son sentiment que Melissa était plus en danger que jamais.

Elle n'avait pas parcouru un kilomètre que Melissa regrettait déjà de s'être enfuie du cottage comme elle l'avait fait. Avec un peu de temps et de recul par rapport au cauchemar qu'elle avait fait ce matin, elle se rendait compte qu'elle avait presque laissé sa réaction tardive après sa rencontre inattendue avec Evan Hallman effacer quatre années de guérison.

« Cette fois, tu l'as vaincu. Tu t'es sauvée toute seule. »

La dernière fois aussi, se rappela-t-elle. Elle s'était défendue, avait attrapé la rampe pour amortir sa chute. D'après les médecins, elle serait probablement morte sans cela.

Pourquoi n'avait-elle pas vu la vérité plus tôt ? Terrifiée à l'idée d'être devenue une victime comme sa mère, elle avait passé énormément de temps à l'hôpital à examiner et réexaminer ses choix durant cette période confuse de sa vie.

Pourtant, à la minute où Evan était passé de la violence verbale à la violence physique, elle avait mis un terme à leur relation. Pas de retour en arrière, pas de seconde chance. La deuxième attaque, celle qui avait failli la tuer, n'avait aucun rapport avec la violence domestique. Il s'agissait d'une tentative de meurtre pure et simple. Rien de ce qu'elle aurait pu faire ou dire n'y aurait rien changé.

Pourquoi avait-elle laissé ces anciens doutes, cette ancienne honte, l'éloigner d'Aaron alors que tout ce qu'elle voulait, c'était retourner au cottage et poursuivre ce qu'ils avaient commencé la veille ? Il avait peur de s'engager à long terme. Elle aussi. Cependant, si elle n'essayait même pas, serait-elle capable de vivre avec les regrets ?

Elle était fatiguée de vivre dans la peur et d'avoir l'impression d'être une victime alors que ce n'était pas le cas.

Observant la route devant elle, elle chercha un endroit où faire demi-tour. A environ quatre cents mètres, elle aperçut enfin une aire de stationnement sur la droite. Elle était soudain impatiente de retourner chez elle.

« Chez elle », répéta-t-elle silencieusement avec un large sourire.

Son visage redevint sérieux lorsqu'elle vit une berline vert sombre apparaître dans son rétroviseur et se rapprocher à une vitesse alarmante.

Espérant qu'il y avait suffisamment de place pour que la voiture puisse la dépasser sur cette étroite route de montagne, elle agrippa fermement le volant et serra sa droite autant que possible.

Tandis que le chauffard la doublait à vive allure, Melissa tourna la tête pour lui lancer un regard furieux, mais les vitres étaient teintées et elle ne distingua qu'une vague silhouette.

Un instant plus tard, la berline se rabattit brusquement, heurtant l'aile avant de la Volkswagen qui fit une embardée. Melissa tenta de redresser sa trajectoire, mais ses roues dérapèrent sur le gravier instable de l'accotement. Elle retint sa respiration tandis que sa voiture plongeait dans une pente en direction de la forêt.

Après avoir cahoté en tous sens pendant quelques longues secondes, la voiture heurta latéralement un pin, dérapa et s'immobilisa avec un crissement discordant contre le tronc plus mince d'un cornouiller.

La ceinture de sécurité maintint Melissa en place, mais sa tête heurta malgré tout la vitre, ce qui provoqua une douleur étourdissante.

Alors qu'elle commençait à avoir un peu moins mal, Melissa crut entendre son téléphone portable sonner, mais ne parvint pas immédiatement à localiser son sac. Quand elle l'aperçut enfin, sous le siège passager, la sonnerie s'était arrêtée. Elle frotta sa tempe douloureuse et détacha sa ceinture de sécurité. Puis, en grimaçant, elle se pencha en avant pour récupérer son téléphone. L'écran affichait un appel manqué d'Aaron.

Tout en appuyant sur la touche de rappel, elle tourna la tête pour regarder par la vitre. Le soleil n'était pas encore levé, mais le ciel avait une lueur lavande qui annonçait l'arrivée imminente du jour.

Elle tentait de se réorienter et de comprendre sa position par rapport à la route lorsque la voix grave d'Aaron résonna à son oreille.

— Melissa ?

Il paraissait anxieux.

— Je viens d'avoir un accident, expliqua-t-elle rapidement. Un idiot qui roulait à toute vitesse m'a fait quitter la route.

— Est-ce que tu vas bien ?

— Oui.

Elle remua bras et jambes pour s'en assurer avant d'ajouter :

— Rien de cassé.

— Tu peux sortir de la voiture ?

— Je crois.

— Attends !

Il marqua une légère pause.

— Est-ce que l'autre conducteur s'est arrêté ?

Melissa scruta la pénombre, fouillant des yeux la route au-dessus d'elle. La berline n'était nulle part en vue, mais quelqu'un était en train de descendre dans sa direction.

La peur commença à prendre le dessus sur son état de choc initial. Et si celui qui l'avait heurtée l'avait fait délibérément ?

Et si Aaron et elle s'étaient trompés à propos d'Evan Hallman ? S'il n'était pas responsable de l'incendie, des coups de feu et des bombes…

— Aaron…

Un bip se fit entendre. Eloignant le téléphone de son oreille, elle vit un message l'avertissant que la batterie était faible. Puis le portable s'éteignit.

— Non !

La panique la gagna. Jetant un coup d'œil par-dessus son épaule, elle constata que la silhouette se rapprochait de plus en plus.

« Réfléchis, Melissa ! Tu as besoin de voir de qui il s'agit. »

Elle se rappela soudain qu'elle avait une lampe électrique dans la boîte à gants.

Dès qu'elle l'eut prise, elle l'alluma et braqua le rayon lumineux en direction de l'ombre qui avançait.

Un visage merveilleusement familier lui apparut soudain. Son patron, Carter Morgan, venait vers elle à grands pas. Il n'était plus qu'à quelques mètres à présent, et avait l'air préoccupé.

Melissa baissa sa vitre. De l'air glacé s'engouffra dans la voiture, mais elle était si soulagée qu'elle le sentit à peine.

— Carter ! Dieu merci ! Je craignais…

Elle s'interrompit et secoua la tête.

— Pouvez-vous appeler le département du shérif pour moi ? La batterie de mon téléphone vient de rendre l'âme.

Carter s'arrêta à côté de la voiture et se contenta de l'observer sans répondre.

— Carter ? dit Melissa tandis qu'une pointe de malaise se mêlait à son soulagement.

Que faisait-il ici, au milieu de nulle part ? se demanda-t-elle soudain. Son rythme cardiaque recommença à s'emballer. Comment était-il possible qu'il débarque juste au moment où elle avait besoin de son aide ?

Avant que Melissa puisse ouvrir la bouche pour lui poser la question, Carter leva une main dans laquelle il tenait une pierre de la taille d'une balle de base-ball. Elle eut à peine le temps de rassembler ses forces avant qu'il la lance directement vers sa tête. Elle se jeta contre le tableau de bord, mais pas assez vite. La pierre heurta sa pommette et son monde fut soudain sens dessus dessous.

16

Une douleur lancinante irradiant jusqu'à son cerveau, Melissa tenta de se réorienter, mais son esprit était confus.

Entendant un cliquetis, elle tenta en vain de se tourner dans cette direction. Quelque chose l'empêchait de bouger.

Il lui fallut quelques instants pour réaliser qu'elle était coincée sous le volant de sa voiture. En tournant la tête, ce qui envoya une nouvelle vague de douleur le long de chaque terminaison nerveuse dans son corps, elle vit Carter Morgan en train de se débattre avec sa portière qu'il essayait d'ouvrir.

Il ne pouvait pas l'atteindre par la vitre, comprit-elle. Le volant bloquait ses coups. La portière côté passager étant condamnée par le tronc du cornouiller qui avait stoppé la course folle de la voiture, il ne pouvait pas davantage passer par là.

Malheureusement, cela signifiait qu'elle non plus.

Elle s'efforça néanmoins de glisser dans cette direction afin de s'éloigner le plus possible de Carter. Passant un bras par la vitre ouverte, il parvint à lui attraper la cheville, mais Melissa lui donna un coup de pied qui le fit grogner de douleur.

— Pourquoi faites-vous ça ? cria-t-elle avec un regard furieux.

— Sortez de la voiture, Melissa.

Il recula, plongea la main dans la poche de sa veste et en extirpa un petit pistolet argenté.

— Je vous tirerai dessus, si vous ne sortez pas.

Choquée, la gorge serrée, il fallut à Melissa quelques secondes pour retrouver sa voix.

— Pourquoi ?

Du désespoir passa furtivement sur le visage de Carter.

— Ce n'est pas ce que je veux.

— Dans ce cas, ne le faites pas.

Ses traits se durcirent de nouveau.

— Sortez de la voiture, Melissa, ou je jure que je vous tuerai là où vous êtes !

Sa main tremblait un peu, mais sa voix trahissait une détermination inébranlable. Si elle n'obtempérait pas tout de suite, réalisa-t-elle, il n'hésiterait pas à mettre ses menaces à exécution.

Bien sûr, il la tuerait probablement avec la pierre qu'il tenait dans son autre main à la seconde où il pourrait l'atteindre, mais cela lui laissait une meilleure chance de s'en sortir que s'il lui tirait dessus à bout portant.

— D'accord, dit-elle en levant les mains en l'air. Je sors. Mais il faut vous éloigner. Je vais devoir passer par la vitre. La portière est bloquée.

Avec méfiance, elle regarda Carter s'écarter de la Volkswagen. Il serrait encore le pistolet dans sa main mais, pour l'instant, il ne le braquait plus sur elle, constata-t-elle avec soulagement. Elle savait cependant que le sursis était temporaire.

Carter était venu avec l'intention de la tuer. Si elle ne trouvait pas une manière de lui échapper, elle ne serait plus en vie quand Aaron finirait par la retrouver.

Qu'était-il arrivé à son patron ? L'homme qui se tenait devant elle n'était pas simplement son employeur ; il était son guide. Il l'avait choisie parmi des douzaines de jeunes avocats tout juste sortis de la faculté de droit pour rejoindre son équipe. Il l'avait prise sous son aile, lui avait donné l'impression qu'il l'estimait à la fois personnellement et professionnellement.

Qu'avait-elle bien pu faire pour l'amener à vouloir l'assassiner ?

— Est-ce que c'était vous, l'auteur des tentatives de meurtre dont j'ai été victime ? s'enquit-elle en se rapprochant de la vitre.

Carter détourna le regard et fixa le sol sans répondre. Son teint grisâtre était si différent de son bronzage habituel ! Etait-ce à cause de sa liaison avec Alice Gaines ? Melissa comprenait que mentir à sa femme et à sa famille pouvait user un homme, le conduire à trop boire ou à répondre trop sèchement à ses employés. Mais commettre un meurtre ?

— Est-ce que c'est en rapport avec Alice ? demanda-t-elle doucement.

Carter releva brusquement la tête.

— Evidemment ! Croyez-vous que j'agirais de la sorte, sinon ?

— Je ne raconterai à personne ce que j'ai vu. Vous savez que ce n'est pas mon genre de me mêler de ce genre d'histoires, Carter. Certes, je déplore la tristesse que cela causera à votre épouse, mais ce n'est pas moi qui le lui dirai. Je n'en parlerai pas.

Un demi-sourire sinistre apparut sur le visage de Carter.

— Je suppose que vous n'avez pas écouté la radio ce matin.

Melissa s'immobilisa, l'estomac soudain noué.

— La radio ?

— On ne parle que de ça, aux informations, expliqua-t-il en faisant un large mouvement de bras. De cette belle jeune femme retrouvée assassinée à Birmingham.

L'esprit de Melissa se mit à fonctionner à toute allure, essayant d'assimiler ce qu'il venait d'admettre.

— Ô mon Dieu ! Alice ?

Le sourire de Carter se figea sur son visage comme un masque mortuaire.

Elle n'arrivait pas à se faire à l'idée de ce que ses paroles signifiaient.

— Vous avez tué Alice ? C'est impossible !

— Ce n'était pas prémédité, répondit-il sur la défensive.

Melissa avait du mal à imaginer le contraire. Carter était un homme de paroles, un homme d'idées. Sa pratique du ball-trap à l'université, qui lui avait valu quelques-unes des nombreuses récompenses exposées dans sa vitrine à trophées au cabinet, était la chose la plus violente qu'il ait jamais faite.

Elle avait oublié qu'il était bon tireur.

— Je n'ai rien vu, Carter, tenta-t-elle doucement de le convaincre. Je ne pourrais pas témoigner contre vous.

— Vous nous avez surpris ensemble.

— En train dîner avant qu'Alice parte en vacances, fit remarquer Melissa calmement. En toute honnêteté, je ne pourrais rien dire qui apporterait la preuve que vous vous êtes comporté autrement que comme son patron.

Le front de Carter se plissa.

— Vous n'êtes pas stupide. J'ai bien vu ce que vous soupçonniez.

— Un soupçon ne constitue pas une preuve.

— Le simple fait de confier à la police que vous m'avez vu avec elle le soir de sa mort suffirait à les mettre sur ma piste. Je ne peux pas laisser une telle chose se produire ! Vous savez ce que ça me ferait, ce que ça ferait au cabinet.

Dans tous ses états, il se passa la main dans les cheveux.

— Je promets que je saurai me taire.

Leurs regards se croisèrent durant un bref instant et

Melissa vit à quel point il avait désespérément envie de la croire. Puis un rire sonore s'échappa de sa gorge et il resserra ses doigts sur le pistolet.

— Non, vous en serez incapable. Vous êtes beaucoup trop honnête et honorable. C'est la raison pour laquelle je vous ai engagée.

Melissa avait fait durer les choses autant qu'elle le pouvait. Carter s'impatientait manifestement. S'armant de courage, elle saisit le toit de la voiture et s'extirpa par la vitre ouverte, les pieds en premier. Dès qu'elle atterrit sur le sol, ses yeux fouillèrent les alentours, à la recherche d'un chemin par lequel s'échapper, mais elle était cernée par les bois et Carter bloquait l'accès à la côte de quelques dizaines de mètres qui menait à la route.

— Finissons-en.

Il paraissait triste mais résigné.

— Puis-je poser une dernière question ? demanda-t-elle pour gagner encore un peu de temps, priant pour qu'Aaron se soit mis immédiatement à sa recherche lorsque leur appel avait été coupé.

Si elle réussissait à continuer de faire parler Carter, elle aurait peut-être une chance de s'en sortir.

Comme s'il essayait de lire dans ses pensées, il l'observa avec méfiance, avant de finalement hocher la tête.

— Je suis certaine que la mort d'Alice était accidentelle. Je vous connais trop bien pour imaginer le contraire. Que s'est-il passé, Carter ?

Des nuages gris avaient commencé à s'amonceler dans le ciel et un vent froid agitait les feuilles mortes à leurs pieds. Les premières gouttes de pluie glaciales se mirent à tomber, scintillant dans la faible lumière du jour naissant comme des larmes sur les joues anguleuses de Carter.

— Elle était enceinte, répondit-il d'une voix sombre, empreinte de regret.

*
* *

Aaron regarda les nuages noirs qui traversaient le ciel. Le bulletin météo annonçait de fortes pluies pour le milieu de la matinée, ce qui compliquerait probablement le remorquage de la voiture de Melissa.

« Ne te fourre pas le doigt dans l'œil, murmura une petite voix dans sa tête. Quelqu'un lui a fait quitter la route. Crois-tu vraiment qu'il s'agisse d'une coïncidence ? »

Il essaya de nouveau d'appeler le portable de Melissa et tomba sur le répondeur.

S'étant mis en route à peine quelques minutes après que J.D. l'avait informé de son départ, il ne pouvait pas être bien loin derrière elle. Elle avait une avance de dix minutes, tout au plus. Il devrait être proche du lieu de l'accident.

Bon sang ! Pourquoi ne l'avait-il pas mieux comprise ce matin ? Il avait su que sa réaction de panique était liée à son passé et il en devinait la raison. Au lieu d'aller prendre une douche, il aurait dû la forcer à s'asseoir et à lui parler.

Il aperçut soudain une berline de couleur foncée arrêtée sur le bas-côté. Pendant une seconde, il fut submergé par une vague de soulagement. Ce devait être là que Melissa était sortie de la route. Quelqu'un avait dû voir sa voiture et s'arrêter pour l'aider.

Puis une sensation angoissante s'empara de lui tandis qu'il se garait un peu plus loin.

— Comment avez-vous réagi quand elle vous a annoncé qu'elle était enceinte ? poursuivit Melissa d'une voix basse et apaisante, sachant que sa meilleure chance de se sortir vivante de cette situation était d'empêcher Carter de paniquer jusqu'à l'arrivée d'Aaron.

Elle s'en voulait d'avoir oublié de recharger son téléphone portable. Avant que la batterie ne déclare forfait, elle n'avait pas eu le temps de le prévenir qu'elle était en danger.

— Je ne savais pas quoi faire, commença Carter d'un air confus, comme s'il tentait lui-même de comprendre ce qui lui était arrivé au cours de la semaine passée. Je ne pouvais pas la laisser avouer notre liaison à Laurel. Ça lui aurait brisé le cœur. Alice croyait que le bébé changerait tout, et c'était vrai. Sa venue au monde aurait tout ruiné.

Il pleuvait de plus en plus fort. Melissa ne portait qu'un cardigan à torsades par-dessus un pull-over et un jean. Carter était à peine mieux équipé qu'elle, avec un trench-coat imperméable par-dessus une chemise et un jean. Une casquette bleu foncé recouvrait ses cheveux gris, mais elle serait bientôt trempée. Combien de temps encore resterait-il ainsi, sous la pluie battante, à la laisser gagner du temps avec ses questions ?

Suffisamment pour qu'Aaron arrive ?

— Avez-vous mis le feu chez moi ?

Carter croisa son regard à contrecœur.

— Vous nous aviez vus ensemble. Vous étiez la seule à pouvoir établir un lien direct entre nous. Alice et moi étions toujours très discrets ; nous ne nous retrouvions que dans des villes où nous ne connaissions personne. Elle voulait que je l'accompagne en vacances, mais je ne pouvais pas. J'ai tenté de lui faire comprendre qu'elle se faisait une fausse idée de notre relation. En vain.

— Vous ne cherchiez pas l'amour.

— J'ai le seul amour dont j'ai besoin, répliqua Carter avec fermeté. Alice était jeune et moderne et vous autres, jeunes gens, vous avez une vision tellement différente des choses ! Je pensais qu'elle voulait simplement prendre du bon temps.

Melissa se demanda comment un homme aussi intelligent, qui devait tout de même avoir une certaine expérience, pouvait être à ce point naïf à propos des femmes.

— Avez-vous posé les bombes à mon domicile et celui d'Amy DeLong ?

Il plissa les yeux.

— Le fil de détente était trop facile à repérer. Le problème, c'est que j'ignorais comment rendre le détonateur sensible aux mouvements sans risquer de voir la bombe exploser pendant que je la mettais en place.

L'évaluation calme que Carter faisait de ses techniques de fabrication de bombe fit frissonner Melissa.

En entendant une voiture approcher sur la route, il l'attrapa par le bras, ses doigts s'enfonçant dans sa peau couverte de bleus.

— Nous devons nous éloigner de la route, décréta-t-il avant de l'entraîner dans les bois.

Comment Aaron allait-il la retrouver ?

Elle attrapa le sommet d'un buisson pendant que Carter continuait à la faire avancer de force et en cassa le dessus qu'elle laissa pendre, en espérant qu'Aaron s'y connaissait un peu quand il s'agissait de suivre une piste.

— Comment pensez-vous faire passer ça pour un accident ? demanda-t-elle.

Sa respiration était haletante, plus à cause de la peur que de l'effort.

— Vous vous êtes cogné la tête dans l'accident. Désorientée, vous vous êtes mise à errer sans but dans les bois. Puis vous êtes tombée et vous vous êtes fracturé le crâne.

— Personne n'y croira.

— Personne ne sera en mesure de prouver le contraire,

répliqua Carter avec une pointe de fierté dans la voix. Je me suis servi d'une voiture volée dans laquelle je n'ai laissé aucune empreinte ni aucun cheveu. Et les vêtements que je porte proviennent d'un supermarché.

Carter était content de lui, réalisa Melissa. Quels que soient les remords qu'il pouvait éprouver, ils étaient tempérés par la fierté d'avoir été assez intelligent pour réussir son coup sans se faire prendre. Elle lui avait dit le connaître trop bien pour croire qu'il avait planifié le meurtre d'Alice. Mais en ce qui la concernait elle ? Il avait essayé de la tuer à quatre reprises et dissimulé ses traces tout au long du chemin !

Elle ne parvenait pas faire concorder l'homme qui se tenait devant elle avec le guide qu'elle avait respecté et à qui elle faisait confiance. Ce Carter Morgan là représentait tout ce qu'elle admirait chez une personne. Il était intelligent, cultivé, raffiné et doux.

Peut-être n'avait-elle vu que ce qu'elle avait envie de voir, à un moment où elle avait besoin de la présence d'un homme fiable et admirable dans sa vie.

Un homme qui était à présent déterminé à la tuer.

La pluie glaciale s'infiltra sous l'encolure de la veste d'Aaron, ruisselant le long de son échine. L'ignorant, il continua son chemin à travers bois, suivant la piste des branches cassées.

Il avait trouvé la voiture de Melissa, avec le téléphone portable déchargé posé sur le siège, mais aucun signe d'elle ou de l'occupant de la berline endommagée, garée sur le côté de la route. Après avoir relevé le numéro de la plaque d'immatriculation, il l'avait transmis au Central par téléphone et s'était mis à fouiller les environs jusqu'à ce qu'il tombe sur une piste évidente.

Malgré le crépitement de la pluie qui masquait les bruits, Aaron savait qu'il se rapprochait de Melissa.

Il percevait sa présence.

N'était-il pas insensé de se sentir lié à elle au point qu'il savait d'instinct qu'elle était encore vie, quelque part devant lui ? Mais il avait la conviction que c'était vrai. Tout comme il avait su, dans ce gymnase bondé, à l'instant où il avait posé les yeux sur cette fille timide aux longs cheveux bruns dans sa robe bleue toute simple, en train de danser sur sa propre musique, qu'un jour elle changerait sa vie.

Il avait simplement fallu attendre plus d'une décennie pour que ça se produise.

Sentant son téléphone vibrer contre sa hanche, il plongea la main dans la poche de sa veste pour l'en sortir. Il regarda l'écran et vit le numéro de Riley affiché.

— Où es-tu ? demanda ce dernier sans préambule.

— Sur Three Mile Road, aux environs de la borne kilométrique numéro deux, répondit Aaron à voix basse. Je me dirige vers l'ouest, vers la falaise, à la poursuite de Melissa et de son agresseur inconnu. Du nouveau au sujet de la plaque d'immatriculation que j'ai transmise ?

— Nous avons reçu un appel de Pea Creek. La voiture a été volée cette nuit.

Aaron s'empressa de repousser la vague de peur qui menaçait de le submerger.

— Poste quelques officiers là-bas. Qu'ils quadrillent un périmètre de quinze kilomètres autour de la maison du propriétaire de la voiture.

— Tu crois que notre homme a laissé la sienne à proximité ?

— Oui.

— Les renforts devraient arriver dans quelques minutes.

— Dis-leur de rester en retrait sur la route. Je ne

veux pas que quoi que ce soit effraie ce type plus qu'il ne l'est déjà.

— Il s'est également passé autre chose. Je crois que c'est lié à notre affaire. Un article est paru dans le journal, ce matin, à propos d'une femme retrouvée morte à Birmingham. J'imagine que la victime devait habiter dans le comté. Son nom est Alice Gaines.

Il fallut une seconde à Aaron pour mettre les morceaux du puzzle en place.

— Il s'agit de l'assistante travaillant au cabinet de Melissa.

— Hannah m'a dit l'autre jour que, lors d'une discussion avec elle, Melissa avait mentionné avoir surpris deux de ses collègues ensemble à Birmingham, la semaine dernière. Elle a refusé de les nommer, mais elle a précisé que l'homme était marié. Le type que tu poursuis pourrait être le principal suspect dans l'assassinat d'Alice Gaines. Et ça lui donnerait une bonne raison de vouloir se débarrasser de Melissa.

Un mouvement à travers les arbres attira soudain l'attention d'Aaron. Il s'accroupit rapidement pour se faire plus discret.

— Aaron ? appela Riley.

— Je dois y aller.

Le regard fixé devant lui, il éteignit son téléphone portable et le remit dans sa poche. La pluie torrentielle qui s'abattait à présent gardait l'aube à distance. Aussi immobile qu'une statue, Aaron scruta les bois, à travers la pénombre, dans l'attente d'un nouveau mouvement. Finalement, quelque chose de bleu pâle apparut furtivement à moins de trois cents mètres. Puis un léger grondement masculin retentit, assourdi par la pluie battante.

Refrénant son envie de courir, Aaron se remit en route et transigea en accélérant l'allure.

Sa cible fonçait à travers les sous-bois sans prendre la moindre précaution. Des voix s'élevaient par moments par-dessus le rythme implacable de la pluie.

Le cœur d'Aaron cessa de battre un instant lorsqu'il perçut celle de Melissa.

— Personne ne croira que j'ai erré sans but aussi loin avec une blessure à la tête !

Lorsqu'il atteignit la lisière des arbres, près du bord de la falaise, Aaron eut enfin une vue dégagée sur Melissa. Elle était trempée jusqu'aux os et du sang ruisselait de sa joue, tachant le col de son cardigan bleu pâle. Elle se débattait tandis qu'un homme portant une casquette, un jean et un imperméable gris foncé l'emprisonnait dans ses bras, l'empêchant de s'enfuir.

— Même s'ils ne le croient pas, ils ne feront jamais le rapprochement avec moi, lança l'homme d'une voix grave et déterminée.

Le ton était cultivé, teinté d'un très léger accent du Sud. Ce devait l'homme dont Melissa avait parlé à Hannah, celui qui entretenait une liaison avec Alice Gaines. Aaron avait obtenu une liste des employés du cabinet lorsque Dalton Brant avait été amené au poste afin d'être interrogé, se rappela-t-il en s'efforçant de mettre un nom sur le visage de l'homme qui se tenait devant lui. Il paraissait avoir la cinquantaine, ce qui éliminait tout le monde à l'exception des dirigeants, Carter Morgan et son associé, Charles Dailey.

D'après les renseignements que lui avait fournis Melissa, Carter était son patron et dirigeait la section criminelle du cabinet tandis que Dailey s'occupait de la section droit des entreprises. Elle avait vraisemblablement plus de contacts avec le premier, décida-t-il.

Comme l'homme attirait Melissa vers le bord de la

falaise, Aaron décida de vérifier si son intuition était la bonne.

— Carter Morgan, lâchez-la !

L'homme se figea sur place et jeta un coup d'œil derrière lui en direction des bois.

Melissa se débattit de plus belle. Elle était presque parvenue à se libérer quand Carter la ramena contre lui et tituba en arrière de quelques pas.

Il ne semblait pas se rendre compte à quel point il était proche du bord de la falaise, réalisa Aaron, le souffle court.

— Ne reculez plus !

L'avertissement arriva trop tard. Ramolli par la pluie, le sol céda sous le poids de l'homme qui entraîna Melissa dans sa chute.

17

Il ne pleuvait pas au cours de cette douce nuit de fin avril où Evan s'était introduit par effraction dans son appartement, se souvint Melissa. Et ses doigts douloureux se raccrochaient à du métal froid et non à du bois dur rugueux et trempé.

Cependant, une fois encore, elle se retrouvait dans la même position, à se cramponner de toutes ses forces, avec une mort presque certaine qui l'attendait plusieurs mètres en contrebas.

Quand la terre avait cédé sous ses pieds, elle s'était rattrapée à la première chose qu'elle avait trouvée, la racine d'un arbre en l'occurrence, qui formait une boucle noueuse. Celle-ci tenait le coup pour le moment et l'empêchait de glisser jusqu'aux rochers en bas de la pente abrupte.

Elle n'osait pas regarder en bas pour voir ce qui était arrivé à Carter. Si elle le faisait, elle serait perdue.

Etait-ce le fruit de son imagination désespérée ou avait-elle entendu la voix d'Aaron avant de tomber ? se demanda-t-elle soudain. Elle l'avait entendu crier le nom de Carter, mais elle avait peur de l'appeler et qu'il ne réponde pas. Que tout cela n'ait été qu'une illusion.

— Melissa !

La voix d'Aaron retentit tout à coup et se répercuta à travers elle comme une explosion d'énergie.

— Je suis ici ! cria-t-elle d'une voix étranglée.

Elle cligna des paupières et leva les yeux vers le bord de la falaise, à un peu plus d'un mètre au-dessus d'elle.

C'est alors qu'elle sentit quelque chose s'agripper à sa cheville, ajoutant du poids à la tension qui lui vrillait déjà les bras. D'instinct, elle agita ses jambes, mais le mouvement faillit lui faire lâcher prise. Elle se pressa contre la paroi boueuse et osa jeter un rapide coup d'œil en dessous d'elle.

Son regard plongea directement dans le trou noir du canon de l'arme de Carter Morgan.

En équilibre sur une corniche rocheuse, il lui tenait fermement la jambe d'une main. Melissa reconnut à peine son visage, déformé par la colère et maculé de sang et de terre brunâtre.

Levant les yeux, elle vit Aaron allongé à plat ventre au-dessus d'elle. Puis elle se risqua de nouveau à jeter un regard vers le bas.

— Ne le tuez pas ! implora-t-elle Carter d'une voix rauque et paniquée.

Avec un sourire sinistre, ce dernier braqua son pistolet en direction d'Aaron et appuya sur la détente.

La détonation fit violemment tressaillir Melissa. Elle poussa un cri en sentant sa prise sur la racine se desserrer. La main de Carter, jusqu'alors agrippée à sa cheville, glissa jusqu'à son pied, lui arrachant sa chaussure de tennis trempée.

Les yeux écarquillés par la terreur, Carter la dévisagea. Melissa le vit faire un gros effort pour garder son équilibre et le temps parut se figer tandis qu'il luttait pour rester droit sur l'étroite corniche. Mais le recul du coup de feu avait été trop fort. Après quelques interminables secondes, il bascula en arrière, ses bras battant l'air, le revolver dans une main, la chaussure de Melissa dans l'autre, la bouche ouverte sur un cri muet.

Le visage pressé contre la paroi de la falaise, Melissa garda les yeux fermés jusqu'à ce qu'elle entende l'impact de son corps s'écrasant sur les rochers. Puis il n'y eut plus que le bruit de sa respiration haletante et le crépitement interminable de la pluie sur ses joues.

Terrifiée à l'idée de ce qu'elle allait voir, elle se força à lever la tête. Carter avait-il atteint sa cible ? Aaron gisait-il mort au sommet de la falaise ?

Avec soulagement, elle rencontra son regard plein de vie.

— Remonte-moi ! le supplia-t-elle.

— Tu vas devoir me donner une main, cria-t-il en tendant le bras vers elle. Fais-moi confiance, je te rattraperai. Je te le promets.

Melissa n'avait pas fait confiance à quelqu'un depuis si longtemps qu'elle n'était pas certaine de savoir comment on faisait.

Elle se focalisa sur la conviction qu'exprimait le regard d'Aaron et prit une profonde inspiration. Puis elle lâcha prise d'une main et enfonça ses pieds dans le flanc de la falaise, avant de se hisser vers le haut, le bras tendu.

Leurs doigts s'effleurèrent, puis ceux d'Aaron saisirent les siens et les serrèrent fermement. La sensation était tellement réconfortante que Melissa en oublia la douleur qu'elle lui causait. Avec un encouragement, Aaron l'amena à lâcher la racine et à se raccrocher à lui. Pendant une brève seconde, Melissa eut l'impression que le monde disparaissait sous ses pieds tandis qu'elle était suspendue dans le vide.

Avant même d'avoir pu reprendre son souffle, elle se retrouva enveloppée par les bras puissants d'Aaron, au sommet de la falaise.

*
* *

Assis à côté du lit d'hôpital de Melissa, Aaron tenait sa main dans la sienne et la regardait dormir. Malgré la vilaine bosse qu'elle avait sur le côté de la tête, le médecin lui avait assuré qu'elle ne semblait pas avoir de commotion. Ils la gardaient simplement en observation pour la nuit afin d'être certains qu'elle ne souffrait pas d'effets secondaires de sa légère hypothermie.

Depuis l'instant où ils avaient attendu l'arrivée de l'ambulance, Melissa n'avait cessé de le rassurer sur son état.

Cela faisait presque une heure maintenant qu'elle s'était endormie. Sa respiration était calme et régulière.

La porte de sa chambre s'ouvrit doucement. Riley et Hannah entrèrent sans faire de bruit.

— Comment va-t-elle ? demanda Hannah.

— Bien, répondit Aaron, même s'il attendait qu'elle se réveille et lui parle pour être un peu plus optimiste.

— J'ai pensé que tu aimerais savoir que nous venons de mettre Evan Hallman dans une voiture de police, en route pour la Caroline du Nord, où il va achever sa peine, puisqu'il a enfreint les termes de sa liberté conditionnelle.

Voilà qui procurerait à Melissa quelques années supplémentaires de tranquillité, songea Aaron avec satisfaction.

Hannah posa une main sur l'épaule de son frère.

— As-tu mangé quelque chose, aujourd'hui ?

— Non.

— Et si nous allions lui chercher quelque chose à la cafétéria ? suggéra-t-elle en tirant Riley par le bras.

Perplexe, Aaron les regarda battre rapidement en retraite avant de reposer les yeux sur Melissa et de s'apercevoir qu'elle s'était réveillée.

— Tu es toujours là, murmura-t-elle, surprise.

Il n'eut pas le temps de répondre qu'un léger coup fut frappé à la porte.

— Oh ! mon bébé ! s'exclama Karen Draper en entrant, le visage pâle et l'air inquiet.

Derrière elle, ne sachant s'il était ou non le bienvenu, son mari s'était arrêté sur le seuil. Il croisa le regard d'Aaron, ses yeux sombres exprimant à parts égales inquiétude et culpabilité.

— Ton père est ici, lui aussi, annonça ce dernier à Melissa, qui était enveloppée dans l'étreinte de sa mère qui lui murmurait paroles de réconfort.

Elle suivit le regard d'Aaron jusqu'à l'embrasure de la porte.

— Entre, papa.

D'un pas lent, de plus en plus blême à mesure qu'il avançait, Derek Draper s'approcha du lit de sa fille. Se rappelant ses confidences à propos de ce qu'il avait éprouvé au chevet de Melissa quatre ans plus tôt, Aaron n'avait aucun mal à imaginer ce qui lui traversait l'esprit.

Différentes émotions passèrent sur le visage de Melissa : de la peur, mais également du soulagement et de l'espoir. Elle prit la main que son père lui tendait et la pressa légèrement avant de la relâcher.

C'était un début, songea Aaron.

Tandis que Karen était aux petits soins pour sa fille, Draper resta en retrait. Il était apparemment satisfait de la regarder à cette distance.

Conscient que Melissa avait besoin de passer un peu de temps seule avec ses parents, Aaron sortit de la chambre pour intercepter Hannah et Riley.

*
* *

— Est-ce que tu es sûre que tu te sens bien ? demanda Karen en jouant avec la mèche de cheveux qui tombait sur le front de sa fille.

Melissa prit sa main dans la sienne et la serra fort.

— Oui, certaine.

— Personne ne nous a rien dit, sauf qu'on t'avait conduite d'urgence à l'hôpital.

Ces mots étaient les premiers qu'elle entendait de la bouche de son père depuis qu'il était arrivé.

— Je suis désolée. J'aurais dû vous appeler.

— Arrête, l'interrompit-il d'une voix étranglée. Ne t'excuse pas auprès de moi. Pas après ce que je vous ai fait endurer, à ta mère et à toi.

L'émotion contenue dans ses yeux la choqua. La colère, elle y était habituée, de même qu'au mépris et à l'amertume. Mais elle ne l'avait jamais vu manifester le moindre regret ou chagrin.

Sa mère lui avait dit qu'il fallait qu'elle pardonne à son père, et elle supposait que c'était vrai.

Elle n'était pas encore prête. Cependant, pour la première fois depuis des années, elle croyait possible d'y parvenir un jour.

Comme s'il percevait l'adoucissement de son regard, Melissa vit le visage de son père changer d'expression. Elle ne lui avait pas offert grand-chose, mais il paraissait reconnaissant.

Quelques secondes après le départ de ses parents, Aaron revint. Melissa pressa une main sur sa poitrine tandis que son cœur se mettait à battre follement.

— Encore réveillée ? demanda-t-il.

— Encore ici ? répliqua-t-elle tandis qu'il s'asseyait sur

le bord du lit, assez près pour que son rythme cardiaque continue d'accélérer.

— Que croyais-tu ? Que je te laisserais tomber à la première occasion ?

Melissa esquissa un sourire.

— Ce ne serait pas la première fois que ça m'arrive.

Aaron lui embrassa le bout des doigts, envoyant des fourmillements le long de son bras.

— Plus jamais ! promit-il.

— Je croyais que tu avais banni les mots « jamais » et « toujours » de ton vocabulaire, lui fit-elle remarquer d'un ton sérieux.

Aaron amena la main de Melissa contre son torse.

— Il faut qu'on parle de ça.

— Avant, j'ai besoin de dire quelque chose.

Après avoir affronté la mort une nouvelle fois et gagné le combat, elle trouvait incroyablement facile de se montrer audacieuse. Comparé au fait d'être suspendue à la paroi d'une falaise, avouer à Aaron Cooper la vérité sur ses sentiments était… En fait, c'était tout aussi difficile, fut-elle forcée d'admettre. Mais, si elle avait survécu, elle pourrait survivre à ce que les prochaines minutes apporteraient.

Ce qui la tuerait serait de laisser Aaron sortir de sa vie sans avoir au moins tenté de le faire changer d'avis.

— Je ne regrette pas ce qui s'est passé la nuit dernière, dit-elle doucement. Pas une seconde. Je sais que je t'ai probablement fait croire le contraire…

Il parut surpris.

— Tu t'es enfuie.

— J'ai paniqué.

Elle referma ses doigts sur les siens.

— Je sais que tu ne crois pas qu'une relation puisse durer, et je ne suis pas en mesure d'argumenter pour te prouver le contraire. Mais je ne veux pas gâcher l'occasion d'être avec toi simplement parce que j'ai peur d'être de nouveau blessée.

— Je croyais que ce serait beaucoup plus difficile…, observa Aaron d'un air abasourdi.

— Que quoi serait plus difficile ?

— De décider si nous étions faits l'un pour l'autre.

La certitude contenue dans sa voix était la dernière chose à laquelle Melissa s'attendait.

— Alors… tu as pris ta décision ? Juste comme ça ?

— Je suis allé prendre une douche et quand je suis ressorti de la salle de bains, tu avais disparu de ma vie, répondit-il simplement d'une voix chaude, empreinte d'émotion. Je ne savais pas si tu reviendrais jamais, et la pensée même de ne plus te revoir m'était insupportable.

Melissa le dévisagea en silence. Elle avait éprouvé exactement la même chose lorsque, suspendue à la racine de cet arbre, elle avait craint que Carter l'ait tué.

— Lors de la soirée d'intégration, il y a plusieurs années, j'ai eu le sentiment que tu changerais ma vie.

Il se pencha vers elle et appuya son front contre le sien avant d'ajouter :

— Et tu l'as fait.

Melissa prit le visage d'Aaron entre ses paumes, l'écartant doucement afin de pouvoir plonger son regard dans le sien. Il pressa légèrement ses lèvres contre les siennes, un peu hésitant, comme s'il craignait de trop en demander trop tôt. Mais elle enroula ses bras autour de son cou et l'attira vers elle dans une étreinte féroce pour un baiser à couper le souffle.

Puis elle le repoussa doucement et éclata de rire lorsqu'il faillit tomber du lit.

— Je sais que nous devons parler de beaucoup de choses,

mais les médicaments qu'on m'a donnés commencent de nouveau à faire effet. J'ai simplement besoin de te dire…

Elle lutta contre la somnolence qui alourdissait ses paupières.

— J'ai besoin de te dire… je crois qu'il est fort probable que je sois amoureuse de toi.

Ses dernières paroles sortirent dans un souffle tandis qu'elle fermait les yeux.

Aaron esquissa un sourire et se pencha vers elle. Il déposa un baiser sur son front et posa sa joue contre la sienne.

— Je crois qu'il est fort probable que je sois amoureux de toi, moi aussi, murmura-t-il, le cœur tellement gonflé de joie qu'il avait l'impression qu'il allait éclater.

Serrant la main de Melissa dans la sienne, il s'installa dans le fauteuil et la regarda dormir.

Le 1er juillet

Black Rose n°166

Dans l'ombre du désir - Marilyn Pappano

A.J. a enfin trouvé la tranquillité à laquelle il aspirait, loin de la délinquance de Dallas qu'il ne supportait plus. Pourtant, tout bascule de nouveau le jour où Masiela Leal réapparaît dans sa vie. Masiela, son ancienne coéquipière, la femme qu'il a aimée en secret, pendant des années et sans que cet amour soit jamais partagé.... Aujourd'hui, elle est menacée, lui explique-t-elle, et même en danger de mort, il faut qu'il la cache chez lui ! Devant le désarroi de Masiela, A.J. n'écoute que son sens du devoir. Mais se jure que, cette fois, il ne laissera pas la jeune femme se frayer un chemin jusqu'à son cœur...

Retrouvailles à hauts risques - Mallory Kane

Riker Delancey, ici ? Chez elle ? Plus d'un an après l'agression dont elle a été victime ? Nicole sent son cœur s'affoler. Pour quelle raison l'inspecteur énigmatique et troublant qui a enquêté sur cette agression vient-il de nouveau la trouver ? Elle qui fait tout pour oublier — et pour l'oublier, lui ? La réponse ne tarde pas à tomber : en fait, son agresseur est un dangereux tueur en série qui, furieux qu'elle lui ait échappé, s'est de nouveau lancé sur sa piste... Effondrée, Nicole n'a qu'une alternative : devenir une proie facile... ou bien accepter la protection que Riker lui propose. Jour... et nuit.

BLACK *ROSE*

Black Rose n°167

Quand viendra le danger - Kathleen Long

Des bruits de lutte. Puis un cri, qui déchire le silence...

Lily était au téléphone avec sa sœur quand celle-ci a été assassinée. Elle a tout entendu. Aussi, hors de question pour elle de demeurer les bras croisés pendant l'enquête. Et ce, même si Cameron Hughes, l'inspecteur en charge de l'affaire, ne voit pas son arrivée d'un bon œil. Non seulement il se montre terriblement arrogant envers elle, mais il pousse le cynisme jusqu'à essayer de lui faire peur : puisqu'elle est un témoin auditif du meurtre, elle court un grand danger, lui répète-t-il. Qu'importe ! Pour retrouver l'assassin de sa sœur, Lily se sent prête à tout : même à jouer de son pouvoir de séduction pour amener le ténébreux Cameron à lui donner tous les détails de ses investigations...

Au nom de l'innocence - Jacqueline Diamond

Joni n'a pas tué Lowell, son ex-mari. Mais comment prouver à la police que quelqu'un l'a assommée, avant d'assassiner Lowell et de placer un couteau entre ses mains ? Désespérée, et surtout terrifiée à l'idée d'être jetée en prison et séparée de Jeff, son fils de huit ans, elle se tourne à contrecœur vers son beau-frère, Dirk. Certes, Dirk ne l'a jamais appréciée, persuadé qu'elle a épousé son frère pour sa fortune. Mais, en homme d'affaires influent, et connu pour sa droiture, il représente pour Joni le seul espoir de voir son innocence reconnue...

BLACK ROSE

Black Rose n°168

Où es-tu, Connor ? - Ann Voss Peterson

Si vous prévenez la police de mon appel, jamais vous ne reverrez votre fils vivant...

Megan vit dans la terreur depuis que Connor, son petit garçon de trois ans, a été enlevé dans un centre commercial. Qui se cache au bout du fil, derrière la voix déformée de son ravisseur ? Et que contiennent donc de si précieux les dossiers qu'il veut la forcer à voler, dans l'entreprise où elle travaille ? Quoi qu'il en soit, Megan n'hésite pas une seconde : elle obéira au mystérieux kidnappeur. Même si, pour cela, elle doit payer le prix fort : c'est-à-dire repousser Tyler, son amour de jeunesse, qui est accouru dès l'annonce de l'enlèvement, mais qui est policier...

Un troublant protecteur - Jan Hambright

Personne. Emma ne laissera personne empêcher son cheval star de gagner la course à laquelle elle le prépare depuis des mois ! Pas même ceux qui, ces derniers jours, cherchent à l'impressionner en faisant de son domaine la cible d'attaques répétées. Pour se protéger, elle a juste besoin d'un allié, ou plutôt d'un garde du corps. Pourquoi pas Mac Titus, qu'elle a connu autrefois ? Mais quand il arrive, Emma vacille : dans son souvenir, il est resté le fils trop maigre et dégingandé d'un ami de son père ; et voilà qu'elle se retrouve face à cet homme viril, au regard bleu impénétrable, si troublant qu'elle en est déstabilisée...

Black Rose n°169

Dangereux huis-clos - Alice Sharpe

Alors qu'on annonce une terrible tempête sur la région reculée d'Alaska où il vit, Nick n'a qu'une obsession : renvoyer Katie Fields d'où elle vient avant que la neige et le blizzard ne l'en empêchent. Certes, il a été troublé quand elle l'a supplié de l'aider à retrouver sa mère, dont elle est sans nouvelles. Mais il pressent aussi que la présence de Katie et la quête dans laquelle elle s'est lancée ne peuvent qu'être source d'ennuis pour lui. Car en plus d'être émouvante, et aux abois, Katie est belle à couper le souffle — un immense danger pour Nick qui s'est juré de ne plus jamais tomber amoureux, depuis la disparition tragique de sa femme. Mais trop tard : voilà que, tandis que la tempête se lève, des hommes armés les encerclent soudain...

Etroite collaboration - Doreen Roberts

Qui a assassiné ses parents adoptifs ? Ginny ne cesse de retourner cette question dans sa tête depuis que Cully Black, l'un des enfants recueillis autrefois par le couple, l'a prévenue de leur disparition. Cully, qu'elle a fui bien des années plus tôt, consciente que l'amour qui les liait l'un à l'autre ne durerait pas. Pourtant, quand elle le revoit, c'est le choc. Non seulement les sentiments qu'il lui inspire sont toujours aussi puissants, mais il lui annonce qu'elle va devoir vivre sous son toit, car il a de bonnes raisons de penser qu'elle est la prochaine sur la liste du fou qui a décidé de décimer leur famille...

Best-Sellers n°465 • suspense

Les secrets de Rosewood Lane - Debbie Macomber

A Cedar Cove, tout le monde connaît et apprécie Grace Sherman, qui dirige la bibliothèque de la petite ville. Et personne ne comprend, pas plus que Grace elle-même, pourquoi son mari a disparu du jour au lendemain. Malgré sa douleur et son incompréhension face à cet abandon, Grace a décidé de se battre pour retrouver sa joie de vivre. Et elle peut compter sur sa meilleure amie Olivia, toujours prête à l'épauler. Olivia qui, pour l'heure, commence une relation sentimentale avec Jack, un homme audacieux et sensible. Et puis il y a Charlotte, la mère d'Olivia, qui va devoir elle-même faire face à une véritable épreuve. Quant à Maryellen, l'une des filles de Grace, elle n'en fait qu'à sa tête, comme toujours ! Bref, c'est tout un univers chaleureux qui aide Grace à traverser cette période de doute et de remise en question. Un univers où les gens finissent toujours par se retrouver car, à Cedar Cove, on n'est jamais très loin les uns des autres…

Best-Sellers n°466 • paranormal

Le guerrier des ténèbres - Gena Showalter

L'immortel Aeron, prince des seigneurs de l'ombre, est sur ses gardes : depuis quelques semaines, il sent roder autour de lui une redoutable présence féminine. Comme un être vengeur qui chercherait à le tuer. Quand Olivia apparaît enfin, si belle et si pure, ce n'est pourtant pas pour l'assassiner avec son épée de feu, mais pour le supplier de l'initier à l'amour et aux plaisirs de la chair. Peut-il se laisser séduire ? Car même si cet ange aux yeux bleus éveille en lui un besoin d'aimer qu'il ne soupçonnait pas, il ne peut abandonner Legion, la petite démone qu'il aime comme sa fille et qui ne supporterait pas une autre femme dans leur vie. De plus, comment être sûr que les cheveux d'ébène et les lèvres si attirantes d'Olivia ne sont pas un piège mortel destiné à l'abuser et l'anéantir ? Déchiré par des pulsions contradictoires, Aeron est pourtant loin de se douter que ce combat entre le devoir et la passion le rapproche de dangers bien plus sombres et bien plus terribles encore.

Best-Sellers n°467 • thriller

l'hiver assassin - Lisa Jackson

Encore une victime au cœur de l'hiver. Un hiver glacial et de jour en jour plus meurtrier à Grizzly Falls, dans le Montana. En effet, c'est la quatrième femme morte de froid que l'on retrouve attachée à un arbre, un étrange symbole gravé au-dessus de la tête. Horrifiées par cette série macabre, Selena Alvarez et Regan Pescoli, toutes deux inspecteurs de police, se lancent dans une enquête qui a tout d'un cauchemar. Au même moment, Jillian Rivers est en état de choc : son mari, qu'elle croyait mort depuis des années, est peut-être encore en vie. Partie à sa recherche dans le Montana, elle se retrouve prisonnière d'une violente tempête de neige. Un homme étrange surgit alors pour la secourir avant de la conduire dans une cabane isolée par le blizzard. Malgré son soulagement, Jillian éprouve instinctivement pour cet être taciturne un sentiment de méfiance. Et si ses intentions n'étaient pas aussi bienveillantes qu'il y paraissait ? Et s'il se tramait quelque chose de terrible dans ces forêts inhospitalières ?

Best-Sellers

Best-Sellers n°468 • historique

Noces secrètes - Margaret Moore

Ecosse, 1235.

Marianne Beauxville rumine avec colère le malheur qui la frappe : pour conclure une alliance durable avec les Ecossais, son frère, seigneur normand, n'a rien trouvé de mieux que de la fiancer à l'un de ces barbares, un vieillard vil et pervers. Et bientôt, elle est emmenée de force puis enfermée sur les terres hostiles et inconnues de son futur époux. Ulcérée, Marianne guette la moindre occasion de s'enfuir. Une occasion qui se présente enfin sous les traits du séduisant Adair Mac Taran, fils d'un chef de clan écossais. Certes, en dépit de son charisme indéniable qui le distingue des autres barbares, Marianne n'a aucune raison de faire confiance à Adair, mais a-t-elle vraiment le choix ? Puisqu'il est son seul espoir, elle se risque à lui exposer son plan d'évasion et, contre toute attente, Adair accepte de l'aider à échapper à cette union forcée... pour mieux la réclamer comme sienne !

Best-Sellers n°469 • historique

L'intrigante - Rosemary Rogers

Angleterre et St-Petersbourg, Régence

Pour entrer dans les bonnes grâces de son père, Leonida, fille illégitime du tsar Alexander Pavlovitch, accepte une mission secrète : subtiliser, par tous les moyens, des lettres que sa mère a adressées à une vieille amie, la duchesse de Huntley, et qui contiendraient des secrets d'Etat. Bien que peu enthousiaste à cette idée, Leonida est déterminée à remplir sa mission. Mais sitôt arrivée en Angleterre, dans le domaine des Huntley, elle perd sa belle assurance. Car le maître des lieux, l'énigmatique Stephan Summerville, exerce d'emblée sur elle une dangereuse fascination. Une fascination telle que, fatalement séduite, Leonida se sent bientôt déchirée entre l'accomplissement de son devoir et l'élan de son cœur…

Composé et édité par les
éditions Harlequin
Achevé d'imprimer en France (Malesherbes)
par Maury-Imprimeur
en mai 2011

Dépôt légal en juin 2011
N° d'imprimeur : 163698